Für den Inhalt und die Korrektur zeichnet der Autor verantwortlich.

Gedruckt in der Europäischen Union auf umweltfreundlichem, chlor- und säurefrei gebleichtem Papier.

www.united-pc.eu

Homunkulus - Gottes Wille
oder
Das perfekte Verbrechen

Olaf Hoß

Wie kann es sein, das ein III Weltkrieg ausbricht und siebeneinhalb Milliarden Menschen wahrscheinlich den Tod finden werden? Was steckt hinter dieser tödlichen Fassade? Sind es die sieben toxischen Weltreligionen, welche sich in die Gesetze der sterilen Physik einmischen und sie zu jedem Atemzug infizieren? Wie kann es sein, das schon der Seher Nostradamus im Mittelalter Drei Weltkriege vorhersah und Zwei schon in Europa wie von Sinnen wüteten, was rund Achtzig Millionen Menschen das Leben kostete. Wo lieg der irrsinnige tödliche Keim zum völkischen Massenmord, das jede rationale Funktion in ihr absolutes Gegenteil verkehrt wird? Da alle Menschen von den Winkelfunktionen als Sinus plus Kosinus prinzipiell gesteuert werden, muss da ein unsichtbarere Kardinalfehler vorliegen, den aber keiner rational sehen kann. Folglich auch nicht die Ursachen bei der Wurzel packen um sich den leibhaftigen Tod vom Leib zu halten. Viele Menschen fühlten nur, das da etwas nicht im rechten Lot sein kann und bildete sich ihre Gedanken. Und diese wahren nicht von schlechten Eltern. Sie erahnten das da etwas mit der Kirche nicht rechtens sein kann. Nur ist es unmöglich von Analphabeten zu erwarten das sie in alle intimsten Gesetze der Physik eindringen um die Religion zu widerlegen. Zumal auf jeden dieser genialen Denker die Scheiterhaufen sehnsüchtig wartete.

Wenn nach der römischen Schreibweise der III Weltkrieg als dreifacher senkrechter Strich hintereinander gestellt werden, kann es nicht sein, das ein Lichtstrahl zwischen Zwei Loten durchscheint. Scheint aber einer durch, muss irgendwo etwas faul sein im atomaren Gefüge. Denn die Drei Striche - Geraden stammen von einen Dreieck, was für alle Menschen gleichermaßen gültig ist. Bei einen gleichschenkligen Dreieck sind nicht nur alle Seiten gleich. Sondern auch die drei Lote plus Seitenwinkel. Jedes dieser individuellen Maße sind eigenständig für sich eine absolute Konstante. Also ein Fakt, der so lange gültig ist, wie die Sonne am Himmel für etwa Zehn Milliarden Jahre scheint. Keine einzige Macht auf der Erde und sei sie noch so groß, darf an dieser physikalischen unumstößlichen Tatsache etwas verändern. Schon der nackte irrsinnige Gedanke an so ein undefinierbares Verbrechen ist eine perfide Straftat, die rigoros ausgerottet werden muss, will der Empfänger solcher saudummer - idiotischer bis hirnverbrannter Ideen nicht für immer die Erde verlassen will. Eine solche restlos verkommene Ideologie ist das absolute Todesurteil jeder infizierten Materie.

Woher rührt der verabreichte Tod, wenn Waffen versuchen diese elende Misere zu richten? Wenn nur eine dieser Drei konstanten Fakten aus den Dreieck auch nur um ein Molekül verändert wird, muss die Physik auf diesen Unsinn reagieren. Diese Funktion wird über den vorherrschenden Luftdruck über den Wasserspiegel gesteuert. Das selbe Prinzip besteht auch unter der Wasseroberfläche. Je tiefer wir tauchen, um so gewaltiger der Druck. Folglich muss der Schutz vor den Tod gewaltiger sein. Denn ein U - Boot kann unmöglich fliegen. Doch kam es vor, das mit den Monsterwellen derartige Festkörper der Physik aus den Wasser gehoben wurden und auf den Festland landeten. Nur was soll ein Schiff im Vorgarten oder in der guten Stube der ehrbaren Bürger? Ein Wasserfahrzeug gehört auf oder unter das Wasser. So wie die Religion in der Physik nichts verloren hat. Kommt es da zu Infektionen, lassen die Reflexe als Irritation nicht lang auf sich warten.

Welche Funktion ist mit den eingemogelten Sonnenstrahl verbunden? Denn auf jede Funktion, bewirkt die Physik ein logische Gegenfunktion. Aus den

Vollkreis der Physik mit den Vier Quadranten plus zwei Winkelfunktionen. Denn nach der Null folgt der Kosinus als Eins und der Sinus als Zwei. Zumal die Zwei die erste und einzige gerade Primzahl ist. Dann folgt nur noch im Abstand gerader Ziffern oder Zahlen der Sinus als vervielfachte Zwei. Der maximale Abstand zwischen den einzelnen Primzahlen ist die Zwanzig oder der zehnfache Fakt der Zwei als Sinus. Nur die Sechzehn fehlt. Warum? Die Quersumme der Sechzehn ist jene Sieben und es gibt genau so viele Weltreligionen. Also ein Null als Luftnummer. Und Null mal Null ist nun mal immer nur Null. Und lauter Luft ergibt als Kulturgut Druckluft in Form von Orkanen. Kultiviert man diese atomaren Naturgewalten, reiht sich eine Katastrophe nach der Anderen ein, wie die Perlen auf einer Perlenkette. Kein Mensch, Haus und Tier plus Pflanze kann ständig dieser irrationalen nackten Gewaltspirale die Stirn bieten. Die Verluste übersteigern bei weiten die Schäden beider Weltkriege.

Wenn ein Lichtstrahl es schafft, sich durch die so genannten Geraden der römischen III durchzumogeln, muss da ein unkonkrete - unkonstante physikalische Größe ein Mango aufweisen. Denn sonst käme kein Strahl der Sonne durch die Materie. Da aber das gleichschenkelige Dreieck eine Richtgröße für alle Menschen ist, da ja der freie Fall auch für alle Festkörper der Physik gilt, muss eine absoluter konstanter Fakt aus den geeichten Dreieck verändert wurden sein. Denn eine Konstante wird mit der dritten Stelle nach den Komma mit einen waageechten Strich über der dritten Stelle gekennzeichnet. Wird dieser geeichte Strich weggelassen, lassen Sie mit anderen Worten der Physik die Luft ab und der logische Gegenreflex entstehen Orkane auf jeden noch bewohnten Kontinent. Und die Schäden übertreffen oft die des I oder II Weltkrieges. Und was ist in der Luft noch verankert? Genau, die Sonne und damit haben Sie der Physik mit den unkonkreten Daten Licht ans Fahrrad gemacht. Das so was nicht gut geht dürfte jeden Dummerjan einleuchten. Denn unsere Physik ist auf der Erde die Hauptwissenschaft und Mutter aller Wissenschaften. Denn jede Funktion definiert sich über die Winkelfunktionen. Und die werden von der Tante Klara am Himmel als Energiequelle zu vollen Hundert Prozent gesteuert. Keine Sonne auch kein organisches Leben.

Kommt Licht vom Himmel, entsteht einfaches Grün und dann Sauerstoff, der die Luft mit diesen überlebenswichtigen Hauptelement anreichert. Mit den Sauerstoff entwickelt sich weiteres höheres Leben und der Sinus erhebt sich beim entwickeln und liegt dann für immer über den Sinus. Logisch ist der Übergang aus der Null als Vollkreis der Physik mit den Vier Quadranten zum Kosinus als Eins und folgenden Sinus zur Zwei die kürzeste Gerade zwischen Zwei Punkten. Und diese kurze Wegstrecke nennt man Ökonomie. Folglich beinhaltet das gleichschenkelige Dreieck drei überlebenswichtige Fakten, um überleben zu können. Sonnenlicht, Sauerstoff und die Ökonomie. Alle Drei Fakten sind zu gleichen Teilen wichtig und dürfen nicht gegeneinander aufgerechnet werden. Da Evolution nicht rational berechenbar ist, muss bei einer schiefen Ebene immer irgendwo nachgebessert werden und das kostet Zeit, Geld, Leben und schafft oft unlösbare Problem, die dann meist mit Gewalt gelöst werden. Und dann folgen Kriege die jene europäischen Weltkrieg mit rund Achtzig Millionen Toden.

Nur wie kann es sein, das dann alle Energie der Sonne in irgendeiner Weise nach innen gerichtet werden? Wie kann man die für die Lebenddauer der Sonne geeichten Gesetze der Physik dermaßen stark beeinflussen, das sie teilweise unnütze sind und mehr schädigen als helfen? Wenn man die Naturgesetze blockiert und einfach diesen irren Betrug als Religion tarnt. Denn mit den zweiten Dreieck über den Ersten werden die konstanten physikalischen Naturgesetze negativ beeinflusst und jede Konstante bekommt einen Tatsch nach innen mit auf den unendlichen Lebensweg, der dann nach einen großen Zeitfenster beginnt zu wirken. Da mit den doppelten Dreieck als Judenstern das Licht der Sonne blockiert wird und kann nur über Umwege seine Kraft entfalten. Und mit jeden Knick nimmt die Kraft der Sonne um eine Kommastelle ab. Weil mit der dritten Stelle nach den Komma ohne Konstante, sie sich als solche Stelle auflöst. Folglich existieren nur noch zwei Stellen und diese werden auch bald in einen größeren zeitlichen Rahmen in Mitleidenschaft gezogen. Irgendwann erlöscht ich die erste Stelle nach den Komma und der Tod lugt vor das Komma und jeden mitten ins Gesicht. Denn mit jenen zweiten seitenverkehrten Dreieck steht die Physik kopfüber auf der Spitze wie eine Pyramide. Folglich bildet sich ein Hohlspiegel und dieser kann kein echtes - ehrliches - natürliches Spiegelbild abbilden. Physikalisch ist dieser irre Reflex zu vollen Hundert Prozent unmöglich!

Man kann diesen künstlichen Hohlspiegel auch mit einer Hohllinse vergleichen. Mit einer vollen Linse vergrößert man einen Wasserfloh aus die Größe einer Erbse. Aber mit einer Hohllinse wird dieses Tier unsichtbar. Nur wo ist es hin? Wie kann sich einst kerngesunde Materie einfach so auflösen? Ist das nicht ein Ding aus dem Tollhaus? In einen Hohlspiegel - Hohllinse bündelt sich das Licht und es entsteht ein Brennpunkt, der mit erhöhter Temperatur die infizierte Materie auflöst. Und je größer der physikalische Festkörper ist, um so länger dauert der Prozess bis zum organischen Tod. Bei einen Erdkörper wie unserer Erde als Mutterplanet kann so ein abscheulicher Exzess Jahrhunderte dauern. Nur sind solche gewaltigen Zeitfenster für einen einzigen Menschen nicht überschaubar. Aber im Zeitfenster der Lebensdauer unserer lieben Sonne plus unendlichen Evolution sind die religiösen Zeitschienen vom Judentum und Katholizismus keine relevante Größe. Ob Dreitausendfünfhundert oder Zweitausend Jahre ist eher eine Lichtsekunde im Universum.

Nur wo ist der Floh hin? Ist es im Brennpunkt bei lebendigen Leib verbrennt? Ist die bei lebendigen Leib verbrannte unschuldige Frau, die als Hexe öffentlich verkachelt wurde nicht im Weltgetriebe ein Floh? Oder ein Feuerfunke beim glühenden Holz im Lagerfeuer oder heute beim schweißen - schleifen, wenn Metall verbrennt. Im Grunde geschieht das vernichten von Materie in jeden Krieg, wo Menschen bei lebendigen Leib zerstückelt werden. Oder unsere aller Evolution wird als organischer Körper auf der Abszisse auch bei lebendigen Leib ohne Narkose zerfleischt. Denn jeder Krieg ist im Grunde ein vollautomatisierter Fleischwolf ohne Gnade. Nur das sich die Methoden vom brutalen Krieg im Mittelalter zum industriellen Krieg wie die beiden Weltkriege verändert haben. Da die Leichenberge sich erheblich erhöhten und schon der I Weltkrieg mit Siebzehn Millionen Toden einen Staat mit Links ersetzen können. Der II Weltkrieg kann ohne Mühe mehre kleinere Staaten auf der Welt verschlingen und da ist noch extrem viel Luft nach oben. Begonnen hatte es mit einen eingefangenen - umgeleiteten - gebrochenen Strahl der Sonne im Judenstern, die nicht umsonst am Himmel scheint. Da spricht die Ökonomie noch ein Wörtchen mit.

Welche Materieform beinhaltet also die Luft, welche jeden Festkörper der Physik zu jeder Lichtsekunde umhüllt? Es ist die unsichtbare Ökonomie, den unsichtbaren zum Überleben extrem wichtigen Sauerstoff als Hauptelement der Physik und das Licht der Sonne, was uns erst zum Menschen werden ließ. Genauso ergeht es den Floh, der im künstliche geschaffenen Brennpunkt bei lebendigen Leib verbrennt und ein kleines fast unsichtbaren Loch auf der Abszisse hinterlässt. Auch eine bei lebendigen Leib verbrannte Hexe ist nicht mehr als ein Floh oder glühender Flugkörper beim schleifen von Metall. Folglich fehlt jeden Menschen auf der Erde im Grunde eine Körperzelle. Sicher ist der Tod schneller, als die Schaltzentrale im Kopf, zumal das Opfer dieser Unzucht zum einen Analphabet ist oder von der Religion dermaßen vernebelt, das dieses Defizit nicht als solches bemerkt wird. Zudem die perversen Opfer eher noch an unnützer Leibesfülle - Fett erheblich zulegen und sich des kultivierten Verbrechens nicht bewusst sind.

Was geschieht in einen künstlich geschaffenen Hohlspiegel - Hohllinse, die eine Delle nach innen ihr eigen nennt? Da das Licht im herkömmlichen Sinne keine Materie ist, kann es auch nicht gefangen werden. Aber idiotischer - verbrechersicher Weise kann man es umgeleiten, brechen oder gar blockieren, was alle damit verbundenen rationalen Funktionen unserer aller Physik dermaßen stark negativ beeinflusst, das mehr Schäden entstehen als sie nützen. Denn das gefangene Licht im Hohlspiegel kann aus eigener Kraft unmöglich die spiegelglatten Ränder wie bei einer Schüssel erklimmen. Es ist wie bei einen Berg, wo die Straße zugefroren ist, das jedes Rad sofort durchdreht. Nur welche abartigen irrationalen Funktionen entstehen dann aus der Abszisse, wenn als Kulturgut das Sonnenlicht blockiert wird? Beginnt in der Tat die gesamte Evolution auf der geeichten Abszisse zu brennen, wie die Hexe auf dem Scheiterhaufen - der

Floh im Brennglas. Was sagen die extrem heißen Sommer aus? Wo von Zehn heißen Sommern, Acht in den letzten Zehn Jahren die Erde über das normale Maß erhitzen und einen Leichenberg entstehen lies, der an einen Krieg erinnert. Haben die Verursacher solcher künstlichen physikalischen Ungrößen nicht unserer Hauptwissenschaft den Krieg erklärt, in dem sie alle geeichten Naturgesetze, die sich seit den Entstehen der Erde bildeten, im Buchteil einer Lichtsekunde über Haufen warfen.

Ist nicht jede verbrannte Hexe ein Symptom zu einen schwarzen Loch, was nur Licht frisst, um zu schädigen, wo es geht. Als warnenden Signal sind diese Löcher eine physikalische Ungröße, die strikt zu beachten ist, wenn man nicht in so einen schwarzen Loch bei lebendigen Leib verschlungen werden will. Das was in Einzahl geht, ist auch in Mehrzahl oder Kulturgut möglich. Man verbrannte ja in der Tat mehrer Dutzend unschuldige Frauen auf einmal und diese Mehrzahl steigert sich in einen Krieg zum Kulturgut. Nur ist Tod nicht gleich Tod. Zwischen einen Feuertod, Gaskammern und Kugeltod besteht ein erheblicher Unterschied. Wenn eine Frau nur drei Minuten brennt und das sind Einhundertachtzig Sekunden, kann man ohneweiters nur pro Sekunde einen Menschen erschießen. Nur fliegt die Kugel in der Tat nur in einer Sekunde zum Opfer? Denn dann könnte fast jeder den Geschoss ausweichen. In der Realität, fliegt so ein Projektil fast so schnell wie der Schall und so kann man pro Sekunde bequem noch drei Nullen anhängen. Das wären beim Scheiterhaufen pro Hexe zu Einhundertachtzig Sekunden mal Tausend Einhundertachtzigtausend Opfer einer Kugel, um den irrsinnigen Dauerschmerz im Feuer auszugleichen. Das wäre knapp zweimal die Stadt Leipzig mit rund Hunderttausend Menschen.

Nur wohnen in Leipzig nur rund Hunderttausend Menschen. Also fehlte noch ein gehöriger Teil, der von anderen Städten aufgebracht werden muss. Daher breitet sich der Tod wie bei einer Infektion flächendeckend als Lauffeuer aus. Teilweise ist es so, das Ökonomie, Sauerstoff plus Licht nicht greifbar sind, da es Materie produziert, fördert und ständig vermehrt. Nur muss sich das Licht mit allen anderen Teilen der Dreisatzes Ökonomie - Sauerstoff - Sonnenlicht naturgemäß harmonisch über eine Volllinse vermehren können. Bei einer künstlichen Hohllinse ist diese rationale überlebenswichtige Funktion völlig unmöglich. Denn das Sonnelicht wird regelwidrig prinzipiell nach innen gerichtet und erhöht die Umwelttemperatur, wie beim Floh oder Hexe, die bei lebendigen Leib verbrannt wird. Die vielen Megasommer in den letzten Jahren sind ein todsicheres Symptom zu einen katholischen Scheiterhaufen, wo komplette Kontinente tödlich infiziert werden. Ein Vorbote zu so einer Infektion waren beide Weltkriege und als Übergang die spanische Grippe, die einen kolossalen Leichenberg entstehen ließ.

Was wird in einen derartigen abartigen Hohlspiegel vernichtet? Nicht nur lebendige Organismen. Nein, auch die sinnlos verlebten Jahre, Jahrhunderte plus Jahrtausende. Und addiert man alle Zeit nur der vergagten Juden von rund 1,1 Millionen in den Gaskammern von Auschwitz, dann übersteigert es das Alter der Erde.

Beispiel:

1,1 Millionen Jahre x 75 Jahre = 82,5 Millionen Jahre
82,5 Millionen Menschen wohnen in Deutschland
Die Opfer beider europäischen Weltkriege ergibt rund die Zahl von 82,5 Millionen.

Frage.
Haben Sie die geheime Botschaft dieser Daten über die Zahlen erkannt?
Deutschland wird im kommenden III Weltkrieg entmenscht!

Multipliziert man diese Megazahl von 82,5 Millionen Jahren mit den Abstand der Primzahlen entsteht eine historische Zahl von 825 Millionen Jahren. Nur ist der Mensch erst rund Fünf Millionen Jahre alt. Da entsteht eine gehörige Lücke. Nun verrechnen Sie mal die unzähligen Generationen der Juden vom Augenblick als dieser religiöse Unsinn auf der Abszisse geboren wurden und schon erkennt jeder Mensch eine Zahl, welche das Alter der Erde maßlos übersteigert. Also ist mit der Religion gleich um welches sich handelt, prinzipiell ins Minus reingerechnet wurden. Nur ist das mit der Physik nicht zu bewerkstelligen. Tut man es aber idiotischer Weise dennoch und das völlig gleichgültig ob bewusst oder unbewusst, muss man den entsprechenden Gegenwert begleichen. Denn die geeichten konstante Größe auf der Abszisse muss um jeden Fall - Preis erhalten werden, wenn man keine schiefe Ebene produzieren will, so wie sie der braune Massenmörder Adolf Hitler versuchte zu bekämpfen. Folglich rottete er ohne mit der Wimper zu zucken ein großes Volk wie Deutschland, Großbritannien, Italien oder Frankreich aus. Nur woher rührt diese Urgewalt, die mit dem III Reich verbunden ist? Dieser braune Führer hatte ja eine dermaßen ungeheuerliche Energiebombe ins Rollen gebracht, das einen Heute noch, nach unzähligen Jahrzehnten der Atem stockt. Im Grunde war ja der II Weltkrieg so was wie eine Monsterwellen, die am 21.12.2004 in Südostasien Bande Ashe förmlich mit der Urgewalt von unzähligen Atombomben mit einen Tsunami zermalmte. Das war ein ungewöhnliches Weihnachtsgeschenk!

Was geschieht mit den Winkelfunktionen in einen Hohlspiegel? Sie werden in sich verdreht und der schwächere Kosinus liegt über den Sinus. Da dieser Irrsinn nicht ohne Folgen bleibt dürfte einleuchten. Denn alle physikalischen Funktionen sind mit den Sinus seit Milliarden Jahren organisch strukturell gewachsen und lassen keine Spielräume für jede Form von künstlicher religiöse Intelligenz zu. Denn es lässt sich keine logische rationale Funktion von den Religionen ableiten, die dann noch in der Evolution einen positiven Nährwert ihr Eigen nennen. Denn ein Multiplizieren mit der Eins als Kosinus ist immer nur Eins. Darum ist auch diese Ziffer keine Primzahl, weil sie sich nicht vermehren kann. Nur die erste und einzige gerade Primzahl Zwei als Sinus ist in der Lage sich ohne Betrug und faulen Tricks anstandslos zu vermehren. Muss ich aber einen faulen Zauber anwenden, lagert sich irgendwo der Spiegel einer faulen infektiösen Materie ab. Und schon ist ein toxischer Keim ohne Wissen der Opfer über die Schnittstellen beider Winkel als Winkelfunktion in die Evolution ohne Gnade injiziert wurden. Dann gibt es schwache müde Geister, welche mit unsteten Charakter diesen giftigen Keim in sich weiter tragen ohne zu wissen was es damit auf sich hat. In laufe der Zeit wird dieser unklare nicht materielle Stoff weitervererbt und erfährt die Gunst in die Mehrzahl. Der Weg zum irrationalen Kulturgut ist dann nicht mehr weit.

Also ist dieser nicht materielle religiöse Stoff unsichtbar wie der zum Überleben extrem wichtige physikalische Dreiklang. Denn auch Sauerstoff, Licht und Ökonomie ist nicht greifbar und garantiert unser aller organisches Leben. Also entstehen zwei Faktoren die ohne das es die Menschen begreifen, sich gegeneinander aufreiben und folglich die

Umwelttemperatur erhöhen, was aber nicht sein darf. Denn jedes toxische Molekül hinterlässt ein Spur im Dasein und die ist nicht ohne reibenden Widerstand möglich. Also entsteht ungewollte Wärme die verarbeitet werden muss. Da Energie nicht einfach so vergehen kann, ergreift die Physik das Zepter und beginnt sich gegen das Ungemach zu wehren. Die irren Folgen dieser religiösen Unzucht sind nun schon seit Jahrzehnte fast täglich zu sehen. Auch die Leichenberge sind nicht von schlechten Eltern. Und steigen fast tagtäglich und erreichen bald im Supermegasommer 2023 die Masse eines Krieges. Dazu fällt 2022 der Regen etwas schwächer aus und beglückt die Staaten noch plus Menschen im Herbst nach den extremen Saharasommer mit einen Monsun, der alles bis her erlebte in den Schatten stellt.

Nur wo liegt - verbirgt sich der Harken zu solchen abartigen Ungemach? In den umgedrehten Winkelfunktionen, wo der Kosinus aus den Schnittpunkt beider Achsen entspring, was normaler Weise nicht zu einen einzigen Prozent sein darf. Daher wird ohne das wir es wissen - ahnen - sehen können, die Lichtwurzel aus der infizierten Materie gezogen. Also ist die Funktion mit den umgekehrten Winkelfunktionen eine entartete irrationale Funktion als Lichtwiderharken. So wie die Drei Teile des Dreiklangs nicht greifbar sind, ist auch die Lichtwurzel nicht greifbar und definiert sich nur über ihre infizierte Materie plus der dazu gehörigen Energie. Darum ist die Sonne plus dazugehörigen Energie weit höher einzuschätzen wie unsere Kernwaffen. Wenn schon Zwölf Millionen Juden einen Weltkrieg auslösen können, was erwartet uns alle mit der eine Milliarde schwarzer Katholiken im kommenden III Weltkrieg? Ein alle Materie fressendes schwarzes Loch, wo jeder der Siebeneinhalb Milliarden Menschen das Zeitliche segnet. Denn jeder Wert hat einen entsprechenden Gegenwert und der muss mit den unbestechlichen Gesetzen der Physik um jeden Preis beglichen werden. Wenn das Licht der Sonne sinnlos vergeudet wird, ist der Gegenwert ein alle Materie verschlingendes schwarzes Loch.

Über legen Sie mal, wenn schon Zwölf Millionen Juden einen Weltkrieg auslösen der den fünffachen Fakt von Sechzig Millionen Opfer auslöst. Zudem Europa, Deutschland und Berlin in der Hälfte geteilt wurde. Und diese gigantische Kraft, die sogar einen Kontinent teilt, kann nicht mal eine Hand voll Wasserstoffbomben bewirken. Denn vor den Kernwaffen erhellt die Sonne alle Materie. Andersrum ist es unmöglich. Es sei denn, man kehr mit einen oberfaulen Trick die zum Überleben extrem wichtigen Winkelfunktionen um und schon steht die Welt auf den Kopf, was jedes Naturgesetz negativ beeinflusst. Denn dort wo die Sonne hin scheint und das ist jede Körperzelle, muss der Organismus reagieren. Und dieses irre Dasein überträgt sich auf die Umwelt, die dann in laufe der Zeit geschädigt wird. Somit entsteht ein immer höherer reibender Widerstand und erwärm unredlich die umliegende Materie. Und dieser Festkörper der Physik kann diese Energie nicht speichern und gibt sie an die Umwelt ab, welche in immer stärkerer Weise sinnlos mit Energie ausgeladen wird, und in gewissen zeitlichen Zyklen abgibt, was naturgemäß ungewollte Umweltreflex als Katastrophen produziert und Materie bei lebendigen Leib vernichte. Genau so wie die unschuldige Hexe bei lebendigen Leib öffentlich verbrannt wurde. Im Grunde haben sich nur die hässlichen Methoden verändert. Nicht der organische Tod alle infizierten Materie.

Ist dieser hoch dekorierte Unsinn nicht ein Kulturgut zum eindeutigen Nachteil der einst lebendigen Materie? Stirbt dann nicht anfangs unsichtbare tagtäglich ein agile Köperzelle langsam aber todsicher ab? Hängt nicht am Sinus unser aller organisches Leben plus alle logischen natürlichen Reflexe, die von der Physik und Mutter aller Wissenschaften gesteuert werden? Nur was kommt Gescheites dabei heraus, wenn diese normalen Funktionen in die Irre geleitet werden? Ein oft unlösbarere Konflikt mit tödlichen Potenzial. Und dieses tödlichen Potenzial kann in einen Krieg münden, wo dann als Sammelgut vollständige Länder komplett ausgerottet werden, wie es die zwei Weltkriege eindruckvoll beweisen. Nur wie steigern sich die zwei Weltkriege? Wenn wir die menschliche Evolution als Hundert Prozent ansehen ist der I Weltkrieg die Eins als Kosinus. Mit einer Null versehen oder mit den Faktor Zehn multipliziert, steht der Mensch an der Ostfront plus II Weltkrieg. Und dieser Faktor Zehn ist der Abstand mit der ersten Null der Hundert Prozent gemeint und der zehnfache Fakt des Sinus. Und Zehn mal den Sinus als Zwei ist Zwanzig, die es im Primzahlenabstand nur einmal gibt neben der Achtzehn.

Alle anderen Ziffern - Zahlen gibt es mehrmals. Die Sechzehn hat sich ausgelöst und folglich steht eine Null an deren Stelle. Und Null mal Null ist immer nur Null und das gleich um welche Materie es sich handelt. Denn der Kosinus steht idiotischer Weise über den Sinus und würgt ihn allmählich aber sicher ab, was unweigerlich aber zielgerichtet zu vorprogrammierten Problemen führt. Diese werden dann kultiviert und als Energiebombe in einen Krieg entladen. Und hängt man an die Zehn Prozent des II Weltkriegs die zweite Null der Hundert Prozent an, stehen im kommenden III Weltkrieg in der Tat alle Siebeneinhalb Milliarden Erdenbürger mit dem Rücken zur Wand, was natürlich den Tod bedeutet. Denn dieser sich schon seit vielen Jahrzehnten ankündigenden III Weltkrieg ist im Grunde ein schwarzer katholischer Holocaust oder alle Materie fressendes schwarzes Loch. Denn solche Löcher fressen Licht, was mit den umgekehrten Winkelfunktionen einher geht. Weil mit dieser irrationalen Funktion im inneren der Materie als Abszisse ein künstlicher Hohlspiegel entsteht.

Nur wie entsteht gegen alle Regeln der Physik ein Hohlspiegel, der so nicht zu einen einzigen Prozent gewollt ist und nicht ansatzweise ehrlich funktionieren kann? In dem man die Winkelfunktionen in sich verkehrt. Dazu ist es aber notwendig, das Licht der Sonne zu blockieren, wie es die Religionen mit ihren religiösen Symbolen praktizieren. Auf das normale geeichte gleichschenkelige Dreieck wird mit einen zweiten seitenverkehrten, auf den Kopf stehenden Dreieck zum Judenstern mit allen rationalen Funktionen missbraucht, was nicht ohne Folgen für die Träger plus der arglosen Menschen bleibt, die in diesen religiösen Irrsinn zwangsläufig involviert sind und sich nicht aus eigener Kraft aus der religiösen unsichtbaren Klammer befreien können. Wenn alle drei Lote, Seitenkanten und Winkel gleich sind, muss ein Wert nachgeben. Und das ist immer der schwächeren Fakt, weil er der kürzere als Lot ist. Da sich im Kern oder Zentrum des Dreiecks ein Schnittstelle der Lote befindet, wird mit den doppelten Dreieck ein unnützer Druck erzeugt, der die Schnittstelle nach innen drückt. Denn diese Schnittstelle ist als Herzstück die Schnittstelle beider Achsen im Fadenkreuz im Vollkreis der Physik als Winkelfunktionen mit den Sinus und Kosinus. Wird diese rationale Funktion blockiert, richtet sich die Funktionen nach innen und es entsteht ein Hohlspiegel, der das Licht gegen die physikalischen Regeln bricht.

Ein gebrochener Lichtstrahl kann nicht seine vollen Energie der Sonne entfalten und schädigt mehr als er nützt. Zumal bei jeden Bruch großer Teil an Energie für immer restlos verloren geht. Teilweile wird er wie es in der Physik üblich ist gebrochen, was ein halbieren zur Folge hat. Und ein halber Strahl ist oft kein Strahl und reicht gerade so zum Überleben. Zumal bei einen erneuten halbieren der Hunger an die Tür klopft. Teilt man diesen Sonnenstrahl irrer Weise erneut, fällt der Reiter tot vom Pferd. Oder er landet im Schützengraben von Verdun oder Ostfront, wie die Soldaten sich vor Hunger den Gnadenschuss aus eigener Hand gaben. Oder sie mussten aus lebenden Pferden Fleisch rausschneiten um nicht vor Hunger den Verstand zu verlieren. Nur kann keiner der Historiker so weit denken, um den wahren toxischen Kern des Judentum im Judenstern zu erkennen. Da kann jeder Dummerjan ersehen, das schon vor Jahrhunderten die Leute ohne die Muttersprache zu beherrschen erkannten oder fühlten das da was im argen schlummert, was nicht sein darf. Und schon flammte oft nackte Gewalt auf um sich Luft zu machen. In hochkonzentrierter Form entstanden in Europa Zwei Weltkriege mit achtzig Millionen Toden die den hundertprozentigen Bestand Deutschlands beinhalteten. Also mit anderen Worten stehen im kommenden III Weltkrieg alle Völker diesen noch bewohnten Erde vor den völkischen Exitus.

Was geschieht im künstlich geschaffenen Hohlspiegel oder Hohllinse mit der innen involvierten arglosen Materie? Bei einer Volllinse wird ein Floh zu groß wie eine Erbse. Aber bei einer Hohllinse wird das Tier unsichtbar, weil es bei lebendigen Leib wie die unschuldige Hexe verbrannt wird und was noch schlimmer ist, ein schwarzes Loch hinterlässt. Also ein Schandfleck auf der Abszisse, der unsere aller Evolution bis ins Mark schädigt wo es nur geht. Und mit jeder vergifteter Körperzelle geht ein Stück Evolution für immer verloren. Also wird über den Hohlspiegel eine Art künstliches Vakuum geschaffen, was nicht zu einen

Millionstel Prozent von der Physik auch nur im kühnsten Heldentraum ansatzweise geduldet wird. Folglich wird jedes künstlich geschaffenen Vakuum von der Physik erkannt und zu gegebener Zeit mit den dazu abhängigen Spiegelbild beantwortet, selbst wenn es der organische Tod aller infizierten Materie zur unausweichlichen Folge unweigerlich nach sich zieht. Und dieser organische Tod ist immer ein Krieg wie die beiden Weltkrieg, wo Deutschland im kommenden und sich schon längst am beschränkten Horizont menschenleer wäre.

Wenn im Hohlspiegel sich die absoluten konstanten Werte wie die dritte Stelle nach den Komma auflösen, ist es so, als ob bei einer römischen III als Säulen die hinter einander stehen eigentlich nur als einzelner Strich zu sehen ist. Wie kann es da sein, das zwischen den drei Säulen ein Lichtstrahl durchscheint? Da es nun mal so ist, muss da etwas faul sein in der Materie. Und das ist die sich auflösende dritte Stelle nach den Komma, welche die gesamte Materie in laufe der Zeit auflöst. Solche Exzesse brauchen ihre Zeit um zu schädigen. Denn die ekelige infektiöse Fäulnis benötigt Zeit um sich abartiger Weise ausbreiten zu können. Selbst wenn eine der Säulen nicht mehr als eine einzige Sommersprosse an inkonstanten Wert aufweist. Addiert man alle unreinen - abweichenden konstanten Werte der vielen Säulen einer Brücke zusammen und addiert sie auf eine einzige Säule, ist der Tod patentiert. Bei Personenzügen mag es noch angehen. Doch bei Güterzügen oder Militärtransporten ist der Tod am Zug. Denn wenn ein Atom nachgibt, lösen sich alle anderen nacheinander mit aus den Gefüge und der freie Fall beginnt zu siegen. Zumal die beiden hinteren Loks von den Knick in der Brücke nicht mitbekommen und den eigenen Tod maßlos beschleunigen, da sie gnadenlos - unbekümmert weiter schieben und beschleunigen so den eigenen Tod.

Und diese schiebende Last sind die unzähligen Volksgebrechen, Staatschulden, unehrliche Ausländer in den Sozialkassen, unsinnige Gesetze - unwissenschaftliche Sommerzeit - Winterzeit, zu fette Leiber, Seuchen und vieles mehr. Folglich klopft bei jeden der Erdenbürger der Tod im eigenen Spiegelbild an die Tür. Denn jede Zelle am Körper verbraucht Energie und die muss zusätzlich aufgebracht werden. Wenn jeder Mensch eine Körperzelle ist, müssen einigen kranke Fettzellen in Milliardenzahl die Segel streichen. Und dieser schleichende völkische Tod ist über unzählige Generationen maßlos kultiviert wurden, was die Völker in sich ohne konstante Maße bis ins Erbgut schwächt. Und diesen ekeligen - abstoßenden Exzess erkannte der braune Hitler und begann seinen skrupellosen Kampf bis in den völkischen Tod. Haben Sie erkannt, das mit der einstürzenden Brücke ein V - Trichter entstanden ist, welcher die Brücke als Materie teilt. So wie Heute die Welt in arm und reich geteilt wird. Und im Grunde muss eine Seite weichen und das ist immer der schwächere Teil. Aber es wird sein, das sich das gesamte Fadenkreuz in den Völkern widerspiegelt in dem es die Völker plus Materie viertelt.

Da in jeder der beiden Seiten eingehöriger Teil ungesund lebt und oft nur mit Drogen, Alkohol, Pharmazie überlebt, ist der Tod per politisches Rezept käuflich und für jedermann problemlos erhältlich. Immer dort wo Sonnelicht hin scheint, beginnt der Kosinus sich über den Sinus zu erheben und augenblicklich betritt der schwarze Tod die Weltbühne. Und dieser Gevatter löschte in beiden Weltkriegen Achtzig Millionen Menschleben aus. Zumal die Sechzig Millionen Opfer des II Weltkriegs gerade mal ein Prozent der Weltbürger ausmachten. Aber dazu waren die Menschen damals um den Hitlerkrieg wesendlich gesünder. Dieses Spiegelbild hat sich extrem zu ungunsten der Evolution verändert und der Tod als ein Prozent von braunen Hitler ist im Begriff sich eine Null nach der anderen anzueignen um sie in seinen tödlichen Bann zu ziehen, was im Grunde den völkischen Tod Tür und Tor öffnet. Denn mit den künstlichen Hohlspiegel kehrten sich die Winkelfunktionen um und der schwarze Tod hatte nun ein leichtes Spiel, sein mieses Handwert auszuleben, in dem er jeden Tag unzählige Körperzellen in Form von Menschen bei lebendigen Leib verbrennt. Denn Krieg ist im Grunde nichts anderes, als ein verbrenne von Zellen ohne Narkose.

Wie Sie wissen, muss auf jeden Wert - Fakt auf der Abszisse ein entsprechender Gegenwert aufgebracht werden. Es wie auf den Band im Supermarkt. Eine Gans ist teurer wie ein Stück Butter. Anders herum wäre ein Ding aus dem Tollhaus. Eine solche dürre Weinachsgans gab es nicht mal an der Ostfront oder Lagern im III Reich. Diese Gelüste hatten sich in lauter illusorische Luft ausgelöst. Da unser Evolution über die Physik jedes toxische Molekül bemerkt muss sich sie sich wehren und einen entsprechenden Gegenwert erstellen. Und in laufe der Zeit entstand der Mann mit den weltbekannten Namen Adolf Hitler, der versuchte als einzelnen Körperzelle sich dieser säuischen religiösen Unzucht anzunehmen um die europäischen Völker vor den Tod zu warnen. Genau so wie er es in seinen Reden von der Kanzel zum besten gab. Nur da ihn keiner richtig verstand und er zu Kriegsende von Verrat sprach. Nur ohne eine ehrliche Kernanalyse ist eine solche Aussage unmöglich. Nur mit roher nackter Gewalt ist so ein Krieg schwer zu gewinnen.

Der II Weltkrieg kostete ein Prozent der Erdenbürger das Leben und Hitler war auch nur ein Mann als einzelnen Körperzelle im Weltgetriebe. Und es gibt auch nur eine Erde und Sonne in unsere Sonnensystem. Dazu eine Evolution ohne jegliche Religion als künstliche Intelligenz in Form eines Homunkulus, der schwer zu steuern ist. Denn im Grunde ist Religion ein unendlicher Wahn bis zum völkischen Exitus. Und ein Wahn kann unmöglich logische - rational im Sinne der Evolution denken. Dazu müsste er seinen absonderlichen Glaube ablegen und das ist vom Papst nicht zu erwarten. Eher bewegen wir uns immer weiter in ein schwarzes Loch. Denn die zwei Loks am Ende des Zugs schieben unaufhörlich weiter ohne zu begreifen was sie damit unaufhörlich bewegen. Denn jede irrationale Körperzelle belastet den schon tödlich infizierten Körper als Mensch und folglich unsere aller Evolution.

Können Sie sich vorstellen, das mit dieser Unzucht mal ein Gegenwert fällig ist und der heißt nun mal Tod in Form des eigenen Spiegelbilds. Denn ohne ein ehrliches Bild zur eigenen Person ist kein normaler Reflex möglich und der Gegenwert hat eine reelle Chance sich über den Sinus zu erheben. Liegt einmal der Kosinus über den logischen Sinus sitzt der Tod mit im Boot, was die unzähligen Naturkatastrophen tagtäglich zum Glück unwiderlegbar beweisen. Auch die europäischen Weltkriege zählen dazu und sind mit der Front von Verdun plus Ostfront der Rand zu einen sich allmählich bildenden schwarzen Loch, wo jeder Erdenbürger sich mit seinen hohlen Spiegelbild unterhalten muss, was natürlich meist den Tod bedeutet. Wenn Sie genau hinsehen und hinhören verreckt jeden Tag menschliche Evolution, die nicht zu einen einzigen Millionstel Teil wiedergeboren wird. Buchstäblich ausgestorben wie die Mammuts plus Saurier aus der Urzeit. Und genau das bedeutet für Siebeneinhalb Milliarden Bürgern den Tod in einen zukünftigen schwarzen Loch. Denn jedes toxische Molekül ist ein negativer Keim zu einer

Infektion mit meist tödlichen Ausgang. Und Krieg, gleich welcher ist so ein abnormes Endprodukt menschlichen Irrsinns. Denn Religion wie das toxische Judentum plus abgrundtiefen pechschwarzen Katholizismus mit den Trend zu einen schwarzen Loch. Und die Katastrophen plus anderer Nöte sind schon mehr als klassische Symptome zu einen alle Materie fressenden schwarzen Loch, wo jedes Volk auf der Erde bis zum absoluten Exitus zu Ader gelassen wird, was die beiden europäischen Weltkriege als Blutadern beweisen.

Nur wo harkt es ständig in der Evolution, die ihren Ursprung in der Schnittstelle beider Achsen findet? Denn im Kern des Vollkreises der Physik wird über die Energie der Sonne jene Winkelfunktionen geboren, die nur in absoluter astreiner fast steriler Harmonie ihrer rationalen Funktion gerecht werden können. Wird mit der künstlichen Religion wie dem Judentum plus Katholizismus ein künstlicher Hohlspiegel gegen alle physikalischen Naturgesetze geschaffen, steht jeder dieser konstanten Gesetze mit ihren zum Überleben extrem wichtigen Funktionen auf der Kippe und muss diesen Irrsinn über lang oder kurz nachgeben. Dieser künstliche religiöse Betrug kostet zu jeden Atemzug wertvolle Materie plus das dazu gehörige Leben. Denn jede Zelle hat einen unsichtbaren Kontakt zum Licht und die hat das Zepter mit der irdischen Physik in der Hand und nicht die verdummenden Weltreligionen. Wer die natürliche Gesetze der Physik welche strukturell über Milliarden von Jahren organisch gewachsen sind blockiert, schändet die Evolution und folglich jeden Erdenbürger.

Nur was ist der absolute Gegenwert zur Sonne mit seiner unendlichen Kraft? Natürlich ein schwarzes Loch, was prinzipiell nur Licht frisst. Und die Ränder der zwei Weltkrieg waren schon ohne das es die

Weltbürger erkannten, Symptome zu solchen alle Materie fressenden schwarzen Löcher. Dazu gehört noch die Zeit der Opfer dieser Kriege plus die Gaskammern von Auschwitz, wo auf die Evolution hoch gerechnet Hunderte Millionen Jahre den Schornstein für immer verließen. Also im Grunde völlig sinnlos verbrauchte historische Zeit. Addiert man alle Jahre der Toden beider Weltkrieg und rechnet die historische Zeit dazu, erhöht sich indirekt das Alter der Erde von viereinhalb Milliarden Jahren. Die logischen Ursachen verbergen sich im künstlich geschaffenen Hohlspiegel, die nur im inneren Kern Energie verprassen und keinen entsprechenden Gegenwert erbringen können. Das was die saudummen Bischöfe, Kardinäle und Priester plus des Bigfoot als Papst bekunden, habe ich von jeder Oma auf der Bank im Sommer zu hören bekommen. Und die benötigten keine Paläste um die Probleme beim Namen zu nennen. Denn diese armen alten Menschen nannten das Übel plus Übeltäter beim Namen.

Da wir aber nun mal nicht die richtigen Lehren aus den Weltkriegen zogen und sich der Börsenruin noch erheblich erweiterte und der Irrsinn noch zunahm, bahnt sich nun der wohl organisierte Tod unaufhaltsam seinen Weg durch die unendliche Evolution und diese Infektion wütet wie die spanische Grippe im Mittelalter als schwarzes Tod. Denn im Hohlspiegel werden die logischen Winkelfunktionen umgekehrt und der Kosinus liegt fortan über den Sinus und wird abgedunkelt, was ihn in eine anders oft schlechteres Licht stellt. Mit anderen Worten wurde die Physik über einen miesen Gauklertrick hinter die Fichte geführt. Und hinter diesen unschuldigen Baum lauern wie immer die Straßenräuber um fette Beute zu schlagen. Nur das diese elenden perversen Galgenvögel mit anderen Mitteln versuchen sich einen Fetten zu machen und der Mann auf der Straße muss wie immer der Zechen zahlen. Nur ist der

Gegenwert solcher verbrecherischer Unzucht die Inflation aller Geldscheine. Denn an jeden massakrierten Sonnestrahl der durch die drei Säulen durchscheint, hängt auch eine Null der Banknoten. Wenn auch diese Null nicht für jedermann sichtbar ist, muss sie doch als Gegenkraft aufgebracht werden, was nicht sein muss. Denn der Vollkreis als Null ist das absolute Spiegelbild der irrationalen Verursacher mit ihren bekloppten Weltreligionen zum eindeutigen Nachteil der Evolution und folglich der Bürger mit ihren unendlichen religiösen Dauerwahn.

Mit den künstlich geschaffenen Hohlspiegel kehren sich nicht nur die Winkel als Funktion um, so das der Kosinus - Eins über den Sinus - Zwei liegt, obwohl sie aus den Kreis - Null der Physik naturgemäß entspringen wie eine Quelle als Gebirgsbach. Auch die unbestechliche Mathematik beginnt mit der Null als Vollkreis der Physik, woraus alle anderen Ziffern logisch entstehen, die sich dann zu Zahlen zusammen setzen, wie die Schriftzeichen zu Wörtern in der Literatur. Nur kehrt man die Winkelfunktionen um, beginnt der Ziffernreigen mit der Zwei über die Eins und Null und es folgt jene Drei. Nur wie logisch folgern Sie von der Null als dritte Ziffer zur Drei als vierte Ziffer. Da ja die erste Ziffer - Null ein genauso wichtige Ziffer ist wie alle anderen höheren Gebilde der Mathematik. Denn sie beinhalten alle den Urkeim aller Materie mit den zwei Winkelfunktionen. Ist da nicht eine krumme unsichtbare Tour nötig, um logisch weiter zählen zu können. Ist die Null nicht ein Luftloch wie bei den drei Säulen der Brücke, wo die Sonne wie ein Wunder durchscheint, was aber nicht zu einen einzigen Millionstel Prozent sein darf.

Folglich bildet sich mit dieser abnormen Funktion eine Lichtwiderharken, der alle Materie beeinflusst. Und welche stoffliche Sache kommt ohne Licht aus? Keine einzige Eiweißzelle der infizierten menschlichen Evolution plus die Substanzen, welche von der Evolution je geschaffen wurden. Nur welche Materie wird nicht vom Licht beglückt? Keine! Folglich ist das absolute Gegenteil unserer lieben Sonne ein schwarzes Loch, was nur Licht frisst und auf der Erde alles was mit Licht erwuchs. Und was wird in einen Krieg vernichtete? Alles das Gut, was von Menschenhand im Sonnenschein geschaffen wurde, steht im Krieg gleich welchen, mit einem Bein im Grab. Im Krieg werden ja nicht ohnehin alle Gesetze der Physik im negativen Sinne missbraucht um mit Schrecken und Gräuel vermeintliches Recht durchzusetzen. Nur wem nützt der Donnerknall? Doch nicht dem Bauern, Handwerker und Soldaten. Sondern denjenigen, welche am Krieg verdienen. Und dieser abartige Teufelskreis ist mit den umgekehrten Winkelfunktionen nicht zu durchbrechen. Ganz im Gegenteil, es wird immer schlimmer und das pfeifen schon die Spatzen seit Jahrzehnten von den Dächern. Die unzähligen nicht mehr zu bändigen sinnlos entfachten Naturgewalten nehmen ja noch von Jahr zu Jahr zu und die Spirale des kultivierten Irrsinns hat einen unsichtbaren Keim. Dieser unsichtbare Keim sind die umgekehrten Winkelfunktionen im Schnittpunkt beider Achsen.

Nur welche Kraft - Energie wird mit der Sonne in der Evolution gebunden und reflektiert als Funktion zu gegebener Zeit im negativen Sinne gegen die Verursacher der perversen Religion? Diese Kraft ist noch wesendlich stärker als die Kernwaffen aller Bauart. Selbst die Wasserstoffbombe als stärkste atomare Waffe kann da nicht mithalten und muss den aufkeimenden schwarzen Loch weichen. Denn in einen Spiegel mit nach innen gewölbter Oberfläche bindet nicht nur das Licht und kehrt die Winkelfunktionen um.

Es entsteht auch ein ungewollter Gammastrahl, der die Oberfläche der Erde im Sekundetakt tagtäglich erwärmt, wie die letzten Zehn Sommer zum Glück unwiderlegbar beweisen. Und dieser irre Trennt setzt sich fort, bis der letzte Halm - Baum verrannt ist wie die unschuldige Hexe auf dem Scheiterhaufen. Denn die Wälder entzünden sich ja nicht aus lauter Wolllust am brennen. Keine einzige Hexe lief mit Freude zum Holzhaufen. Sie wurde mit Folter zu diesen Schritt gezwungen. Und die Gründe dazu waren irrational und deshalb maßlos verbrecherisch bis ins Mark der Evolution des organischen Lebens der unendlichen Evolution.

Wenn mit der Zwei als Sinus begonnen wird zu zählen, endet die logische Reihe der Ziffern in der Null als Hohlspiegel der Physik. Denn die Mathematik ist der Physik zu vollen Hundert Prozent unterteilt, da es ja keine Funktion ohne die Hauptwissenschaft Physik gibt und jeder Mensch, Pflanze plus Tier ein Festkörper der Physik ist und den unbestechlichen freien Fall unterliegt, der jener rote Faden unserer aller Physik ist. Kein Leben ohne den freien Fall als Ordinate. Und das Spiegelbild der Y - Achse ist die Abszisse - X - Achse als waagerechter freier Fall. Nur wie kann man ohne faulen Kompromiss - Betrug von der Null als dritte Ziffer aus die Drei als vierte Ziffer schließen und dann ohne nachzudenken weiterzählen, als wäre das der normalste Fall der Welt? Denn im Hohlspiegel bündelt sich das Licht und richtet alle Funktionen nach innen, was mal allgemein als Inzucht gegen das eigenen Sein bezeichnet. Auch die reflexarme Farbe Schwarz bindet unsinniger Weise Wärme und alle Materie muss sich aufnehmen ohne einen nennenswerten Sinn.

Steht das nicht die Pyramide auf den Kopf und alle Naturgesetze dazu. Wie sieht dieser Irrsinn in der Augen der Physik aus? Beim Wasser geht jeden ein Licht auf.

Aus den Wassermassen der Welt entnehmen wir immer das nächste Gewässer. Aus den Atlantische Ozean die Ostsee und keiner würde den Betrug je bemerken. Dann aus der Ostsee den Bodensee und daraus einen Baggersee. Diese Reihe setzen wir weiter fort mit den Pool, Badewanne, Wassereimer, Wasserglas, Schnapsglas plus Wassertropfen. Und keiner würde wie beim Atlantik den Diebstahl bemerken. Folglich steht die Pyramide auf den Kopf und der Ozean liegt mit seinen immensen Gewicht auf den kleinen Tropfen Wasser. Folglich bricht die Statik zusammen wie ein marodes Kartenhaus, was nach den II Weltkrieg offensichtlich der Fall war. Dazu verloren Sechzig Millionen Menschen ihr Leben.

Steht nur eine Pyramide auf den Kopf, drückt sie eine Delle auf die Abszisse und die Dichte als Statik lässt das Erdreich verdichten, so das die Regenwürmer im Einzellfall verenden. Da der innere künstlich gezeugte Druck gegen alle Regeln der Biologie ist und sich das knochenlose Tier nicht wehren konnte. Hat sich da nicht Raum und Zeit verändert? Hatte die Evolution eine Chance, als die Juden ihr Judentum mit dem Judenstern erfanden und begannen die geeichten konstanten Gesetze der Physik auf den Kopf zu stellen? Folglich veränderte sich für einen Teil der Juden Raum und Zeit im Holocaust und vorfallen Dingen in den Gaskammern von Auschwitz. Auch die Ostfront plus alle anderen Lager wurden die Lebensumstände massiv verändert. Denn sie stellen im Grunde Leichenflecke der Evolution dar. Auch in Verdun hatte sich das normale Verhältnis von Raum und Zeit verändert. Hat eine irdische Macht zumal es bei Religion um eine unredliche künstliche Intelligenz handelt das Recht zu solchen strukturellen Brüchen in der Physik? Zählt man die Wasserlagen vom großen Ozean bis Wassertropfen sind es Zehn Gewässer. Schon die Ostsee geht im Atlantische Ozean unzählige male unter oder verschwindet völlig in diesen gigantischen Gewässer plus alle anderen Ozeanen. Darum werden auch der perverse Verursacher dieser physikalischen Unzucht verschwinden, so wie es der braune Hitler mit den Juden vor hatte. Im kommenden III Weltkrieg verschwinden die schwarzen Katholiken in ihren eigenen hohlen Spiegelbild als künstlich geschaffenes schwarzen Loch.

Beispiel:
Immer das nächste Gewässer verschwindet völlig im vorigen, ohne das es einer je bemerkt!

1. Atlantische Ozean
2. Ostsee
3. Bodensee
4. Baggersee
5. Pool
6. Badewanne
7. Eimer
8. Glas
9. Schnapsglas
10. Wassertropfen

Steht die Pyramide auf den Kopf und bricht die Statik zusammen, entsteht auf den Festland und Ozen eine Monsterwelle, so wie Hitler mit seinen II Weltkrieg eine solche Welle war. Im Grunde ist jeder Wassertropfen ein sichtbares Atom, wo die Gewalt aller Materie ich in der auf den Kopf stehenden Spitze der Pyramide bündelt und in verdichteter Form zurück reflektiert. Auch der Floh in der Hohllinse ist so ein Atom, was im gebündelten Licht seinen Geist aufgibt und bei lebendigen Leib wie die unschuldige Hexe verbrennt. Folglich verkommt - verbrennt alle Materie die vom Licht geschaffen wurde in der künstlichen Intelligenz, die nur im Grunde ein fauler Kompromiss im Hohlspiegel gegen die echten konstanten Gesetze der

Physik ist. Denn in so einen künstlichen hohlen Spiegel - Linse bricht sich das Licht und es entsteht ein schwarzes Loch, was nur Licht frisst. Und mit den Licht der Sonne gehen Millionen bis Milliarden Jahre in Luft als geplatzte Luftblase auf. Der Vatikan plus Gaskammern von Auschwitz sind solche Orte wo der unsichtbare Lichtwiderharken alle Materie unsichtbar bindet und keiner kann den wahren Grund zum völkischen Tod erkennen.

Im Fadenkreuz des Vollkreises der Physik mit der Ordinate und Abszisse bildet sich mit der Sonne als Verbündete die Winkelfunktion. Wird aber diese zum Überleben extrem wichtige Funktion wie beim Judenstern blockiert, liegt der Kosinus über den Sinus und das gilt auch für die doppelte Abszisse der katholischen Kirche mit den lebend angenagelten Jesus, beginnt sich der Tod seinen Weg durch die Materie zu bahnen. Wenn der III Weltkrieg zu Ende ist, liegt als menschliche Evolution ein Knochengerüst als logisches Spiegelbild auf der Abszisse, so wie die unzähligen Häftlinge nach Ende des Hitlerkrieges in den Konzentrationslagern als Leichenflecke der Evolution. Da sich im Schnittpunkt des Fadenkreuzes die Winkelfunktionen in sich umkehren, beginnt der unendliche Irrweg in den künstlichen Hohlspiegel, der jeden logischen Gedanken in sich destabilisiert und immer wieder Impulse in den Tod begünstigt. Denn jede Körperzelle als Mensch hängt am Licht des Sinus und wird mit den Kosinus als Impulsgeber zum Gegner seiner eigenen Existenz. Folglich klopft der Tod an die Tür jedes Menschen und fordert seinen Fron. Dann betreten Leute als Tribun die Weltbühne um sich der irrationalen oft unlösbaren Probleme anzunehmen wie der Massenmörder Adolf Hitler. Denn wie soll der braune Hitler die Religion im Judentum vor der Physik trennen. Er kann nur mit den Reflexen der Physik versuchen den völkischen Tod aufzuhalten in dem er die Juden mit ihrem toxischen Judentum konfrontiert. Dieser Reflex ist das persönliche Spiegelbild als Tod in den bekannten Orten plus den Gaskammern von Auschwitz, wo den Insassen die Puste ausging. Denn dieses hochgiftige trübe Spiegelbild ist für die Juden genau so tödlich wie für unsere unendliche Evolution, die diesen toxischen künstliche Dreck zu jedem Atemzug fressen muss.

Im Hohlspiegel verschwindet in der erhöhten Temperatur ein Floh im sichtbaren Bereich. Zuerst aber im inneren der Evolution eine Zelle nach der anderen. Es ist wie beim Igel, der eine giftige Kreuzotter vom Schwanzende her bei lebendigen Leib Wirbel für Wirbel frisst. Wer hätte gedacht, das dieses mehr als friedliche Tier im Kern ein schwarzes Loch symbolisiert? Aber wie sieht es mit einer Riesenschlange im Stil der Abszisse aus, die einen nur angenommenen Umfang einer Litfasssäule umfasst um mit einer künstlichen Länge von rund Fünfzig Metern bequem zwei Elefanten umringen kann um sie zu zerquetschen? Sicher hat sie keine Feinde, und dennoch ist ihr Eigengewicht nicht machbar, weil sie dann mit den Lungen auf den Rücken plus schützenden Muskelplatten über den Lungen ein tierisches Perpetuum Mobile wäre, was zum Glück mit der Physik nicht zu einen Millionstel Prozent möglich ist. Wenn wir den Hohlspiegel mit einer Höhle vergleichen und eine Macht diese riesigen fast unbezwingbare Schlange wie der Igel zu fassen bekommt, ist es in extrem langen zeitlichen Fenstern um das Tier geschehen, was stellvertretend für die unendliche Evolution gesehen steht.

Wenn Sie ein künstlichen Hohlspiegel schaffen, haben wir alle mit anderen Worten den Keim zu einen künstlichen Vakuum geschaffen. Und ein luftleerer

Raum kosten nur Geld und bringt keinen ehrlichen Nutzen, da es mit der Physik nicht ums eigene Verrecken zu bewerkstelligen ist. Da es ein Akt der perversen Inzucht ist, was Religion im Grunde schon seit Beginn jeder Weltreligion war und immer sein wird. Denn ein Hohlspiegel bündelt Licht, so wie die Farbe Schwarz immer nur Licht anzieht wie ein Magnet Eisenspäne. Sowohl das Vakuum als auch Schwarz sind im Grunde schattenlos und können beim Missbrauch schädigen, das sogar Weltkriege nicht mithalten können. Denn die Kernaussage beider europäischen Weltkriege ist die, das im Ersten ein kleiner Staat mit Siebzehn Millionen Toden entmenscht wurde. Und im Zweiten größere Staaten wie Frankreich, Italien, die Türkei oder Großbritannien ohne Menschen ist. Addiert beider Weltkrieg wäre das vereinten Deutschland mit rund Achtzig Millionen Menschen entmenscht. Und genau das ist die Erde nach den III Weltkrieg als schwarzes Loch oder katholischen Holocaust. Und dieses nicht zu definierende Verbrechen gilt es mit allen Mitteln zu verhindern.

Nur muss man wissen, was noch am Keim der Evolution schattenlos ist um sich ein reelles Bild bilden zu können. Das Licht, der Sauerstoff und die Ökonomie sind nicht zu greifen und können nicht ohne Umstände eingesackt werden. Außer der Sauerstoff. Doch wer läuft mit einen Rucksack mit Sauerstoff umher. Keiner, weil es gegen alle Regeln der Ökonomie ist und nur Unsummen kostet, aber nichts bringt. Aber auch der Scheiterhaufen, die Gaskammern von Auschwitz, die Massengräber beider Weltkriege und das schwarze Loch sind schattenlos und fressen nur Materie plus der Rachen des Igel mit der Giftschlange im Maul. Aber auch die Weltreligionen sind nachgeäffte Gebilde ohne einen physikalischen Nutzen und deshalb ein künstliches Vakuum. Darum sind auch die Fronten in

Verdun und jene verheerende Ostfront die schwarzbraunen Ränder zu einen alle Materie schwarzen Loch. Schwarzbraunen deshalb, weil es an diesen blutigen Orten noch überlebende Materie gab. In einen schwarzen Loch ist dieser Lichtreflex unmöglich. Denn dieser Hohlspiegel ist ja ein künstliches Gebilde und ein Akt der perversen Inzucht mit einen toxischen tödlichen Keim, wie es die Gaskammern von Auschwitz zum Glück beweisen.

Wie kann es zu solchen völlig irren Funktionen auf der Abszisse kommen? Beißt sich da nicht Materie untereinander, wie es nur mit der Inzucht im künstlichen hohlen Spiegel möglich ist? Wie kann bei einer römischen III von der Seitenansicht Licht durch eine Säule schimmern? Stimmt da nicht etwas mit den geeichten Lot? Wenn bei einer Brücke eine senkrechte Säule nachgibt, entsteht ein schwarzes Loch an defekter Materie. Bei einen Munitionstransport fliegt jeden Soldaten wie an den Fronten die Materie um die Ohren. Also muss irgendwo in der Materie eine krumme Tour zu so eine Infektion beitragen. Denn jeder ungewollte Lichtreflex beinhaltet den Keim zu einer Infektion, die dann weitere einst kerngesunde körpereigen Zelle ansteckt und den Tod wie die Weltreligionen von Mensch zu Mensch überträgt. In dem sie ihren toxischen Dreck über Jahrhunderte in die Welt hinein trugen. Denn in der Physik ist jeder Mensch eine Eiweißzelle und auch prinzipiell Festkörper der Physik, so wie jede Stadt, Dorf, Land, Staat, Kontinent und letzteren Endes die Erde selbst. Verbrennt eine Zelle, brennt ein Mensch und so weiter, bis sich die gesamte Erde allmählich entzündet. 2018 verbrennt in Kalifornien die doppelte Fläche wie 2017, was einmalig in der Geschichte war. Von den allen anderen Bränden mal abgesehen. Auch die zwei europäischen Weltkrieg waren solche Weltenbrände mit Achtzig Millionen

Toden.

Immer dort wo sich Materie beißt, lauert irgendwo ein toxischer Keim, der sein Gift in die Evolution injizieren will. Im Grunde so was wie die Taktik der verbrannten Erde, die ihren unsichtbaren giftigen Kern in jeder Religion wie dem Judentum plus Katholizismus trägt. Nur steht fest, das was sich alles beißt, muss auf den Prüfstand der Physik und das waren in den beiden Weltkrieg die Fronten, wo pausenlos wie im Schlachthof gestorben wurde. Man kann ohne weiteres sagen, das die Materie, welche sich beißt, bald abtreten muss, was den Tod unweigerlich zur Folge in sich trägt. Ziehen Sie mal alles ab was an Stütze vom Staat nicht sein muss, wenn man sich im Takt der Physik mit der Evolution normgerecht im organischen Leben festigt. Dazu gehört nun mal Sport und gesunde Kost ohne giftige Zusätze. Da halbieren sich mindesten die Nationen wie die Juden im III Reich. Nur das die Völker im vorigen Jahrhundert noch wesendlich gesünder waren. Kein noch so gewagter Vergleich kann mit den Beginn des III Jahrtausend auch nur in etwa - über den Daumen mithalten.

Zieht sich die infizierte Materie durch die eigenen inszenierte religiöse Inzucht ab, bildet sich in relativ kurzer Zeit ein alle Materie bildendes schwarzes Loch. Denn bei der Brücke mit den absackenden Militärtransport wie die zwei schiebenden Loks des Tod noch beschleunigen, ist ein V - Trichter entstanden, der alle infizierte Materie in sich verschlingt, wie ein Scheiterhaufen der erzkatholischen Kirche. Nur das sich die Umstände über die Jahrhunderte etwas veränderten. Auch in den Kriegen wurde im Grunde Materie wie die Hexe oder der Floh bei lebendigen Leib restlos verbrannt. Stellt man die beiden vorigen beiden Weltkrieg mit den römischen Zahlen I plus II wie im

Spiegel zum III Naturweltkrieg gegenüber, steht das organische völkische Leben aller Siebeneinhalb Milliarden Erdenbürger vor ihren hohlen toxischen irren völlig religiösen wahnhaften Spiegelbild. Und im Zentrum diese künstliche hohlen Spiegels ist eine ladende Krebszelle, die nur ein Ziel verfolgt, alles was mit den Sonnenlicht je geschaffen wurde zu infizieren, das der leibhaftige Tod ein ständiger Begleiter wird und ihn keiner je rational begründen kann. Sehen kann jeder Bürger ohnehin immer nur die mehr als abscheulichen Exzesse auf jeden Quadratmeter dieser noch belebten Erde.

Kann der Mensch mit seinen Sinnen so ohne weiteres dieses unsichtbare Verbrechen ohne Mühe sehen? Zumal mit den toxischen Molekülen im hohlen Spiegelbild als Bewusstsein plus Unterbewusstsein wie eine Drogenwand oder Flimmerbild die einst rationalen Sinne trüben. Denn ein Hohlspiegel kann unmöglich ein messerscharfes ehrliches - natürliches Ebenebild abbilden, wenn eine unsichtbare Nebelwand sich wie ein Mehltaufilm über die Sinne legt um sie als perfektes Dauerverbrechen zu tarnen, was immer den Verlust bis Tod der tödlich infizierten Materie zur unausweichlichen Folge nach sich zieht. Wer kann also so ein völlig die Evolution verachtendes perverses Dauerverbrechen durchschauen. Keiner! Kein noch so geniales Hirn ist auf Anhieb in der Lage zu einen alle Materie bindenden Urteil. Auch solche genialen Hirne wie Einstein nicht. Da muss mehr kommen um sich gegen den perfekten Tod zu wappnen. Im einzelnen kann der Bürger ohnehin nichts verrichten. Als kriegerisches Masseverhalten muss wie nach den beiden Weltkriegen das Volk erneut bluten, wie es mit der perversen Inzucht nicht anders sein kann, obwohl Hitler im Sinne der Physik im Recht ist. Denn unsere Physik ist die Hauptwissenschaft und im selben Atemzug die

Mutter aller Wissenschaften. Folglich atmen wir zu jeden Atemzug - Herzschlag immer die drei Teile des physikalischen Dreiklangs als Licht - Sauerstoff - Ökonomie.

Wer gegen diese drei Hauptwissenschaften verstößt, sie unterbuttert oder gar wie die Juden mit den zweiten Dreieck blockiert, würgt die Evolution zu vollen Einhundert Prozent ab, was den Tod der tödlich infizierten Materie unweigerlich nach sich zieht. Denn alle organische Materie die nicht im Takt der Physik astrein atmen kann, muss zuzahlen und das bis zum Tod und darüber hinaus. Und die zwei Weltkriege sind ein mehr als geniales Beispiel für meine Theorie. Die Völker stöhnen zu Beginn des III Jahrtausend immer noch unter der braunen Knute, obwohl der pechschwarze Henker sich schon längst am extrem beschränkten Horizont angekündigt hat. Nur mit einen flimmernden Blick aus dem toxischen Unterbewusstsein ist eben kein glasklares Spiegelbild möglich und folglich muss der Tod von jedermann in Kauf genommen werden. Folglich steht das einzige Leben von allen Siebeneinhalb Milliarden Menschen auf dem Spiel. Und dieser schwarze Tod ist ein schwarzes Loch, weil nur Schwarz sich selbst als Schwarz im Spiegel zu vollen Hundert Prozent reflektieren kann. Was soll den sonst aus dieser reflexlosen Farbe entstehen außer ein alle Materie fressendes schwarzes Loch.

Wie kann eine unbekannte - unsichtbare Macht wie die künstliche Riesenschlange als Abszisse mit Sack und Pack bei lebendigen Leib packen um sie aus der Höhle zu packen? Denn der Durchmesser der Höhle entspricht dem eigenen Spiegelbild und das ist künstlich geschaffene Hohlspiegel. Also ein Senke ohne Sinn, die nur Materie frisst ohne den entsprechenden Gegenwert. Und diese Senke entpuppt sich in laufe der Zeit zu einen schwarzen Loch, wo die Fronten beider Weltkriege die schwarzbraunen Ränder zu so einen alle Materie - Energie fressenden Loch waren. Und die unzähligen Konzentrationslager waren schon die Leichenflecke unserer aller Evolution. Denn der Lichtstrahl durch die drei Säulen der römischen III sind immer ein Impuls vom Kern her im Hohlspiegel zu einen schwarzen Loch. Da ja mit den Lichtstrahl der physikalische Dreiklang unweigerlich verbunden ist. So wie die Erde nicht aus unserer Sonnensystem ausscheren kann, darf es auch keine Mensch aus dem genialen Gefüge der Physik. Denn die geheime - unsichtbare Macht unserer aller Physik sind die Atome - Moleküle in den atomaren Gittern - Gefügen der Materie. Und kommt es da zu irgendwelchen reibenden Widerständen, müssen sich die Atome gegen ihren Willen bewegen und mit Gewalt zurück rudern. Das solche Kriege extrem tiefe Spuren auf der Abszisse hinterlassen dürfte jeden normalen Menschen einleuchten.

Wenn Sie die dritte Stelle nach den Komma betrachten ist es ein Tausendstel oder ein achtel Ton wie in der Musik. Nur welche Materie verbindet sich mit den Stellen nach den Komma? Da alle Sinne in einen Hohlspiegel mit im Boote sitzen, bindet auch der hohle Spiegel jeden Sonnenstrahl und Körperzelle. Denn mit jeden Strahl der Sonne bildet sich im positiven kerngesunde körpereigenen Zellen und mit einen immer stärker abschwächenden Licht, beginnt die Evolution zu schrumpfen, bis der Tod vor der Tür steht. Denn im Grunde lebten ja die armen Bürger nicht in den letzten Jahrhunderten. Sie existierten bloß und waren heil froh, wenn der Magen nicht knurrte und die Kinder nicht verhungerten. Da ja über den letzten Lichtreflex jede Zelle mit Energie aufgeladen wurde um nicht die Segel strechen zu müssen. Sicher bricht sich das Licht mit jeden halbierten Ton vom ganzen über den halben, viertel bis zum achtel Ton. Doch unterliegt die Evolution diesen Rhythmus und kann so problemlos Leben. Aber mit einer restlos blockierten Evolution wie mit dem Judenstern zum doppelten Dreieck und der doppelten Abszisse ist kein normales organisches Leben möglich.

Wenn Sie einer der Drei Sauerstoffarten Licht - Sauerstoff - Ökonomie nur um ein Prozent etwas abschwächen, muss ein anderer Teil nachrücken. Es ist wie bei einen Atom was gegen die Gesetze der Physik aus seinen Gitter - Gefüge gereizt wurde und logisch eine Lücke hinterlässt die gefüllt werden muss. Das gilt auch haargenau für einen Soldaten an der Front oder blockierten Sonnenstrahl, der von der Religion über einen irren Gedanken fehlgeleitet wurde und an Kraft verliert. Teilen Sie mal eine Bockwust im Acht gleich Teile für einen Menschen zum Mittag ohne andere Kost. Da bleibt der Witz wie ein Säulenkaktus im Halse stecken. Da lugt der Hungertod durch das Schlüsselloch. Folglich wir die angegriffene Materie in laufe der Zeit gepackt und ohne das es einer der Opfer dieser perversen Inzucht je begreift bei lebendigen Leib verschlungen, so wie die unschuldige Frau auf den Scheiterhaufen, die bei lebendigen Leib als vermeintliche Hexe verbrannte wurde. Auch in einen Krieg, gleich welchen, wird Evolution bei lebendigen Leib gefressen. Verdun und die Ostfront sind noch in aller Munde.

Nur was geschieht auf der noch bewohnten Erde, wenn eine der Drei Sauerstoffarten Licht - Sauerstoff - Ökonomie um einen Teil geschwächt wird und ein anderer Teil nachrücken muss? Da wir das Licht nicht so ohne weiters beeinflussen können, erhöht sich jene Umwelttemperatur und die Ökonomie plus Sauerstoff bleiben nutzlos außen vor. Folglich entsteht ein erhöhter reibender Widerstand und die zusätzliche aber unnütze Wärme muss von allen Festkörpern plus Menschen ertragen werden, was erneut zu zusätzlichen Problemen führt, die erneut zu kaum zu lösenden Konflikten die ohne hin schon unlösbaren bis tödlichen Knacknüssen noch oft wesendlich erhöht. Alle unzähligen Naturkatastrophen rühren aus den umgekehrten Winkelfunktionen am Schnittpunkt beider Achsen im Fadenkreuzes des Vollkreises der Physik. Denn jede der zwei Achsen ist eine römische Zahl und addiert ergibt sich nach der senkrechten Ordinate als I Weltkrieg der II Weltkrieg mit der Abszisse. Einen kommenden und sich schon längst am beschränkten Horizont ankündigten III Weltkrieg erlöscht die menschliche Evolution, weil ja es keine dritte Achse im Fadenkreuz im Vollkreis der Physik gibt. Die weit nach oben verschobene Abszisse mit den dürren Jesus ist ein in sich mordender perverser Dauerbetrug, wie der lebend angenagelte Knochenmann symbolisier. Die unzähligen Konzentrationslager sind nicht umsonst weiter nichts als Leichenflecke der Evolution im II Weltkrieg, weil sich die Völker im III Weltkrieg restlos auflösen.

Was sagt uns der irre Hitzesommer 2018 auf der Erde. Das sich die weit nach oben verschobene Achse als doppelte Abszisse auf die Erde widerspiegelt und sich somit die Fläche der Waldbrände in den USA - Kaliforniern verdoppelte. So einen riesigen Flächenbrand hatte es in der Geschichte dieser Region nicht ein einziges Mal gegeben. Nur was spielt sich auf der Erde 2023 ab wenn ein direktes Saharahoch die gesamte Vegetation abfackelt? Denn bei Temperaturen über Fünfzig Grad Celsius entzünden sich die Wälder wie von Geisterhand allein. Von einer halbwegs vernünftigen Ernte kann keine Rede mehr sein. Da muss gehörig vorgebaut - vorgesorgt werden. Haben Sie bemerkt, das sich allmählich die konstanten - geeichten

Maße der Physik beginnen aufzulösen und der Tod sich auf jeden Quadratmeter beginnt auszubreiten. Dazu wird er versuchen das Zepter der Physik nicht wieder herzugeben. Und da ist den perversen pechschwarzen Tod wie im Mittelalter jedes Mittel recht. Auch die Maße in den zwei Weltkriegen lösten sich teilweise völlig auf. Verdun, die Ostfront, jene Lager plus die Gaskammern von Auschwitz sind Heute noch berede Beispiele für diesen inszenierten religiösen kultivierten Irrsinn.

Wenn beim II Weltkrieg die Abszisse schräg stand und halb Europa in Schutt und Asche zulegen, ist nach den III Weltkrieg, wenn die konstante waagerechte Abszisse senkrecht vor der senkrechten Ordinate steht, verkommt jeder Kontinent auf der noch bewohnten Erde zu einen Massengrab. Denn die gebundene Energie, welche über den Lichtstrahl zwischen den drei Säulen zum III Weltkrieg unrechtmäßiger Weise durchscheint, muss als Reflex bedient werden, weil es nur Löcher in die einst gesunde Materie frisst. Auch ein Floh hat das Recht auf ein anständiges naturelles Dasein. Keine Macht darf einfach so eine Spezies mit den Tod bedrohen. In dieser Tatsache oder Information lauert ladend ein tödlicher toxischer Keim zu einen völkischen Massengrab, wie die zwei Weltkriege zum Glück beweisen. Eine künstliche Hohllinse ist nun mal keine Volllinse, welche die Materie vergrößert. Darum ist auch die Ziffer Eins keine Primzahl, obwohl sie die Kriterien zu einer Primzahl im Grunde erfüllt. Aber eben nur im Grunde, da sie als Delle einer hohlen Linse nicht aus eigener Kraft heraustreten kann. Sie benötigt immer eine fremde Hand um sich über Wasser zu halten, was mit anderen Worten Hochwässer unweigerlich nach sich zieht.

Also ein künstliches Eingreifen in die natürlichen Gesetze der Physik ohne einen triftigen Grund, was der

Physik den Boden unter den Füßen entreißt. Die Folgen sind ein sich allmählich bildendes schwarzes Loch wie die Fronten beider Weltkriege, schwarzbraune Ränder zu einen solchen Loch sind. Im inneren verreckten damals schon indirekt Völker wie die statistischen Daten verraten. Auch der Megasommer 2023 ist ein direktes völkisches Grab, wo Kontinente beginnen zu röcheln, wie die Juden in den Gaskammern von Auschwitz. Und das immer noch im Vorfeld zum alle Materie vernichtenden III Weltkrieg, wo jedes reelle - ehrliche Maß unserer Physik in einen schwarzen Loch wie die menschliche Evolution erlischt. Heute schon wie vor Hundert Jahre oder zur Jahrtausendwende steht der leibhaftige Tod als unsichtbarer Begleiter bei jeden Erdenbürger bei der Taufe Pate. Nur ist es so, das dieser Geselle ohne ehrliches Spiegelbild nicht zu sehen - fassen und leider hinzurichten ist. Man kann den Tod nur mit seinen eigenen Waffen schlagen, so wie man ein Feuer nur mit Feuer bekämpfen kann, um sie den Feuertod vom Leib zu halten.

Haben Sie erkannt, das mit den ständig zunehmenden extremen Hochsommern, jeden Erdenbürger der katholische Scheiterhaufen hinterher läuft und keiner kann sich den leibhaftigen Tod vom Leib halten. Daher ist mit bewiesen, das Religion eine Art physikalischer Inzucht zum Nachteil der Evolution ist und nie und nimmer aus eigenen Antrieb die Hohllinse überwinde kann und sich die Umwelttemperaturen von Jahr zu Jahr immer enger um die Hälse der Erdenbürger zuzieht um den sich schon lange am beschränkten Horizont völkischen Tod beschert. Auch im pechschwarzen Mittelalter liefen die saudummen Häscher hauptsächlich den unschuldigen Frauen wie von Sinnen hinterher um den Feuertod zu verabreichen. Und unsere lieben Frauen sind nun mal die Lieblingskinder unserer aller Evolution und nicht die oft bekloppten Männer mit ihren raune

Sitten. Das sich da der Evolution das Gefieder sträubt und auch ein Gefreiter Namens Adolf Hitler der infizierten Materie annimmt dürfte jeden Dummerjan einleuchten.

Überlegen Sie mal, wenn die Evolution aus jeder gestohlenen Köperzelle einen Mann bildet, das er sich dieses fast unlösbare - unsichtbare Problems annimmt um nicht den völkischen Tod herbei zu führen, so wie er es in seinen Reden ausrief. So ganz unrecht hatte er da ja wohl nicht. In jedes der aufgezählten europäischen Völker wohnten Juden und Katholiken mit ihrer Materie zersetzenden perversen Religion. Entnehmen Sie jeden Toden des I Weltkrieges eine Körperzelle und schon entsteht ein Mensch oder Gruppe wie die um den Führer und in diesen geistigen Konzept begann Hitler sein tun. Wie sieht es den in den armseligen Dorf aus, in den der mexikanische Drogenbaron geboren wurde. Aus dieser verachtenden lähmenden Armut erwucht ein weltbekannten - gefürchteter Massenmörder wie der kolumbianische Drogenbaron, der auch ein Massengrab bis zu seinen Tod hinterließ. Sie sparen in Mexiko einen Peso und müssen reichlich Tausende Dollar pro Peso draufzahlen um die Drogenflut einzudämmen. Steht da nicht die Pyramide wie auf dem Judenstern auf den Kopf? Widerspiegelt sich da nicht jene Wasserpyramide mit den atlantischen Ozean über den Zehn Stufen vom Wassertropfen? Also regnet es ab und zu mal Ozeane, wie die jüngste Geschichte zu Glück beweist. Mit anderen Worten eine Art physikalischer perverse Inzucht zum Nachteil der eigenen Existenz, was Religion im Grunde als Inhalt ausmacht.

Nur was soll Gescheites heraus kommen, wenn sich der Sinus mit den Kosinus im ungekehrten Maßstab reibt und sich somit die infizierten Materie wie von Geisterhand entzündet und die Wälder entzünden und

Äcker austrocknen. Zudem oft wegen der erhöhten Umwelttemperatur sich das Laub plus Geäst nicht naturgerecht zersetzen kann und somit für Feuer einen idealer Nährboden bietet, so das sich jeder Funke zu einer Feuerbrunst mausern kann. Dann steht jeder Feuerwehrmann auf verlorenen Posten und muss oft die Segel streichen, was unweigerlich Frust nach sich zieht. Mit den umgekehrten Winkelfunktionen die mit jene lebend angenagelten Jesus einher gehen, ist der leibhaftige Tod förmlich für jeden Spießer vorprogrammiert und muss in vollem Umfang akzeptiert werden. Denn die Physik kann immer nur den Fakt reflektieren, der ihr injiziert wurde. Und toxische Moleküle als atomare Bausteine sind nun mal der Todfeind unserer konstanten Naturgesetze und die Natur beginnt sich allmählich gegen den religiösen verabreichten Tod mit Leibeskräften zu wehren. Da waren die zwei Weltkriege nur ein läppischer Vorgeschmack - Vorbote zum sich schon längst abzeichnenden völkischen Tod. Der Weg vom Gefreiten Adolf Hitler zum General ist sehr weit aber nicht unmöglich. Mann muss nur lange genug dienen und sich qualifizieren um den Tod befehlen zu können.

Wenn die zwei Winkel als Funktion umgekehrt werden, bindet der Kosinus im vermeintlichen Schnittpunkt alle Materie und das kann immer nur Krieg wie die letzten beiden europäischen Weltkriege ausgestorbene Völkern als logischen Tod zur unausweichlichen Abfolge unweigerlich nach sich ziehen. Denn nun entspringt aus den Schnittpunkt beider Achsen der dunkle Kosinus und der Sinus wurde wie von geistloser Henkerhand weit nach oben verschoben und dieser perverse Gauklertrick ist ein Akt zum eigenen Tod bis völkischen Tod. Denn der Sinus ist mit den Kosinus nur als vereintes Paar positiv wirksam und nicht wenn man die Winkelfunktion teilt. Damit erhebt sich die Abszisse so weit vom geeichten Fakt, das sich die gesamte Materie über die zusätzlichen reibenden Widerstand erwärmt und die zusätzliche Wärme immer an die Umwelt abgibt, was erneut reibende Kräfte auf den Plan ruft und das ist ein Teufelskreis bis in ein schwarzes Loch, was nur Licht frisst, da es das absolute Gegenteil der Sonne ist, da ja die Winkelfunktionen in sich verkehrt wurden.

Diese unendliche Spirale des Todes muss mit aller Gewalt restlos gestoppt werden, wenn wir nicht aussterben wollen. Alles was die Evolution schwächt muss mit Stumpf und Stil ausgerottet werden. Es sollen die Gifte in den Waren plus Kilokalorien aus den Regalen verschwinden und nicht die arglosen Bürger vor den Regalen. Denn so wie der knochendürre Jesus angenagelt wurde, ist auch der Kosinus eine gefestigte unbestimmte Größe zum Nachteil der Evolution. Denn das absolute Spiegelbild des lebend angenagelten Jesus ist die abgemagerte Evolution und die Konzentrationslager die Sendboten als lebendige Leichenflecke für den baldigen völkischen Tod. Denn der erhobene Sinus ist in realen der wahre Kontinent und alle damit verbundene Energie kann und wird alle Kontinente wie bei einen Erdbeben anheben und restlos in Schutt und Asche zerlegen wie Europa nach den II Weltkrieg. Der braune Hitler war nur ein Gefreiter und der Weg bis zum General ist weit aber nicht unmöglich. Mit anderen Worten beschert uns jener Sonnenstrahl der zwischen einer römischen III durchscheint eine erhöhte Temperatur als hätte die Erde ihre vorbestimmte Umlaufbahn verlasen und somit ungewollt der Sonne so weit genähert, das sich die irdische Materie wie von Geisterhand entzündet und in den extremen Sommern oft restlos bis in den Wurzelbereich ausdörrt. Kalifornien ist nur eine Sommersprosse zum folgenden schwarzen Loch.

Wenn wir alle unkonkrete Substanzen - abweichende Maße auf einen Brennpunkt verdichten, entsteht ein alle Materie vernichtendes schwarzes Loch und die zwei Weltkrieg waren lediglich Vorboten als Sendboten zum kommenden und sich schon längst am beschränkten Horizont ankündigten III katholischen Weltkrieg als alle Energie fressende schwarze Loch. Lieben Leute, was soll den Gescheites heraus kommen, wenn einigen restlos bekloppte Galgenvögel die für die Lebenddauer der Sonne konstanten physikalischen Gesetze dermaßen negativ beeinflusst, das sie ihren eigentlich Sinn verlieren und in letzten Konsequenz sich nicht im eigenen logischen Spiegelbild bestätigen können? So wie sich unser aller Physik in einen Hohlspiegel auflöst und die Evolution dazu, muss jedes Volk auf der noch belebten Erde mit seinen toxischen Ebenbild als schwarzes Loch sich auseinander setzen, was auf jeden Fall den Tod bedeutet. Die weltweiten Symptome sind mehr als eindeutig.

Jedes dieser abscheulichen Symptome wie die Megafeuer in Kalifornien sind ein Schnittpunkt beider Winkelfunktionen und nur eine Sommersprosse. Auch die vielen Lager in Europa im III Reich sind solche farbigen Sprossen am Körper der Evolution. Dazu zählen auch die Gaskammern von Auschwitz, wo sich der umgekehrte Sinus als sichtbarere Beweis für die religiöse Unzucht offenbart. Nur hatte diesen Akt des kultivierten Todes keiner in seinen physikalischen Sinn begriffen. Im Grunde ist der Evolution die zum Überleben bitternotwendige Puste ausgegangen und es entstand ein verschwommenes Ebenbild als logisches Spiegelbild der bis aufs atomare Blut gereizten Physik. Wo liegen die keimenden Ursachen zu solchen unbegreifenden Untaten, die jenseits von normal sind? In der Religion als künstliche Intelligenz selbst, das sie die Gesetze der Physik auf den Kopf stellt und sich einen feuchten Dreck um die logischen Reflexe schert. Die entsprechenden Reflexe sind alle im II Weltkrieg von jedermann zu ersehen. Und das waren nur Zwölf Millionen Juden. Was glauben Sie was mit rund einer Milliarde Katholiken über die Bühne als Abszisse sich abspielt? Doch nur ein alle Stoffe fressendes schwarzes Loch. Dazu ist es bitter nötig, den physikalischen Dreiklang als solchen zu begreifen. Denn die Physik gibt den Ton an und nicht eine ihrer untergliederten Wissenschaften, welche mit den lebend angenagelten Jesus ans Kreuz der hölzernen Einfallt genagelt wurden.

Wie Sie wissen, ist keine der drei Teile des physikalischen Dreiklangs wie ein Brot oder Haus greifbar. Zumal keiner Ökonomie und Licht in einen Sack wegtragen kann und der Sauerstoff kann nur in einer schweren Gasflasche gebunden werden. Also ein ökonomische Ungröße. Kein Sportler kann unter solche irratonalen extrem negativen Umständen um Rekorde kämpfen. Also ist jeder drei Teile eine separate Null und miteinander multipliziert ergibt sich immer eine absolute totale Null und das gleich wie viele Nullen wir miteinander verrechnen. Da aber die Physik trotzdem weiter wirkt, drückt sie auf die nun schon fast tödlich infizierte Materie und es entsteht eine kaum sichtbare Delle auf der geeichten Abszisse die einen Minuseffekt bewirkt. Wird nicht sofort gegen gesteuert, was kaum möglich ist, kehren sich in laufe der Zeit die Funktionen über den Sinus plus Kosinus in ihr absolutes Gegenteil um. Da verkommt der harmlose Bürger zu einen Evolution verachtenden Monster, was loszieht um Menschen zu morden. Meistens sind es Frauen die ihr Leben lassen müssen. Und keiner weis eigentlich warum es so zu solchen tödlichen Reflexen kam. Die Mütter müssen über ihre unbekannte Macht zum Kind vom Staat aufgeklärt werden.

Da man keine Null im positiven Sinne mit sich selbst multiplizieren kann und dennoch oft viel Energie verbraucht wird, entsteht über den zusätzlichen reibenden Widerstand eine schwache - dünne Stelle in der Materie, die zu gegebener Zeit mit Problemen aufwartet, die nicht sein müssen. Bei einer entsprechenden Lebensmaxime im Sinne der Evolution mit der Physik als Ratgeber, können solche messerscharfen Klippen gekonnt überwunden werden. Denn mit jeder dieser künstlich geschaffenen Tücken ist oft der Tod nicht weit. Man kann in einen dunklen Keller problemlos atmen und dennoch ist jeder Atmzug ein kräftiger Schlag ins Gesicht der Ökonomie. Nur woher stammt die dunkle freudlose Zeit? Es hat einer den Sinus blockiert und somit den Tod aufgefordert aktiv zu werden. Sicher stirbt die Evolution nicht sofort aus. Aber in laufe der Evolution ist sie schon oft vollkommen ausgestorben, was nicht in diesen Umfang begriffen wurde. Damit mausert sich jeder Krieg zu einen schwarzen Loch, was gnadenlos Evolution bei lebendigen Leib ohne Narkose frisst.

Wenn unser Sinus zu vollen Hundert Prozent blockiert wird, ist der völlig logische Gegenreflex der Tod. Was soll schon Gescheites heraus kommen, wenn ein Narr als Dummkopf verkleidet die zum Überleben extrem wichtigen Winkelfunktionen in ihr Naturel verkehrt und sie obendrein noch restlos abwürgt. Doch nur ein völkisches nicht zu definierendes Massengrab, wo die beiden Weltkriege nur die ersten zaghaften Symptome waren. Denn jeden Soldaten ging in den vor Blut triefenden tiefen Schützengräben die Puste aus. Das Licht schwächte sich ab und die Ökonomie löste sich im positiven Sinne schon längst auf. Denn Krieg und Ökonomie trennen sich wie die beiden am Sinus geteilten Winkelfunktionen und laufen weit getrennte

Wege. Nur was bildet sich in den luftigen toxischen Raum? Das absolute logische Spiegelbild dieser Unzucht gegen die Physik. Und alle damit verbundenen Zeit plus der Historie. Und das waren Hunderte Millionen von Jahren. Wenn man den prozentuellen Anteil unserer Zeit als Mensch gegenüberstellt, erlischt das Menschentum und es ist ein Wert hinter den Komma zu erkennen.

Verrechnet man die historische Zeit mit ein, löst sich die Zeit unserer aller Erde von viereinhalb Milliarden Jahren auf und es entsteht ein Loch in der Zeit, dort wo sich das Licht nicht normgerecht im Sinne der Evolution harmonisch entfalten kann. Und da sind nur die Jahre der Juden bedacht, die in den Gaskammern von Auschwitz den Tod fanden. Von den anderen Toden im Holocaust plus der damit unweigerlich verbundenen Opfern mit den Multiplikationsfaktor Zehn der Primzahlen als Abstand mit den Sinus kann noch keine Rede sein. Einskommaeins Juden im Gas plus alle verlebten historischen Generationen mal Fünfundsiebzig Jahre und die Erde löst sich im Zeitfenster auf. Nur diese irrsinnige Zahl ist rational nicht mehr nachvollziehbar. Und bis zum Leichenberg von Sechzig Millionen Opfern plus des I Weltkrieges und das Universum erlischt in einen dummen schwarzen Loch. Damit ist bewiesen, das Dummheit größer ist wie das All. Der Nobelpreisträger Einstein konnte diese Frage nicht lösen. Warum? Weil der mit dem Judentum verbandet war und diese künstliche Intelligenz hinterlässt bei jeden denkenden Organismus oft tiefe Spuren wie in einen Sackloch, wo sich das Licht Stufe für Stufe abschwächt und die Evolution muss Federn lassen. Auch die Ökonomie bliebt restlos auf der Strecke.

Selbst wenn in der Enge ein Leben möglich wäre, sind

die Wände in so einen Loch dermaßen eng, das die eigene Haut schon ein Problem ist und alle Funktionen kehren sich in ihr absolutes Gegenteil um und die rationalen logischen Sinne trüben sich ein, was ein logisches Denken negativ beeinflusst. Wer Steinmauern über Jahrtausende unentwegt anbetet ist ein elender dummdreister Narr und muss mit seiner religiösen Unzucht konfrontiert werden, was im III Reich zum Glück für die Völker als warnendes Signal der Fall war. Nur ist der religiöse irre Dauerwahn schon dermaßen tief über das Bewusstsein ins Unterbewusstsein eingedrungen, das ein ehrliches Spiegelbild nicht mehr möglich ist. Aus diesem Grund zogen die Völker die völlig falsche Lehren aus dem vernebelten Spiegelbild und der Tod schreitet weiter unaufhaltsam bis zum Sinus um ihn zu übernehmen, was den Tod der infizierten Materie bedeutet. Denn mit den umgekehrten Winkelfunktionen geht ein schwarzes Loch als unsichtbarer Tod einher, weil mit der Schnittstelle immer ein unsichtbares Atom - Molekül vom Urwert der Evolution entnommen wird, was aber einer Lücke im infizierten Gefüge hinterlässt.

Wenn Sie die toxischen Moleküle in der Evolution zwischen den Winkelfunktionen auf der Abszisse einnisten, müssen sich die zwei Funktionen teilen und somit ist das Fundament zu den Zwei Weltkriegen gelegt. Denn die Evolution kann unmöglich solchen künstlichen perversen Dreck verarbeiten und muss ihn über komplizierte Umwege sichtbar gestalten. So wie der tote Pottwal Sechs Kilo Plastikmüll im Magen sein Eigenen nannte, war es Auschwitz mit seinen Gaskammern mit den Juden als Insassen. Das was sich in den engen umfunktionierten Duschräumen zu Gaskammern abspielte, ist der logische physikalische Reflex als Spiegelbild zur religiösen Unzucht gegen unsere Physik. Die vergaste Zeit sprengt jeden normalen

Rahmen der Historie. Somit ist der physikalische Dreiklang mit den Licht, der Luft und Ökonomie am aufkeimenden Sinus massiv massakriert wurden, weil die Winkelfunktionen über den künstlichen geschaffenen Hohlspiegel in ihr absolutes Gegenteil verdreht wurden und keiner kann dieses perfekte Verbrechen bis perfides Dauerverbrechen durchschauen. Selbst solchen genialen Geister wie Einstein sind oft Handlanger dieser üblen Eselei. So wie jeder Soldat im Grunde ein elender Mörder ist, der nur den Tod vor Augen hat.

Und woher stammt diese absonderlich aberwitzige Funktion zum eineindeutigen Nachteil der Evolution? Vom künstlich geschaffenen Hohlspiegel, der nur Energie bindet und keinen einzigen rationalen Nutzen aufweisen kann. Denn jeder gebrochene Sonnenstahl ist eine verirrte Kugel und aberwitziger Reflex zum eigenen Tod. Und in der verdichteten Masse ergeben solche unzähligen verschossnen Kugeln einen Krieg mit Millionen von Toden. Und wo sind die eigentlichen Schuldigen für die zahllosen Leichenbergen beider Weltkriege? Sie verstecken sich hinter ihrer kunterbunten aber der Evolution abgekehrten Maske des unsichtbaren Todes und machen sich auf Kosten der arglosen Bürger einen Fetten. Und jeder naive gutgläubige Mitläufer ist wie immer der Dumme wie jener geleimte Hase, der den beiden gewieften Igeln auf dem Leim ging und den sicheren Tod in der Ackerfurche als Winkelfunktion fand. Für die Völker dieser Erde sind diese Furche des Todes die unzähligen Schützengräben an den Fronten jeder Weltkriege. Denn in jeden dieser Gräben des wohl organisierten Todes löst sich der physikalische Dreiklang auf und der Tod hält das Zepter in seiner knochendürren Hand. Und die ist genau so knochendürr wie der bis auf die Haut abgemagerte Jesus am hölzernen Kreuz der religiösen

Einfallt.

Im Grunde ist diese lebend angenagelte Mann eine lausige Sommersprosse und die ist im Grunde weiter nichts wie ein toxisches reibendes Sandkorn im Weltgetriebe der unendlichen Evolution. Und nach diesen Muster funktioniert der Hohlspiegel mit seinen inne wohnenden religiösen Spleen, der nur lähm und keinen einzigen sinnigen Nutzen auf sich vereinen kann. Folglich ist jeder harmonische Sonnenstrahl in die Irre gelenkt und verkommt so in der Umwelt. Weil jeder sinnlose substanzlose Gedanke einen zusätzlichen reibenden Widerstand bewirkt, der überwunden werden muss. Was aber oft nur wenn überhaupt extrem schwer möglich ist. Folglich wird auch oft notgedrungen Gewalt angewandt, die sich dann in kultivierten Form in Kriege steigert. Denn mit jeden gebrochenen Strahl der Sonne muss eine Kugel im Grunde den Lauf verlassen und die meisten verfehlen ihr Ziel nicht. Somit verliert eine Mutter ihren oft einzigen Sohn. Mitunter werden komplette Familien, Dörfer, Städte ausgerottet, und das nur weil eine abartige religiöse künstliche Intelligenz gegen die Winkelfunktionen ihr Unwesen treibt. Diese zusätzlichen reibenden Widerstände erhöhen die Temperatur der Umwelt und diese muss den reibenden Effekt tragen.

Überlegen Sie mal, wie viele Sommersprossen als religiöser Jesus leben? Es soll rund eine Milliarde Katholiken geben. Von den anderen Weltreligionen ist noch lange keine Rede. Wenn im übertragenen Sinne jeder Mensch eine solche Sprosse darstellt und sie mit der Lichtwurzel gezogen wird, lösen sich die restlos religiös verseuchten Völker auf. Denn alle infizierte Materie, die mit den umgekehrten Winkelfunktionen entstand, wird auf biegen und brechen geprüft, ob ein weiteres Leben im Sinne der Evolution mit den physikalischen Dreiklang noch sinnvoll ist. Fett ist das mit den begleitenden kranken Umständen kein guter Ratgeber und beschleunigt den sich schon längst breitmachenden kultivierten völkischen Tod. Die beiden Weltkriege als Zwei sind ein todsicheres Symptom zum baldigen jähen Ende der Völker. Ich betone nicht ohne Grund nicht immer die Zwei mit den dazu gehörigen Weltkriegen plus den indirekt ausgestorbenen Völker. Denn sie sind das nun sichtbare logische Gegenteil des positiven Sinus. Wenn sich allerdings der Sinus als treibende positive Kraft im III Weltkrieg als schwarzes Loch auflöst, lösen sich die damit unweigerlich verbundenen Naturgesetze auf. Denn in einen künstlich geschaffenen Hohlspiegel, kann den Sinus nicht astrein harmonisch funktionieren.

Was bedeutet es, wenn sich alle logische miteinander verbundenen Naturgesetze der Physik auflösen? Das sich dieser Irrweg allmählich durch die Evolution frisst und alles infiziert, was sich diesen unsichtbaren religiösen Dauerverbrechen in den Weg stellt. Es ist wie eine Lawine, Mure oder Hitzewelle, die alles in ihren Bann zieht um es zu vernichten. Die Symptome weltweit sind ja zum Glück nicht zu übersehen und können von keiner Hure geleugnet werden. Und die negative keimende Kraft ist der umgedrehte Sinus im Schnittpunkt beider Achsen. Da nun mal durch verbrecherische Hand nun der Kosinus aus den Kernpunkt beider Achsen entspringt, steht im III Weltkrieg die Erde auf den Kopf, wie es das Judentum seit Jahrtausenden praktiziert. Die Folgen für Milliarden von Menschen waren Zwei verheerende Weltkrieg, wo der Tod fast vor jeder Tür stand und indirekt komplette Völker den sicheren Tod fanden. Und da sprachen Atome über Soldaten nur indirekt zur Evolution. Im nahenden III Weltkrieg spricht die Physik direkt über nackte Atome zu ihren perversen Peinigern. Diese sinnlos entfesselten Kräfte sind nicht zu einen Millionstel Prozent zu bändigen. Folglich muss der Tod von jedermann ohne Gnade akzeptiert werden. Denn je höher der reibende Widertand ist um so größer der Schwund.

Denn der physikalische Dreiklang mit den nicht greifbaren Licht, Sauerstoff und Ökonomie, ist als böser Geist der Religionen nicht greifbar und kann rational niemals erfasst werden. Im Grunde ist der spiritistische Geist der Gin aus der Wunderlampe, wo der Aladin als Besitzer drei Wünsche äußern darf. Diese Wünsche entsprechen der Anzahl jener schon von Nostradamus im Mittelalter erkannten drei Weltkriegen, so der schwarze Tod als schwarzer Hitler die Völker dieser Erde dahinrafft. Denn in einen Hohlspiegel wird jede Sommersprosse schwarz wie die unschuldige Hexe auf den Scheiterhaufen. Auch sie wurde vom physikalische Dreiklang bei lebendigen Leib verschlungen. So wie die drei Teile des Dreiklangs nicht sichtbar sind, was es auch die arme Frau im Fegefeuer des religiösen kultivierten Irrsinns. Und das was die Frau im Feuer durchmachen musste, steht der Erde noch in den nächsten Jahren bevor. Jeden Erdenbürger auf der noch belebten Erde läuft im Grunde der lichterloh brennende Scheiterhaufen der katholischen Kirche hinterher. Da ist sich jeder selbst der Nächste und muss sehen wo er bliebt.

Wo der Mensch hintritt, hinterlässt er oft unübersehbare Spuren und diese Dellen sind künstliche Senken - Sacklöcher, wo sich das Licht bis in den unendlichen Bruch teilt, was ein totales schwächen der infizierten Materie mit sich bringt. Wenn Sie die dritte Stelle nach den Komma unterteilen, entsteht mit jeder der drei Nullen ein neuer schwächerer Bruch. Und nicht umsonst ist die Acht - 8 mit den Zwei kleinen Nullen der unendliche Tod zum persönlichen Nachteil der infizierten Organismen mit aller kontaktierenden Materie. Wenn die zum Überleben aller Menschen extrem wichtigen Winkelfunktionen schon beim aufkeimen in sich verdreht - in ihr absolutes Gegenteil verkehrt werden, lügt jeder Bürger mit den Gewicht der feuchten Zungenspitze. Und als Kulturgut ist somit der Tod in jeder Gesellschaft kultiviert geworden, was die logischen Gedanken vom Unterbewusstsein her in immer stärkeren Maße dermaßen stark negativ beeinflusst, das ein umdenken von dieser schwarzen Irrlehre nicht zu einen einzigen Prozent möglich ist. Daher frisst sich der kultivierte religiöse irrsinnige Tod immer tiefer ins eigene Nest, was den absoluten Tod als schwarzes Loch nach sich zieht. Nur ist der Tod nicht sofort - augenblicklich von jedermann zu sehen. Denn die Evolution ist auf die Lebenddauer der Sonne angelegt und nicht auf die Amtszeit eines Regenten. Auch die historische Zeit des Judentum - Katholizismus ist nicht mehr als eine lausige Lichtsekunde im Alter der Erde plus des Menschen mit seinen Millionen von Jahren. Damit ist die unbesiegbare Astrophysik mit im Boot und spricht immer öfter ein Wörtchen zu ihren Kindern als Planeten. Dann folgt ihr kleiner Bruder die irdische Physik, welche das Zepter auf der Erde in der Hand hält und nicht die saudummen geistlichen toxischen schwarzen Galgenvögel in ihren kunterbunten toxischen Gewändern.

Welcher positive Geist wohnt in diesen kunterbunten toxischen Gewändern? Was verbirgt sich hinter der religiösen Maske die sich anmaßt solche genialen Geister wie Einstein bei lebendigen Leib zu verbrennen? Doch nur der unsichtbare sichere Tod in kultivierten Form, wie es die unzähligen Scheiterhaufen plus Folterkeller und nun unbändigen Naturkatastrophen der bis aus atomare Blut gereizten Physik. In der Masse ähnelt dieser III Weltkrieg einen Kometeneinschlag, wie er die Dinosaurier fast restlos ausgelöscht hatte. Da wären in Australien nur die Aborigines übrig. Der Rest liegt im unendlichen Koma. Und bleibt darin liegen, bis die Sonne aufhört zu scheinen. Denn auf jeden Reflex folgt ein völlig logischer natürlicher Gegenreflex. Da er mit seinen Volumen Materie verdrängt. Und ein Atom oder mehrer lässt sich nicht so ohneweiters ohne Gegenwehr aus seinen eigenen Gefüge - Gitter verdrängen. Da ist Ärger zu vollen Hundert Prozent vorprogrammiert. Denn alle anderen Atome müssen unweigerlich nachrücken, so wie die Zwei nach der Eins folgt und dann jene Drei. Und dieses unverkennbare logische Prinzip bestätigt sich auch in den römischen Zahlen wie I zur II und gefolgt von der III als III Weltkrieg, was den völkischen Tod mit sich bringt. Auf der Ratten im Mittelalter ruhte der Floh und der trug einen Virus zu den Bürgern und der die Pest mit sich brachte, was die Länder fast entmenschte.

Und dieser unübersehbare Ärger nistet sich bereits auf jeden Quadratmeter dieser noch bewohnten Erde für die nächsten Jahrhunderte ein. Denn wenn sich die gesamte irdische Materie einmal bewegt und das gegen ihre normale rationalen Funktionen, ist kein einziges Menschenleben mehr sicher. Bevor dieser dekorierte religiöse Irrsinn sich wieder beruhigt, vergehen unendliche Zeiten mit der Kraft mehrerer Weltkriege. Zwei harmlose haben wir schon vorfallen in Europa erleben dürfen. Der kommende III Weltkrieg übertrifft diese Zwei Weltriege bei weitem. Die Juden konnten noch aus Deutschland fliehen. Auch der Weg in Übersee war noch möglich. Aber wo wollen rund eine Milliarde saudummer pechschwarze Katholiken hin? Dieser kultivierte Irrweg kann nur in eine alle Materie fressendes schwarzes Loch führen. Die Vorboten sind bekannt und werden einfach nicht beachtet. Ganz im

Gegenteil, es wird noch immer tollen getrieben und jeder schiebt sich den schwarzen Peter zu. Nur ist dieser bitterböse Spiel mit den Tod bald ausgespielt. Dann steht jeder Spießer vor seinen hohlen toxischen Spiegelbild und muss Farbe bekennen. Nur welcher Farbton entsteht in einen künstlichen Hohlspiegel?

Eines müssen Sie wissen, das auf jeden Wert eine entsprechender Gegenwert folgt und das kann der Tod sein. Doch wie ist es mit Materie, welche nicht rational zu sehen ist? Licht allein macht noch kein Leben. Da benötigt die Evolution noch das Sauerstoff als Hauptelement mit der Ordnungszahl Acht als unendlichen ewiger Tod. Denn eine Materie, welche achtmal in sich geteilt wird, hat ihren eigentlichen Sinn verloren.

Beispiel:
Sauerstoff
Symbol = O
Ordnungszahl = 8
Elektronegativität = 3,5
relative Atommasse = 15,999

Das Symbol = O als Buchstabe kann auch im übertragenen Sinne ein Vollkreis der Physik - O sein, wie die Erde einer ist und überall der Sauerstoff organisches Leben bewirkt. Auch die Ziffer 0 ist ein nichts sagender Multiplikationsfaktor, der als Keim zu einen schwarzen Loch immer nur Energie frisst und keinen Nutzen auf sich vereint.

Die Ordnungszahl = 8 ist der unendliche Tod, so wie der Hase sich in der Ackerfurche zu Tode hetzte. Und diese Zwei Furchen sind die beiden Winkelfunktionen. Im Grunde sind es zwei kleine Nullen die sich gegeneinander pausenlos aufrechnen. Die Größe der

Null spielt da keine Rolle. Oder die Summe auf den Beleg ist groß oder klein geschrieben. Dieser Betrag muss auf jeden Fall beglichen werden. Ob Soldat oder General ist doch egal. Ein Kopfschuss ist immer tödlich. Kein einziger Mensch oder Polizist ist kugelsicher. **KEINER!** Dreht man die Null, das O als Buchstabe oder den Vollkreis der Physik um die eigenen Achse, ist für jedermann ein abgewürgtes Symbol der jeweiligen Wissenschaft zu sehen und das ist nun mal die endlose irrsinnige Schleife - Henkerschlinge Acht. Und das sind die Winkelfunktionen als Sinus plus den Kosinus, weil sie über den künstlichen hohlen Spiegel oder Hohllinse in sich verdreht wurden und somit den Tod im Gepäck führen, wie die Ratten zum Floh und der den tödlichen Virus. Denn auch der Soldat trägt ein Gewehr und im Magazin lagert eine Patrone um den Tod zu bewirken, wie der Virus zum schwarzen Tod. Und genau nach diesen funktionellen Prinzip - Bauplan takten die hoch giftigen - toxischen Moleküle. Haben Sie erkannt das die drei runden Gebilde als Null - Type - Kreis je eine Wissenschaft bewirken. Null zu Mathematik, Type in der Literatur und der Kreis zur Physik als Hauptwissenschaft. Und die Physik lässt so gut wie keine Spielräume zu. Und ein künstliches Vakuum wird mit allen Mitteln dieser Supermacht Physik bekämpft und wenn es das jähe Ende der Menschen bedeutet.

Die Elektronegativität = 3,5 ergibt als Quersumme den unendlichen Tod als Acht des besagten tödlichen schwarzen Gesellen. Dazu symbolisiert die Ziffer Drei vor den Komma den physikalischen Dreiklang und Dreisatz zum organischen Leben. Aber die Fünf nach den Komma ergibt die Summe der Quadranten im Vollkreis der Physik wenn man sie senkrecht addiert. Spiegel man die Drei ergibt sich erneut die Acht als unverkennbarere unendlicher Tod der mit toxischen Molekülen infizierten Materie.

Die relative Atommasse = 15,999 des Hauptelementes Sauerstoff ist mit der Zahl Fünfzehn zum einen als Ziffer Eins der springende Punkt aller Organismen. Nur kann man unmöglich ohne dieses Elementes leben. Die Fünft ist als Summe der Quadranten bekannt und addiert mit der Eins ist die Sechs die Judensechs. Denn sie widerspiegelt sich zum einen als Einswert zum Weltbürgertum von Sechs Milliarden Menschen. Die Erste Ziffer ist also eine Sechs, was auch bei den Opfern von Sechzig Millionen im Krieg des Adolf Hitler zutrifft und bei den Toden des jüdischen Holocaust mit Sechs Millionen. Also sind Drei Sechsen in der infizierten Materie gebunden. Und jede Sechs ist ein separater Einswert als römische III zum nahenden III Weltkrieg.

Nun zu den Drei Neunen nach den Komma. Jede Neun ist ein separater Einswert als römische III zum nahenden III Weltkrieg. Dazu ist die Neun der Aschetod, welcher am heiligen Kreuz mit den lebend angenagelten Jesus manifestiert wurde. Denn wie die erzkatholische pechschwarze Kirche sagt. Es werde Asche zu Asche und Staub zu Staub. Was im Grunde ein ständiges multiplizieren mit der nichts sagenden Null ist. Denn die Neunen immer addiert ergibt sich über die jeweilige Quersumme eine Neun als Ascheneun.

Eine eitere Aussage der relative Atommasse = 15,999 über die Quersumme ist die Sechs als Judensechs zur infizierten Materie.

15,999 = 1 + 5 + 9 = 15 = 1 + 5 = 6
15,999 = 1 + 5 + 9 + 9 = 24 = 2 + 4 = 6
15,999 = 1 + 5 + 9 + 9 + 9 = 33 = 3 + 3 = 6
15,999 = 1 + 5 + 9 + 9 + 9 = 33 = 3 - eingespiegelt ergibt die Acht als unendlichen Tod

Die dreifache Sechs ist wie die dreifache Neun eine römische III zum kommenden III Weltkrieg, weil der Sauerstoff in eine geistige dunkle Wolke - Nacht getaucht wurde, was den Tod unweigerlich mit sich bringt. Selbst wenn man die extrem wichtige und unbezwingbare Ökonomie außen vor lässt, ist der völkische Tod nicht weit. Denn die unendliche Evolution benötigt außer den Sauerstoff plus Sonnenlicht doch einen nicht beherrschbaren genialen ökonomischen Grundwert, der sich immer nur mit seinen Zwei anderen Teilen des physikalischen Dreiklangs rechnet. Jeder Versuch sich diesen genialen Dreigespann zu entziehen mündet in einer oft tödlichen ausweglosen Katastrophe. Und als Kulturgut, was Religion nun mal ist, lauert der völkische Tod auf jeden bewohnten bis unbewohnten Quadratmetern dieser noch bewohnten - belebten Erde. Aber es kommt noch besser, wenn man mit den blöden Weltreligionen den physikalischen - mathematischen Dreisatz auf den Kopf stellt und die Welt muss nach dieser Pfeife tanzen. Folglich kann nur der leibhaftige Tod auf jeden Quadratmeter wohnen und wird sich mit aller Gewalt bis zur allgegenwärtigen völkischen Tod bis zum eigenen toxischen hohlen Spiegelbild verteidigen. Die ungezügelten gewalttätigen Umweltreflexe als Naturkatastrophen sprechen ihre eigene unverkennbare Sprache.

Was ist also der logische Gegenwert der drei nicht rational greifbaren Teile des physikalischen Dreiklangs, wenn man diese natürliche Kraft nicht beachtet? Der anfangs unsichtbare Tod in der Gestalt eines prekären Grad Celsius in der Wüste. Die Sahara ist da nur ein Ort des kontaktierenden Wahns. Da es mehr als nur eine solche heiße Zone auf der Erde gibt, ist es völlig normal das sich mehrere solche schwachen Punkte bilden, die im übertragenen Sinne nur eine Sommersprosse sind, wie das Lager Auschwitz mit seinen Gaskammern plus die Pole welche da keine Ausnahme sind. Auch dort weicht die Kälte und die Eiskappen müssen sich um die eigene Existenz sorgen. Und genau dieses unstete Gefühl macht sich allmählich auf jeden Quadratmeter unserer aller Erde breit und da beginnt der abscheuliche Exzess des völkischen Todes. So unsichtbar - irrational - nicht greifbar der physikalischen Dreiklang sich auch als Reflex bestätigt, sein Spiegelbild ist es auch. Und das kann man auch von der Religion ohne Abstriche behaupten. Denn in einen Hohlspiegel ist kein natürliches Spiegelbild möglich. Mann sieht nicht mal eine einzige Sommersprosse. Und nicht umsonst wollte der braune Massenmörder Hitler alle Juden von der noch bewohnten Erde restlos vertilgen. Der kommende schwarze Hitler wird diesen nötigen Akt zum Erhalt der menschlichen Evolution nachholen und das ohne eine Spur von Gnade.

Überlegen Sie mal, welche Materie von den physikalischen Dreiklang berührt wird? Diese nun schon kultivierte Substanz wird nun von den logischen Gegenwert gepackt und in einen schwarzen Loch für immer gebunden. Denn der logische Gegenwert ist ein solches Licht fressendes Loch. Und auf der noch bewohnten Erde alle damit unweigerlich verbundene Materie. Denn alles organische Leben beginnt im Vollkreis der Physik als Null. Dann folgt der Kosinus als Eins und unser aller Sinus als Zwei und erste und einzige gerade Primzahl. Und der Primzahlenabstand ist immer eine gerade Ziffer - Zahl, gleich wie groß der Abstand untereinander ist. Nur warum fehlt dann in der geraden Ziffern - Zahlenreihe die Zahl Sechzehn? Hört da der Sinus auf zu leben? Und wo liegt der tödliche Keim zum aussetzen des zum Leben - Überleben bitter notwendigen Sinus mit seinen rationalen Winkelfunktionen? Denn diese wahre ehrliche Funktion kennt kein Aus oder hinderliche Ecken, Kanten, Widerharken, Löcher bis Sacklöcher, wo kein harmonisches Leben möglich ist.

Nur wo bilden sich und wie solche hinderlichen Widerharken, die aus einst völlig harmlosen Menschen Killer, Killermaschinen, Bestien werden lassen? Im warmen Mutterleib waren sie noch normal. Obwohl schon die liebe schützende Mama von diesen geistigen religiöse Virus als toxisches Molekül infiziert ist ohne sich dessen je bewusst zu sein. Denn dieses hochgiftige atomare gasförmige Atom ist wie jene irre Religion oder den physikalischen Dreiklang nicht zu sehen. Folglich tut jeder arglose Mensch dieses künstlichen Dreck inhalieren ohne sich der tödlichen Gefahr bewusst zu sein. Darum lauert auf jeden Quadratmeter auf der Erde der nun schon sichtbare Tod für jedermann. Dazu ist der physikalische Dreisatz mit den Seitenkanten, Loten und Winkeln des Dreiecks mit seinen absoluten konstanten Werten in Mitleidenschaft gezogen wurden. Denn diese Werte sind bis auf die unendliche Stelle eine absolute Konstante, die mit der dritten Stelle nach den Komma mit einen waagerechten Strich über der letzten Stelle gekennzeichnet ist.

Dieser abstoßende Widerharken bildet sich im künstlich geschaffenen Hohlspiegel, wo sich die Winkelfunktionen in ihr absolutes Gegenteil verkehren und alle Materie an sich binden, die vom Licht geschaffen wurde. Ähnlich wie bei der goldenen Gans, wo jeder am Vordermann kleben blieb, da er das glänzende Tief berührte und alle musste seinen diebischen Vorbild mit den langen Fingern folgen. Im Grunde wurde in diesen Volksmärchen der Brüder Grimm das Symptom zu einen schwarzen Loch beschrieben. Denn der unsichtbare Widerharken ist der unlogisch folgende Sinus vor den Kosinus, da sie die

Position als Punkt im Fadenkreuz des Vollkreises der Physik vertauscht haben. Im Schnittpunkt beider Achsen entspringt nun der schwächere Kosinus als Nacht und diese abartige Funktion ist der erste Blick und Funktion in den Tod. Denn mit den abartigen kultivieren der umgekehrten Winkelfunktionen geht eine kranke - dekadente Maxime einher, die pausenlos unsere aller Evolution schwächt. Das heute Spiegelbild zu Beginn des III Jahrtausend ist ein klassisches Symptom zu einen alle Materie fressenden schwarzen Loch.

Streichen Sie mal die gesamten Stützen wie Gehhilfen, Diabetes, und mehr die nicht sein müssen, wenn sich jeder Bürger artgerecht ernähren würde um seinen Körper gesund zu erhalten und regelmäßig Sport treibt. Da lichten sich die völkischen Reihen in den Städten der Völker und der Tod schreitet ungeniert über die Kontinente, genau so wie die verdummenden Weltreligionen sich bis in den letzten Winkle der Erde ausbreiteten um den toxischen Dreck in die Evolution einzuimpfen. Denn mit dieser irren Funktion wurden die Atome aus den Reihen - Gittern ausgereizt - ausreibt und da die Physik kein Vakuum ums Verrecken zu einen Millionstel Prozent duldet, sind die Gegenreflexe dementsprechend gewalttätig. Die beiden Weltkriege sprechen zum Glück unwiderlegbare Bände, die nicht weggeleugnet werden können. Und der braune Hitlerkrieg war nur die Software im direkten Vergleich zum schwarzen Loch. Da sprechen die Atome direkt zu ihren perversen Peinigern. In den vorigen Weltkriegen hatten sie noch Uniformen an. Nun muss die pechschwarze erzkatholische Religion ihre Maske fallen lassen und endlich vor Siebeneinhalbmilliarden Menschen Farbe bekennen. Nur welcher Farbe kommt da zum Vorschein? Welcher Farbton kann aus einen Hohlspiegel entstehen? Doch nur ein dermaßen verschwommener verwischter bunter Klecks, der nicht rational einzuordnen ist und schon hat der schwarze Tod seinen Fuß auf der Schwelle.

Und dieser Fuß auf der Schwelle der Evolution ist jener in sich verkehrte Reflex der Winkelfunktionen, wo unser Sinus vor den Kosinus rangiert und alle exakt konstanten physikalischen Maße abschwächt und restlos destabilisiert. Denn die zu vollen Recht verhasste westlich ekelige abstoßende Dekadenz, ist das logische Spiegelbild des hohlen Spiegelbildes, was keine kernige Materie bilden - halten und vermehren kann. Denn jede Generation rückt unwiderruflich immer näher an ein schwarzes Loch, wo der völkische Tod schon sehnsüchtig auf seine Himmelkinder warte um sie für immer zu richten, in den er ihnen ihr verkommendes toxisches Spiegelbild serviert, so wie der braune Hitler die Juden in den Gaskammern von Auschwitz mit ihren Spiegelbild konfrontierte und die restlichen Völker an den Fronten beider Weltkriege, die weiter nichts als die schwarzbraunen Ränder zu einen schwarzes Loch waren, was damals schon indirekt einigen Völkern den Tod bescherten.

Was soll schon Gescheites herauskommen, wenn ein Dunstschleier als Nacht über den Sinus der Evolution liegt und die hochsensiblen zum Überleben extrem wichtigen Sinne mit toxischen Molekülen infiziert, so das es nebelig im Kopf aller Opfer dieser irren Irrlehre wird und der religiöse Betrug zum Dauerbetrug nicht erkannt wird? Für einen Menschen ist es fast unmöglich, diesen verbrecherischen Packt am keimenden Sinus zu durchschauen. Wie kann man diesen verdeckten Betrug rational für jeden redlichen Menschen verständlich erklären? In dem man die Mathematik plus Physik mit zu Rate zieht.

Beispiel:

Primzahlen - addiert - multipliziert

0 + 0 = 0
0 x 0 = 0

1 + 1 = **2** - Sinus
1 x 1 = 1 - Kosinus

2 + 2 = 4 - alle vier Quadraten im Vollkreis der Physik
2 x 2 = 4 - alle vier Quadraten im Vollkreis der Physik

Was bedeuten die fett unterstrichenen drei Zweien in der Physik plus Mathematik? Dieser Zahlendreher aller Zweien und Einsen ist das was Karl Marx als Opium fürs Volk bezeichnete. Kein Mensch blickt da mehr durch. Zumal sich der Kosinus als Eins miteinander addierten und als ehrliche Probe in multiplizierten Form seine wahre Maske fallen lassen muss. Denn der Addierte Kosinus ist im Grunde ein Schuldenberg der miteinander zugezählt wurde und sich somit erhöht. Der eigentliche Betrug ist der, das dieses undurchsichtige Kapitalverbrechen als Sinus verkauft wurde und folglich ins Minus reinrechnet, was ein künstliches Vakuum als Senke auf der Abszisse schafft, was nicht zu einen Millionstel Prozent von der Physik geduldet wird. Und dieses künstlich geschaffene Vakuum wird als der logische physikalische negative Gegenreflex in der Hauptwissenschaft Physik auf der Abszisse geboren und dieser irrrationale mehr als schwere verbrecherische Reflex lässt die Evolution am Galgen verhungern, wie den lebend angenagelten Jesus am hölzernen Kreuz der religiösen Einfallt. Denn jeder Bürger muss auch Sauerstoff konsumieren um nicht zu sterben. Nur reicht das nicht aus, um ein harmonisches Leben ohne Probleme führen zu können. Das Licht darf nicht gebrochen - blockiert werden und die Ökonomie ist auch außen vor, was in sich schon ein ladendes

Verbrechen in sich verbirgt. Addiert und als Sinus verkauft, der es nicht ist, birgt den toxischen Keim zu roher nackter Gewalt und als Energie das unbegrenzte Potenzial zu Weltkriegen. Zwei mit Achtzig Millionen Toden durfte die Erde schon erleben.

Da aber Punktrechnen vor Strichrechnen rangiert, sind doch die Fronten geklärt. Nur was bewirkt man in der Physik, wenn so ein dahergelaufener saudummer Galgenvogel mit seinen religiösen Spleen die Naturgesetze auf den Kopf stellt? Es entstehen auf der geeichten Abszisse Frontlinien, die bis über den Tod hinaus verteidigt werden, obwohl es mathematisch eigentlich schon bevor der närrische Mensch die Weltbühne betrat geklärt ist. Wenn Sie aber mit den Religionen die konstanten und für alle Zeiten geeichten Gesetze der Physik auf den Kopf stellen, kann nur ein totalen Chaos als alle Materie schwarzes Loch die passende Antwort sein. Denn mit den umgekehrten Sinus zum Kosinus entsteht eine künstliche Delle auf der Abszisse, wo sich alles Dasein in sein absolutes Gegenteil verkehrt und die Mathematik mit der Zwei als Sinus beginnt zu zählen. Gefolgt von der Eins als Sinus und Null, die der Vollkreis der Physik ist, wo über die zwei Achsen im Schnittpunkt der eigentliche - ehrliche Sinus entspringt. Nur wie kommen Sie im logischen Zählen der einzelnen Ziffern von der Null auf die Drei? Ich zähle Null - Eins - Zwei - Drei. Andere zählen Zwei - Eins - Null - Drei. Wo verbirgt sich der logische Reflex wenn man von der Null auf die Drei schließt?

In diesen unsichtbaren Widerharken liegt der toxische Keim zu einen alle Materie fressenden schwarzen Loch. Denn in der Null verbirgt sich eine Schwachstelle, die bei höherer Last nachgibt. Da wird mit anderen Worten die Materie dünn und das ist der Sinn von Religion. Die einst kerngesunde Materie auszudünnen um sich zu infizieren. Wenn die Ziffernreihe ein Zug mit je zwei Loks als Sinus vor und hinter den Zug sind, schieben die hinteren Eisenrösser ihre eigenen Leute ohne es zu wissen - wollen in den Tod. Sind sie nun Täter oder Opfer? Da jeder Bürger den Sinus bedienen muss ist eine persönliche Schuld nicht so ohne weiteres festzustellen. Juristisch eine extrem schwierige Frage, die nicht hundertprozentig so ohneweiters zu klären ist. Denn keine Mensch kann einen in sich umgedrehten Sinus als solchen erkennen. Da haben sogar solche Leute wie Marie Curie und Albert Einstein so ihre liebe Not.

Nun was sagen und die anderen Ziffern als einstellige Primzahlen mit den oberen drei fettgedruckten Zweien? Dazu ist es nötig, die letzte Ziffer Neun in drei Dreien zu zerlegen um den zum Überleben extrem wichtigen Dreiklang zu begreifen. Denn diese Ziffern kann man unterschiedlich gliedern um die Zwei als Sinus einzufügen.

Beispiel:
9 = 7 + 2
7 = Die sieben Weltreligionen plus den Sinus, der eigentlich keiner ist und somit den Akt des verdeckten Betruges erfüllt.
2 = Ein Einswert zum I Weltkrieg als addierten Kosinus und logischer Betrug bis Kapitalbetrug am eigentlichen Sinus der Evolution.

9 = 5 + 2 + 2
5 = Die Summe senkrecht addierten Quadranten im Vollkreis der Physik, wo das organische Leben über den ehrlichen Sinus im Schnittpunkt beider Achsen entsteht.
2 + 2 = Je ein Einswert zum II Weltkrieg mit den addierten Sinus, weil der Kosinus als Einswert zum Sinus addierte wurde und das ist nun mal verdeckter

Betrug. So wie diese irren Reflex keiner erkennen kann, ist es auch unmöglich eine anfliegende Kugel zu sehen um ausweichen zu können. Auch ein Vakuum oder die Blausäuregase in den Gaskammern von Auschwitz sind nicht zu erkennen. Was auch oder vor allem für die Religionen zutrifft.

9 = 3 + 2 + 2 + 2
3 = Der jeweilige Dreiklang der Physik, wo sich die Neun in jeweils drei Dreien untergliedert.
2 + 2 + 2 = Je ein separater Einswert zum III Weltkrieg, wo die letzte Zwei die vorderen zwei Zweien miteinander multipliziert.
2 + 2 x 2 = 2 +2 = 4 x 2 = 8
8 = Der unendliche Tod als schwarzes Loch

Entweder Sie multiplizieren die addierten beiden Zweien mit der dritten Zwei oder den braunen Hitlerkrieg mit den Primzahlenabstand Zehn mit der Zwei als Sinus im Gepäck, was aus der Zehn eine Zwanzig werden lässt. Und Zehn mal Sechs Millionen Juden macht Sechzig Tode im II Weltkrieg. Erneut mit der Zehn multipliziert ergibt ein menschenleeres Europa. Oder die Katholiken verlieren ihr toxisches verlogenes hohles Spiegelbild im künstlich geschaffenen Hohlspiegel. Nur woher rührt eigentlich der weit nach oben ausgestreckte Arm des Führers. Auch er unterliegt einer rationalen Funktion. Denn diese Funktion beginnt sich über der addierten und multiplizierten Zwei als Keim zu bilden und steigert sich über jeder folgenden Primzahl wenn man sie erst addiert und dann multipliziert.

Beispiel:
3 + 3 = 6 - Judensechs
3 x 3 = 9 - Ascheneun

5 + 5 = 10 - Beide senkrecht addierte Summe der Quadranten im Vollkreis der Physik und Primzahlenabstand.
5 x 5 = 25 - Der Sinus plus einer Summe der Quadranten im Vollkreis der Physik. Die Quersumme der 25 ist die 7 und ergibt die Zahl der Weltreligionen.

7 + 7 = 14 - Die Weltreligionen addiert ergibt die 14 und als erneute Quersumme 5 ist die Summe der Quadranten im Vollkreis der Physik.
7 x 7 = 49 - Beide Weltreligionen multipliziert ergibt zum einen die Anzahl der Quadranten im Vollkreis der Physik und der logisch folgenden Ascheneun. Die Quersumme der 49 ist die 13 und diese erneute Quersumme ist die 4 als Anzahl der Quadranten im Vollkreis der Physik.

11 + 11 = 22 - Beide Einsen als Kosinus ist die 11 und addiert den doppelten Sinus, der so nie und nimmer astrein funktionieren kann. Und die addierte 22 als 4 ist erneut die Anzahl der Quadranten im Vollkreis der Physik.
11 x 11 =121 - Die multiplizierte 11 ergibt den Kossinus plus Sinus der nicht immer einer sein muss plus Kosinus. Die Quersumme ergibt erneute die Anzahl der Quadranten im Vollkreis der Physik, wo mittlerweile der kultivierte Irrsinn sein Unwesen treibt.

13 + 13 = 26 - Der Sinus oder vermeintliche Sinus und die Judensechs, als Symbol und Ergebnis aus den II Weltkrieg, mit Sechzig Millionen Toden, der das Produkt der ungekehrten Winkelfunktionen ist.
13 x 13 = 169 - Die 1 als Kosinus und die bekannte 6 als Judensechs und jene 9 als Ascheneun, die das logische Ergebnis von Betrug in den Reihen der Physik ist, da sich Atome nicht toxisch negativ zum Wohl der Menschen beeinflussen lassen. Die Quersumme der 169

ergibt die 16, die nicht als Primzahlenabstand zu ermitteln ist. Und die erneute Quersumme ist die 7 als Anzahl der Weltreligionen.

17 + 17 = 34 - Die 3 als Sinus oder manipulierten Sinus plus Kosinus im Vollkreis der Physik als Spiegelbild mit der Zwei als Sinus und Eins als Kosinus mit seinen 4 Quadranten, wo die harmonischen Winkelfunktionen aufkeimen.

17 x 17 = 289 - Die manipulierte 2 zur 8 als logisches Endergebnis zu Betrug als unendlicher Tod und die Ascheneun. Die Quersumme der 289 ist die 19 und jene zweite Quersumme ist die Zehn als Primzahlenabstand ohne der Zwei als Sinus. Dazu kündigt diese Quersumme die nächste Primzahl an.

19 + 19 = 38 - Die 3 als Symbol zum mannigfaltigen Dreiklang und ein Drittel oder Teil der Neun. Die 8 als unendlichen Tod. Beide Ziffern addiert oder die logische Quersumme ergibt die 11. Also das Spiegelbild der ersten Ziffer Eins zur Eins. Wenn die umgedrehten Winkelfunktionen mit der Zwei beginnen, gefolgt von der Eins und Null endend, hatte man den nichts sagenden Kosinus zum Sinus addiert und unser heutiges Leben ist somit das daraus logische bis irrationale Spiegelbild mit allen physikalischen Verbrechen als logisch folgender Reflex, der bis aufs atomare Blut gereizten Physik. Denn Null mal oder plus null ist immer nur Null.

19 x 19 = 361 - Der Vollkreis der Physik plus ein Grad. Mit den einen zusätzlichen Grad beißt sich die Katze in den Schwanz.
361 - 1 = 1 Als Bindeglied zur Null, wo das Unglück seinen Verlauf nahm, in dem man die Winkelfunktionen ohne nachzudenken verdrehte, was es mit dieser irren

Funktion auf sich hat. Folglich steht die Lebenspyramide auf den Kopf wie die Reihe vom atlantischen Ozean zum Wassertropfen. Im Umgekehrten Sinne regnet es nicht wie normal Wassertropfen sondern Ozeane, was leider schon zu oft der Fall war und dieser Trend nimmt von Jahr zu Jahr zu.

19 = 1 - 9 = Kreuz Jesus - alle Hauptwissenschaften wurden am Kreuz der religiösen Einfallt lebend genagelt. Und die 19 kündigt sich schon mit der multiplizierten 17 zur 289 an, wo die Quersumme die 19 ist und die neue Quersumme dieser Primzahl ist jene 10 als Primzahlenabstand ohne den Sinus als 2 als Multiplikator. Denn 2 mal 10 ist nun mal 20.

Was ist mit der 19 noch angenagelt wurden, außer den dürren Jesus? Der freie Fall, die Evolution und alle wichtigen Hauptwissenschaften. Auf der Höhe des Querbalken, wo die Arme des Todeskandidaten Jesus waagerecht angenagelt wurden, verläuft im eigentlichen Sinne bei der geeichten X - Achse als Abszisse die Winkelfunktionen. Und die sind im menschlichen Organismus mit der Biologie, Biochemie und Chemie der Motor zur Evolution. Damit ist die Photosynthese mit angenagelt wurden und dieses lähmt die komplette Evolution und die erfährt - erhält einen Tatsch zu einer Seite, was als Drall die Kräfte nach innen lenkt. Und diese absonderliche Funktion nennt man Inzucht zum eineindeutigen Nachteil der infizierten Materie. Folglich wird jede Funktion, welche von den harmonischen Winkelfunktionen ausgehen immer nach innen gerichtet und in laufe der Zeit kippt die Moral und Ungemach breitete sich auf jeden Quadratmeter auf der Erde aus. Denn auf jeden Quadratmeter unserer Erde ist der freie Fall aktiv und wird in seiner Funktion verdreht, was jeder Funktion einen Drall wie bei einen Geschoss verleiht. Somit bohrt sich unser Dasein immer tiefer in die einst geeichte Abszisse und die Probleme nehmen in immer stärkeren Maße zu. Zum Teil sind die Naturgewalten dermaßen stark, das sie von Menschenhand nicht mehr zu beeinflussen sind. Auch die Reflexe in den Frontlinie waren schwer zu steuern und der Tod atmete jeden Soldaten als eigener Atem ins Gesicht. Die Orte des Grauen wie Verdun, der Ostfront und jene unzähligen Konzentrationslager sprengen jeden normalen Rahmen. Teilweise bliebt einen der eigene Atem im Halse stecken.

Erst verdreht man die Winkelfunktionen in dem man den addierten Kosinus als Sinus verkauft und nach der Zwei als Sinus, wo das addierte und multiplizierte Ergebnis gleich ist, kann kein noch so geniales Hirn diesen mannigfaltigen Betrug auf den ersten Blick erkennen und muss die Dinge so hinnehmen wie sie sich darlegen. Für die daraus entstehenden Schäden ist jeder Konsument selbst verantwortlich und wenn es der Tod ist. Erst mit der Ziffer Drei als Primzahl erheb sich der multiplizierte Wert vom addierten kleinern Fakt und der Abstand vergrößert sich von Primzahl zur nächsten größeren Primzahl. Diese irrationale Funktion erahnte der braune Hitler als zukünftiger Massenmörder und versuchte die infizierte Materie von der religiösen Pest zu befreien in dem er sie reinigte. Und die Primzahlen von der sich trennenden Drei über die Fünf zur Sieben sind nur einstellig und der Abstand ist schon gewaltig. Doch bei den folgenden zweistelligen Primzahlen beginnt sich der Kreis zu schließen und die Katze beißt sich in den Schwanz, bevor sie sich wie von Sinnen im Kreise dreht und allmählich durchdreht. Und genau das ist der Fall in einen schwarzen Loch, wo die Sinne der Menschen nicht mehr im rechten Lot takten. Denn die Abszisse ist der waagerechte freie Fall.

Mit der Primzahl 19 ergibt sich die 361, wenn man sie miteinander multiplizierte und da erkennt jeder den Vollkreis der Physik mit einen zusätzlichen Grad. Und mit diesen Grad harkt das Pech an und dieses zusätzliche Grad ist die Achillesferse der Materie. Bei Ungemach ist dieses Grad das Zünglein zur Waage wo der kultivierte Tod sein Zuhause sein Eigen nennt. Denn der Tod kann nur in kultivierter Form kommen, wenn er auch gerufen wurde. Nur wer ruft den Leibhaftigen als Kulturgut auf den Tagesplan? Doch wohl der unwissende Mensch selbst. Und die am Keim der Evolution umgedrehten Winkelfunktionen nicht auf Anhieb zu erkenne sind, löst sich der kultivierte verbrecherische Betrug in laufe der Zeit auf. Oder die Religionen eitern aus dem Bewusstsein und das Unglück nimmt seinen verheerenden Verlauf auf jeden noch bewohnten Kontinent der Erde. Die irrsinnigen Gewaltakte der bis aufs atomare Blut gereizten Physik sprechen Bände.

Was sagt und die Primzahl 13 noch? Die Quersumme ist die 4 und addiert ergibt sich die 8 als unendlichen Tod. Oder die eine 4 ist das logische Spiegelbild der zweiten 4 und im Inneren nistet sich über den künstlichen Hohlspiegel ein toxisches Molekül ein und beginnt sein verheerendes Unwesen, was das Spiegelbild trübt. Und ohne ein glasklares Ebenbild ist der Mensch ein elender Narr, wie die kunterbunten Roben der religiösen " **Geistlichen** " bezeugen. Nach der Ansicht des Papstes ist Homosexualität eine Mode und das ist ja wohl an dummendreisten Irrsinn nicht zu übertreffen. Selbst der dümmste Narr hat mehr im Kopf. Nur der Stellvertreter **GOTTES** als künstlichen Macht hat nichts im Kopf außer ein künstliches Vakuum, was die natürlichen Sinne bis ins letzte Glied der Evolution trübt. Und in der logischen Reihe der Primzahlen fehlt schlicht und ergreifend die Sechzehn. Denn die

Quersumme der 16 ist die 7 und es gibt genau so viele Weltreligionen und diese werden über den zusätzlichen Grad von außen in den Vollkreis der Physik über die vielen Schnittstellen der Winkelfunktionen ständig injiziert und mit den logisch folgenden Winkelfunktionen beginnt der irre Siegeszug der künstlichen Intelligenz als so genannte friedliche Religion um sich die Erde als Festkörper der Physik zum Untertan zu machen, was natürlich den Tod der infizierten Materie unweigerlich mit sich bringt. Dann hört der Sinus auf zu takten und die menschliche Evolution muss den Geist aufgeben. Ein organisches Leben ohne den Sinus ist nicht mal in der verrücktesten Klapsmühle zu einen Millionstel Prozent bis in unendliche Zeit im kühnsten Heldentraum möglich.

Ohne einen völlig im Takt funktionierten Sinus ist ein organisches Leben unmöglich und der unsichtbare Tod bereitet sich vor, das Zepter der Evolution zu erklimmen. Denn mit den lebend angenagelten Jesus sind die Hauptwissenschaften plus freie Fall angenagelt wurden und dieser verbrecherische Irrsinn ist obendrein noch als Religion kultiviert wurden. Mit den Augenmaß der Physik ist das weiter nichts als Betrug zum Selbstbetrug. Denn kein einziger Mensch kann mit seinen normalen Sinnen dieses irre Verbrechen am aufkeimenden Sinus rational erkennen. Nur über die mehr als irren bis abscheulichen Reflexen ist diesen elenden schwarzen Verbrecherpack auf die Schliche zu kommen. Mit normalen Methoden ist da kein Blumentopf zu gewinnen. Einen Virus und sei er noch so seriös, kann man nur am Keim abtöten, so das er unmöglich in einen kerngesunden Organismus eindringen kann um ihn zu infizieren. Nur ist das so ein Sache. Verbiete mal etwas, was man nicht sehen, fühlen, schmecken, riechen und anfassen kann. Den selbe Vergleich kann man auch über die Radioaktivität ohne

Abstriche sagen. Kein einziger Mensch konsumiert Uran, da es den absolut sicheren Tod bedeutet, wie der Scheiterhaufen oder die Gaskammern von Auschwitz. Und diejenigen welche das Glück auf ihrer Seite hatten, waren für den Rest des Lebens oft als innerer oder äußerer Krüppel gezeichnet.

Nur was sagt die Primzahl 19 noch? Mit einen Bindestrich in der Mitte sind wie gesagt alle zum Überleben bitternötigen Hauptwissenschaften plus freie Fall mit den knochendürren Jesus bei lebendigen Leib an ein hölzernes Kreuz angenagelt wurden. Man kann die 9 auch als Henkerschlinge ansehen und an ihr hängt mit den Sinus die Evolution und muss ums Überleben kämpfen, was im III Weltkrieg für alle Völker der Fall sein wird. So wie der Jesus alle Unbilden des Wetters am eigenen Leib ertragen musste, sind es Heute die unzähligen Naturkatastrophen weltweit. Ein Umkehren von diesen Irrweg ist nicht zu erkennen und so muss jeder im III Weltkrieg den Tod am eigenen Leib ertragen. Oder er nimmt den Verlust der Umwelt plus Kapitals hin. Ein Entkommen aus einen schwarzen Loch ist so gut wie unmöglich. Die Quersumme der 19 ist die 10 und die multipliziert mit den Sinus als 2 ist die 20 als größter Abstand aller Primzahlen untereinander. Und dieser Fakt befindet sich in der Mitte der Primzahlen, wo sie alle Materie an sich bindet. Denn die 20 setzt sich aus der 2 als Sinus und der Null als Fundament aller Materie zusammen.

Denn im Zentrum - Kern der infizierten Materie bindet ein toxisches Molekül einst kerngesunde Materie die dann mit den hochgiftigen Kern in die Welt getragen wurde um sie für immer zu infizieren. Mit diesen abscheulichen Akt ist die Axt an den Sinus als Lebensbaum gelegt wurden und diesen verbrecherischen Treiben wollte der braune

Massenmörder Adolf Hitler den Gar ausmachen. Was würden sie tun, um sich den Tod vom einst kerngesunden Leib zu halten. Haben Sie endlich begriffen, das mit den in Serie - Abfolge der extrem heißen Sommer der erzkatholische Scheiterhaufen jeden religiösen Spießer hinterher läuft und keiner kann ihn stoppen. Ebenso wenige wie man sich die Häscher der heiligen Inquisition vom Leib halten konnte. Denen es dennoch gelang, wahren bis zum normalen Tod ständig auf der Hut, doch noch bei lebendigen Leib gegrillt zu werden. Also ein hinsiechen - existieren - nicht eigentlich Leben mit einen blockierten - gelähmten Mund.

So wie der toxische Kern einst kerngesunde Materie bindet, sind es die katholischen Religionsträger als lebendige Atome auf jeden Quadratmeter dieser noch belebten Erde. Sie binden pausenlos den physikalischen Dreiklang mit allen unterschiedlichen Arten von Sauerstoff und infizieren so die gesamte Evolution. Nur ist es so, das kein einziger Bürger diese verdrehten Winkelfunktionen rational erkennen - erahnen kann und somit mit den Tod intim geworden ist. Jeder Bürger steht mit den schwarzen Sensenmann auf du und du, was schon vor der Geburt den negativen abstoßenden Keim zur Inzucht in sich trägt. Und in laufe der Zeit - Historie wird dieser unsichtbare Betrug wie Zuckerwatte aufgeblasen und als künstliche Intelligenz verkauft, was dann auch als ehrliches Produkt von den arglosen Menschen geglaubt wird. Im Grunde lagert der Kosinus über den Sinus und verwirrt alle intakten Sinne. Da aber im hohlen Spiegel sich die Materie verkleinert und sich nicht wie bei einer Volllinse vergrößert, verändert sich mit den verdrehten Winkelfunktionen das Klimakterium, was in laufe der extrem langen historischen Zeit die Umwelttemperatur so hoch anhebt, wie der Jesus als lebende Ikone des kultivierten religiösen Irrsinns mit der weit nach oben verschobenen Abszisse bei lebendigen Leib angenagelt wurden. Denn je höher der Körper steigt, um so wärmer wird es, wenn man sich der Sonne nähert.

Die schützende Ozonschicht ist ja im Begriff sich durch die extrem verbrecherische Inzucht aufzulösen. Denn sie lenkt die wärmenden Sonnenstrahlen zurück. Schwarz zieht sie aber an und somit erwärmt man die Erde plus Umwelt noch intensiver, was das Klimakterium der Evolution erhört und der Tod droht. Bei der Frau setzen so die Wechseljahre cin und dann folgt die unfruchtbare Phase bis zum Tod. Auch die Eier der Krokodiele wurden über das Maß im Gelege erhöht und es wurden nur noch von der Sonne Männchen ausgebrütet. Die wertvollen Weibchen starben alle in laufe der Zeit aus. Und nach den Darwingesetz mussten die Männchen folgen. Im Grunde die endlose Spirale in ein schwarzen Loches, was den hundertprozentigen endlosen Tod der infizierten Materie bedeutet, wie die Gaskammern von Auschwitz und der Scheiterhaufen. Diese Tourtour hatte kein einziger Mensch überlebt. Gefolgt von der Pest als schwarzer Tod im Mittelalter. Auch die unbändigen Umweltkatastrophen sind im Laufe der Zeit eine unerträgliche Last für das weibliche Geschlecht und somit werden immer weniger Kinder geboren, was ein klassisches Symptom zu einen alle Materie fressenden schwarzen Loches ist.

Im Grunde sind diese toxischen Moleküle elende verkommene Schmarotzer, die nur ein Ziel hartnäckig verfolgen, die Evolution zu schwächen um sie zu töten. Da der dumme Mensch diesen religiösen Irrsinn aufgesessen ist und diesen Reflex bedienen muss, ist er zum parasitären Mitesser verkommen. Er bindet mit den unsichtbaren toxischen Molekül wie ein Steinchen ein Schneekristall und wird zum atomaren Geschoss in der

Evolution. Oder dieser hanebüchenen Irrsinn wird dermaßen tief aufgebauscht, wie der knochendürre Jesus als Holzkreuz. Auch der Zuckerwattestab ist so ein Pfahl zum Tod. Denn im Grunde ist Religion wie Zucker Gift, was den Körper im laufe der Zeit schwächt, da ja den lebend angenagelten Jesus der lebendige Impuls zum Leben genommen wurde. Ohne Sport ist das Gebrechen systematisch vorprogrammiert. Im Grunde lauer der vordatierte Tod am Weg wie ein Straßenräuber und freut sich über die dumme Beute. Und in laufe der Zeit verschwanden schon ganze Völker wie nach den beiden Weltkriegen. Auch im schwarzen Mittelalter starben noch mehr Völker den schwarzen Tod.

Mit den aufgebauschten Kult um den umgedrehten Sinus, der als Religion getarnt wurde, ist es um die Evolution in laufe der Zeit geschehen. Da keiner diesen bösen irrationalen Betrug durchschauen kann, hat jedes toxische Molekül ein leichtes Spiel. Dazu erfährt die umgedrehte Winkelfunktionen einen zusätzlichen reibenden Widerstand, der schon am Keim der Evolution einen gehörigen Tatsch mitbekommt und somit für die Erde das Klimakterium erhöht, was in sich schon ein ladendes Dauerverbrechen in sich birgt. Viele benuten um Steuern zu sparen einen Steuertrick. Doch im Kern beinhaltet dieser Trick einen Betrug um sich auf Kosten der arglosen Mitbürger - Staaten zu bereichern. Ist das Judentum nun ein überspitzter jüdischer Intellekt oder schwerer Betrug zum Selbstbetrug, wo die Gemeinschaft für die Unkosten aufkommen muss. Hatte damit nicht der Propagandaminister im III Reich Dr. Josef Goebbels recht, das Judentum Verbrechertum ist und bekämpft werden muss. Und Hitler mit seinen Mannen wollte das religiöse Krebsgeschwür mit Stumpf und Stil ausrotten, so wie jeder Arzt den Krebs im Körper restlos bekämpft, um den Patient gesund zu halten?

Wir nicht die Physik mit den verdrehten Winkelfunktionen um die eigene Existenz betrogen, was den Tod der infizierten Materie unweigerlich mit sich bringt. Bricht ein Schuss aus einer Waffe, muss das Projektil irgendwo einschlagen. Und im Krieg ist es immer ein Mensch auf dem gezielt geschossen wird. So wie die toxischen Moleküle ihr Ziel nicht verfehlen, sind es die Milliarden von Geschossen, um den sicheren Tod zu bescheren. Da im Krieg scharf geschossen wird, hat sich im unmittelbaren Umfeld der Soldaten im Schützengraben das Klimakterium verändert und so auch in den Gittern der Atome und mit den Juden in den Gaskammern von Auschwitz. Im Grunde wird die Umwelt über die zusätzlich zugefügten toxischen Moleküle aufgereizt, oder statisch aufgeladen, das den reibende Effekt im atomaren Gefüge nicht mehr rational zu Steuern ist und sich in laufe der Zeit entladen muss. Und so ein Endladen ist immer mit unberechenbarer Gewalt unweigerlich verbunden. Da aber nun mal Panzer als Waffen im Weltkrieg ausgedient haben, beglücken uns alle Siebeneinhalb Milliarden Ehrenbürger Atome in eigener Funktion. Und die vielen unbändigen Katastrophen sind nur ein läppischer Vorbote wie die Zwei Weltkrieg mit rund Achtzig Millionen Toden. Im kommenden schwarzen Loch, was sich schon längst angekündigt hat, lösen sich die Völker auf. Es beleibt nur noch ein kläglicher Haufen Menschentum übrig, so wie die röchelnde Gerippe in den Konzentrationslagern im III Reich.

Im Grunde lag die Evolution schon mal in den Lagern im künstlichen Koma, denn die unzähligen Konzentrationslagern im III Reich waren schon Leichenflecke und dann lauert der Tod an der nächsten Ecke, um sich nicht zeigen zu müssen. Denn sonst würde er sein wahres Gesicht offenbaren und jeder kann den wahren Charakter dieser religiösen Unzucht erkennen. Im Grunde wie im Volksmärchen mit des Kaisers neuen Kleidern, die nur von würdigen und nicht von dummen Menschen gesehen werden können. Doch der Betrug fliegt auf, als ein Kind sagt, das er ja keine Kleider an hat. Aus eitler und innerer Schwäche war der Regent bis auf die Knochen blamiert. Doch im wahren Leben löst sich das eigenen Volk mit den religiösen überspitzen Intellekt wie in einen schwarzen Loch auf. Zum Teil sind ja schon einigen Regionen dieser Erde unbewohnbar geworden, was ein erneuter Vorbote zum völkischen Tod ist. Den Menschen ist der glasklare Sinn zum wahren Kern geraubt worden und schon kann der schwarze Schnitter in bunten Gewändern fungieren wie er will. Er hat kaum mit nennenswerten Widerständen zu rechen.

Nur wo sind die messerscharfen Sinne der Evolution geblieben? Lösten sie sich im Zahlendreher der drei Zweien als umgedrehter Sinus zum Kosinus auf? Wer soll den da noch durchblicken, wenn die Winkelfunktionen in sich um volle Hundert Prozent verdreht sind? Da kann selbst das genialste Hirn nicht mithalten und muss die Dinge hinnehmen, wie sie sich darbieten. Und dazu zähen die beiden Weltkriege und nun die unzähligen unbändigen Naturkatastrophen auf der noch belebten Erde. Wenn Sie die Zwei Vieren sehen, kann kein Hirn erkennen, ob sie aus der multiplizierten oder addierten Zwei stammen. Sicher ist es gleich ob Sie Hundert Euro in einen Schein oder in kleineren Scheinen erhalten. Doch mit jeder zusätzlichen Banknote muss Papier hergestellt und bedruckt werden. Ökonomisch ein Problem. Dazu ist es nötig festzustellen, ob die verrechnete Zwei aus den Kosinus entstand. Denn dann wäre jeder Akt - Funktion über die Winkelfunktionen Betrug zum Selbstbetrug.

Wenn Sie den Kosinus als Leitfaden zur Basis für das organische Leben benutzen, ist der Tod förmlich mit im Boot und diese Fuhre muss kentern. Der der addierte Kosinus ist der Keim zur Inflation, wo schon eine den II Weltkrieg auslöset und die nächste aus dem Jahr 2008 den III Weltkrieg einleitet. Nur wo wohnt der kultivierte religiöse Tod in der Evolution, wenn man sich nicht an die Gesetze der Physik hält.

In der Materie selbst, wenn man toxische Moleküle über die Schnittstellen beider Winkelfunktionen injiziert. Denn keiner kann ja den umgedrehten Sinus zum Kosinus sehen und ist gezwungen diesen künstlichen Reflex zu bedienen. Folglich drehen wir uns immer tiefer in die sich absenkende Abszisse, da sie ja um mehrere Stufen nach oben verschoben wurde, um den dürren Jesus lebend anzunageln. Folglich hatte man diese religiöse Ikone zum Leitfaden - Leitbild kultiviert und den Tod mit ins Boot geholt, was sich nun allmählich unwiderlegbar bestätigt. Ist nun dieser kultivierte Kosinus ein überspitzter katholischer Intellekt oder schlicht und ergreifen Betrug? Und in der Masse als Kulturgut doch eher extrem schwerer Kapitalbetrug, wie die Kriege plus Inflationen aufs beste bestätigen. Nur ist sich der arglose Bürger dieser Manipulation je bewusst? Da dies nicht der Fall ist, stehen alle Erdenbürger auf der Abschussliste beim schwarzen Hitler. Der braune Hitler wollte nur die Juden restlos ausrotten. Doch im III Weltkrieg sind alle Katholiken plus involvierte Mitläufer Spitzenkandidaten für das kommende alle Materie fressende schwarze Loch. Der personifizierte, hoch kultivierte, religiöse schwarze Tod klopft ausnahmslos an jede Haustür.

Warum? Da es nur eine Abszisse gibt, auf der alle Bürger dieser Erde auf allen Kontinenten leben, ist folglich jeder Bürger ein Kandidat für den schwarzen aus eigen Antrieb produzierten Tod. Denn im Grunde ist die Abszisse ein Hohlspiegel, wo sich das Licht der Sonne bricht und sich somit die Winkelfunktionen in ihr absolutes Gegenteil umkehren, was langfristig den Tod mit sich bringt. Denn im eigentlichen physikalischen Sinn muss man die Physik multiplizieren und nicht addieren. Denn die Materie besteht nun mal aus Atomen, und diese explodieren wenn man sie aufreizt, was bei einer Atombombe der Fall ist. Und Eins mal Eins ist nun mal Eins. Da aber die Evolution weiter geht ist es ein ständiges treten auf der Stelle, was ein reinrechnen ins Minus zur Folge hat. Denn die manipulierte Zwei, welche als Sinus verkauft wurde, ist in der Realität eine Eins mit den Tatsch zur Null. Und Null mal Null ist nun mal immer nur eine elende Null. Nach Adam Ries ist Null mal Siebeneinhalb Milliarden Menschen gleich Null.

Da man in der Physik prinzipiell multipliziert, ist jeder andere Versuch sich der Physik zu nähern um sie zu benutzen eine Akt von verdeckten Betrug. Denn kein einziger Mensch kann eine Zwei als manipulierten Kosinus erkennen, nur anhand der nackten Ziffer Zwei, die als erste und einzige gerade Primzahl den Sinus beinhaltet. Es wird deshalb multipliziert, weil es ökonomischer ist und nicht so viele wertvolle Energie sinnlos verprasst wird. Multiplizieren und addieren Sie mal die Zehn bis zur Hundert. Diese Beispiel spricht Bände.

Beispiel:
Ökonomie
addiert
10 x 10 = 100
9 Zeichen plus 4 Leerzeichen gleich 13

multipliziert

10 + 10 + 10 + 10 + 10 + 10 + 10 + 10 + 10 + 10 = 100
33 Zeichen plus 20 Leerzeichen gleich 53

Nun das Verhältnis in Prozenten der 13 multiplizierten Zeichen zu den 53 addierten Zeichen.

13 x 100 : 53 = 24
24,528,301,886.792.45
24% = rund ein Viertel

Nun die minimale Differenz der 9 Zeichen des Multiplizieren zu den 33 Zeichen des Addieren ohne Leerzeichen.

9 x 100 : 33 = 27,272,727,272.727.27

27,272,727,272.727.27 minus 24,528,301,886.792.45 = 2,744,425,385.934.823

2,744,425,385.934.823 % von 100 % Menschentum von 7,5 Milliarden
2,744,425,385.934.823 % zu drei Teilen mit je einen Komma getrennt

Die drei Teile 2,744,425 % vom hundertprozentigen Menschentum von 7,5 Milliarden Menschen auf der Erde.
2,744,425 % = 205.831.875 Menschen = der erste Teil
0,744,425 % = 55.831.875 Menschen = der zweite Teil
0,000,425 % = 31.875 Menschen = der dritte Teil
gerundet
0,000.42 % = 31.500 Menschen

Unterteil man den Leichenberg von 31.500 Menschen durch Drei, erkennt jeder drei Teile als Massenmord.

31.500 = der erste Teil

nun ohne die 31
500 = der zweite Teil
nun ohne die zwei Nullen
5 = immer noch ein Leichenberg

Wenn Sie die Fünf als Leichenberg als separaten Einswert ansehen, steht eine Eins zu Papier und nun hängen wir die letzten zwei Nullen an die Eins und schon steht eine Hundert ohne Maße. Da wir aber uns mit der gesamten Evolution von 7,5 Milliarden Menschen beschäftigen stehen in der Tat Hundert Prozent Menschentum im nahenden III Weltkrieg als schwarzes Loch auf dem Spiel. Wenn schon rund 2,75 % vom Menschentum etwa Zweihundert Millionen Tode fordert, was erwartet uns dann, wenn volle Hunderte Prozent menschliche Evolution vom zweiten Dreieck zum Judenstern vom Judentum restlos blockiert wird? Doch nur der vollkommene Exitus aller Völker dieser noch bewohnten Erde. Auch die weit nach oben verschobene Abszisse um ein ladendes Verbrechen zu decken, stehen die Akten noch schlimmer. Da es ja weit mehr Katholiken gibt als Juden. Selbst wenn man das Tagespensum der Sonne teilt, und das sich immer rund 32.500 Tode, liegen immer noch 5 Leichen auf der Straße. Also bricht - blockiert - manipuliert man einen Sonnenstrahl, lauer der Tod an jeder Straße. Und was ist um die Jahrtausendwende weltweit zu beobachten? Ein Leichenberg nach dem anderen zieren die Seiten der Presse.

Nur wo verstecken sich die Ursachen zu solchen unbegreiflichen Verbrechen? Ist es der addierte Kosinus als Eins zur Zwei, die als manipulierter Sinus verkauft wird? Und diese manipulierte Zwei wird erst miteinander addiert und dann multipliziert, was die Acht als unendlichen Tod mit sich bringt. Nur wo ist die Acht noch versteckt, so das man sie erst mühsam ergründen muss? Wenn Sie den inneren Kreis der beiden Dreiecke übereinander als Drachen legen, erkennt jeder eine Acht mit zwei Kreisen als kleine Nullen übereinander. Und schon hat der unbekannte tiefere Wahn einen Sinn, der schwer zu durchbrennen ist. Denn es gibt ja kein einziges mathematisches oder gar physikalisches Symbol als Judenstern. Folglich ist dieses religiöse Zeichen ein illegitimer Eingriff in die sterile Physik. Zudem der physikalische Dreiklang der drei unterschiedlichen Sauerstoffarten rational nicht sichtbar oder greifbar ist. Sicher können Sie den Sack schließen, da ist noch genügend Sauerstoff für die Lungen drin. Doch es wird sofort dunkel und dann ist die Ökonomie restlos außen vor. Denn ein organisches Leben ohne Licht ist zu vollen Hundert Prozent unmöglich.

Nur wo wird denn die Lichtquelle gebrochen - blockiert - manipuliert? Doch mit den doppelten Dreieck des Judenstern als künstliche religiöse Intelligenz, wo alle geeichten Naturgesetze der Physik negativ beeinflusst werden und das erst unsichtbare Unglück seinen verheerenden Verlauf durch die Materie beginnt, was den Tod meist bedeuten kann. So unsichtbar die Ökonomie auch als Wissenschaft existiert, um so wichtiger ist sie für den physikalischen Dreiklang plus Dreisatz für die unendliche Evolution. Da sie aber nun mal unsichtbar ist, denn man kann sie unmöglich wie ein Brot in einer Tasche wegtragen, ist sie im Verbund mit den beiden anderen Teilen des Dreiklang plus Dreisatz ein zu Überleben extrem wichtiger Bestandteil, da sie keinen trüben Reflex auch nur zu einen Augenblick zulässt und das ist mit den Gesetzen der sterilen Physik nicht zu einen Prozent zu bewerkstelligen. Und ein Zahlendreher mit den addierten Kosinus als Eins zum Sinus als Zwei und dann noch obenrein multiplizierten manipulierten Zwei zur Acht als unendlichen Tod, den keiner rational sehen kann, ist mit jeder Zwei der drei Zweien ein Weltkrieg ins Leben gerufen.

Wenn jeder der addierten Zweien als separater Einswert ein Weltkrieg ist, und schon die erste manipulierte Zwei als doppelter Kosinus einen Weltkrieg mit rund Siebzehn Millionen Toden erbringt und die addierte zweite Zwei als II Weltkrieg einen Berg Leichen von Sechzig Millionen erzeugt, was erwartet uns dann wenn wir mit unserer religiösen fast schon schweren verbrecherischen Unzucht die addierte beiden Zweien zur Vier mit der dritten Zwei multiplizieren und eine Acht als unendlichen Tod erhalten? Doch nur der alle Völker erfassende schwarze Tod als schwarzes Loch oder schwarzen katholischen Holocaust. Haben Sie das dreifache Wort als Begriff Schwarz als dreifachen Fakt erkannt? Bei jeden schwarzen Zustand muss der Tod aktiv werden und entsprechend seiner physikalischen Größe zur Tat schreiten. Bei den beiden schon vergangenen mehr europäischen Weltkriegen starben Achtzig Millionen Menschen, was im Grunde mehrer kleinere europäische Staaten in sich vereint. Selbst der erste Weltkrieg beinhaltet mehre kleinere Staaten in Europa wie Albanien, Slowenien, Dänemark, Luxemburg und mehr. Im Grunde ist der Weg in den schwarzen Tod nach oben offen und kann nicht rational gestopft werden. Der Zweite war noch gewaltiger und als kommenden III Weltkrieg ist kein Staat mehr rational existent.

Nur wo wohnt die Acht als unendlicher Tod in der schon tödlich infizierten Materie, wo der Würger zwangsläufig als unliebsamer Gast immer zur Tat schreiten muss. Was tut der Dieb am Galgen? Er zappelt wie ein Fisch an der Angel ohne Wasser, weil er keine Luft bekommt. Denn den Räuber wurden ja die Hände hinter den Rücken zugebunden, so das er sich nicht die

Schlinge am Hals weiten konnte. Und die Evolution mit den Millionen von Soldaten wurden auch die Hände an die Waffe plus Eid gebunden, so das er nur töten konnte. Und genauso ergeht es der Evolution mit den doppelten Dreieck, wo alle drei Sauerstoffarten restlos gebunden waren und der Tod als schwarzer Geselle - ständiger Begleiter ein leichten Spiel hatte. Die Fronten wie Verdun im I Weltkrieg und jene legendäre Ostfront im II Weltkrieg waren so was wie die zuschnürende Henkerschlinge oder die Ränder zu einen schwarzen Loch, was im kommenden und sich schon längst am beschränkten Horizont ankündigten III Weltkrieg als schwarzes Loch ankündigt. Dieser Loch verschlingt ganze Kontinente und das Kapital mit dazu.

Eine Acht als unendlichen Tod haben wir schon erkannt, sie ist versteckt sich im Judenstern, wenn man ihn auseinander zieht und sich ein viereckiger Drachen ergibt, der lang gezogen zwei runde Gebilde als Acht 8 sichtbar wird, wie die Fingerabdrücke eines Verbrechers. Doch wo verstecken sich die anderen Achten in der Materie? Da jeder Mensch Sauerstoff benötigt ist es mehr als logisch, sich das Hauptelement genauer anzusehen. Dazu decodieren wird die Daten und werden mehre Achten in umgewandelter Form erkennen. Denn wenn der mehrfache Tod aus diesen wichtigen Element schaut, kann unmöglich etwas gescheites damit verbunden sein, wenn man ihn missbraucht, was mit dem Judentum über dreieinhalbtausend Jahre der Fall war. Nur konnte man damals das wahre Ich - Kern dieser religiösen Unzucht getarnt als Religion - Judentum nicht erkennen, da es vor solchen historischen Zeiten keine Physik mit den heutigen Kenntnisstand nicht zu einen Millionstel Prozent gab. Das Tafelwerk gab es erst Jahrtausende später. Im Grunde ist der Tod so unsichtbar in den Element Sauerstoff als Code versteckt wie der Hausherr selbst.

Wenn am aufkeimenden Sinus der Kosinus mit sich selbst als primitiver Akt der Inzucht addiert und als manipulierten Sinus verkauft wird, hat man im Grunde der Evolution mit den religiösen Dauerbetrug der Gar für immer ausgemacht. Denn mit den verdrehten Winkelfunktionen ist ein unsichtbare Schleife als lang gezogene erste Acht entstanden. Nehmen Sie das literarische Symbol vom Sauerstoff O und verdrehen es in der Mitte und schon ist ein waagerechte oder senkrechte zweite Acht zu sehen. Man läuft also ständig eine Acht und bemerkt es nicht. Dazu werden die Sinne allmählich verwirrt, was die Denkschärfe schwächt und Fakten einfach übersehen, weggesehen oder erst gar nicht als solche registriert, was dem nun schon kultivierten Irrsinn erst den echten Kick verleiht. Somit haben wir mit der Ordnungszahl Acht die dritte Acht als unendlichen Tod. Mit der Elektronegativität von 3,5 ist ohne Komma als Quersumme die vierte Acht zu erkennen. Mit der relativen Atommasse von 15,999 ist die erneute Quersumme als 33 zusehen. Spiegelt man die eine Drei ein und fügt sie zur anderen, dann ist eine fünfte Acht zu sehen. Denn das zweite Dreieck vom Judenstern ist ja auch überdeckt - eingespiegelt wurden und somit alle rationalen Funktionen mit allen physikalischen Gesetzen in ihr absolutes Gegenteil verkehrt.

Beispiel:
Sauerstoff O = litauisches Symbol
O = ungedreht ist eine 8 als unendlicher Tod zu sehen
Ordnungszahl 8 = als unendlicher Tod zu sehen
Elektronegativität = 3,5 = 3 + 5 = 8 als unendlicher Tod zu sehen
relative Atommasse von 15,999 = 1 + 5 + 9 + 9 + 9 = 33 = eingespiegelt = 8 als unendlicher Tod zu sehen

Fazit:
Bis jetzt viermal der personifizierte Tod, der mit den Hauptelement Sauerstoff direkt verbunden ist.

Mit der Sieben als Primzahl ist die Anzahl der Weltreligionen verbunden. Addiert man die 7 miteinander ist die 14 zu erblicken und mit einen Plus dazwischen 1 + 4 ist die Summe Fünf der Quadranten senkrecht zu sehen. Multipliziert man die 7 miteinander ist die 49 zu erkennen und teilt man die 49 durch die 14 ergibt es die 3,5 und erneut ohne Komma ist als Quersumme erneut die sechste 8 als unendlicher Tod zu sehen. Und die addierte 14 ergibt die 5 als Quersumme. Folglich ist die Fünf **doppelt** zu erspähen, wie das **doppelte** Dreieck auf den erste Delta des Judenstern. Als verwandelte Materie ist der Tod bei jeden Atemzug präsent und keiner kann ihn wie Uran sehen, erahnen, schmecken, riechen und erfühlen. Folglich wirkt Religion mit seinen toxischen Molekülen wie Uran radioaktiv und bringt - fördert den Tod zu vollen Hundert Prozent. Darum wollte auch der braune Hitler die Juden komplett ausrotten und der kommende schwarze Hitler wird so mit den pechschwarzen funktionslosen Katholiken verfahren. Kein organisches Leben auf der Abszisse ohne rationale Funktion. Denn in einen schwarzen Loch lösen sich als logisches Spiegelbild ja auch alle Funktionen der Physik restlos auf und der Tod hat über die Evolution gewonnen.

Beispiel:
7 = Primzahl als Ziffer
7 + 7 = 14
7 x 7 = 49
49 : 14 = 3,5
3,5 = die Elektronegativität vom Sauerstoff

So wie jede rationale Funktion auf der Abszisse eine

Winkelfunktion in logischer Folge unweigerlich nach sich zieht, wandert der personifizierte kultivierte religiöse Tod als unsichtbare Ziffer Acht mit und keiner bemerkt diesen unsichtbaren Betrug, der nun schon zwei extrem schwere Börsenpleiten produzierte die schon mal einen Weltkrieg mit Sechzig Millionen Toden erbrachte. Und dieser Leichenberg beinhaltet mehre kleinere europäische Staaten, die in einen kommenden schwarzen Loch wie die Juden im jüdischen Holocaust verrecken werden. Denn der addierte Kosinus als Zwei, die aber künstlich ersonnen wurde, ist der unsichtbare Tod Dauergast auf jeden Land, Staat und Kontinent. Folglich auf jeden noch so entfernten Quadratmeter auf der Erde und das selbst unter Tage, da ja der Luftdruck nicht verändert werden kann. Selbst wenn wir der Sack schließen, ist es im inneren dunkel und damit ist die Photosynthese vom Sinus abgeschnitten. Und ohne diese zum Überleben extrem wichtige rationale Funktion ist der völkische Tod zu vollen Hundert Prozent vorprogrammiert. Dazu ist die unsichtbare Ökonomie als dritte Sauerstoffart vom physikalischen Dreiklang ebenso abgewürgt und damit ist das schwarze Loch perfekt.

Sie sehen, dass ohne die Primzahlen mit den entsprechenden Code kein organisches Leben möglich ist. Nur ist mit diesen Erkenntnissen in der Kirche kein Blumentopf zu gewinnen. Eher stirbt die menschliche Evolution aus. Auf eine ehrliche Einsicht ist von der Farbe **SCHWARTZ** mit seiner maßlosen kultivierten **IRRLEHRE** nicht zu einen einzigen Prozent zu rechnen. Wenn da ein Narr - Dummkopf tatsächlich auf eine Einsicht setzt ist er ein potenzieller Mörder. Ein elender Dauerverbrecher am eigenen Dasein plus der Familie nebst Mitmenschen. Mit den Code der Primzahlen kann man hinter die kunterbunte religiöse Maske der Religionen sehen und den leibhaftigen Tod erkennen. Denn der addierte Kosinus ist nicht zu einen einzigen Prozent lebensfähig. Da er in seinen eigenen künstlichen hohlen Spiegelbild lebt ohne sich dessen je zu einen einzigen Prozent bewusst zu sein. Und ein doppelte Existenz ist mit unserer irdischen Physik zum Glück nicht machbar. Denn dann gäbe es zwei freie Fälle. Und das setzt voraus, das es zwei verschiedenen Luftdrücke gibt, was ein Ding aus dem Tollhaus ist, was Religion im Kern bestätigt. Ein solches irrationales Spiegelbild ist das Judentum mit seinen doppelten Spiegelbild, weil es die echte Physik auf den Kopf stellt. Denn so ein Symbol wie den Judenstern gibt es in der Physik nicht, da es keine physikalischen logischen Reflexe binden kann, außer ins Mimis reinzurechnen, was prinzipiell immer mehr Ungemach unweigerlich nach sich zieht. Der leibhaftige Tod ist da oft nur ein willkommener Gast. Denn ein künstlich geschaffenes Vakuum kann nicht zu einen Billionstel von unserer Physik auch nur zu einen einzigen Prozent bedient werden. Weil es bene nicht möglich ist und gegen die natürlichen Gesetze der Physik plus Evolution den Tod beinhaltet.

Warum gibt es so ein irrsinniges Symbol in der irdischen Physik nicht? Weil sich kein einziger strukturell organisch gewachsener Reflex auf das Judentum beziehen lässt und jede Funktion nach innen gerichtet wird, wie es die zwei inneren Kreise jedes Dreiecks bestätigen. Denn der Luftdruck wird nach innen gerichtet und es bildet sich ein Delle auf der Abszisse, was im Grunde nur eine minimale fast unsichtbare Größe einer Sommersprosse darstellt. Denn mit den addieren des Kosinus, der dann als legitimer Sinus den arglosen Menschen verkauft wird, wird im Grunde eine anfangs unsichtbare Henkerschlinge um die Opfer dieser restlos verkommenen religiösen verbrecherischen Perversion gelegt und mit dem

Eigengewicht richtet sich das Opfer selbst. Es ist wie mit einen Militärtransport, wo die Brücke in der Mitte unter er immensen Last zusammenbricht. Die beiden vordern Loks können nicht mehr ziehen und jene hinteren zwei Lokomotiven schieben ihre Kameraden plus sich selbst in den sicheren Tod, wie es momentan auf der Erde tagtäglich praktiziert wird.

Da die Zahl 16 als Primzahlenabstand - Quersumme aller Primzahlen untereinander fehlt, muss sich diese gerade Zahl ja irgendwo verstecken oder gefangen gehalten werden. Denn mit der fehlenden 16 ist der Sinus restlos unterbrochen, wo wie es im inneren des Judenstern der Fall ist. Nur kann Energie nicht einfach so vergehen. Die wird immer in umgewandelter Form das Licht der Sonne erblicken und ihre Energie entladen. Nur wo kann man diese fehlende Zahl 16 für jedermann verständlich sichtbar machen? In dem man die Primzahlen erst addiert und dann multipliziert. Der Abstand führte schon mal zu einen weit nach oben ausgestreckten rechten Arm und dann folgte ein Leichenberg von rund 60 Millionen Opfern die diesen unsichtbaren Dauerbetrug an aufkeimenden Sinus auf den Leim gegangen sind. Denn der addierte Kosinus als Eins kann und ist nicht zu einer einzigen Lichtsekunde der Sinus. Addiert und multipliziert ist das Ergebnis der echten Zwei immer eine Vier. Auch der addierte Kosinus als Eins zur Zwei ist vom echten Sinus nicht zu unterscheiden. Doch geht man in der Folge der Primzahlen weiter, differenziert sich mit der Drei, Fünf und Sieben der Wert beträchtlich. Aber wie sieht es mit den zweistelligen Primzahlen ab der 11 aus?

Beispiel:
11 + 11 = 22
11 x 11 = 121
1 = Kosinus

2 = Sinus
1 = Kosinus
121 = 1 + 2 + 1 = 4

Nur trägt der multiplizierte Kosinus mit der multiplizierten Eins zur Eins? Er kann es rein logisch nicht und ist immer - prinzipiell zum scheitern verurteilt. Weil eben Eins mal Eins immer nur Eins ist. Und multipliziert man die Ziffer der Zahl 121 miteinander, erhält man die Endsumme 2. Also den halben Wert wenn man addiert und schon wird mehr erdacht als in der Realität der Fall ist. Diese Schaumschlägerei ist im Grunde ein Form von perversen Betrug zum Nachteil der arglosen Bürger, die diesen schwer zu durchschauenden Dauerbetrug aufgesessen sind. Denn mit den addierten Kosinus als Zwei, die aber im Grunde eine simple Eins ist, wird immer eine Luftmasche mit sich selbst hochgerechnet und dann zieht die infizierte Materie Luft, die sich gegenseitig ansteckt und beginnt zu reagieren und diese faulenden Stoffe vergiften die anderen involvierte Substanzen, was oft mit Ungemach einher geht. Zumal die beiden Einsen der 121 je ein Dreieck wie beim Judenstern sind und in der Mitte steckt der einst kerngesunde quicklebendige Sinus, der dann in laufe der Zeit die Segen streichen muss. Und mit eingezogenen Segeln kann man keine Fahrt auf hoher See aufmachen und ist den Unbilden der Unwetter hilflos ausgeliefert, was zum Teil schon auf jeden Kontinent zu erleben ist. Hochwasser in der Sahara ist da nur ein seichter Treppenwitz wie die Gaskammern von Auschwitz. Mit den schwarzen Hitler ist nicht zu einer einzigen Lichtsekunde zu spaßen.

Aber was sagt und die Primzahl 13, wenn man sie addiert und multipliziert?

Beispiel:
13 + 13 = 26
13 x 13 = 169
26 = 2 = Sinus
26 = **6** = die Judensechs mit **6** Millionen toten Juden und **6**0 Millionen Opfer im II Weltkrieg
6 = dreimal die 2 als Sinus
6 = 2 + 2 + 2
oder
6 = 2 + 2 x 2 = 8
26 = 2 + 6 = 8 = Der unendlicher Tod der immer ein schwarzes Loch ist oder den Keim dazu legt.
169 = 1 = Kosinus
169 = 6 = die Judensechs
169 = 9 = die Ascheneun
169 = dreimal die 3 zur 9 zum jeweiligen Dreiklang
9 = erste 3 = Pflanzen, Pflanzenfresser, Fleischfresser
9 = zweite 3 = Sauerstoff in der Luft, Licht als Sauerstoff für die Photosynthese und Ökonomie als Sauerstoff für die Physik.
9 = dritte 3 = Der Dreisatz mit den Winkeln, Loten und Seitenkanten.
Merke:
Wird ein Teil abgewürgt, blockiert oder in seiner natürlichen rationalen Funktion behindert, folgen irrationale - abartige Funktionen bis negative Reflexe bis zum möglichen und sehr wahrscheinlichen Tod der infizierten Materie.
169 = die erste 16
169 = 1 + 6 + 9 = die zweite 16
16 = 1 + 6 = 7 = alle sieben Weltreligionen
Zweimal die 16 = zweimal eine 7
Jede 7 ist ein separater Einswert 1 und doppelt die doppelte 1 zur 11

Also ist die sich aufgelöste 16 im Abstand der Primzahlen über die Quersumme in der multiplizierten

13 als 169 zweimal zu finden ist, muss es etwas mit der 16 als addierte 7 auf sich haben. Und es gibt nun mal 7 Weltreligionen und was diese irre Unzucht bisher an den Völkern in den letzten Jahrtausenden angerichtet hatte, steht in jeden Geschichtsbuch. Das Weltbürgertum ist schon mehrmals ausgestorben. Nur das es in den Kriegen vor den beiden europäischen Weltkriegen noch kein industrielles modern gab. Da tötet man noch eher mechanisch bis bestialisch. Das lies in den zwei Weltkriegen oft stark nach und dafür erhöhten sich die Leichenberge um das vielfache der vergangenen Kriege. Aber wie sieht es im III Weltkrieg aus wenn die alle Waffen schweigen. Muss man den II Weltkrieg mit der Zahl Zehn als Primzahlenabstand des manipulierten Sinus multiplizieren. Der größte Primzahlenabstand untereinander ohne Quersumme ist die Zwanzig. Der Abstand von der 887 bis zur 907 ist nun mal 20 oder der Sinus als 2 und erste und einzige gerade Primzahl mal 10. Auch die Quersumme der 907 ist die 16 und erneute Quersumme ist die 7 als Anzahl der Weltreligionen. Sind es nicht ein bisschen viel Zufälle, wenn man die 16 als solche in der infizierten Materie findet.

Auch der Quersumme der 907 ist 16 und bei der 887 ist die addierte doppelte 8 eine 16. Auch die Quersumme der 523 und 541 ist die Zehn und addiert man die beiden Zehnen erhält man den größten Primzahlenabstand aller Primzahlen untereinander von 20. Und teilt man die 20 durch die 2 als Sinus erhält man die 10. Was es bedeutet wenn man die 10 nicht multipliziert sondern addiert und differenziert zum Weltbürgertum wissen Sie. Es entsteht ein Leichenberg je wie man die Gemengelage beurteilt. Und die Daten der 11 als Primzahl deutet immer die nächste Primzahl mit ihren spezifischen Aussagen an.

Beispiel:

17 + 17 = 34
17 x 17 = 289
34 = 3 + 4 = 7 = alle Weltreligionen
289 = 2 = der Sinus
289 = 8 = der unendliche Tod
289 = 9 = Der logische Aschetod auf die unzähligen Achten als unendliche Tod.
289 = 2 + 8 = 10 = Der halbierte Primzahlenabstand ohne Sinus und die Summe der addierten Quadranten wenn man sie senkrecht dazuzählt.
289 = 2 + 8 + 9 = 19 = Die nächste Primzahl.
289 = 2 + 9 = 11 = Die doppelte Eins als logisches Spiegelbild im täglichen Leben und Primzahl.

19 + 19 = 38
19 x 19 = 361
38 = 3 = Ein Teil - Drittel der 9 oder je ein jeweiliger Dreiklang und somit Teil des organischen Lebens.
38 = 8 = Bei Unzucht der unendliche Tod, weil sich mit den Betrug am Sinus der Evolution immer mehr oder weniger oft noch unsichtbare schwarze Löcher bilden, die den Tod der infizierten Materie unweigerlich mit sich bringen.
38 = 3 + 8 = 11 = Eben das logische Spiegelbild im täglichen Leben, was wir alle jeden Tag am eigenen Leib zu spüren bekommen. Jeder Bürger - Spießbürger hat in seinen Leben schon nackte rohe Gewalt erfahren oder sie unmittelbar beobachtete. Das alles sind nun schon mehr als klassische Symptome zu einen sich immer stärker in Szene setzenden schwarzen Loch, was alle infizierte Materie in seinen unersättlichen Bann zieht und bei lebendigen Leib frisst, so wie der katholische Scheiterhaufen der heiligen Inquisition die unschuldige Hexe.
361 = 3 = Ein Teil von physikalischen Dreiklang, wo sich alle drei unterschiedlichen Sauerstoffarten zu einer organischen Aussage funktionieren, so das über längere

zeitliche Räume, die Millionen bis Milliarden Jahre dauern können, um organisches Leben entstehen lassen. Denn ohne Licht der Sonn als Photosynthese ist kein Leben auf der Erde möglich. Selbst ein Wasserfloh benötigt einen dünnen Sonnenstrahl um als Futter für Fische dienen zu können.
361 = 6 = Die allgegenwärtige Judensechs.
361 = 1 = Der Kosinus als Achillesferse für jedermann.
361 = 6 + 1 = 7 = alle Weltreligionen
361 = 3 + 6 = 9 = Der Aschetod oder der addierte dreikombinierte Satz aller Teile des dreigeteilten Satzes.
361 = 3 + 6 + 1 = 10 = als Primzahlenabstand ohnc den Sinus als 2.

Ersetzt man die 1 als letzte Ziffer der 361 mit einer Null, ist ein Vollkreis der Physik zu sehen. Nach diesen Zeichen als Null kommt die Eins und da der Kreis ein separates wissenschaftliches Zeichen ist, muss man ein Komma setzen. Als 0,1 und damit ist ein Leichenberg von 6 Millionen Juden verbunden, wenn man die konstanten Gesetze der Physik missbraucht - missachtet - blockiert, so wie die Juden mit ihrem Judentum und doppelten Dreieck als Judenstern. Die multiplizierte 11 ist nun mal 121 und die beiden äußeren Einsen dieser dreiteiligen Zahl ist nun mal der Kosinus als Eins und blockiert die Zwei als lebendigen Sinus. Multipliziert man die 0,1 mit einer der ermittelten Zehnen erhält an eine Eins als Kosinus. Aber auch 60 Millionen Tode als Opfer des II Weltkrieges oder 1 % des Weltbürgertum bei damals 6 Milliarden Menschen. Denn 6 Millionen toter Juden mal 10 als Primzahlenabstand ohne Sinus macht 60 Millionen Opfer der braunen Ära. Multipliziert man erneut die 1 mit der 10, erhält man nochmals eine 10 und hier bestätigt sich die multiplizierte 11 zur 121, wo der Sinus eingeklemmt ist und sich nicht artgerecht voll entfalten kann. Tauscht man die beiden Einsen der 121 mit einer Null aus, erhält man die 100 mit der Eins der Leichen des II Weltkrieges als Eins Prozent, denn die 121 ist ja im Grunde eine dreistellige Zahl als Hundertwert und die bezieht sich zum hundertprozentigen Menschentum auf der Erde. Als stehen 100% Menschentum im III Weltkrieg auf dem Spiel.

Blockiert man aber idiotischer Weise den Sinus mit Religion, dreht er sich um und aus einen Kreis, Null, Buchstabe entsteht ein waagerechte oder senkrechte Acht als irrer unendlicher Tod, wie die beiden jüngsten Weltkriege beweisen. Folglich verändert sich auch die 0,1 zu 10 und diese irrwitzige Konstellation ist für jedermann absolut tödlich, wie Sie nun wieder absolut bestätigt bekamen. Und diese künstlich ersonnene Zehn multiplizier sich mit sich selbst im Hohlspiegel und das irre Ergebnis ist nun mal die Hundert als hundertprozentiger Wert zum gesamten Menschentum. Also müssen alle nun schon 7,5 Milliarden Menschen im kommenden III Weltkrieg ihre Haut zu Markte tragen. Und der Markt ist die Abszisse mit den Scheiterhaufen Erde, die sich in laufe der Jahre wie von Geisterhand entzündet um alle irdische Materie bei lebendigen Leib zu verbrennen, so wie im Mittelalter die unschuldige Hexe auf den knisternden Scheiterhaufen. Denn die letzten Zehn heißen Sommern beinhalten Acht der Megasommer mit Temperaturen bis zum Irrsinns, wo sich die Sinne begannen allmählich aufzulösen, wie der Wille der unschuldigen bei lebendigen Leib verbrannten Frau. Ergänzen wir mal die beiden Nullen mit der Materie. 0,1 mals 10 ist gleich 1 und diese Ziffer Eins als Kosinus mal Zehn ist zwar Zehn. Aber der multiplizierte Kosinus ist nun mal kein reeller Fakt für die unendliche Evolution. Darum kommt es sehr oft zu schweren Konflikten bis Weltkriegen, wo komplette Völker zu Ader gelassen werden, bis sie im kommenden III Weltkrieg aussterben.

Was wollen Sie auf der Abszisse, wenn der Sauerstoffproduzent für die Evolution als Pflanze bei lebendigen Leib verbrannt wird? Wenn Sie den Vollkreis der Physik von 360° sehen, ist die letzte Ziffer eine Null - 0 oder O als Symbol vom Sauerstoff und gleichzeitig der Kreis O als Erde, wo sich das Klima dermaßen irrsinnig erhöht, als stünde die Evolution auf der Abszisse in Flammen. Und die Acht als zukünftiger unendlicher Tod wie die Acht heißen Sommer der letzten Zehn Jahre bestätigen sind ein gewaltiger Schritt in den kommenden und sich schon seit Jahrzehnten ankündigen völkischen Tod. Mit der 0,1 Prozent an toten Juden war schon ein kleines Volk auf der Erde auf den Weg in den Himmel. Zuvor im I Weltkrieg war es schon mit 17 Millionen Toden rund 0,3 Prozent am Weltbürgertum. Und da behakten sich nur zwei größerer europäische Staaten wie Deutschland was Frankreich überfiel. Den Rest am Materie kann man sich schenken. Im folgenden II Weltkrieg wurde schon ein halber Kontinent von Judentum mit seinen toxischen Molekülen infiziert und bei lebendigen Leibes verbrannt, wo größere Völker der sicheren Tod fanden und die Spitze des Eisberges ist noch lange nicht erreicht. Denn das Glas ist erst halbvoll und entleert sich in immer stärkeren Maße.

Folglich kann man ohne Abstriche felsenfest behaupten, das der unendliche Tod als Acht oder endlose Schleife in der Materie verankert ist und ihn nicht einfach so wie ein defektes Gerät wegtun kann. Denn dort wo kein Licht und keine Ökonomie zu erkennen sind, ist der Hauptantriebmotor Sauerstoff noch existent. Aber wie sieht es in den Ritzen am Körper des Menschen aus. Selbst zwischen den Zehen oder im inneren des Körpers kann Sand eindringen und die nun schon infizierte Materie ohne die drei unterschiedlichen Sauerstoffarten ohne Gnade aufreiben bis das rohe Fleisch zu sehen ist. Und diese zur Infektion geradezu einladenden Infektionsherde sind doch im Grunde ein deftiger Gänsebraten wie zum Weihnachtsfest. Was glauben Sie wie die Soldaten in den Schützengräben der Weltkrieg reagieren, wenn so etwas vor Ihre Nase die Sinne verwirrt? Genau, sie drehen mit den knurrenden Magen durch und schlagen ohne Gnade zu. Und genau so reagierte die infizierte Materie auf die toxischen Moleküle, welche ständig auf der Abszisse reiben ohne das sie je zu sehen sind. Also ist der Tatbestand der besonderen Heimtücke gegeben. Im Grunde ein extrem schäbiger Meuchelmord an der unschuldigen aufkeimenden Evolution. Und die beiden europäischen Weltkriege waren solche schäbigen Meuchelmorde an den Völker dieser noch belebten Erde mit all ihren lebendigen Völkern.

Wenn wir ein gleichschenkeliges Dreieck mit drei Loten ansehen, ist in der Mitte ein zentraler Punkt als Schnittstelle der inneren Geraden. Die entstehenden inneren sechs Teile sind auch gleichgroß und ergeben für sich eine konstante Größe wie die Summe der Innenwinkel und gesamten Oberfläche des gleichschenkeliges Dreieck. In diesen sechs kleineren Teilen widerspiegelt sich der physikalische Dreiklang mit den drei unterschiedlichen Sauerstoffarten und Dreisatz zum berechnen der Dreiecke. Und aus dieser unendlichen Tatsache ergibt sich über die Sonne plus Photosynthese der Sauerstoff, woraus sich die Pflanzen bildeten, dann die Pflanzenfresser und folgenden Fleischfresser auf der Erde. Wird die Pflanzenwelt bei lebendigen Leibe verbrannt, müssen dann auch die Pflanzenfresser plus Fleischfresser weichen und dann folge wie sollte es auch anders sein der tölpelhafte Mensch, als Spitze der unendlichen genialen Evolution. Mit den idiotischen verdrehen der Null - Kreis - Type ist der Evolution am aufkeimenden Sinus der Gar ausgemacht wurden. Nur die inneren Kräfte der unendlichen Evolution lassen uns noch am Leben. Im Grunde sind wird schon Todgeburten und wissen es nicht. Denn die unzähligen Konzentrationslager im III Reich, waren weiter nichts als lebendige Leichenflecke der Evolution auf der noch belebten Abszisse aller noch aktiven Völker. Da aus keinen der Zwei Weltkriege mit rund achtzig Millionen Toden die richtigen Lehren gezogen wurden, klopft nun der pechschwarze Hitler an jede Tür dieser noch bewohnten Erde. Und dieser Gevatter richtet ohne die geringste Spur von Gnade.

Woher rührt eigentlich der Wirrkopf mit seiner künstlichen idiotischen Intelligenz, wo alle Sinne nicht richtig im Takt der Evolution funktionieren? Aus der Tatsache, das im künstlich geschaffenen Hohlspiegel das Sonnenlicht gebrochen wird und sich im Schnittpunkt beider Achsen im Fadenkreuz - Koordinatensystem in ihr absolutes Gegenteil verkehren. Dann entspringt aus den Schnittpunkt nicht mehr der logische Sinus, sondern der Kosinus. Genau so, wie es Nostradamus im Mittelalter vorhersah, das sich der Tagnachtrhythmus in sein Gegenteil verkehrt. Und das hatte der größte Seher der Menschen schon vor Jahrhunderten erkannt und kein einziger Bürger hat diesen Irrtum bemerkt. So kann der kultivierte Irrsinn ohne Mühe sein teuflisches Spiel des Todes praktizieren und den Tod mit sich führen. Auch der schwarze Tod als Pest kam mit der Ratte über den Floh als Virus und raffte über die Hälfte der Bürger hin. Nur das damals die Menschen wesendlich gesünder waren, was Heute leider nicht mehr der Fall ist. Wehe dem, der Dreck anstecken hat, den ergeht es noch schlimmer als den Leuten um den braunen Hitler nach Ende seiner Ära.

Woher die drei Zweien stammen wissen Sie. Auch,

das der addierte Kosinus als Eins nie und nimmer ein positiver Produkt der Evolution in sich vereinen kann. Denn mit den addieren der zwei Einsen ist die Ökonomie außen vor und folglich entsteht ein anfangs unsichtbares - nicht spürbares Vakuum, was nicht zu einen Milliardstel und mehr Prozente von der Physik auch nur im kühnsten Hedentraum geduldet wird. Denn es muss immer der entsprechende Gegenwert erbracht werden und das sind dann Werte die in diese Gemengelage als Kapital, Menschen, Wissen plus Evolution reinreichen und morden was das Zeug hergibt. Denn die Physik muss notgedrungen das Vakuum schließen und das birgt oft extreme Probleme die nicht von jedermann gelöst werden können. Dann muss der Tod in Kauf genommen werden. Je kleiner der Fakt - Wert als Kulturgut um so größer der entstehende Schaden auf der Erde. Denn nur ein blockierten Strahl der Sonne kann und wird ein kleines Massengrab bewirken und davon gibt es schon zu viele auf der noch belebte Erde. Es vergeht ja kaum ein Tag, wo nicht eine Gruppe von Menschen das Zeitliche segnet. Und das sind nur läppische Randfiguren auf die man getrost noch verzichten kann. Aber auf eine kleine Gruppe toter Bürger folgt auf jeden Fall ein kleines Dörfchen, Städtchen bis Völkchen wie die Slowenen. Zum Schluss verbluten solche Völker wie die beiden Weltkriege Opfer zählten.

Nur das mit den zwei Weltkriegen nur der braunen Hitler zu Zug kam. Am sich schon längst beschränkten Horizont ankündigten III Weltkrieg kommt nun der lang ersehnte schwarze Hitler zum Zug und der richtet ohne die geringste Spur von Gnade. Wehe dem, der Dreck anstecken hat wie die typischen Volksgebrechen, wo ganze Völker daran leiden und kaum noch den auf lange Weg der Evolution aufrechten Gang abfunktionieren können. Damit stehen Millionen bis Milliarden von wertvollen Jahren auf dem Spiel, die leichtfertig der verdummenden substanzlosen Irrlehre Religion sinnlos geopfert werden. Denn es läst sich kein vernünftiger Reflex auf die Farbe Schwarz vereinen, die dann unserer aller Evolution nützt, außer das Klima sinnlos aufzuheizen und die Atome aufzureiben, das sie ihre Gitter - Gefüge verlassen müssen um den aufgezwungenen Reflex zu bedienen. Auch die Soldaten in den Weltkriegen mussten den Befehl gehorchen und ihre Magazine mit Munition entleeren um den Feind zu schädigen, wo es nur ging. Und genau nach diesen Muster funktionieren auch die sinnlos aufgereizten Atome der atomaren Physik. Denn letzten Endes sind Soldaten gleich des Dienstgrades Atome in Uniform. Und die Kugel ihr unsichtbarere Schatten.

So schattenlos der physikalische Dreiklang auch ist, so schattenlos ist auch das Dasein im künstlich geschaffenen Hohlspiegel. Und in einen derartigen irrationalen Gegenwart ohne ein eines natürliches Spiegelbild verliert der Mensch den Überblick und logisch folgt dann ein Unglück nach den anderen, was in der Geschichte der Fall war. Denn es verschwanden oder lösten sich komplette Familien, Dörfer, Städte und kleine Völker auf, da oft kein Gegenwert zu verzeichnen war. Es fehlte jeglicher Art von natürliche Widerstand, der aber notwendig ist um sich im organischen Leben zu orientieren und einen felsenfesten Halt in jeder Lebenslage zu bekommen. Das ist auch im III Jahrtausend bei Milliarden von arglosen Menschen nicht der Fall. In Indien vegetieren über eine halbe Milliarde Inder und gesamt Asien weit über eine Milliarde Asiaten unter dem primitivsten Existenzminimum, was im III Weltkrieg den sicheren Tod bedeutet. Denn der addierten Kosinus als Eins ist im ökonomischen Sinne immer nur eine Eins und niemals eine Zwei. Verwendet man aber diese addierte Zwei als Sinus, ergeben sich in immer stärkeren Maße zusätzliche unnütze reibenden Widerstände, welche die ohne hin schon infizierte Gemengelage aufreiben und nur noch Probleme bereiten, da die Winkelfunktionen ständig aneinander reiben und somit das Klima aufheizen.

Und was erzeugt ein massiv erhöhtes Klima in der gesamten Umwelt? Einen dermaßen unbegreiflichen extremen Widertand, der an die Energie reinreicht, welche im künstlichen geschaffenen Hohlspiegel über unendliche Zeiten gebunden wurde. Eine solche Explosion waren die beiden europäischen Weltkriege mit rund Achtzig Millionen Toden, wo mit anderen Worten ein großer Teil Osteuropas völlig von der Pestplage Mensch befreit wurde. Und dieser indirekte völkische Massenmord war nur auf die gesamte Erdenbürger gesehen nur 1,7 Prozent der noch lebenden Menschen. Also lediglich ein erhobener warnenden Zeigefinger für die noch lebenden Bürger. Im kommenden III Weltkrieg lösen sie die Völker auf und die gesamte Evolution liegt im Koma. Denn die unzähligen Konzentrationslager im III Reich waren schon dunkle bis schwarze Leichenflecke der noch lebendigen menschlichen Evolution. Denn die Gaskammern von Auschwitz waren schon ein schwarzer Kern - Keim zum völkischen Tod als schwarzes Loch aller Völker auf der Abszisse. Sicher ist der schwarze Fleck auf der Weltkarte nicht größer wie eine Sommersprosse. Doch kostete diese nichts sagende Sprosse rund eine Millionen Menschen das Leben.

Nur von einen direkten Klimawandel war damals noch keine Rede. Diese Phänomen ist erst um die Jahrtausendwende in aller Munde und schon beginnen einige Bürger an wie die Juden im Gas zu röcheln. Und dabei ist noch lange nicht die Spitze des Eisberges erreicht. Denn mit den verdrehen der Winkelfunktionen wird der gesamten Evolution mit Mann und Maus plus Pflanzen allmählich der Gar ausgemacht. Im Grunde ist der alltägliche Smog ein verdünnte Konzentration wie die Blausäurewolke in den Gaskammern von Auschwitz mit 1,1 Millionen Toden. Ohne Komma ist die doppelte Eins zur Elf zu sehen, wo sich die eine Eins in der anderen Eins spiegelt und somit der Jude mit seinen künstlichen toxischen Ebenbild konfrontiert wurde. Und dieses Spiegelbild ist die logische Antwort der bis aufs atomare Blut gereizten Physik, wo jedes Atom aus seinen Gittern - Gefügen gereizt wird und entsprechend seines atomaren Naturelles fungiert. Der Tod ist somit der infizierten Materie gewiss.

Wenn man die Pyramide auf den Kopf stellt, befindet sich oben die Abszisse und diese Plattform ist eigentlich die normale Abszisse. Nur hatte man ohne es zu wissen, im künstlichen Hohlspiegel die Winkelfunktion verdreht und somit entspringt nun der Kosinus aus der Schnittstelle beider Achsen. Nur das dieser zusätzlich geschaffenen irre Widerstand keinen einzigen natürlichen Reflex für die Evolution auf sich vereinen kann. Im Grunde ist die weit nach oben verschobene Abszisse so was die ein über der Erde schwebende Komet, der nur noch landen muss. Und die beiden Weltkriege waren so was wie die Vorhut - erhoben Zeigefinger zu dieser Katastrophe. Im Grunde fehlten jeden Volk einige Sommersprossen als Opfer beider europäischen Kriege mit etwa Achtzig Millionen Toden. Und dieser Komet kostete den Sauriern das Leben und verwüstete den Planten für unendliche Zeiten. Denn auch das erhöhte Klima kann sich unmöglich in wenigen Jahren bis Jahrzehnten wieder einrenken. Dieser Prozess dauert mindesten Jahrhunderte oder wie sterben aus. Mit der künstlichen Intelligenz ist so was wie eine Schummelsoftware auf der Festplatte der Evolution installiert wurden und das brach den

Autokonzern VW das Genick. Auch der jüdische Holocaust war der logische natürliche Reflex auf die jüdische Schummelsoftware Judentum, wo halb Europa verwüste wurde. Bei einen Kometeneinschlag liegt die Erde als Abszisse in einer Leichengrube, denn die künstlich geschaffenen Delle auf der X - Achse muss von der Physik um jeden Preis geschlossen werden, da die Hauptwissenschaft Physik nicht ums Verrecken ein Vakuum verarbeiten kann. Denn dieser luftleere Raum ist ein absoluter Nichtleiter und das Todesurteil der Evolution.

Im Grunde ist dieses Defizit mit die Ursache der Ripper, wenn sie losziehen um Menschen zu schlachten. Genau nach diesen irren Muster überfiel auch der braunen Massenmörder Hitler die Völker um sie von der jüdischen Pest zu befreien, was Sechzig Millionen den Tod brachte. Der kommende schwarze Hitler liquidiert gleich komplette Völker mit einen Handstreich. Was soll er auch anderes tun, wenn kein einzige menschliche Seele vernünftig auf die kriegerische Historie als indirekter völkischer Tod plus blutige Gegenwert reagiert? Mittlerweile klopft schon der Tod als illustrer schwarze Gevatter an jede Tür und das nicht um die Bürger zu unterhalten. Er hofft auf Einsicht um nicht für immer die Erde als Mensch verlassen zu müssen. Die ersten kleinen völkischen Gruppen sind schon verschwunden. Auch das Judentum wurde von den äußeren aufreibenden Kräften halbiert und das war nur ein indirekter Völkermord. Dazu wurde der europäische Kontinent, Deutschland und Berlin halbiert. Im künftigen III Weltkrieg ist diese Chance als Software verspielt. Da wird nur noch ausgerottet, was nicht in die Evolution gehört. Fett, Diabetes, Hepatitis, AIDS, Krebs und mehr sind Wegbereiter in ein direktes völkisches Massengrab. Denn alle die Materie, welche nicht therapierbar ist, muss mit den leibhaftigen Tod vorlieb nehmen und das sind mittlerweile Milliarden von Menschen. Dazu der unersättliche Alkohol, Zucker, Tabak, Drogen und diese restlos verdummenden Weltreligionen, sind das absolute Todesurteil für die Evolution. Denn die Weltkriege heißen ja nicht umsonst Weltkriege und das Fundament sind die sieben Weltreligionen bis keine menschliche Seele mehr infiziert werden kann.

Nur das dieses abscheuliche Experiment nur einmal über die Weltbühne Abszisse sich abfunktionieren kann. Es gibt weder zwei freie Fälle, eine zweite Evolution noch einen Planeten B. Wer nicht spurt muss gewillt sein, sich mit den Tod zu unterhalten. Und in der momentanen extrem stark infizierten menschlichen Gemengelage ist jeder Nation der eigene Tod als Volk im nahenden III Weltkrieg gewiss. Denn mit einer in sich verdrehten Winkelfunktion umschließt jeden Bürger die unsichtbare aber absolut tödliche Henkerschlinge wie den Juden im III Reich. Multipliziert man die Leichen aus den II Weltkrieg mit einer Körperlänge von 1,75 Meter und teilt die Summe durch den Umfang der Erde, beginnt diese Henkerschlinge an beiden Seiten zu ziehen und genau danach diesen Muster fungiert das alle irdische Materie fressen schwarze Loch. Die menschliche Evolution richtet sich durch die eigene Unzucht als Eigengewicht und hängt am Galgen wie der elende verkommene Delinquent, der vom Henker für seine Untaten vor aller Augen hingerichtet wird. Die Juden bekamen ihre Unzucht vom braunen Hitler frei Haus serviert und den pechschwarzen Katholiken werden im III Weltkrieg um jeden Preis folgen.

Was bedeuten die Worten aus den religiösen Büchern wie der Bibel? Das jedes Wort künstlich ersonnen wurde, das keine Religion wie das Judentum plus schwarze Katholizismus keinen einzigen natürlichen Reflex auf sich vereinen kann, da die Evolution nur in einer sonnengetränkten Umwelt astrein harmonisch sich entwickeln kann. Von einer dunklen Folterkammer kann in der Evolution keine Rede sein. Folglich kann nur jedes Wort aus den Fingen gesogen sein und somit eine Lüge. Denn der Sinus entspringt nun mal aus der Schnittstelle beider Achsen. Darum gibt es auch nur eine waagerechte Abszisse und nicht noch eine künstliche dazu. Mit einen zweiten freien Fall wird jeder Sonnenstrahl - Gedanke in die Irre fehlgeleitet und der logische Reflex ist auch nicht viel anders. Wie sollte er auch eine andere Information auf sich vereinen außer einen falschen Reflex einer absoluten Irrlehre. Denn diese faulen, verlogenen gesprochenen Wörter sind im Grunde nur Lippenbekenntnisse, da ja die beiden Abszissen je eine Lippe aus einer völlig bekloppten saudummen Irrlehre sind, die keinen reellen Bezug zur Realität je auf sich vereinen kann. Und wenn doch, dann unter oft extremen Kraftakten, die organisches Leben bekämpfen, quälen, töten oder gar ausrotten. Eine harmonische normale Funktion ist von Schwarz nicht zu erwarten. Es sei denn, sie dient den eigenen Interessen eines schäbigen Schmarotzers, der nur ein einziges Ziel hartnäckig bis in den Tod verfolgt, die Evolution über die verdrehten Winkelfunktionen zu schädigen was das Zeug hergibt. Da ist der schwarze Gevatter oft nur ein herzlich willkommener Gast, um die quälende Pein zu beenden.

Was aus einen toxischen Mund stammt, muss sorgfältig analysiert werden, ob es im Sinne der Evolution ist, oder nur den Interessen einiger weniger dient. Denn ein toxisch kontaminierten Organismus kann unmöglich ehrliche Reflexe aus sich heraus erzeugen um die Evolution in ihren Sinne zu fördern. Momentan ist auf der Erde das absolute Gegenteil der

Fall, wo schon ganze Teile in zweistelligen prozentuellen Bereich Gefahr laufen, das Zeitliche zu segnen und das mit dem Segen der Kirche, die immer ihre schmutzigen Hände in Unschuld wäscht. Beweis mal jemanden ein konkrete Schuld, wenn er ein Hohlspiegelsymptom notgedrungen bedienen muss, da dieser abscheuliche Reflex der Physik mit den bekloppten Weltreligionen als Irrlehre oder künstliche Intelligenz aufgezwungen wurde. Das ist ein Ding aus dem Tollhaus, was jede der sieben Weltreligionen im Kern ist. Denn jeder der religiösen Wörter stammt aus den umgedrehten Winkelfunktionen, wo die Nacht als angehender Tod oder Kosinus aus den Schnittstellen beider Achsen entspringt. Eine normale Funktion, die unsere aller Evolution über Generationen harmonisch trägt ist somit völlig ausgeschlossen. Das krasse Gegenteil ist der Fall. Der leibhaftige Tod lauer stets als Buschräuber hinter jeden Baum, Strauch, Häuserecke und Schatten eines Festkörpers der Physik, um die andere noch kerngesunde Materie hier die Fichte zu führen. Ein Ende ist da nicht abzusehen. Außer das jähe Ende der menschlichen Evolution.

Aus welchen Funktionen ist den die Vier beider Zweien entstanden? Aus den addierten oder multiplizierten Sinus? Ist die Zwei das addierte Ergebnis des Kosinus als Eins, der von einen Narren anstatt multipliziert idiotischer Weise addiert wurde und somit als Sinus verkauft wurde? Beinhaltet diese verkappte Tatsache eine Art Betrug, der auf den ersten Blick nicht zu erkennen - durchschauen - begreifen ist? Wie soll sich dann der arglose Bürger gegen diesen perfiden Betrug zum Dauerbetrug wehren, wenn er nicht hinter die kunterbunte Fassade blicken kann? Und kann er endlich hinter diese verkommende toxische Attrappe schauen, ist es zu spät, denn dann erblick er sein eigenes toxisches verbrecherisches Spiegelbild und muss für immer die Festplatte der Evolution verlassen. Denn mit diesen heimtückischen nicht zu durchschauenden Betrug bis Dauerbetrug ist mit denn Weltreligionen eine miese Schummelsoftware in die astreinen Funktionen der Physik injiziert wurden und das für die Lebensdauer der Sonne programmierte Datenprogramm wucherte gegen seine natürlichen Funktionen. Das sind dann Menschen wie der braune Massenmörder Adolf Hitler sich der kranken Materie annehmen dürfte einleuchten. Zumal dieser Diktator im Sinne der Physik noch im absoluten Recht ist. Denn keine einziger Mensch - Macht - Intelligenz, darf sich die seit Milliarden von Jahren entwickelten Naturgesetze zu seinen schäbigen, miesen Zwecken umfunktionieren. Es sei den, er will den Tod von Millionen in den vergangenen zwei Weltkriegen bis Milliarden von Menschen im kommenden III Weltkrieg herbeiführen.

Mit rund Achtzig Millionen Toden ist Deutschland restlos ausgestorben. Im III Weltkrieg ist jeder Kontinent entmenscht. Erst verschwand im I Weltkrieg mit rund Siebzehn Millionen Opfern ein kleineres Volk. Im II Weltkrieg mit etwa Sechzig Millionen Leichen eine größere Nation und nun folgt logisch der Kontinent und das gleich um welchen es sich handelt. Denn mit den multiplizieren der beiden Ziffern Eins ist kein Schritt nach vorne gegeben. Erst mit der Zwei als Sinus ist der Weg für die unendliche Evolution frei. Wird aber der addierte Kosinus als Zwei - Sinus verkauft, sitzt der Tod als unsichtbarer Gast mit im Boot und macht bald der infizierten Materie Licht ans Rad. Denn mit den multiplizieren ist die unsichtbare Ökonomie mit im Bunde und fordert bald ihren Tribut. Denn die addierte Formel ist wesendlich länger als die multiplizierte Rechenaufgabe. Was die Differenz bedeutet mit jeder Stelle nach den Komma ist bekannt und fordert in der letzten Konsequenz Opfer in Form von Leichen bis

Leichenbergen. Selbst ein Prozent der Differenz der Leertastenzeichen fordert Tode in Form von Menschen, Kapital, Gütern, Tieren und Pflanzen. Denn die zusätzlichen luftigen Leertastenzeichen erwirken einen luftleeren Raum, der von der Physik ausgefüllt werden muss. Denn ein Vakuum wird nicht ums Verrecken zu einen Millionstel bis Milliardstel Prozent und weit darüber hinaus auch nur im kühnsten Heldentraum geduldet. Denn es geht sofort wertvolle Energie für immer verloren. Und die schlägt - reflektiert dann zu gegebener Zeit ohne die leiseste Spur von Gnade zurück, was oft den Tod von Völkern zur unausweichlichen Folge unweigerlich nach sich zieht. Die vergangenen Kriege sprechen Bände und sind zum Teil noch nicht mal restlos aufgeklärt, weil keiner den wahren Kern zu solchen Exzessen analysierte. Zumal der Hitlerkrieg noch schädigt wo er kann und as noch Jahrzehnte danach. Da die molekularen Ursachen noch völlig unbekannt sind. Denn die umgedrehten Winkelfunktionen hatte bis Dato noch keiner erkannt.

Wenn Sie die zusätzlichen Leertastenzeichen der addierten Hundert auf einen Punkt konzentrieren, beginnt sich die infizierte Materie zu entzünden, da dieser künstlich erzeugte Sog organische Materie bindet, was auf die Dauer der historischen Zeit nur unnütze Energie sinnlos vergeudet und schädigt was das Zeug hergibt. Und woher rührt diese unendliche saugende Kraft, welche nie und nimmer ein Ende findet und nicht finden kann? Aus der betrügerischen Tatsache, das der Kosinus als Eins nicht multipliziert sondern addiert wurde und als Schummelsoftware über die unendlichen Schnittstellen in die redliche Sinusfunktion auf der Abszisse injiziert wurde, wogegen sich leider kein einziger Mensch wehren kann. Denn die wahre rein wissenschaftliche Antwort der Ökonomie wäre die ersten tragende Ziffer Eins als Eins. Denn Eins mal Eins ist immer nur Eins und niemals Zwei. Denn die Ziffer Zwei als Sinus kann nur die Evolution selbst über den physikalischen Dreiklang entstehen lassen. Da hat der Mensch mit seinen Bakterien plus Viren nichts zu suchen. Dort herrscht die sterile Physik und hält das Zepter in der Hand und nicht das hoch toxische Schwein Mensch mit seinen säuischen irrationalen der Evolution abgewanden Praktiken. Und wer diese hochbegabte Tatsache nicht akzeptiert ist ein potenzieller Todeskandidat, wie die Juden im III Reich.

Leider wurde dieses natürliche rein physikalische Überlebensprinzip schon von der katholischen Kirche im negativen Sinne praktiziert, in dem sie lauter unschuldige oft hochbegabte Menschen bei lebendigen Leibe öffentlich verbrannten. Das dieses nicht zu begreifenden Dauerverbrechen Religion seine Gefühle auf die oft naiven Menschen nicht verfehlte dürfte jeden Dummerjan einkeuchten. Kaum ein Mensch lässt sie bei lebendigen Leibe für seine Ideale lebend verbrennen. Die Schmerzen sind unerträglich bis tödlich. Natürlich kann man sich so ohne weiteres gegen den Sinn der Physik mit ihren Mittel künstlich am Leben halten. Wer das Getriebe der heiligen Inquisition dennoch lebend verlassen durfte, ist ein lebendigen Krüppel bis zum Tod. Und genau das steht der Evolution nach dem III Weltkrieg bevor. Denn mit den reinrechnen ins Minus ist ein unbegreiflicher extrem starker Sogeffekt entstanden, der mit irdischen rationalen Kräften nicht mehr zu steuern ist und den Tod als Massenware frei Haus liefert. Die unzähligen Naturkatastrophen sprechen ohne ein einziges Worte zu verlieren Bände. Wortlos begreift jeder Dummerjan die nackte rohe unendliche Kraft der bis aufs atomare Blut gereizten Physik. Und diese Wissenschaft gibt volle Hundert Prozent organisches Leben und kann es zu vollen Hundert Prozent nehmen. Denn mit der auf den Kopf stehende Pyramide ist der Urkeim zum Völkermord in die Physik bei lebendigen Leib injiziert wurden.

Nur wo steckt der Urkeim zum umfassenden Völkermord, wo jedes Volk das Zeitliche segnet und in absehbarere Zeit - zeitliche überschaubareren Räumen von etwa drei Jahren von einen schwarzen Loch verschlungen wird? Es sind die in sich verdrehten Winkelfunktionen, wo der Sinus als Zwei auf den Kopf steht, weil so ein Volltrottel den Kosinus anstatt zu multiplizieren, idiotischer Weise addiert und die verlogenen Zwei als Sinus der Umwelt verkaufte, was in kultivierter Form nicht zu akzeptieren ist und in laufe der Zeit unverkennbare Widersprüche erzeugt, die um jeden Preis gelöst werden müssen, wenn der Preis dieses religiösen Irrsinns nicht in astronomische Summe steigen wollen. Denn der II Weltkrieg belastet den Etat immer noch mit den Kosten der Wende im Jahre 1989 - 1990, wo sich der Osten mit dem Westen vereinte. Denn dann mussten die neuen Bundesländer mit Steuergeldern vom toten Joch der Misswirtschaft befreit werden.

Der Urkeim allen Daseins ist die Dreiergruppe Null - Eins - Zwei. Denn mit diesen Ziffern lässt sich jede andere Ziffer als Fundament der Zahlen ermitteln. Nur gibt es in der direkten Ziffernfolge der Primzahlen nur zwei Ziffern die sich direkt folgen. Sonst folgt nach der Ziffer eine gerade Ziffer - Zahl, weil sie eben gerade ist und nicht eine Primzahl sein kann. Nach der Zwei folgt sofort als ganze Ziffer die Drei. Denn jede noch so große Primzahl ist auch immer eine ganze Zahl ohne ein Komma. Und was bedeutet es, wenn die Drei auf die Zwei als Sinus folgt? Das diese Primzahl Drei das logische Spiegelbild der vorigen drei Ziffern ist. Und ein Spiegelbild ist ein Kontakt zu sich selbst ohne das jemand dieses wunderschöne Ebenbild berührt. Denn es gibt einfach nicht wunderbareres - schöneres - traumhafteres als die kunterbunten Bilder der Evolution. Kein noch so genialer Künstler kann die unendliche Evolution zu vollen Hundert Prozent nachbilden. Dieser schöpferische Akt ist völlig unmöglich ihn als Ebenbild nachzuäffen. Es sei denn man betrügt und belügt sich und sein Ebenbild plus Mitmenschen, was aber ohne Gewalt nicht zu bewerkstelligen ist, wie die Historie zum Glück lückenlos beweist.

Werden aber über die unzähligen Schnittstellen beider Winkelfunktionen pausenlos toxische Moleküle in die Evolution injiziert, muss der Bürger diese künstliche Materie irgendwann mal akzeptieren und schon ist er Gefangener seiner eigenen religiösen irren Unzucht, da sein eigenes Spiegelbild nur das reflektieren kann, was zuvor injiziert wurde und jeder Mensch das Produkt seiner Umwelt ist und immer sein wird. Was nützt uns denn eine bunte Vielfalt, wenn sie toxisch kontaminiert ist? Dieses Dasein ist irrational und daher völlig sinnlos, was jede Religion wie das Judentum plus der abgrundtiefe pechschwarze Katholizismus im Kern ist. Der ist auch sein Wesen nicht im Sinne der Physik mit ihren drei unterschiedlichen Sauerstoffarten als physikalischen Dreiklang, wo jede Sauerstoffart zu drei gleichen Teilen zum Wohl und harmonischen Gedeihen jeden Organismus beiträgt. Wird ein gleichgroßer Teil abgewürgt, unterbuttert oder gar blockiert, kommt es unwillkürlich zu reiberein im astreinen Molekulargefüge der unendlichen Evolution, wo dann oft zwangsläufig mit Gewalt nachgeholfen wird, was aber meist als Unrecht empfunden wird und erneut noch mehr rohe nackte irre Gewalt nach sich zieht und das bis zum Tod der infizierten Materie plus darüber hinaus. Denn der Tod ist oft nur eine faule Notlüge bis zum völkischen Exitus.

Denn Kriege brechen nicht einfach so vom Zaun, wie beim Streit zum Nachbarn, wo das Unkraut in den Nachbargarten rein wächst. Bei Kriegen wie jene Weltkriege wo komplette Völker ausgerottet wurden, birgt schon ein besonders extrem schweres Verbrechen in sich. Denn in den vielen Kriegen im Mittelalter wie den Zehnjährigen, Dreißigjährigen oder Hundertjährigen Kriegen wurden zwar viele Menschen getötet, doch niemals ein komplettes Volk mit Mann und Maus ausgerottet. Also muss da irgendwo in der infizierten Materie ein treibenden Kern sich verstecken, der so rational nicht nachvollziehbar ist. Wer kann schon einen addierten Kosinus zur Zwei als verlogenen Sinus von einen multiplizierten Sinus als Zwei astrein unterscheiden. Da hätte schon Einstein oder Marie Curie so ein Problem. Und vom einfachen oft nicht die eigenen Muttersprache beherrschenden Bauern kann so ein genialer geistiger Reflex nicht verlangt werden. Er läuft treu und brav inter seinen Pflug her und ist froh wenn er seine Ernte heil in die Scheune einbringen kann. Ein Bauer wird nie und nimmer strategisch denken können. Das wird von der Evolution nicht verlangt. Warum auch, es ist nicht zu einen einzigen Prozent nötig. Denn Eins mal Eins ist nun mal immer nur Eins und niemals Zwei, wie es die Kirch den Leuten weismachen will.

Und der toxische Keim zu aller irrationaler Gewalt sind die umgedrehten - in sich verdrehten Winkelfunktionen, wo der Kosinus als Eins mit sich selbst addiert und nicht wie es wissenschaftlich verlangt multipliziert wird. Denn Eins mal Eins ist nun mal nur Eins und niemals Zwei. Zumal diese betrügerische Zwei noch als Sinus verkauft wird und im Grunde nur eine schlappe Eins auf sich vereint. Daher ist es sogar ein perverser doppelter oft schon schwerer Betrug, da zum einen die Zwei durch addieren des Kosinus entstand und erneut der Sinus in sich verdreht wurde, was auf einen Blick kein einziger Mensch erkennen kann und oft auch nicht will, denn das würde jedes politische System aus den Angeln heben und den Ruin mit sich bringen, was keiner akzeptieren will. Denn reich ist besser als arm. Das aber damit der oft eigene Tod mit von der Party ist, will keiner so akzeptieren. Es wird schon nicht so toll kommen. Auch die Opfer im II Weltkrieg betrugen nur rund eine Prozent der Erdenbürger. Nur das der braune Hitlerkrieg mit Sechzig Millionen Toden nur in dem Sinne ein erhobener Zeigerfinger war. Nur wenn schon ein Gefreiter Hitler diesen perversen Betrug erkannte, wie tief sitzt dann der wahre schwarze Tod im atomaren Gefüge der Physik als Motor der unendlichen Evolution?

Denn mit den umgedrehten Winkelfunktionen kehrt sich das Licht der Sonne ins absolute Gegenteil und verendet in einen irrationalen Lichtflimmer. In einen zwar edlen Diamanten explodiert das Licht, was aber ein brechen den Sonnenlichtes zur Folge unweigerlich nach sich zieht. Und ein gebrochener Strahl der Sonne ist bei Missbrauch ein Massengrab am Materie und nicht nur von Menschen. Bei den guten Beispiel bei einer Stadt von 32.500 Bürgern ist selbst der Kern von nur fünf Leuten ein perverses Massengrab an einst lebendiger Evolution. Denn in einen künstlich geschaffenen Hohlspiegel ist das Licht prinzipiell nach innen gerichtet und damit sitzt der unsichtbare Tod mit im sinkenden Boot. Und das erkannte der braune Hitler und begann sich gegen den leibhaftigen Tod zu wehren um auch die anderen Völker vor den Exitus zu warnen. In einen derartigen hohlen Spiegel als Hohllinse ist der Kern zu einen schwarzen Loch die umgedrehte - in sich verkehrte Winkelfunktion als Sinus, die pausenlos in einen solchen Loch Licht plus Evolution im Kern bündelt um den maximalen Tod an einst quicklebendiger Materie zu bewirken.

Und solche Punkte sind auf der Weltkarte nur lausige Sommersprossen, die unserer aller Evolution bei lebendigen Leib raus gebrannt werden. Auch die einfachen Frauen, welche als Hexen in der Tat bei lebendigen Leib verbrannt wurde sind trotz aller unerträglichen Schmerze eine lausige unbedeutende Sommersprosse, wie auch ein Dorf, eine Stadt, Land oder gar Megacity von Millionen von Menschen. Denn im direkten Vergleich zum irren Schmerz ist jede tausendstel Sekunde ein Tod durch eine Gewehrkugel. Und bei nur drei Minuten Feuertod von je Sechzig Sekunden mal Tausend ist eine größere Stadt menschenleer. Und genau das ist das Ziel von einen aufkeimenden schwarzen Loch, wo alle Materie darin wie im eigenen Hohlspiegel als Gefangener seiner eigenen künstlichen Illusion ist und mit dem Umständen zurecht kommen muss, wie sie sich darstellen. Und zu diesen unschönen oft extrem blutigen Exessen zählt auch Verdun, jene spanische Grippe, die Ostfront plus zerbombten Städte, alle Konzentrationslager inbegriffen den Gaskammern von Auschwitz.

Da die Winkelfunktionen in sich verdreht wurden, und der addierte Kosinus als Zwei aus der Evolution entstandener Sinus verkauft wurde, haftete jeder Materie ein negativer Tatsch als Makel an, der zu gegebener Zeit sein Tribut fordert. Und wo gelangt das Licht immer hin? Immer dort wo das Licht gebrochen wird. Denn es gibt so gut wie kein organisches Leben ohne einen einzigen Lichtstrahl. Nur der nackte Sauerstoff kann eine gewisse Zeit ohne Licht und Ökonomie auskommen. Doch nimmt der Bürger ohne Licht auf längere Zeit Schaden, der erneut Gewalt auslösen kann und wird. Diese Reflexe muss man nicht unbedingt immer sofort im Augenblick des Daseins bemerken - spüren oder gar sehen. Dieser Reflex kann seine Zeit dauern. Denn Blut ist dicker als Wasser und die Information trägt sich über Generationen und kann noch den Tod bewirken. Im Grunde wird zwar jede Generation der Reihe nach gezählt, und dennoch ist es ein multiplizieren an Energie. Man zählt zwar die Äpfel an einen Baum und dennoch erblüht jede Blüte im gleichen zeitlichen Fenster und so auch die Früchte und diese werden alle auf einmal gepflügt und zu Saft verarbeitete. Nur einzeln kann man die süßen gaben der Evolution essen. Selbst wenn man den Saft trinkt, fließen auf einmal mehre Äpfel den Hals runter. Also ein multiplizieren und nicht ein addieren, wie es manchmal anmutet. Denn alle Früchte dieser Art reifen ja in einen einzigen Moment der Evolution. Praktisch in einer Lichtsekunde pro Jahr.

Wenn wie den physikalischen Dreiklang mit seinen drei ungleichen Sauerstoffarten vergleichen, kann ein krasserer Unterschied nicht sein. Und dennoch harmonisieren sie in friedlicher Eintracht seit Milliarden von Jahren. Wie soll es da sinnig sein, wenn da so ein Narr über Nacht die bestehenden natürlichen Gesetze mit der Religion kippt um sich auf Kosten der Evolution plus Gemeinschaft einen Fetten zu machen. Die Unkosten tragen alle anderen Menschen an Leib und Leben, wie es die unzähligen Kriege beweisen. Wenn Sie dieses religiöse irre Lebensprinzip weiter ohne Gnade auf die Evolution weiter praktizieren, ist das logische Spiegelbild der Hauptwissenschaft Physik eine unsichtbare menschliche Evolution. Denn auch die drei Sauerstoffarten des physikalischen Dreiklang sind im Grunde unsichtbar, obwohl man zwar das Licht sehen aber nicht greifen kann. Denn man würde sich die Hände verbrennen und das gilt auch für Kriege jeglicher Art. Die Schäden sind unbezahlbar und brennen Löcher in die Festplatte der Evolution als Abszisse. Einige solche Löcher sind die Fronten beider Weltkriege, die unzähligen Scheiterhaufen der Hexen, je Konzentrationslager plus Gaskammern von Auschwitz, wo die Juden mit ihrem toxischen Ebenbild konfrontiert wurden.

Mit den umgedrehten Winkelfunktionen ist der toxische Keim gelegt wurden und die Physik miss notgedrungen diesen irren - verbrecherischen Reflex bedienen obwohl es gegen ihre Interessen ist. Denn mit den umkehren der Winkelfunktionen ist der unsichtbare Reflex zu einen künstlichen Vakuum gelegt und das wird von der Physik nicht zu einen Milliardstel und darüber hinaus keinesfalls im leisesten Hauch eines kühnen Heldenraumes auch nur ansatzweise geduldet. Denn das wäre der absolute Tod der bis ins atomare Erbgut infizierten Materie. Da kann sich jeder Dummerjan vorstellen, das sich dann Gegenkräfte bilden um sich den Tod vom Leib zu halten. Das dann wiederum jedes Mittel Recht ist um nicht zu verrecken dürfte auch jeden Dummerjan einleuchten. Zumal Heute kurz nach der Jahrtausendwende Acht heißere Sommer in direkter Folge die Evolution bis aufs Blut peinigen. Im Grunde läuft jeden Menschen der lichterloh brennende Scheiterhaufen der heiligen Inquisition hinterher und keiner kann den illustren Feuertod entkommen.

Wenn Millionen Bäume plus Sträucher im Sommer explodieren, müssen Millionen Tonnen Obst sofort geerntet werden. Das ist eine biologische Atombombe, wo die Atome miteinander zünden - multiplizieren und die Energiebombe Städte komplett auslöscht und für unendliche Zeiten unbewohnbar macht. Im Grunde reagieren in einer Lichtsekunde unzählige Wasserstoffbomben auf der Abszisse und das ist auch ein multiplizieren aller Energie auf einmal. Nur wie reagiert die Evolution in einen künstlich geschaffenen Hohlspiegel, wenn ihr obendrein noch saudummes unnützes Wissen als künstliche Intelligenz - Religion eingeimpft wird? Diese völlig bekloppten irren Phrasen werden als echten " **intelligente** " Materie verkauft und dieses toxische elende perverse abgrundtiefe schwarze Dauerverbrechen noch in kunterbunten Gewändern brühwarm an den Mann gebracht wird um ihn zu verdummen. Etwas blind ist nicht sofort von jedermann zu begreifen und schon fehlt der Evolution eine Mosaiksteinchen an wichtiger Materie. Denn ohne den messerscharfen ungetrübten Blick - analytischen Gedankengang ist auf lange Sicht das Unglück vorprogrammiert. Es fehlt der Evolution ein Millionstel bis Tausendstel als Durchschnittestemperatur in der Sahara, was von keinen einzigen Wissenschaftler erkennt - akzeptiert und beachtet wird. Selbst solche genialen Hirne wie das von Einstein sehen keinen Sinn, sich dieser abweichenden Tendenz zu widmen.

Wie aber äußert sich die biologische Atombombe in einen künstlich geschaffenen Hohlspiegel, wo im Kern - Zentrum dieser hohlen Linse sich die Winkelfunktionen umkehren und ein Loch in die Evolution brennen? Selbst wenn das Loch erst nicht zu bemerken ist wie die abgeschwächte Denkschärfe, wo die einst kerngesunden Sinne leicht verwirrt werden und somit das Unglück sich beginnt zu entpuppen. Dann ist ein Herd der Infektionen geschaffen, welcher als solcher nicht erkannt wurde und folglich der Tod beginnt sein Dasein auszuleben. In laufe der Zeit entzündet sich die gesamte Evolution und brennt wie die unschuldige Hexe auf den Scheiterhaufen der heiligen Inquisition, wo jeder Organismus das Zeitliche segnet. Selbst der härteste Organismus muss den Feuertod weichen. Und was sind Kriege? Im Grunde weiter nichts als eine elende Infektion vom Scheitel bis zur Sohle. Um sich den leibhaftigen Tod vom Leib zu halten, versuchte der braune Massenmörder Hitler sich der Juden zu entledigen um die Völker vom Tod zu bewahren. Nur hatte er das toxische Problem so nicht erkannt und musste leider als elender Verlieren das Schlachtfeld räumen. Zum Glück kann dieser historische Fehler nun korrigiert werden.

So wie der Floh im Zentrum des Hohlspiegels bei lebendigen Leib verbrennt und im Mittelalter leider auch Menschen und in Kriegen komplette Dörfer, Städte bis Länder und Europa als Kontinent bei lebendigen Leib verbrannte, ist nun der Zeitpunkt gekommen, wo die Erde sich als Abszisse komplett entzündet und elende auch bei lebendigen Leib verbrennt wie die arme unschuldige Frau, die als vermeintliche Hexe öffentlich verbrannt wurde. Nur wer trägt die Schuld an diesen einmaligen und nicht zu begreifenden Umweltverbrechen? Der Mensch mit seinen abgeschwächten Sinnen oder die Kirche mit den Papsts als Stellvertreter Gottes auf der noch bewohnten Erde. Nur kann weder Pontifex Maximus Siebeneinalb Milliarden Menschen noch Adolf Hitler Sechzig Millionen Menschen töten. Da muss sich mehr Energie als Materie bewegen als uns allen lieb ist. Und das sind die unzähligen Naturkatastrophen auf der noch bewohnten - belebten Abszisse als Erde.

Wenn mit der zweiten weit nach oben verschobenen Abszisse ein doppelter Boden als Hohlspiegel künstlich geschaffen wurde, muss die darin gefangene - gebundene Energie sich irgendwie abreagieren. Und das sind entweder die unzähligen Naturkatastrophen oder jene extremen Temperaturdifferenzen zu normalen Sommern in den zu heißen Lebenssommern. Nur kann es nicht sein, das sich die Temperatur immer nur minimal wie in den letzten Zehn heißen Sommern um wenige Grad erhöht. Dieser Bart ist irgendwann mal ab und dann müssen die überschüssigen Grade auf einen Punkt - Sommer verdichtet - erhöht werden und dann schwitz fast jeder Bürger seine toxischen Moleküle aus seinen kranken - maroden aufgedunsenen fetten Wanst wie die Juden in den Gaskammern von Auschwitz. Nur das sich die Räume maximal vergrößerten und die Abszisse zu einer einzigen Gaskammern umfunktionierten, wie die ehemaligen Duschräumen zu den berühmt berüchtigten Gaskammern, wo die Juden gefangene ihrer künstlichen Intelligenz waren und den Preis für ihre religiöse Unzucht zahlen mussten. Dazu starben nach den Code den Primzahlen der zehnfache Wert von Sechs Millionen toten Juden andere Völker mit Sechzig Millionen Toden. Denn Zehn mal den Sinus als Zwei ist Zwanzig und diese Winkelfunktion wird mit den Religionen wie dem Judentum als doppeltes Dreieck - Judenstern, wo das Zweite noch seitenverkehrt auf den Ersten liegt, als einst quicklebendiger Sinus restlos blockiert und der Preis ist der Zehnfache Wert der ermordetet Juden im II Weltkrieg. Denn Zehn mal Sechs Millionen toten Juden ist immer nur Sechzig Millionen toter anderer unschuldiger Mitmenschen.

Begonnen hatte es mit einer infizierten Zelle als Mensch mit einer religiösen Spleen oder Grad als abweichende Durchschnitttemperatur in der Sahara und endete über viele Jahrhunderte immer wieder in Kriegen bis ein kompletter Kontinent wie Europa infiziert war und vom Führer gereinigt wurde. Da die völlig falschen Lehren aus der Geschichte gezogen wurden, ist nun als Infektion jeder Kontinent an der Reihe und die Megasommer sind nur in dritter Folge die Zündschnur an das Pulverfass Erde. In den kommenden Sommer wird voraussichtlich 2023 ein direktes Saharahoch mit Temperaturen von Fünfzig bis Sechzig Grad die

Kontinente infizieren und damit hat sich das Klimakterium der Evolution extrem weit nach oben verändert wie in den Gaskammern von Auschwitz. Und die Temperatur hat sich auch extrem weit nach oben verschoben wie der lebend angenagelte Jesus am hölzernen Kreuz der religiösen Einfallt. Wer natürlich dieses saudumme Zeug glaubt muss zwangsläufig in diesen künstlich geschaffenen Hohlspiegel bei lebendigen Leib verbrennen, wie die Hexe auf den künstlich geschaffenen Scheiterhaufen oder der Floh im Hohlspiegel.

Was geschieht wenn eine Frau bei lebendigen Leib öffentlich verbrannt wird? Ihre Haut wird dermaßen zerstört, das sie trotz Hilfe nicht gerettet werden kann. Auch die Umwelt mit den Plusminuseinsbereich ist nur die Haut der Evolution wie die Abszisse selbst. Und mit einer künstlich geschaffenen Senke entsteht ein Hohlspiegel, wo sich im Kern - Zentrum die Temperatur dermaßen erhöht, das ein organisches Leben so wie wir es kennen, nicht mehr ohne größere Probleme möglich ist. Darum müssen um jeden Preis Vorsichtsmaßnamen geschaffen werden um den Feuertod erfolgreich die Stirn zu bieten. Das können nur zusätzlich künstliche Stauseen sein, die zu löschen vor Megabränden genutzt werden können. Oder die Wälder bevor es brennt klamm halten, das der Brennpunkt in einen Bereich gedrückt wird, der nicht gefährlich ist. Nicht gießen, denn da würde jeden Rahmen maßlos sprengen. Aber leicht berieseln um den Feuertod - Feuerteufel erfolgreich begegnen zu können.

Liebe Leute, das was bei der armen unschuldigen Frau die Haut mit ihren Haaren ist, bedeutet für unsere aller Erde die Erdoberfläche mit den Bäumen als Wälder. Brennt ein Baum, entzündet sich sofort ein Feuer und der Gau bahnt ich seinen Weg unaufhaltsam durch die unendliche Evolution. Brennt in der Tat bei diesen extremen Temperaturen ein Feuer durch die stummen Freunde der Natur, so das sie wie die Hexe bei lebendigen Leib verbrennen, entzünde sich logisch in allen anderen Wäldern weitere Feuer, die sich wie ein Lauffeuer in Tempo dermaßen schnell ausbreiten, das keine Feuerwehr dieses Megafeuer löschen kann. Im Jahre 2018 brannte in den USA ein dermaßen große Fläche ab, wie nie zuvor in der Geschichte Kaliforniens. Und das war nur ein Tipp von unzähligen Hinweisen, wozu auch die Ostfront zählt, Verdun, die Konzentrationslager als Leichenflecke der Evolution plus den Gaskammern von Auschwitz. Denn dort wo die Evolution weichen muss, nimmt die Pracht der Farben ab und es herrschen die grauen Töne als Leichenflecke der Evolution vor. Selbst die Lager mit den knochendürren Schreckensgestalten als Häftlinge der Evolution, sind auch nur dunkle Geisel wie die fetten aufgedunsenen maroden bis kranken Leiber zu Beginn des III Jahrtausend. Handlanger zum eigenen wohl organisierten Tod als irres Produkt - Abfallware eines künstlichen Hohlspiegels, wo der nachgeäfften Tod auf jeden Quadratmeter wohnt.

Ein abgebrannter Wald ist im Grunde ein vollendeter Leichenfleck, wo die Lager im III Reich nur die läppischen Vorboten zu einen schwarzen Loch waren. Und die sich immer stärker erwärmenden Ozeane sind damit tote Gewässer, wo allmählich das Leben aller Organismen weicht. Auch die erhöhten Umwelttemperaturen ist das glatte Todesurteil vielen Insekten. Dazu der extrem tief zugefrorenen Boden, wo sich der Aggregatzustand von fest zu flüssig zum Nachteil der Regenwürmer verändert hat, ist diese Eisfalle das Todesurteil dieser extrem nützlichen Tiere. Dann muss gehörig von lieben Freunden der Natur dieses Tier nachgezüchtet werden um den Boden wieder mit organischen Leben aufzupeppen. Von den Bienen kann da noch keine Rede sein. Die müssen vor den toxischen Molekülen, extremer Hitze und Kälte geschützt werden um nicht auszusterben. Folglich steht der gesamte Erdball vor den völkischen Exitus, wo nur die Härtesten der Harten einigermaßen Überleben können. Wie lange steht bei Pontifex Maximus - den Stellvertreter Gottes in den Sternen. Nur wohn da oben in der Tat so ein biblisches Überwesen, oder ist dieses dümmliche Kunstgebilde nur der Bigfoot als Fabelwesen eines ersonnenes Spleens?

Wer soll sich den im Kern - Zentrum eines Hohlspiegels wohl fühlen? Dort herrschen Temperaturen wie in Suppentopf des Teufels. Nur wer will bei lebendigen Leib gekocht werden? Die Evolution sicher nicht. Doch wer oder was ist eigentlich die Evolution? Ist es nur der Mensch? Oder gehört da noch wesendlich mehr dazu, um sich im unendlichen Getriebe als echter Bestandteil im physikalischen Dreiklang plus Dreisatz behaupten zu können. Denn zu aller erst kommt die Pflanze als Futter für die Pflanzenfresser und dann folgen in gebührlichen Abstand die Fleischfresser. Und alles organische Leben hängt von der Sonne mit ihren harmonischen Funktionen ab, wo der Sinus das absolute “ **SAGEN** “ hat. Der Sinus und nicht jener Kosinus, erhält unsere aller Evolution am Leben und da herrscht absolute Harmonie zwischen den beiden Kurven. Ein oder mehrere toxische Moleküle stören da nur und müssen um jeden Preis beseitigt werden, um sich den leibhaftigen Tod vom Leib plus Familie zu halten.

Dessen noch nicht genug, fressen sich fremdländische Invasoren wie Zecken, Viren, Bakterien und andere Parasiten wie Heuschrecken durch unsere Evolution um sie zu lähmen. So auch toxische Moleküle, die pausenlos die nun schon infizierte Materie aufreiben und die Atome müssen diesen Reflexen nachkommen, da sie an die Physik mit ihren Atomen gebunden sind. Zudem werden die Winkelfunktionen verdreht und im künstlichen Hohlspiegel entsteht so was wie ein Gammastrahl. Dieser zusätzlichen Energiebombe und wenn sie auch nur indirekt entsteht, ist das absolute Todesurteil für die gesamte Evolution. Auch der freie Fall als Abszisse ist nur der indirekte freier Fall als waagerechte Funktion, um die normalen harmonischen Winkelfunktionen im Takt zu halten. Bei der geringsten abweichenden Tendenz ist sofort der Kosinus am Zug um auf das kommende Problem hinzuweisen. Der nächste Schritt ist ein übersetzen in die Mehrzahl, wo die künstlichen Probleme in laufe der Zeit Zug um Zug kultiviert werden. Das sich dann Konflikte bilden, welche oft - fast ausschließlich mit Gewalt bis Krieg gelöst werden, dürfte jeden Dummerjan einleuchten. Und dieser Reflex ist ein multiplizieren wie bei einer Atombombe, wo komplette Städte von der Landkarte vertilgt werden. Darum wollte auch der braune Hitler alle Juden von der Festplatte als Abszisse der Evolution vertilgen.

Da es nur eine Abszisse auf der Erde gibt, ist die gesamte Evolution im Begriff in einen schwarzen Loch zu verenden. Vom unsichtbaren Keim in der Sahara als erhöhte durchschnittliche Temperatur bis zu einen Klimakoller ist zwar ein extrem weiter Weg, aber wie es die Umweltdaten zum Glück eindruckvoll beweisen begehbar. Nur das die Evolution nicht nach außen explodiert sondern als perverser Akt der Inzucht nach innen, was unkontrollierbare Reflexe auslöst, die erneut in sich kontaktieren und nur den schwarzen Tod wie die Pest im Mittelalter bewirken. Im III Jahrtausend ist die Pest ein alle irdische Materie fressendes schwarzes Loch. Da war auch der Auslöser ein Virus der von einen

Floh auf einer Ratte als Schummelsoftware den arglosen Menschen den schwarzen Tod bescherte. Und die Megafeuer sind die Vorboten zu einen derartigen schwarzen Tod, wo nach der Feuersbrunst ein schwarzes Brandmal als Leichenfleck das irre Produkt von religiöser Inzucht die Evolution hinrafft. Nach einen regenarmen Jahr 2022 kommt der abnorme direkte Saharasommer mit den dort normalen Temperaturen von Fünfzig bis Sechzig Grad Celsius, wo sich jedes Gehölz wie von Geisterhand als heiliger Geist entzündet und unsere Wälder dem irren Feuerteufel zum Opfer fallen. Im Grunde brennt die Erde wie damals die unschuldige Frau, die als Hexe bei lebendigen Leib verbrannt wurde. In Australien herrschen Silvester von 2018 zu 2019 49°C. Die restlichen Grade von Sechs Grad bis in die Mitte der Fünfzig Grad ist nur ein lächerlicher Atemzug vom Sensenmann in eigener Regie. Da röchelt die Evolution so wie die Juden in den Gaskammern von Auschwitz, wo die Juden vor ihrem persönlichen Spiegelbild eingehüllt wurden und sahen den Tod mitten ins hohle Gesicht.

Natürlich ist es so, das sich so ein gigantischer Festkörper als Erde nicht so schnell entzünden kann wie so ein kümmerlicher Scheiterhaufen mit einer unschuldigen Frau, wo eine handvoll kümmerliche religiöse irre perverse Dauerverbrecher dieses nicht zu definierende scheußliche einzelne Verbrechen praktizierten. Sicher ist so ein Haufen brennendes Holzes nicht mal im übertragenen Sinne eine lausige Sommersprosse, doch ist ein völlig unschuldiger Mensch als verklärte Hexe in der Tat bei lebendigen Leib öffentlich verbrannt wurden, wie der Floh in einen Hohlspiegel, wo heute die Wälder weltweit vor aller Augen auch bei lebendigen Leib verbrennen. Haben Sie nun endlich begriffen, das sich die gesamte Evolution auf der Abszisse in laufe der Jahre allmählich entzündet, so das jedes toxische Molekül eine unberechenbare Gewehrkugel gleicht, die ihr Ziel nie und nimmer verfehlt. Denn jeder Festkörper der Physik auf der Erde unterliegt seinen eigenen logischen Spiegelbild und in einen künstlichen Hohlspiegel wird die nackte rohe Gewalt immer wieder frisch entzündet. Ein Ende der Todesspirale ist nicht zu erkennen. Begonnen hatte es mit einer unsichtbaren abweichenden durchschnittlichen Temperatur in der Sahara von einen Tausendstel Grad oder sogar noch weniger. Im Grunde ist die Materie an dieser Stelle der Wüste dünn geworden.

Und wo wird Heute die schon bis zum aufkeimenden Sinus tödlich infizierte Materie dünn? Ein todsicheres Symptom ist die atmungsinaktiven Stellen auf der Abszisse, die wie Leichenflecke den völkischen Tod ankündigen. Nur wie kann sich so ein irrer Leichenfleck auf der Erde bilden? Denn so ein dunkler unschöner Fleck kann unmöglich atmen und ist von seinen eigenen toxischen Schatten blockiert, so wie das zweite Dreieck auf den ersten Delta alle Reflexe bis zum aufkeimenden Sinus folglich in einen extrem langen Zeitfenster abtötet. Nur geschieht dieser absterbende Reflex in unzähligen Generationen, denn jede Nation reagiert an Masse individuell. Was sind den schon drei bis fünf Tausend Jahre im direkten Vergleich zum Erdalter oder Lebensdauer der Sonne? Dieser Fakt ist kaum zu berechnen und ist somit so unsichtbar wie der vor Jahrtausenden aufkeimende religiöse Spleen. Und dieser irre Ungeist wird von der katholischen Kirch als heiliger Geist verkauft. Also ein vordringen als negativer Tatsch bis zum aufkeimenden Sinus an der Schnittstelle beider Achsen.

Folglich entzündet sich der einst quicklebendige Sinus als Lebensfunktion mit den doppelten Kosinus, der als multiplizierter Sinus verkauft wird. Im realen Dasein bedeutet das ein tödlichen Truckschluss. Denn der Kosinus ist die stockdunkle Nacht, wo die Evolution schläft. Weil jeder Titan eine Mütze voll erholsamen Schlaf benötigt. Nur wenn die Winkelfunktionen gegen der felsenfesten atomaren Willen der Physik in sich umgekehrt werden, herrscht nur noch Tag oder Nacht. Die irrsinnig wie von Sinnen wüteten Megafeuer sind der extreme sichtbare Reflex als doppelter Boden wie der doppelten Abszisse mit den knochendürren Jesus oder doppelten Judendreieck des Judenstern zum doppelten Tag und der logische Gegenreflex ist die ewige Nacht als Leichenfleck auf der Erde für alle noch lebenden Völker. Teilweise ist es ja schon so, das durch die Feuer in den USA sich der beißende Rauch über Kalifornien legte und es fast ewige Nacht wurde wie zur Geisterstunde als heiliger Geist der katholischen Kirche. Nun ist der wahre Kern des abgrundtiefen toxischen schwarzen erzkatholischen Gebräu für jedermann plus Kinder extrem lebensbedrohlich sichtbare geworden. Dieser hochgiftige gasförmige Dreck wird von jeden Kind schon vor Geburt an inhaliert und folglich bahnt sich der oft immer noch unsichtbare Tod durch die Evolution um sie mit den doppelten Dasein abzutöten. Weil ein multiplizierter Kosinus als Eins nun mal immer nur Eins ist und niemals Zwei. Denn dann verdreht sich der Sinus in sich und damit beginnt der chronische Schaden bis Dauerschaden, der wenn überhaupt in Jahrhunderten zu überwinden ist. Nur wo gelangt das Licht überall hin? Selbst in der dunkelsten Kellernische ist noch so viel Licht, das es nicht stockdunkel ist. Sauerstoff ist auch noch genug da, doch die Ökonomie ist eine elende Todgeburt. Denn jeder der beiden anderen Sauerstoffarten des physikalischen Dreiklangs benötigt das Licht der Sonne um sich am Leben erhalten zu können. Kein Licht gleich kein Sauerstoff gleich keine Ökonomie und der Sack ist für immer zu.

Wenn mit den von den Religionen wie Judentum plus Katholizismus ein künstlich geschaffener Hohlspiegel die wichtigen zum Überleben Winkelfunktionen verdreht werden und der Sinus in sich obendrein, ist der toxische schwarze Keim zu einen schwarzen Loch gelegt und jedes physikalische Maß der Physik verliert in laufe der Zeit an Sinn. Dann beginnt sich der künstliche Homunkulus auszubreiten und dass sind die unsäglichen unzähligen tolldreisten Naturreflexe der bis aufs atomare Blut gereizten Physik. Denn dort wo der Sinus hinreicht in die Evolution, wird nun ein logischer Gegenreflex beginnen sein abartiges Unwesen zu treiben. Die unzähligen Kriege in den vergangenen Jahrhunderten sind ein immer noch quicklebendiges beredtes Beispiel für so einen abnormen inhalierten Reflex am Sinus der unendlichen Evolution. Und schon ist diese unendliche harmonische Evolution auf einmal extrem endlich. Diesen unschönen Reflex bemerkte jeder Dieb unterm Galgen und die Juden in den nur für sie eigens umfunktionierten Duschen Gaskammern von Auschwitz, wo der Sinus urplötzlich über Nacht blockiert wurde.

Und in laufe der unendlichen historischen Zeit wird jeder Organismus anfangs leicht infiziert und beginnt sich zu zersetzen. Dieser in sich extrem langsame Exzess kann sich über Generationen hinweg erstrecken und dann wird die infizierte Materie marode, dekadent und schließlich erkrankt der gesamte Organismus in Einszahl als Mensch, Mehrzahl an Volkgebrechen und Kulturgut, wo komplette Kontinente vom Tod heimgesucht werden. Dann ergreifen solche Massenmörder wie Hitler den Zepter und versuchen die schon tödlich infizierte Materie zu retten. Nur ohne eine ehrliche Analyse ist in und mit der Physik kein Blumentopf zu gewinnen. Denn die Atome gehen prinzipiell ihren atomaren Naturell nach und da gibt es kein Pardon. Eine Kugel aus einen Gewehrlauf flieg auch direkt in ihr vorbestimmtes Ziel. Ob Mutter oder Vater mit einen Hecke voll Kinder interessiert die Physik nicht. Wer lockt muss zahlen und wenn es das eigenen Leben kostet. Und was kostet im Krieg als Leben? Jeden der von sinnlos entfachten Kräften der Physik gegriffen wird. Und das sind oft auch Kinder, alte Leute und Behinderte, die ohne hin schon von der Evolution einen gehörigen Tatsch mitbekommen haben.

Und wer sind die letzten genannten Personen. Immer die schwächsten der ohne hin schon geschundenen Evolution und da reist die Kette wie immer am schwächsten Glied und schon ist ein Familienmitglied was sein Leben lassen muss. Und nur im II Weltkrieg mussten wegen den religiösen jüdischen unsichtbaren Dauerbetrug rund Sechzig Millionen Menschen sterben und wurden wie im künstlichen Hohlspiegel unsichtbar. Hier bestätigt sich das umgekehrte Prinzip mit den beiden Dreiecken, wo das Zweite auf den Kopf steht und alle logischen Naturgesetze dazu, was natürlich immer in eine unbeschreibliche Katastrophe unweigerlich oft auch über Umwege führt. Denn eine gigantischer Leichenberg von Sechzig Millionen Opfern des perversen religiösen Dauerirrsinns ist schon ein nicht mehr zu definierendes Dauerverbrechen ungeahnten Ausmaßes. Denn dieser irre Berg von dunklen Leichen wirft einen Dauerschatten auf den tödlich infizierten Kontinent, als ob die ewige Nacht über die allmählich aussterbende Evolution eingebrochen ist. Genau so, wie es schon Nostradamus im Mittelalter eindeutig vorhersah. Auch zwei von drei Weltkriegen durften die Bürger schon am eigenen Leib ertragen und ein Prozent der Erdenbürger verreckten im Hitlerkrieg. Kein gelehriger Wegweiser für die Zukunft heute lebenden Siebeneinhalb Milliarden Menschen.

Übertragen wir das eine Prozent als Einswert auf einen einzelnen Menschen, der so wie von Sinnen wütet, mordete, brandschatzte, wäre dieser Name verschriener wie der vom braunen Massenmörder Adolf Hitler. Und das wie gesagt nur als einzelner irrer Täter. Von einer Mehrzahl ist noch lange keine Rede. Nur ist Heute leider schon an der Schwelle zum III Jahrtausend Massenmord zum allgemeinen perversen Kulturgut verkommen. Und das ist im Kern Religion. Der toxische schwarze Keim zu einen elenden perversen völkischen Massengrab, wo nicht nur wie im II Weltkrieg Europa halb verwüstete. Im kommenden und sich schon längst ankündigten III Weltkrieg wird mindesten die gesamte Evolution halbiert oder gänzlich ausgerottet, so wie es der Hitler mit den Juden vor hatte. Die Physik lässt nichts unversucht, sich der toxischen Moleküle zu entledigen. Genauso wie sich die bei lebendigen Leibes angeschnallten Kriegsgefangenen der lästigen Bremsen entledigen würden wenn sie nur könnten um diesen scheußlichen Tod zu entgehen. Im Grunde der Scheiterhaufen in Zeitlupe. Die Gefangenen klimmten wie ein übergroße Räucherkerze etwa einen Tag vor sich hin. Und genau das steht der Evolution mit den Klimakoller in den nächsten Jahren bevor. Die heißen Megasommer können zum Glück nicht verleugnet werden und sind in logischer Folge die Lunte zum völkischen Tod.

Wenn ein Jack the Ripper in Einzahl weggenommen werden muss und das wie im Mittelalter oft mit Familie, übertragen wir dieses irre Prinzip auf den gebräuchlichen Namen Müller und sofort erneut aus einen Einswert verdichtet, erlischt ein kompletter Straßenzug mit Mann und Maus. Und so ein Name wie Müller ist auch nur einer von vielen wie Meier, Maier, Schulze, Lehmann, Scholz, Schröder, Krause und mehr. Haben Sie nun anglich begriffen das sich halbe bis komplette Städte auflösen, wie die seit Milliarden von Jahren organisch strukturell gewachsenen Naturgesetzen, worüber die Physik wacht - herrscht, da sie ein Vakuum gleich wie es sich darstellt die Segel streichen muss. Und in einen künstlich erschaffenen Hohlspiegel, löst sich das **ICH** plus Spiegelbild auf und die damit verbundene Umwelt dazu. Damit beginnt der irre Siegeszug mit den umgedrehten Winkelfunktionen als Vakuumsymptom und sofort sitz der leibhaftige Tod als loser Pate - Gastredner mit im Boot. Dieses irre Dasein bewirkt ein abstumpfen der zum überleben extrem wichtigen Sinne und schon hat der schwarze Tod einen Lichtblick an einst quicklebendiger Materie in seinen Fängen. Das dieses Prozedere nicht gut ausgeht, dürfte jeden abergläubigen Narr einleuchten. Denn die Physik lässt sich nicht von einen dahergelaufenen Dummerjan maßregeln, zudem sie auch noch im Recht ist und das zu vollen Hundert Prozent. Wenn der Schnitter einen Lichtblick aus dem natürlichen Spiegelbild beeinträchtigt ist ein Stück Evolution oft für immer verstümmelt wurden und lebenduntüchtig. Den nächste Schritt kann sich auch Dummerjan aus eigenen Antrieb denken.

Nun verdichten Sie mal jeden verstümmelten - lebenduntüchtigen Lichtstrahl und schon schimmert das dürre Knochengerippe erst als heiliger immer noch unsichtbarer Geist aus den künstlich geschaffenen hohlen Spiegel der verdummenden Religionen. Im Grunde fehlt der Evolution pro Mensch eine lausige Sommersprosse und da dies keiner augenblicklich bemerkt, beginnt der Siegenszug des Todes durch die Evolution mit allen Schrecken der gebrochenen Lichtstrahlen im Hohlspiegel. Denn in den dunklen Folterkellern der heiligen Inquisition sind Orte wo das Sonnelicht mehrmals gebrochen wurde und im achten Bruch ist die Acht als unendlicher Tod mit im Boot, was im Begriff ist, allmählich zu sinken, weil die hölzernen Wände dünn werden, wie die Schnittstellen beider Winkelfunktionen auf den Abszisse. Denn jeder gefolterte Mensch gibt irgendwann mal seinen Geist auf. Das was für die Einzahl gilt, bestätigt sich auch in der Mehrzahl bis hin zum Kulturgut, was Kriege immer sind und ewig sein werden.

Und diese Kriege müssen nicht immer mit Waffen ausgetragen werden. Jene chloreichen Zeiten sind für immer vorbei. Im III Weltkrieg sprechen die nackten Atome direkt zu ihren perversen Peinigern. Die unzähligen Naturkatastrophen sind nur ein läppischer Vorbote zu einen sich allmählich am Horizont abzeichnenden und alle Materie fressenden schwarzen Loch. Denn diese einmalige Farbe **SCHWARZ** kann nur Wärme wie ein Magnet Eisenspäne anziehen. Zurückgeben ist mit den Kräften der Physik nicht möglich. Denn im Grunde ist dieser natürliche Reflex eine Art Vakuum, was direkt von der Physik auf der Erde nicht geduldet wird. Wenn auch nur ein Millionstel bis Billionstel gegen dieses hundertprozentige Tabu gehandelt wird, muss der entsprechende Gegenwert aufgebracht werden. Als Kulturgut sind das dann wie in den beiden Weltkriegen Völker noch in indirekter Form. Und trotzdem verschwand mit Siebzehn Millionen Toden im I Weltkrieg mehrere kleine Völker. Da wäre Skandinavien halbiert. Mit Sechzig Millionen Toden im II Weltkrieg erlöschen schon weit größere Völker wie Großbritannien, Frankreich, Italien, Deutschland vor der Wende, die Türkei oder viele kleinere Staaten auf der Erde. Addiert man beide Weltkriege, halbiert sich Russland bis zum Ural.

Nur wenn sich eine Nation halbiert, muss irgendwo der Keim zu diesen irrsinnigen Verbrechen stecken. Nach dem II Weltkrieg wurde schon mal ein Kontinent halbiert. Dazu Deutschland, Berlin die gesamte Welt ist Ost und West. Gefangene einer roten Illusion und in eine freie aber oft dekadente Gesellschaft, die von einer Irrlehre maßlos getränkt ist. Man kann sich dermaßen mit Religion voll stopfen, das sogar der Tod vor dem eigenen Spiegelbild sich zu erkennen gibt und man bemerkt es nicht einmal. Die Köpfe plus maroden fetten Leiber sind völlig verseucht von den toxischen Molekülen die den Körper schädigen wie die Gewehrkugel von außen. Nur das man dieses hochkarätige Gift maßlos unterschätzte und nun herrschen Naturreflexe ohne jegliches vergleichbares Maß, was die Physik in Milliarden von Jahren strukturell organisch wachsen lies. Denn die Erde ist ein einziger Organismus, der nur mit einen exakt funktionierenden Spiegelbild astrein funktionieren kann. Jeder gekappte Strahl der Sonne verursacht Probleme, die auf jeden Fall gelöst werden müssen, wenn sich nicht noch oft weit größere Probleme bilden sollen, die dann kaum oder nicht mehr so ohneweiters gelöst werden können. Nur wo liegt der hochgiftige unsichtbare Keim zu einen auflöschenden Reflex aller Völker dieser Erde? Es sind die vom Hohlspiegel ungedrehten Winkelfunktionen, die sich in einen künstlich geschaffenen hohlen Spiegel prinzipiell nach innen richten und der unsichtbare Keim zu einen schwarzen Loch sind. Zudem bricht sich jeder Sonnenstrahl und dann halbiert sich die Kraft der Sonne und dieser Irrsinn wird zu jedem Lungenzug - Herzschlag inhaliert, was in laufe der Zeit nur schädigt, da ein perversen Effekt zum eingewöhnen entsteht. Daraus entsteht so was wie ein Anrecht diesen künstlich geschaffenen Effekt, der aber mit Physik nichts am Hut hat und noch mehr Probleme beschert als man anfangs vermutet. Das sich dann Konflikte ergeben, die nicht mehr rational gelöst werden können dürfte einleuchten. Der nächste Schritt ist dann ein Krieg mit seinen ewigen

Schrecken bis ins Mark der Evolution, wo im Grunde als Impuls zum Leben der Sinus wohnt.

So wie bei der Hexe die Haut bei lebendigen Leib verbrennt und somit der Tod vorprogrammiert ist, da das größte Organ Haut nicht mehr atmen kann, verbrennt nun jeder Quadratmeter auf der Erde oder säuft beim Hochwasser ab. Der Rest vom Land ist entweder Felsen, Wüste, Eiswüste oder Felder wovon wir alle Leben und darauf keiner leben kann, wenn er nicht verhungern will. So wie jeder Mensch ein separater Einswert ist, bezieht sich dieses Prinzip auch auf Dörfer, Städte, Länder, Staaten, und der Erde selbst. Dieser einst wunderschöne Planet existiert auch nur ein einziges Mal in unseren Sonnensystem. So tief die toxischen Moleküle in das Unterbewusstsein im Grunde bis zum Sinus eingedrungen sind, werden auch die dunklen Wolken von den Bränden in die Sinne der Bürger eindringen, das man die Hand nicht vor den Augen sehen kann. Im Jahre 2018 konnten das die Bürger Kaliforniens schon am eigenen Leib erleben, wie die Juden in den Gaskammern von Auschwitz, wo sich das eigenen hohle Spiegelbild begann im Angesicht des Todes aufzulösen. Der leibhaftige Tod stand somit jeden gläubigen Spießer ins Gesicht geschrieben. Ob das Lager Auschwitz oder Kontinent - Staat Amerika spielt da keine besondere Rolle. Beide Orte sind je ein separater Einswert der Erde und vom Tod infiziert. Da ja jeder Bürger - Organismus den einst quicklebendeigen Winkelfunktionen unterliegt, wo der Sinus das absolute einmalige **SAGEN** auf sich vereint und nicht der Kosinus. Da nur der grundehrliche Sinus aus den beiden Schnittstellen der Achsen astrein entspringt, wie eine Quelle aus einen den Felsen - inneren der Erde.

Nur was entspringt an Materie aus den verdrehten

Winkelfunktionen, sofern man es noch als Materie bezeichnen kann? Denn Im Grunde ist es ja irdischen Ursprungs und folglich Materie, obwohl sie mit einen Gauklertrick entstand. Denn in einen sich immer stärker abbildenden Hohlspiegel löst sich in laufe der Zeit jede noch so stabile Materie auf und die ausgelösten Atome beginnen ihr eigenes Spiel des unendlichen Todes. Die Soldaten beider Weltkriege waren nur die Vorboten als Atome noch in Uniform. Der eigentliche erzkatholische pechschwarze Holocaust steht jeden noch bewohnten Dorf, Staat, Kontinent bis Erde noch bevor. Denn es gibt nur eine Erde als Einswert und Abszisse für alle noch lebendigen Menschen. Nur kann sich das in wenigen Jahren im Bruchteil einer Sekunde radikal ändern. Im Gunde in anbetracht der historischen Zeit eher eine dünne Lichtsekunde, denen auch allen Juden im jüdischen Holocaust zum Verhängnis wurde. Nur das im II Weltkrieg man noch miteinander reden konnte. Dieser günstige Umstand löst sich im III Weltkrieg auf, so wie sich jedes reelle Maß der Physik in einen schwarzen Loch auflöst. Denn im Hochwasser, Megafeuer lösen sich die strukturell organisch gewachsenen Maße der Physik auf wie in den Folterkellern der heiligen Inquisition, Scheiterhaufen, Galgen, Verdun, Ostfront und den idyllischen Gaskammern von Auschwitz. Und natürlich im künstlich geschaffenen Hohlspiegel der Juden plus Katholiken mit ihrer saudummen künstlichen Intelligenz.

In einen hohlen Spiegel lösen sich die Strukturen von jeden Einswert aus und wenn es die Erde selbst ist. Denn jeder von der Sonne entsendete wärmende harmonische Sonnenstrahl hat eine Funktion zu erfüllen und darf nicht gebrochen werden. Weil jeder unfunktionierte harmonische Sonnenstrahl von einer kleinen Gruppe Zellen von Hunderten Milliarden Gehirnzellen inhaliert und als Datenprogramm verarbeitet wird, was dann zu falschen und verschuldeten Rückschlüssen führen, die erneute völlig irre aberwitzigen Funktionen auf sich heraufbeschwören und schon ist ein gegenständiger Reflex geboren, der aber nicht ums verrecken von der Physik als Vakuumeffekt geduldet wird. Denn jeder in die Irre berochene Sonnenstrahl ist eine abnorme Hirnzelle, die mit ihren logischen Spiegelbild geblendet werden muss um sie vom Irrweg abzubringen. Nur hat dieses mühselige Unterfangen keinen Sinn, da keiner das wahre Gesicht zum verkehrten und in sich verdrehten Winkelfunktionen rational erkennen kann. Nur der böse Verdacht zum verkappten Judentum ist noch lange kein Grunde für den Staatsanwalt aktiv zu werden, obwohl der Tod mit im Gebäck sitzt.

Können Sie sich vorstellen, das mit den törichten verdrehten Winkelfunktionen sich der Sinus allmählich entzündet und der reibende Widerstand gehörig zunimmt und so die Umwelt zusätzlich belastet wird, was ich in laufe der Zeit in Gewalt äußert. Denn keiner der beiden Weltkriege ist zum Gaudi der Physik ausgebrochen. Da muss massiv nachgeholfen wurden sein. Kein einziger Mensch wird als Jack the Ripper geboren. Da muss was gegen der Sinn der normalen Evolution funktionieren. Was bewirkt ein Ripper? Er mordet ohne Gnade- Reue und mit Lust am quälen, so das die Evolution nicht den Schimmer einer Chance hat, dieser irren Pein zu entkommen. Bewirken diese abnorme Funktion die umgedrehten Winkelfunktionen, das der einst harmlose Mensch beginnt seien Spezies zu schlachten - auszurotten?

Ich meine eindeutig ja!

Nur ist Krieg wie Verdun, oder die Ostfront im II Weltkrieg wirklich so viel anders. Im Grunde werden

Soldaten die Glieder oder Gedärme aus den Leib gesprengt, was einen Ausweiden im Mittelalter gleicht. Da wurden die Opfer auf das Rad geflochten wo von sie nicht fliehen konnten. Auch der Soldat kann die blutende Front nicht verlassen. Denn dann wartet das Standgericht auf ihn. Sicher sind die Brennpunkte voller Blut nicht mehr angesagt. Dafür zersetzen die unzähligen toxischen Moleküle die Organismen und somit auch den Weltorganismus Erde. Die unzähligen Reflexe der Physik, wozu auch die zwei Weltkrieg gehören sind nur die Spitze des allmählich tauendes Eisberges. Alle Naturkatastrophen sind der nächste Schritt zum katholischen Holocaust - schwarzen Loch, wo aus der kompletten infizierten Materie auf der Erde die Lichtwurzel gezogen wird. Dieses Verfahren praktizierte der braune Hitler schon mal bei den Juden in dem er sie in den Gaskammern von Auschwitz bei lebendigen Leib vergaste. Denn sie infizierten die komplette Evolution mit ihren religiösen irren toxischen Molekülen, so das sich die Atome aus ihren Gittern abreagieren mussten um nicht den Geist aufzugeben. Im Grunde lösten sich hunderte Millionen von sinnlos verlebten Jahren im Angesicht des wohl organisierten Todes auf und es entstand ein Leichenberg, der seines gleiches in der unendlichen Historie suchte. Und das waren nur Zwölf Millionen Juden. Was glauben Sie geschieht, bei einer Milliarde schwarzer Katholiken? Genau, da löst sich jedes Volk auf der Erde in seinen hohlen toxischen Spiegelbild auf, wie die reellen Maße der Physik.

Ist mit den künstlich geschaffenen Hohlspiegel nicht der unsichtbare Keim zum allgemeinen irrsinnigen Ausweiden unserer aller Evolution gelegt wurden?

Ich meine eindeutig ja!

Nur wie soll sich der Mensch von dieser tödlichen Infektion bewahren? Kann er sich vom wohl organisierten Tod aus eigener Kraft befreien?

Ich meine eindeutig nein!

Jeder Bürger ist also gezwungen, den leibhaftigen Tod ohne notwendige Gegenwehr hinzunehmen. Ist das in der Tat rechtens und im tieferen Sinne der Evolution? Ich habe da so meine berechtigten Zweifel. Und in welcher Form - Gestalt kommt der Schnitter um die Völker hinzurichten? Ist nicht jedes toxische Molekül so was wie eine dahergeflogene Gewehrkugel oder für jede Körperzelle plus Hirnzelle so was wie der Kometeneinschlag, welcher die Saurier killte?

Was bewirkt der in sich verdrehte Sinus zum eigenen logischen Spiegelbild? Zumal sich die Winkelfunktionen noch umgekehrt wurden, so das kein einziger Mensch mehr durchblicken kann? Es entsteht ein Wirrbild, was alle Sinne in einen gewissen Maße vernebelt - einnebelt - trübt, so wie ein unehrliches Trugbild. Und aus diesen unreinen Chimäre entpuppte sich eine säuische Irrlehre zum eineindeutigen Nachteil unserer aller Evolution, die aber von den konstanten Gesetzen der Physik abhängig ist. Die Evolution hängt an der Physik wie der Dieb am Galgen. Ein Entkommen ist völlig unmöglich, zudem sich das Zeitfenster für die Evolution in Einzahl in einen extrem rasanten Tempo augenblicklich schließt. Und das was für die Einzahl gilt, bestätigt sich auch für die Mehrzahl bis Kulturgut. Nur das sich die Energiebomben in laufe der Zeit verändern und an innerer Kraft zunehmen. Denn der I Weltkrieg ist nicht mit den II Weltkrieg zu vergleichen, was natürlich auch für den kommenden III Weltkrieg gilt, der natürlich ohne Waffen ausgetragen wird. Aber eine Lawine plus Hitzehoch oder Hochwasser sind oft noch schädlicher als eine Bombe. Die einfache Granate reagiert sich in einer Sekunde ab. So eine Naturkatastrophe in Tagen, Wochen, Monaten bis Quartale, wie die Megasommer zum Glück beweisen. Leugnen kann diese unzähligen Phänomene keine.

Im Grunde sind die Naturphänomene ein allmähliches und systematisches perverses Ausweiden der Evolution mit den sinnlos ausgelösten Kräften der Physik, welche bis aufs atomare Blut gereizt wurde. Logisch das sich die Atome ihrer inne wohnenden Kräfte besinnen und wie von allen guten Geistern verlassen wüten um auf das irre toxische religiöse Dauerproblem hinzuweisen. Und wie reagiert sich ein extrem gestörter Mann ab um sich den kranken Erreger aus dem Leib - infizierten Seele zu treiben? Er wütet oft überlegt aber tödlich getroffen um irgendwie weiterleben zu können. Und woher stammt so eine extrem gestörte Psyche, die pausenlos gegen ein künstliches Vakuum versucht abzukämpfen, obwohl sie so gut wie keine reelle Chance hat? Was soll den ein Soldat anderes tun, als sich gegen den vorgesetzten Fein mit der Waffe zu wehren? Er ist gezwungen den Tod zu verabreichen obwohl er mit den vermeintlichen Fein ein Jahr zuvor im Urlaub im Meer schwamm. Nun ist er tot oder seine vergewaltige Frau liegt erwürgt im Wald. Muss da nicht irgendwo ein abartige - perverse falsche Funktion ihr Unwesen treiben, die so ohne weiters nicht zu ermitteln ist. Keiner hinterfragt sein eigenes Spiegelbild.

Und woher stammt das trügerische Spiegelbild, wo das Fundament ein künstlicher Hohlspiegel ist? Genau, aus der künstlichen Intelligenz Religion, die sich mit ihren saudummen Stammtischparolen in die sterile Physik einmischte und somit nur mit voller Kraft - Inbrunst schädigt, was das Zeug hergibt, so wie es die unzähligen irren Reflexe der bis aufs atomare Blut gereizten Physik eindruckvoll immer wieder aufs neue beweisen. Einen sofortigen Weg zurück gibt es nicht. Eine Fläche vom Bodensee kann man nicht in einer Nacht löschen. Gleich ob Waldbrand oder Raffinerie. Da stößt der Narr an seine Grenzen. Zu aller erst muss der hohle Spiegel im närrischen Kopf entfernt werden. Das kann dauern. Nur ist es bis Ende 2030 um die Völker auf der noch belebten Erde geschehen. Da widerspiegelt sich der künstliche Hohlspiegel im eigenen Angesicht - logischen Spiegelbild und das war für die Juden im III Reich der Holocaust plus den idyllischen Gaskammern von Auschwitz, wo den gläubigen Insassen über den Angstschweiß im Angesicht des Todes möglichst alle toxischen Moleküle auf den Leib ausgetrieben wurden. Und genau das steht den Katholiken im III Weltkrieg als schwarzes Loch - katholischen Holocaust bevor. Glauben sie mir, im Jahre 2030 ist die Evolution fast restlos gereinigt.

In den drei Jahren von 2027 bis 2029 reagiert sich die gesamte Energie ab, welche von der saudummen künstlichen Intelligenz über die unzähligen Schnittstellen auf den Winkelfunktionen in die Evolution mit den Kräften der Physik injiziert wurden. Alle gespeicherte Energie im Hohlspiegel beglückt die Weltbürger in einer Lichtsekunde. Im Vergleich sind die wenigen Jahre nicht viel mehr als ein aufgeblasener Augenblick der vergangenen Millionen bis Milliarden von Jahren. Was sind den schon Zwei, Drei bis Fünftausend Jahre zum Fünf Millionen Jahren Menschentum und den Erdalter von Viereinhalb Milliarden Jahren? Dieser Fakt kann nicht in einen Diagramm lesbar eingetragen werden. Folglich muss irgendwann der logisch Gegenreflex das sich allmählich aufkeimende künstliche Vakuum verhindern und das wird nicht zu einen einzigen Prozent lustig. Von den restlichen Neunundneunzigen Prozent ganz zu schweigen. Damit steht erneut das Symbol der Juden mit den Zwei Dreiecken im Blickpunkt, wo das Zweite Delta idiotischer Weise auf den Kopf steht. Folglich wird der freie Fall in sich mit den logischen Winkelfunktionen verkehrt und der leibhaftige Tod bahnt sich seinen Weg durch die unendliche Evolution um sie endlich gegen ihren Sinn hinzurichten.

Steht ein Kubikmeter Wasser auf einer Seitenspitze lagern eine Tonne Energie auf den Spitze von eine Kubikmillimeter. Nun rechnen wir die beiden Seitenkanten von je Tausend Millimetern mal der Höhe und ergibt sich eine Zahl von einer Milliarde. Also lagert auf jeden Kubikmillimeter einer Energiebombe von einer Milliarde an Energie des angestauten Wassers über den Hohlspiegel. Die unzähligen Katastrophen sind der natürlich logische Reflex als Gegenreflex auf unsere aller religiöse Unzucht, wo sich die Atome notgedrungen aus den atomaren Gittern - Gefügen lösen um sich den Tod als künstliches Vakuum vom Leib zu halten. Denn mit der unermesslichen Last drückt von über einer Milliarde Tonnen pro Quadratmillimeter eine unnatürliche Delle auf der einst geeichten Abszisse und dann entsteht ein künstliches Vakuum in der einst ausgefüllten putzmunteren üppigen Materie. Dann muss das organische Leben mit Mann und Maus weichen, da das logische Spiegelbild fehlt. Es ist in den nebeligen oft trüben künstlichen Hohlspiegel spurlos verschwunden.

Drücken Sie mal einen Stab Zuckerwatte mit der Hand zusammen. Schon ist mit bloßem Auge der zuckersüße Betrug zu sehen, der mit den Kräften der Physik dem Volk serviert wurde. Sicher schmeckt das und man hat das satte Gefühl eine Menge Masse erbeutet zu haben. Doch mit dem Auge der Wissenschaft, ist der Betrug recht schnell zu erkennen.

Nur warum nimmt keine einziger Bürger direkten Bezug auf die Realität? Weil die natürlichen Sinne in einer Opiumwolke als Hohlspiegel negativ am Wirken beeinträchtig werden. Mit einen unsichtbaren Rauschmittel im Kopf, ist in der Physik kein Blumentopf zu gewinnen. Im Grunde wohnt im Kern des Judenstern als negative Information eine Schadsoftware, die prinzipiell schädigt wo sie nur kann. Und als Schummelsoftware beginnt sie ihr verbrecherisches Wirken schon im Leib der Mutter, die schon dieser Irrlehre mit Sack und Pack aufgesessen ist. Denn auch die beste Mutter unterliegt den Winkelfunktionen. Werden diese zum Überleben extrem wichtigen rationalen Funktionen außer Gefecht gesetzt, nimmt das erst unsichtbare Unglück seinen verheerenden verlauf durch die Geschichte.

Mit den umgedrehten Winkelfunktionen plus den in sich verdrehten Sinus, ist ein trübes Schattenreich gegeben, was so nicht rational zu erkennen ist. Folglich bildet sich im Körper eines jeden Menschen ein Schatten, der unbedingt nach außen drängt um auf das üble bösartige Problem hinzuweisen. Fehlt in der Seele ein Stück Materie muss die Physik dieses künstliche Vakuum ausgleichen, was sie nicht kann. Ohne professionelle Hilfe löst dieser Festkörper als Mensch unentwegt Probleme aus, die um jeden Preis gelöst werden müssen, wenn es nicht zu schweren bis extrem schweren Verbrechen kommen soll. Denn im Grunde ist der Ripper nur ein Krieg in der Einzahl. Dann folgt die Mehrzahl im Staat - Kontinent - Erde. Und als Kulturgut folgt der Krieg, wo pausenlos Gedärme - Gliedmaßen durch die Luft fliegen um das einstige Vakuum auszugleichen. Denn auch der Krieg ist im Grunde ein zerstückeln unserer Mutter Erde bei lebendigen Leib.

Über die unzähligen Schnittstellen wird pausenlos

dieser toxische Dreck inhaliert und jedes gasförmige Atom legt sich als unsichtbarer Dauerschatten auf die Evolution um sie zu übernehme, was den Tod der infizierten Materie unweigerlich nach sich zieht. Ein solcher Dauerschatten waren die undurchsichtigen Pulverdämpfe in den Schlachtfeldern der Kriege, wo das Licht der Sinne zu vollen Hundert Prozent gebrochen - blockiert wird, wie zwischen den beiden Dreiecken des Judenstern oder doppelten Abszisse mit den lebend angenagelten Jesus. Die beiden Fronten wie Verdun und die Ostfront waren nur die Ränder eines sich allmählich bildenden schwarzen Loches, was jedes Atom an sich bindet. Da ein Atom nicht allein sich bewegen kann, müssen die anderen unweigerlich folgen wie die Soldaten dem Marschbefehl in den Krieg - Tod und jene Langfinger an der goldenen Gans. Und genau das steht jedem Volk in einen schwarzen Loch bevor. In den beiden vergangenen Weltkriegen folgten nur indirekt die Völker in den völkischen Tod, wo nur ein Prozent der Erdebürger im Hitlerkrieg den Tod fanden. Zudem steht in der Statistik von Sechzig Millionen Toden die Saaten wie Großbritannien, Deutschland vor der Wende, Italien, die Türkei und Frankreich in der völkischen Liste. Oder wir unterteilen und die Liste der Staaten verlängert sich. Auch der Leichenberg von rund Siebzehn Millionen Toden im I Weltkrieg erreicht Ostdeutschland vor der Wende oder viele kleinere Staaten auf der Erde. Und dieser zwei Weltkriege waren nur die läppischen Räder von einem schwarzen Loch. Was sich im inneren solcher Monster abspielt kann allenfalls erahnt werden. Die unzähligen unbändigen Naturkatastrophen sind auch nur der innere Rand von einen schwarzen Loch. Was sich im Kern solcher Löcher abspielt ist rational nicht zu begreifen. Ein Symptom zum völkischen Tod sind die unzähligen Scheiterhaufen mit den unschuldigen Frauen, die als vermeintliche Hexe bei lebendigen Leib öffentlich verbrannt wurden. Bald brennt die Abszisse als Erde bei ebenfall lebendigen Leib.

So wie jeden Menschen außen eine Sommersprosse anhanden kommt, fehlt sie ihm als Symptom des irren Hohlspiegels im Inneren, was auch die Seele betreffen kann. Innere Werte kann man mit etwas Mühe und kerngesunder Kost wieder ausgleichen. Aber wenn die Psyche ein Mango aufweist und kein neutraler Wert nachgereicht wird, muss der infizierte Körper sich gegen das unsichtbare Verbrechen wehren, um auf das Defizit aufmerksam zu machen. Im Einzahlfall wird eine unschuldige Frau - Hure mit ihren Gedärmen beköstigt. Im Grunde Verdun in der Puppenstube. Denn das irre verabreichte künstliche Vakuum muss um jeden Preis geschlossen werden, wenn die Gemeinde nicht auf Dauer geschädigt werden soll. Der irre Jack the Ripper aus den Jahre 1888 ist ein mehr als beredtes Beispiel für solche blutigen Attacken gegen die Evolution. Wer konnte schon damals oder Jahrzehnte später vorhersehen, das dieses kriminalistische Dauerverbrechen inhaliert wird und zum Kulturgut verkommt. Um die Zeitenwende vom II zum III Jahrtausend ist Mord - Massenmord aus den täglichen Leben leider nicht mehr wegzudenken.

Wo liegt der Keim zu diesen völlig aus dem Ruder laufenden Dauerverbrechen, wo sich jedes Gesetz beginnt allmählich aufzulösen? Es sind die völlig in sich verdrehten bis umgekehrten Winkelfunktionen wo sich idiotischer Weise der Kosinus über den Sinus legt um ihn wie die Pulverdämpfe über der Abszisse die Evolution abzuwürgen. Eine zum atmen inaktive Evolution ist eine elende Todgeburt, die über lang oder kurz die Segel streichen muss um den Tod zu erstmal zu entgehen. Im II Weltkrieg kam es oft zu Schattenkämpfen wo ein Soldat seinen Kameraden im

Dunklen erschoss, weil er ihn für einen Russen hielt. Nur woher rührt der dunkle Schatten als tägliche Nacht in der unendlichen Evolution? Der Kosinus liegt über den Sinus um ihn abzuwürgen, was den allmählichen aber systematischen - vorprogrammierten Tod der infizierten Materie zur unausweichlichen Folge unweigerlich nach sich zieht. Denn es läuft ein unsichtbares Datenprogramm ab, was als sichtbarere bedingter logischer Reflex als Krieg Millionen Opfer zur Folge immer wieder unweigerlich nach sich zieht. Denn eine blockierte - abgewürgte - abgedunkelte Photosynthese zu Evolution ist ein trübes Bild, was sich als Symptom zum Ripper gebart und im Grunde ein verstümmeltes Ebenbild projiziert.

Wenn ein Mensch in völlig dunkler Umwelt - Nacht fällt und einer unbekannten Frau auf die Brust ist er doch kein Busengrabscher. Oder erhält sich an einen Messer fest und verletzt ihn einen unbekannten Menschen ist es doch keine Straftat. Aber wie ist es in den Hitzeflimmern in einer Senke, wo sich die positiven Sonnenstrahlen in einen Hohlspiegel verdichten und beginnen die Sicht zu blockieren? Haargenau das selbe Problem nur in grellen Sonnenschein. Nur hat der blockierte Mensch zum Schutz eine Schusswaffe um sich gegen den Tod zu schützen. Zudem seine Empirien nicht die besten sind. Kommt ein Mensch zu tote ist er doch in seiner Angst kein Mörder. Aber wie ist es wenn so ein trübes Ebenbild im Kopf eines unschuldigen Menschen sein übles Unwesen treibt und das Opfer dieser Unzucht versucht sich dagegen zu wehren? Wie soll ein einfacher Mensch sich das künstliche Vakuum aus dem Leib treiben? Als Kulturgut ist es den braunen Hitler gelungen, in dem er die Juden mit ihren eigenen toxischen Ebenbild - hohlen Spiegelbild in den Gaskammern von Auschwitz konfrontierte um den Insassen über den Angstschweiß die unzähligen toxischen Moleküle auszutreiben. Zur Hälfte ist es ihm gelungen. Im III Weltkrieg wird der andere Teil nachgereicht, denn bei dieser irrationalen Funktion erlöscht die Evolution fast vollständig.

Im Grunde haben wir dreimal einen Schatten. Erst ist der Nacht, dann im hohlen Spiegel als Flimmerbild und der inhalierte Schatten in der Seele. Auch die inneren Organe sind von unzähligen Giften durchtränkt, die ihrer abartigen Funktion immer nur ein Ziel hartnäckig verfolgen um die Evolution abzutöten. Nur ist der Schatten als solcher von jedermann zu erkennen - zu begreifen - rational einzuordnen? Nicht zu einen einzigen Prozent, weil ja kein einziger Mensch in der Nacht auch nur einen einzigen Schimmer sehen kann. Von der nackten Hand vor Augen ganz zu schweigen. Auch im Flimmerbild in der Talsenke ist ein direkter Schatten nicht zu einen einzigen Prozent rational sichtbar. Und im Kopf - Psyche schon gar nicht. Denn da ist es ja dunkel und bleibt bei Millionen bis Milliarden von Menschen zeitlebens dunkel. Und diese irrsinnige Nacht muss aus den oft schon tödlich infizierten Körper Evolution restlos zu vollen Einhundert Prozent ausgetrieben werden um nicht für immer die Festplatte der Evolution verlassen zu müssen.

Haben Sie erkannt, das sich mit den überlagerten Sinus vom Kosinus, kein normaler Schatten auch nur in etwa bilden kann. Und genau das kann man vom lebend angenagelten Jesus am hölzernen Kreuz der religiösen Einfallt zu vollen einhundert Prozent ohne den geringsten Abstrich behaupten. Auch auf den Scheiterhaufen und in den Gaskammern von Auschwitz ist der dreifache unsichtbare einst quicklebendige Schatten bei lebendigen Leib gefangen. Nur wer untersucht bei solchen Orten das Zeitgeschehen nach einen unsichtbaren Schatten, der von einer Mogelei am

Sinus der Evolution entsteht und zudem nicht mal ansatzweise sichtbar ist? **Keiner!** Wer erkennt schon auf der noch lebendigen Abszisse an tödliche Senke und folgert auf ein allmählich sich bildendes schwarzes Loch? Keiner! Und dennoch ist jeder Bürger auf der Erde und das sich mittlerweile Siebeneinhalb Milliarden Menschen nur ein lausige Sommersprosse, wie die völlig unschuldige Frau - Hexe auf den lichterloh brennenden Scheiterhaufen. Ist die brennende Erde so unschuldig wie die vermeintliche Hexe im heiligen Feuer?

Ich meine eindeutig ja!

Kann es sein, das mit den hohlen Spiegel als unsichtbarere Hohlspiegel, wo sich das Ebenebild völlig auslöst, sich die damit verbundenen infizierte Materie mit den üblen Verursachern mit beginnt auszulösen, was den umfassenden völkischen Tod zur unausweichlichen Folge als bedingter Reflex nach sich zieht. Was soll denn die Physik anderes tun als den zusätzlichen gesetzten Reflex bedienen der in ihr über das logische Spiegelbild gesetzt wurde? Da diese Hauptwissenschaft nicht denken kann, bedient sie sich der in ihr wohnenden physikalischen Gesetze, die sich über logische Reflexe ausdrücken. Nur wenn durch saudumme völlig irrwitzige Stammtischparolen jede harmonische Winkelfunktion negativ beeinflusst wird, sitzt der Tod mit im Boot und ist gewillt das Steuer zu übernehmen, was nicht im Interesse der Evolution ist. Denn sie kann nur in absoluter Harmonie im gegenseitigen Einvernehmen der Sinus und Kosinus astrein funktionieren. Jedes toxische Molekül stört die traumhafte Harmonie und verursacht pausenlos Probleme, der erneut immer wieder oft unlösbare Probleme bewirken, die irgendwann wie im III Reich im Holocaust münden.

Nur wie reagiert der geschundene Bürger in einer künstlich geschaffenen Umwelt, die nichts mit der wahren Umwelt in Einvernehmen mit den normalen Kräften der Physik harmoniert? Er lebt sozusagen in zwei Welten und muss diese oft negativen Einflüsse irgendwie kompensieren. Nur ist das nicht jedermann möglich. Denn die Geister sind zu unterschiedlich - mannigfaltig, als dass sie alle in einen Takt takten und gut ist. Da gibt es hochsensible Gemüter die sich gegen jenen irren künstlich verabreichten Unsinn nicht wehren können und folglich nimmt das anfangs unsichtbare Unglück seinen oft noch verheerenden Verlauf durch die Evolution. Eine Stadt, welche von einen Ripper verunsichert wird, kann vor Angst gelähmt nicht voll ihren gewohnten Leben nachgehen und muss mit halber Kraft vorsichtig agieren. Denn jeder ungewollte Kontakt kann den sofortigen Tod bringen und das will ja keiner. Doch ist auch dieser wirre Kopf so nicht geboren wurden. Bei der Geburt war der Mensch - Mann ein kerngesundes putzmunteres Kind, was sich völlig normal entwickelte. Wo verbirgt sich also der unsichtbare Kardinalfehler?

In den Code der Primzahlen, die nicht einfach so existieren. Mit jeder Primzahl ist eine Information verbunden und in kombinierten Form und das sogar als zweistellige Primzahl sind Funktionen involviert, die nicht ohne einen tieferen Sinn von der Physik geschaffen wurden, um jeden Gewaltakt zu begegnen und zu richten wissen. Daher ist auch eine Diktatur ein negativer Akt gegen die Evolution. Denn in einer unsteten Herrschaft bliebt mancher Zeitgenosse auf der Strecke oder wird von den Kräften der Umwelt gegriffen und massakriert, was mitunter den Tod zur Folge nach sich ziehen kann. In einer Diktatur ist so mancher zum Verbrecher geworden, was auch in anbetracht der äußeren Umstände völlig verständlich ist. Denn im Krieg und nicht nur in so einer Gewaltherrschaft lebt der Mensch in einen irrationalen oft bösen Zustand, der so nicht gewollt ist. Im Einzelfall und das im Frieden nennt man so ein abnormes Dasein ein gestörtes Sozialverhalten in einer sich immer stärkeren Maße zersetzenden Umwelt den Verlust der Realität und daraus folgt fast logisch eine oft massiv gestörte Individualität. Paranoide Schizophrenie oder Persönlichkeitsstörung plus Realitätsverlust.

Nur woher rührt dieser irre Zustand auf der Abszisse, der teilweise schon zum normalen Umgang im täglichen Leben gehört. Denn auch die unzähligen - unbändigen Naturkatastrophen sind ein todsicheres Symptom zu so einen schweren Gebrechen, wo sogar Weltkriege ausbrechen können und komplette Völker als vollständiger ganzer Einswert von den sinnlos entfachten Kräften der atomaren Physik restlos verschlungen werden. Wie soll die irdische Physik zu vollen Hundert Prozent astrein funktionieren ,wenn ein elender Narr das Dreieck aus irren religiösen Gründen auf den Kopf stellt und diesen verbrecherischen Betrug als Religion tarnt. Im Grunde ist jede Religion ein illegitimer Eingriff in die sterile Physik, die nicht ein einziges toxische Molekül auch nur ansatzweise nur zu einen einzigen Prozent verarbeiten kann. Sie ist gezwungen diesen giftige Dreck einzulagern um ihn später zu richten. Denn dieser hoch tödliche Unrat muss mit allen zu Macht stehenden Mittel restlos aus dem Gefüge der Physik entfernt werden. Mit diesen stofflichen künstlichen Dreck ist auf Dauer kein Frieden in den atomaren Gefügen der Physik möglich.

Nur was soll schon Gescheites dabei herauskommen, wenn ein elender Narr den Sinus unterbuttert und somit der Kosinus sich idiotischer Weise über den Sinus legt um ihn zu blockieren? Damit verändert sich in laufe der Zeit jedes geeichte Maß, das in der Physik zu vollen Hundert Prozent verankert ist. Und an jeden stabilen Maß in der Physik hängen logisch die Stabilitätsfaktoren und das sich nun mal die Atome mit ihren Gittern oder Gefügen, die nicht ums Verrecken weichen können, weil dann eine Art indirektes Vakuum entsteht, was nicht zu einen Millionstel bis Billionstel auch nur im Hauch eines wirren Gedanken sein darf um nicht geschädigt zu werden. Nur wie soll denn unsere Physik anders reagieren, wenn sie bis aufs atomare Blut gereizt wird, außer mit ihren inne ruhenden Kräften zu reagieren um sich den Tod vom Leib zu halten. Das es dabei nicht zimperlich zugeht dürfte jeden Dummerjan einleuchten. Und da waren die Fronten beider Weltkriege nur die Ränder zu einen sich allmählich bildenden schwarzen Loch. Der eigentlich Krieg als schwarzes Loch - katholische Holocaust beglückt die Erde in den Jahren 2027 bis 2029, wo sich jede Zivilisation auflöst und der schwarze Hitler für immer das Zepter in seine knochendürren Finge bekommt.

Zum greifen nahe war der allumfassende völkische Tod mit den Fronten als Ränder beider Weltkriege mit Achtzig Millionen Toden, wo die knochendürren Finger nach der Evolution streckten um sie abzuwürgen, wie die religiösen Symbole es belegen. Mit den umgekehrten Winkelfunktionen bindet der Kosinus über den Sinus das Licht der Sonne und somit alle physikalischen konstanten Gesetze an sich und damit alle Atome plus Moleküle. Und die sind das atomare Knochengerüst als Statik der Physik. Muss ein Atom weichen, entsteht eine Lücke die um jeden Preis geschlossen werden muss. Folglich entsteht eine dünne Stelle in der Materie plus Abszisse, wo das Ungemach seinen oft verheerenden Verlauf nimmt und den Tod beschert. Sicher sind die Orte wie Auschwitz oder

Verdun nur Sommersprossen auf der Weltkarte, doch sind das auch Städte wie London, Paris, New York, Tokio, Mexiko City, wo oft über ein Duzend Millionen Menschen leben. Oder die Elendsviertel, wo der Tod wie die Atome in der Physik tief verankert ist. Und genau so tief ist der schwarze Tod als Pest oder Religion im Unterbewusstsein verankert wo die einst natürlichen Sinne nach innen gerichtet werden und sie das logische natürliche Spiegelbild im künstlichen Hohlspiegel auflöst.

Was soll den Gescheites herauskommen, wenn der innerste Kern der Evolution als natürliche harmonische Winkelfunktion in sich verdreht und umgekehrt ist? Doch nur ein elender Wirrkopf mit saudummen der Physik abgewanden Reflexen die nicht ohne Resonanz auf der Abszisse blieben. Nur ist das Hirn schon dermaßen verwirrt, das ein glasklarer logischer astreine Gedanke nicht mehr machbar ist. Folglich kommt es immer wieder zu verspäteten Reaktionen die schlecht wenn überhaupt analysiert sind. Nur mit halben bis falschen Ergebnissen kann keine klare Sicht erzielt werden und der Tod ruht in aller Ruhe in der nun schon tödlich infizierten Materie, wie der Papst als Stellvertreter Gottes auf Erden im Vatikan, mitten in der Abszisse aller Evolution. Im Grunde ist er ein elender Halunke mit einen toxischen Heiligenschein, der nur einen Sinne verfolgt, die ohnehin schon getrübten Sinne der Opfer der Religion weiter zu verwirren um den getrübten Blick - Gedankengang weiter zu trüben, bis die Evolution erblindet, was schon von der Kirche mit glühenden Stahl praktiziert wurde. Im Grunde ein Hitzeflimmern wie in der Wüste, wo der Tod über die rechte Schulter lugt.

Logisch das dann auch der Hohlspiegel sich im Unterbewusstsein bemerkbar macht und der infizierte

Bürger sich den inneren Tod aus den Leib treiben will, was so nicht gelinkt, da Gewalt das völlig falsche Mittel gegen die Unzucht ist. Zu aller erst muss eine Feder die infizierte Materie analysieren um federführend exakte Aussagen treffen zu können. Mit einen Lichtflimmern im Kopf ist keine exakte Aussage möglich. Nur wie soll man eine hundertprozentigen Bericht verfassen, wenn die toxischen Moleküle weiterhin ihr Unwesen treiben und kein Ende abzusehen ist. Auch bei den unzähligen Naturkatastrophen ist weit und breit kein Ende anzusehen. Im Gegenteil, die Reflexe nehmen von Jahr zu Jahr immer weiter oft massiv zu. Ein entkommen aus einen schwarzen Loch ist nur ohne toxische Moleküle möglich. Nur wer kann das Unwesen der Kirchen stoppen? Mit den Gaskammern von Auschwitz ist das mistige Problem nicht mehr zu lösen. Zudem nur ein Teil der unsichtbaren Brandstifter im Gas den sicheren Tod fand. Bei rund einer Milliarde Katholiken ist ein völlig anderen Problem entstanden. Das ist der Tausendfache Wert zu den Leichen in Auschwitz mit seinen Gaskammern.

Um sich den idiotensicheren Tod vom Leib in der Physik zu halten, helfen nur wie im All schwarze Löcher, wo jedes Atom - Molekül den alle irdische Materie fressenden kosmischen Größenwahn unterworfen ist. Es ist im Grunde wie bei den Kriegsgefangenen die den scheußlichen Bremsentod unterworfen waren. Sie wünschten sich nicht sehnlicheres als ein schwarzes Loch herbei um der irren dauerhaften Qualen zu entgehen. Denn jede Bremse, die das Blut aus den Nerven saugt, ist ein entwichenes Atom, was von den toxischen Molekülen aufgerieben wird. Nur wie soll man diesen unsichtbaren Dauerverbrechen auf die Schliche kommen, wenn es dreifach verdunkelt wird und ein dementsprechender Schatten als ewige Nacht - Sonnenflimmern außen und im innen des Menschen wohnt und sich regelrecht Zuhause fühlt, wo dieser toxische Unrat - Dreck nicht verloren ha? Es ist im Grunde wie im Urwald, bei Nacht und dichten Bodennebel, wo man einen Mörder suchen soll. In dieser der Evolution völlig entgegen gesetzten Verhältnisse werden die natürlichen sieben Sinne unbrauchbar wie auf den irren Scheiterhaufen, in den Gaskammern von Auschwitz, Verdun und der Ostfront, wo jedes menschliche Gefühl der sinnlos entfesselten Gewalt restlos weichen muss.

Mit den sinnlos umgekehrten und in sich verdrehten Winkelfunktionen ist es düster auf der Abszisse geworden. Mit der Farbe **SCHWARZ** ist keine Evolution möglich. Aber auch mit der wesendlich helleren Farbe **BRAUN** sind es auch nicht viel besser aus. Sicher besser vergast als verbrannt. Aber Tod ist man trotzdem. Nun zum **ROT**, wo auch die Evolution gedrückt wird und kein harmonisches Leben für ein ganzes Volk möglich ist, obwohl sie noch freundlicher ist als das verhasste **BRAUN**. In einen künstlich geschaffenen Druckverhältnis muss immer eine Seite plus Materie weichen und das kostet Leben, Lust und Kapital. Auch die Kugel ist tödlich, doch ist man dann sofort tot. Das hat zwei Vorteile, in dem keine Schmerzen entstehen und die großen Leichenberge verschwinden. Selbst wenn man alle Opfer von **ROT** weltweit auf einen Haufen stapelt, kommen diese Leichenzahlen nicht annähernd an den I Weltkrieg ran. Und dennoch zerbrachen die geknüppelten unterdrückten roten Systeme weltweit restlos in sich zusammen. Das muss tiefe Gründe haben. Den Rest geht es auch nicht viel besser. Das gilt auch für die gesamte so genannte dritte Welt mit der zum Himmel stinkenden Armut, wo selbst der Tod nicht satt wird.

Haben Sie erkannt, das mit der Ziffer **DREI** der

physikalische Dreiklang mit den drei unterschiedlichen Sauerstoffarten plus Pflanzen, Pflanzenfresser, Fleischfresser untrennbar verbunden ist. Mit den umgekehrten Winkelfunktonen wird dieses zum Überleben extrem wichtige Naturgesetzt restlos außer Kraft gesetzt und der Sinus abgedunkelt. Mit einen abgedunkelten Sinus, wo jeder Sonnenstrahl einen Sinn inne wohnt, kann nur ein Art künstlich erzeugte Inzucht die logische wahren Antwort der Physik sein. Denn mit den manipulierten Sinus plus Kosinus ist ein Tatsch nach innen gegeben und das ist mit der Farbe Schwarz ein binden von Wärme und an dieser Wärme fesselt sich jeder Reflex nach innen, was zu entsprechenden Gegenreaktionen führt, die mit Gewalt gelöst werden. Denn jeder einst quicklebendige Organismus benötigt einen zum harmonischen Leben gewissen und bitternotwendigen Spielraum um nicht zu ersticken. Wird dieser verringert, drückt ein unsichtbare Kraft auf die Menschen plus Materie und mit dieser künstlich erzeugten Inzucht geht die Evolution baden, was die unzähligen Hochwässer zum Glück astrein beweisen. Da kein Unglück selten allein kommt, gesellen sich noch Megafeuer, Hunger, Kälte, Seuchen und mehr zum ohnehin schon kultivierten völkischen Tod, wo der Dreiklang plus Dreisatz mit der ewigen Evolution verankert ist.

Sicher ist ein blockierten Sonnenstrahl noch kein Verbrechen. Doch kann man einen einzigen Strahl der Sonne blockieren? Sicher nicht! Auch zwischen zwei Dreiecken vom Judenstern ist nicht nur ein Sonnenstrahl blockiert - gefangen oder massakriert. Um so einen Symbol herzustellen benötigt man Licht, mehrere Liter Sauerstoff und harmonische Wärme um das religiöse Zeichen zu nähen. Nur wo liegt der tiefere Sinn zu der Religion, außer die zu Überleben extrem wichtigen Sinne zu vernebeln? Dazu ist dieser toxische religiöse

Nebel unsichtbar und begründe somit in sich das absolute perfekte Verbrechen. Denn mit den negativen beeinflussen der drei unterschiedlichen Arten von Sauerstoff ist der Keim zum ewigen absoluten perfekten Verbrechen unsichtbar als religiöses Ei in die Evolution gelegt wurden und keiner kann sich dann das immer entstehende Ungemach rational erklären. Und schon hat der leibhaftige Tod ein Stück Boden als Evolution gewonnen. Und in laufe der Zeit, wenn dieser bodenlose religiöse Unsinn in die Welt - Evolution hinausgetragen wurde, ist die unendliche Evolution immer ein Mosaiksteinchen mehr infiziert. Und somit wurde schon eine kleine Familie bis Gemeinte in Einzahl bis Mehrzahl vom religiösen Irrsinn infiziert und spürten es nicht zu einen einzigen Prozent. Wie auch, wenn der Tod kein Gesicht kennt. Da ja kein einziger Sonnenstrahl sich im Hohlspiegel natürlich reflektieren kann. Nur in einer ebenen Oberfläche ist ein eheliches Spiegelbild physikalisch möglich.

Weder in eine vollen noch hohlen Linse, kann sich das Licht harmonisch wie auf der geeichten Abszisse widerspiegeln. Jedes toxische Molekül beeinträchtigt jene Reflexe und es entsteht ein Zerrbild, wo sich die Konturen verziehen und auch die rationale Trennschärfe im Kopf eines jeden infizierten Menschen, falls man diese Leute noch als ehrliche Menschen bezeichnen kann. Denn sie sind alle von einer unsichtbaren künstlichen Art Pest befallen und wissen es nicht. Der schwarze sichtbare Tod im Mittelalter war nur ein todsicherer Sendbote zum völkischen Tod, wo zwei Drittel der Menschen den sichren Tod fanden. Und im künstlich geschaffenen Hohlspiegel ist der Kern genau so schwarz wie die Popille im Auge des Menschen. Nur das unser aller Auge zum Glück eine volle Lisen ist, die alle Materie vergrößert - vermehrt um sich den reellen Sinus zum Freund erkor.

Folglich ist der Keim - Schritt zu nächsten Generation auf der geeichten Abszisse gelegt und somit auch der religiöse unsichtbare Tod, da keiner den wahren Charakter dieser absoluten Irrlehre auch nur zu einen einzigen Prozent erkennen kann. Wie auch, wenn sich im Hohlspiegel die einst messerscharfen Konturen bis ins irrsinnige restlos verzerren. Folglich ist aus der einstige dünnen schwächlichen Einzahl zur Mehrzahl nun ein religiöses dümmliches Kulturgut geworden, was bis ins Unendliche seinen negativen Siegenszug fortsetzte um sich die Evolution Untertan zu machen, was allerdings nicht gelingen kann. Eher stirbt sie in laufe der Zeit aus und der kultivierte Tod haust auf jeden Quadratmeter auf der einst quicklebendigen kerngesunden Abszisse. Die unzähligen Naturkatastrophen - logischen Naturreflexe sind ein nicht zu übersehendes Symptom zu einer allmählich aussterbenden menschlichen Spezies. Die zwei Weltkriegen waren nur die Vorboten zum alle Materie fressenden III Weltkrieg als katholischer Holocaust oder schwarzen Loch, wo komplette Völker den sicheren Tod fanden.

Wenn ein einziger Sonnenstrahl nach innen gerichtet wird und ein Zweiter folgt, ist der Tatsch zu einer unsichtbaren Art Inzucht zum eigenen Nachteil gegeben. Wenn dann obendrein ein Bündel Lichtstrahlen blockiert und dieser zweifellose irre Betrug von der Einzahl in die Mehrzahl übertragen wird, ist der Sprung zum religiösen Kulturgut zum greifen - atmen sehr nah. Und was atmeten - inhalierten die Juden in den Gaskammern von Auschwitz? Ihre eigenen religiöse Unzucht. Genau das, was sie ihren arglosen Mitmenschen servierten. Somit waren auch die Soldaten in den Schützengräben wie Verdun - Ostfront gefangenen ihrer eigenen aufgezwungnen Illusion.

Konnte sich in den Schützengräben ein echter natürlicher Schatten im Sinne der Physik bilden?

Ich meine eindeutig nein!

Konnte ein ebenbürtiger echter natürlicher Schatten im Sinne der Physik sich in den Gaskammern von Auschwitz sich bilden?

Ich meine eindeutig nein!

Konnte ein ebenbürtiger echter natürlicher Schatten im Sinne der Physik sich zwischen den beiden Dreiecken des Judenstern bilden?

Ich meine eindeutig nein!

Und was oder wer kann ohne einen ehrlichen Schatten sein Dasein fristen? Ein irrer Wahn oder heilige Geist, der nur einen Sinn hartnäckig verfolgt, die natürlichen Sinne der Opfer dieser religiösen Irrlehre zu vernebeln. Ist es nicht im engeren Sinne Nacht in den Schützengräber der Weltkriege? Und das trifft vor allen für die Juden in den Gaskammern von Auschwitz zu. Und für alle Insassen der Konzentrationslager als lebendigen Leichenflecke der Evolution auf der noch belebten Abszisse. Im Grunde verschwammen wie beim Sonnenflimmern die einst reellen messerscharfen Konturen der Umwelt und die Ursachen liegen im Kopf mit den unsichtbaren religiösen Dauerwahn auf jeden noch bewohnten Kontinent. Aber auch unter der roten Knute ist keine reellen Evolution möglich, da sie keinen Druck verträgt. Denn bei einen äußeren Druck, muss ein innerer Wert nachgeben und das kann als Irritation mit erheblichen Schwund verbunden sein, der sich aber erst nach längerer Zeit bemerkbar macht. Nur ist es dann für eine Umkehr meist zu spät. Und folglich nimmt das

Unglück seinen Verlauf und das Opfer muss oft tatenlos zusehen, wie einst liebe Werte für immer den berühmten Bach runter gehen.

Und was wurde den mittlerweile weltberühmten Bach auf jeden noch belebten Kontinent runtergespült? Nun schon Milliarden von Euro - Dollar, die für immer restlos verloren sind wie die anderen Güter, die in der austosenden Physik als Vorbote zu einen schwarzen Loch gegriffen wurden. Sind die unzähligen Naturreflexe nicht so was wie bedingte Reflexe, der bis aufs atomare Blut gereizten Physik?

Ich meine eindeutig ja!

Welchen Sinn beinhaltete ein verbogener - in die Irre geleitete Sonnenstrahl? Keinen einzigen, außer man frönt einen abnormen Dasein. Im Grunde ist der tiefere Sinn vertan, denn ohne genügend Licht, ist keine normale Evolution möglich. Das logische Ergebnis ist ein abgeschwächtes Dasein oder schrumpfender Exzess, der dann den Opfer dieser verdorbenen Schummelsoftware als normales organisches Leben verkauft wird. Im Grunde haben die Übeltäter sogar recht. Denn auch diese dummen Typen kennen das Dasein nicht anders und verkaufen ohne es auch nur das dass Unglück auch nur zu einen einzigen Prozent erahnt werden kann, was irgend wann in den Tod führt. Denn kein einziger Krieg in den letzten Jahrtausenden bis Jahrhunderten brach einfach so aus lauter Lebensfreude - Mordlust vom Zaun. Da muss mehr im Gebüsch lauer als man ahnt. Denn in laufe der Zeit verschob sich die geeichte Abszisse im Plusminuseinsbereich der Winkelfunktionen erheblich nach einer Seite und das einst unsichtbare Unrecht wart sichtbar. Nur wer verbog den von Tante Klare gesendeten Sonnenstrahl, der schnurstracks auf die Erde gelangen soll? Ist es der

Mensch selbst in eigener Regie, mit seinen religiösen Dauerwahn, der diese Schummelsoftware als ehrliches Dasein ansieht und somit die natürlichen strukturell organisch gewachsenen Gesetze negativ beeinflusst?

Ich meine eindeutig Ja!

Nur wo wird der Sonnenstrahl hingeleitet? In die abgedunkelten Schatzkammern der herrschenden Kaste? Nur ist es so, das diese Kapitalerträge für sinnvollere Dinge dringender benötigt werden. So unter anderen für alle Menschen als sanitäre Anlagen plus Hygiene, Studium und Sport. Denn die hygienischen Verhältnisse stanken im Mittealter im wahrsten Sinne des Wortes zum Himmel, und die Pest war die passende logische Antwort auf diese säuische Unzucht, wo über den Daumen zwei Drittel der infizierten Bürger den sicheren Tod fanden. Denn die volle Energie der Sonne wart so stark abgeschwächt, das die wertvolle Lebensenergie sinnlos verprasst wurde. Nur wo verborgt sich der hoch giftige Kern zu dieser irren völlig verkommenen schädlichen Schummelsoftware? Ist dieses toxische geistige künstliche religiöse Gift schon so tief in das Unterbewusstsein eingedrungen, das sich dieser irre Dauerwahn an die Atome eingefressen hat, das es kein zurück mehr möglich ist?

Ich meine eindeutig ja!

Ist dieses toxische Molekül ein Fremdkörper im Körper der unendlichen Evolution?

Ich meine eindeutig ja!

Darf eine Macht und sei sie noch so stark, auch nur im kühnsten Heldentraum, nur ein einziges Naturgesetz verändern?

Ich meine eindeutig nein!

Denn wer trägt die andauerten Schäden dieser verdeckten - verkappten religiösen Unzucht? Die arglosen Menschen in den Kriegen, Fronten der Zivilisationen, als Opfer ihrer eigenen Unzucht, in dem sie ihr gesamtes Habe & Gut in den Reflexen der Physik verlieren. Denn auch die unzähligen - unbändigen Naturreflexe der bis aufs atomare Blut gereizten Physik sind ein Produkt des Menschen. Denn kein einziges Atom verläst sein atomares Gefüge ohne den entsprechenden Reiz, der immer von außen gesetzt wurde. Und diesen reiz setzt prinzipiell der Mensch.

Ist dieses restlos saudumme verdorbene Softwareprogramm ein Fremdkörper, der mir seinen dogmatischen Stammtischparolen nur schädigt, da es den völlig logischen astreinen Gedanken wie die Sonnestrahlen abschwächt und die nötige Trennschärfe für die Materie fehlt?

Ich meine eindeutig ja!

Nur ohne die entsprechende glasklare Trennschärfe ist keine astreine Evolution möglich. Der logische Gegenwert ist eine abgeschwächte bis verstümmelte Evolution, die irgendwann mal um die eigene Existenz kämpfen muss, wenn sie nicht aussterben will. Das ist auch der Grund warum der brauen Hitler die Juden restlos von der Erde vertilgen wollte. Denn mit jeden Juden ist eine Art verdeckte - verkappte toxische irre Schummelsoftware unweigerlich verbunden, was die Atome bis in den atomaren Tod treibt. Denn die Fronten wie Verdun und die legendäre Ostfront waren im Grunde offenen Schattenkämpfe, wo die Evolution versuchte sich den abgedunkelten Tod zu entledigen, was nur teilweise gelang. Die Verluste an Menschen und Material waren mehr als gewaltig und die Wunden bluten noch im III Jahrtausend. Nur ein steigern in einen III Weltkrieg, bedeutet den sicheren Tod der bis ins Mark infizierten Materie.

Denn das Lichtflimmern von der Wüste im Kopf ist im Grunde das Spiegelbild der religiösen Schummelsoftware, was im Grunde eine böse perfide Art von verdeckten bis verkappten Betrug zum eindeutigen Nachteil der Evolution ist. Und die komische Spezies Mensch ist der absolute Gipfel jener einst astreinen Evolution. Nur ist dieses traumhafte Dasein längst ausgestorben. Sicher musste dieses traumhafte Dasein einen völlig irren unsichtbaren Geist weichen. Doch ist dieses Defizit der erste ebenfalls unsichtbare Schritt in eine unsichtbare Spezies Mensch. Und der braune Hitler wollte nicht ohne einen triftigen Grund die Juden mit ihrer religiösen Schummelsoftware restlos von der Festplatte der Evolution vertilgen. Weil er erkannte, das mit diesen toxischen Unsinn - künstlichen Intelligenz kein Staat machbar ist. Wozu dient den eigentlich jede Religion im direkten Spiegelbild mit der Physik? Zudem sie noch nicht einmal ein eigenes - persönliches Spiegelbild ihr eigen nennt? Was soll die Physik mit einer Art verlogenen künstlichen hoch giftigen Materie, die sich nicht aus eigener Kraft widerspiegeln kann? Es gibt nur ein völlig verkommenes Wesen was über kein eigens Spiegelbild verfügt und das ist jener Blut saugende Graf Dracula, der immer in dunkler Nacht seine Opfer sucht. Und bei den Religionen ist es der düstere geistige Zustand im verseuchten Unterbewusststein oder hohlen Spiegel zur eigenen düsteren Existenz.

Wenn sich der Kosinus über den Sinus legt ist der Sinus notdürftig gezwungen sich dermaßen zu verdrehen, als würde man ihn den Hals rumdrehen. Mit anderen Worten hängt er im Seil wie der Dieb am Galgen. Denn auch der würgende Strick ist im Grunde eine Schummelsoftware, wozu der Mensch nicht geboren wurde. Denn keine Mutter gebärt ein Kind für den Henker. Da muss mehr im Untergrund sich verbergen als man wahr haben will und einen lieb ist. Mit der blitzschnellen Abnahme des Hauptelementes Sauerstoff ist es auch dunkel im äußeren Zustand des Opfers dieses Irrsinns geworden und folglich verband sich der eine Schatten mit den anderen dunklen künstlichen Zustand. Das damit der Tod zu absolut vollen einhundert Prozent unabwendbar verbunden ist, dürfte den dümmsten Dummerjan einleuchten. Denn es gilt in der Evolution immer noch der unbesiegbare Grundsatz, das kein organisches Leben ohne Sauerstoff möglich ist. Und Sauerstoff kann sich nur mit der Sonne plus Photosynthese bilden und für diese zum Überleben extrem wichtige Photosynthese ist nun mal die Pflanzenwelt zuständig und nicht die verdummende katholische Kirche, die unentwegt die Evolution Zelle um Zelle verstümmelt.

Was bewirkt der nach innen gerichtete Sonnenstrahl, wenn der Kosinus sich über den Sinus legt um ihn abzuwürgen? Der Sinus beginnt den irren Todeskampf und verdreht sich um die eigenen Achse, was jede rationale Funktion nach innen richtet und die natürlichen Gesetze abschwächt. Und eine umgelegte einst rationale Funktion ist ein Irrweg in den absoluten hundertprozentigen völkischen Tod. Weil einen III Weltkrieg die menschliche Evolution nicht überlebt. Denn sowohl im I als auch II Weltkrieg verschwanden schon Völker wie in einen schwarzen Loch. Und die Fronten beider Weltkriege waren nur die äußeren Ränder eines allmählich entstehenden schwarzen Lochens. Denn der leibhaftige Tod beginnt sein tödliches Werk auch erst von außen, so wie jeder Virus von außen in den einst kerngesunden Körper eindringt. Aber wie sieht es mit der religiösen Schummelsoftware aus, die ja sowohl von außen als Reflex und innen wirkt? Je tiefer wir mit unseren absoluten irren Dasein in den intimen Bereich der Kernphysik eindringen um so gewalttätiger werden die Reflexe der nun schon bis aufs atomare Blut gereizten Physik.

Woher rühren die unbändigen Naturreflexe weltweit? Doch aus der Tatsache, das mit den überhöhten reibenden Widerstand plus zusätzlich entstehenden Wärme, jedes Atom sich angesprochen fühlt und seinen Todeskampf beginnt zu tanzen. Das es da nicht lustig zugeht, dürfte jeden Dümmling einleuchten. Folglich wird mit den sinnlos ungekehrten Winkelfunktionen die Materie ausgehöhlt und es entsteht ein innerer hohler Raum, der eine Art von künstlichen Vakuum bedeutet, was von der Physik nicht zu einen Millionstel Prozent auch nur im kühnsten Heldentraum geduldet wird. Die gerechte - passende Antwort ist der Tod aller infizierten Materie. Nicht umsonst führten unzählige Züge aus allen Herrgottsländern in die Konzentrationslager und für die Juden in die eigens umgerüsteten Gaskammern von Auschwitz, wo sie mit ihren toxischen Spiegelbild konfrontiert wurden, was natürlich den sofortigen Tod bedeutet. Nur waren die Gaskammern in Auschwitz nur der zündende unsichtbare Funkte zu einen allmählich entstehenden schwarzen Loch. Die pechschwarzen Katholiken werden logisch mit ihren toxischen Spiegelbild im schwarzen Loch konfrontiert, was natürlich auch den sofortigen Tod bedeutet plus der infizierten Materie.

Heute werden in jeden Staat unzählige Menschen mit den Tod konfrontiert und es wird weiter massiv gelogen das sich die Balgen biegen. Nur sind die Balgen heute die Abszisse mit den sinnlos verdrehten Winkelfunktionen, wo der Kosinus als Nacht die Evolution beginnt allmählich abzuwürgen, was natürlich den Tod unweigerlich nach sich zieht, wie den aufrechen Gang in den gasförmigen Tod. Was löste sich in diesen künstlich verabreichten Tod auf? In relativ kurzer Zeit Millionen von sinnlos verlebter Zeit von etwa dreitausendfünfhundert Jahren als Historie. Denn mit dem Judentum entsteht ein Multiplikationsfaktor Null. Und Null mal Null ist immer nur Null, weil das künstliche Spiegelbild in einen Hohlspiegel verendet. Und in einen solchen künstlichen hohlen Spiegel erlöscht nicht nur das persönliche Ebenbild. Nein, auch jedes natürliche Gesetz plus Maß der Allmacht Physik. Und ohne konstante Maße ist der Tod ein ständiger Begleiter für jeden Bürger. Und das sind die unzähligen Katastrophen auf der noch belebten Abszisse.

Selbst wenn der Multiplikationsfaktor größer ist als Null oder gar eine Eins in sich begründet, ist Eins mal Eins immer nur Eins und nicht einen Lichtschimmer mehr. Und dieser unfeine Tatbestand ist im Grunde weiter nichts als schwerer Betrug zum Nachteil der infizierten Materie. Wird dieses abstoßende betrügerische Sauerei in die Mehrzahl übertragen und dann obendrein noch kultiviert, entsteht allmählich eine noch unbekannte Gegenkraft mit der nicht zu spaßen ist. Denn im innersten entsteht eine Art künstliches Vakuum und das wird von der Physik mit den augenblicklichen Tod bestraft. Nur ist der historische Augenblick in der infizierten Realität schon mehr als nur eine Sekunde. Bei den Juden in den Gaskammern von Auschwitz dauerte das röcheln rund zwanzig Minuten. Im logischen Umkehrreflex zur augenblicklichen Zeit plus historischen Epochen ist die reichliche Viertelstunde nur eine Lichtsekunde. Und das waren im wahrsten Sinne des Wortes nur in Auschwitz mit seinen Gaskammern reichlich eine Millionen Juden, die systematisch vergast wurden. Selbst der gesamte jüdische Holocaust ist nur eine läppische Lichtsekunde im anbetracht der Historie.

Nur wenn der Kosinus über den Sinus liegt um ihn abzuwürgen, schwächt sich der Sinus anfangs unsichtbar ab und ein zersetzender Prozess - Exzess beginnt sich unaufhaltsam seinen Irrweg durch die Evolution zu bahnen. Die schwächsten der Gesellschaft tragen diesen Schwund ihn ihren ohne hin schon geknechteten Familien. Dazu gesellen sich noch unentwegt Seuchen und die Pest als schwarze Tod hat ihr leckeres Menü frei Haus serviert bekommen. Selbst der eingemischte Kosinus mit den Sinus ist ein Wert - Fakt der nicht viel größer ist als eine Eins, die ohne hin eher wie geborgt rum läuft, da sie nicht astrein als Schatten neben den Sinus lebt. Eine hellere Nacht oder abgedunkelter Tag ist ein schäbiger Trickbetrug zum eindeutigen Nachteil der einst kerngesunden vollblutigen Evolution, wo jeder Mensch sein eigenes Glück finden sollte. Leider ist das vollkommene krasse Gegenteil der Fall, auf jeden Flecken dieser noch bewohnten Erde. Nur ist es so, das selbst der größte Pott irgendeinmal an seine Grenzen stößt und dann droht ein Luftloch mit toxischen Inhalt als Vakuum. Die Gaskammern von Auschwitz lassen grüßen!

Wer soll die verdrehten Winkelfunktionen mit den in sich verdrehten Sinus als natürliche Funktion differenzieren? Kein noch so geniales Hirn kann das Fuß fassend eine vernünftige Aussage tätigen ohne bei der sprichwörtlichen Lüge rot zu werden. Nur wenn das Lügen zum täglichen Sprachgebraucht wird, erlischt die beschämende Röte im eigenen hohlen verlogenen Spiegelbild. Denn Sie haben ja kein ehrliches Ebenbild und das ist als Kulturgut der Blick in ein schwarzes Loch, was zum Glück für jedermann gilt. Nicht nur für die armen geknechteten Hungerkünstler. Wie ist nur der lebend angenagelte Jesus gestorben? Mord, Todschlag, Selbstmord oder gar nur ein läppischer Unfall. Konnte der knochendürre Jesus am hölzernen Kreuz der religiösen Einfallt im grellen Sonnenschein vor Scham erröten. Oder ist der dünne arme Mann schlicht und ergreifend merkwürdig verstorben, wie die Völker im nahen III Weltkrieg merkwürdig verenden werden, wenn sich die Politik nicht schleunigst ändert. Ich meine keine verlogenen halbe Kehre und der andere halbe Rest bleibt toxisch verseucht. Eins volle Kehrtwende um die eigenen Achse zum vollen Kreis der Physik mit ihren Dreihundertsechzig Grad sowohl innen aus auch außen.

Da die Winkelfunktionen doppelt verdreht sind, muss sich der Bürger innen und außen maßgeblich verändern. Zum einen muss der Kosinus unter den Sinus und dann der in sich verdrehte Sinus wieder zu alter Stärke geführt werden. Das kann dauern, obwohl die Zeit schon längst unsinnig verstrichen ist. Denn die völlig sinnlos entfesselte Kräfte der Atomphysik lassen sich nicht einfach so zurückstufen. Also müssen die toxischen Moleküle aus den Gefügen der Evolution restlos vertrieben werden. Nur ohne diese hoch giftigen atomaren Bausteine ist ein astreine Evolution in der Photosynthese möglich. Da aber nun mal das krasse irre Gegenteil der Fall ist, muss nun mal mit exakt definierten Gesetze die Lage abgeklärt werden, wenn nicht mit nackter roher Gewalt nachgeholfen werden soll. Die zwei europäischen Weltkrieg lassen grüßen wie die Gaskammern von Auschwitz plus Konzentrationslager als lebendige Leichenflecke der aussterbenden Evolution. Und dazu benötigt jedes System Experten mit klaren Ebenbild der infizierten Materie. Je klarer wir in der infizierten Materie durchblicken, um so exakter können wir definieren um so weniger reibender Widerstand entsteht in der

Materie. Nur ist das mit der momentanen politischen Lage unmöglich. Daher wird der schwarze Tod bald federführend die Fronten lichten. Auch hier lassen Verdun und die Ostfront grüßen!

Mit jeden sinnlos vergeudete Atemzug - Herzschlag multiplizieren wir uns mit unseren persönlichen hohlen Ebenbild als Hohlspiegelsymptom und daher reduziert sich die Evolution zu jeden überflüssigen Pulsschlag um Anfangs eine lausige fast unsichtbare Sommersprosse im atomaren Gefüge der Evolution als abweichende Temperatur nur im augenblicklichen Durchschnitt. Und dieser unsichtbare und nicht zu messende Durchschnittswert ist extrem schwer messbar und wird daher nicht oder kaum beachtete. Und schon hat der Tod eine lausige Sommersprosse in seinen Besitz gekommen um sie bei lebendigen Leib zu verbrennen wir die unschuldige Frau als vermeintliche Hexe auf den Scheiterhaufe der heiligen Inquisition. Falls es noch keiner lebendigen Seele aufgefallen ist, brannte schon mal Europa als Weltkriege mit rund Achtzig Millionen Toden. Was das bedeutet wissen Sie mittlerweile. Nur das diese Weltenbrände noch von Menschenhand beeinflusst werden konnten. Bei den heutigen Megafeuern ist der Mensch bei weiten an seine Grenzen gestoßen und muss den maßlos kultivierten Irrsinn weichen.

Haben Sie nun endlich begriffen, das sich der schwarze Tod allmählich aber sicher jede einst kerngesunde Eiweißzelle schnappt um sie tödlich zu infizieren. Und in laufe der Zeit frisst sich der anfangs unsichtbare Krebstod durch die Evolution und der Tod ist wie immer der lachende Dritte im kommenden III Weltkrieg als schwarzes Loch oder katholischen Holocaust. Die nach innen umgekehrten - in die Irre gelenkten zum Überleben extrem wichtigen

Winkelfunktionen beginne nur zu schädigen. Nur wer hat diese unsägliche Gegenreflex in Funktion gesetzt? Der braune Hitler war es nicht zu einen einzigen Prozent. Und sein roter Nachfolger Honecker auch nicht. Die Kraft dieses Systeme war nicht ausreichend um die Pote zu tauen und die Ozonschicht zu zerfressen. Diese beiden diktatorischen Systeme waren das Produkt des zu recht entstandenen II Weltkrieges um sich gegen den kultivierten religiösen Irrsinn mit Fug und Recht zu wehren. Kein Lebewesen - Organismus muss einfach so den Tod über sich ergehen lassen ohne die gerechte logische gerechte Gegenwehr. Zudem er noch das unverblümte Recht zum Grund für seinen Tod plus Familie zu erfahren hat.

Da aber nun mal die umgekehrten Winkelfunktionen mit den manipulierten Sinus der Impuls zum organischen Leben auf sich vereint, ist nun sonnenklar, das mit dieser Funktion bei Missbrauch die gesamte Evolution allmählich tödlich infiziert wird und wie gesagt, der Tod mit im Boot sitzt. Die logischen Folgen dieser saudummen religiösen Unzucht sind ein systematisches Aushöhlen der Abszisse und dann entsteht ein trügerischer Hohlspiegel, wo ein künstliches Vakuum entsteht. Und in einen solchen irren hohlen Spiegel als Hohllinse bündelt sich das Licht und es entsteht ein anfangs unsichtbares schwarzes Loch im Körper der Evolution. Was ist schon eine bei lebendigen Leib verbrannte Frau, die als vermeintliche Hexe nur ein Sommersprosse darstellt? Nicht das **SCHWARZE** unter den Fingernagel. Übertragen Sie mal eine verbrannte Hexe auf eine mittlere Kreisstadt von rund Dreißigtausend Bürgern. Da erlischt jedes rationale Maß der Physik wie auf einen Scheiterhaufe als Reflex zum künstlichen Hohlspiegel oder in den Gaskammern von Auschwitz. Selbst unterm Galgen heben sie die statischen Gesetze bis auf eines restlos auf. Da wirkt nur das eigene Gewicht im extrem kurzen freien Fall.

Mit jeden Atemzug höhlen wir unser Dasein aus und bereifen diese extrem negative bis schwere verbrecherische Untat nicht mal zu einen einzigen Prozent. Mit den zusätzlichen reibenden Widerstand entzündet sich die gesamte Abszisse in laufe einer relativ kurzer Zeit im direkten Vergleich zum Erdalter, wo es keinen lieben **GOTT** gab. Damals wirkten nackte rohe physikalische Kräfte als ungezügelte Energiebombe über unzählige Jahrtausende. Auch im fast unendlichen Zeitalter der Saurier gab es nur Physik plus Biologie und das Millionen von Jahren. Von einen himmlische Wesen war weit und breit nicht zu sehen. Diese dümmliche verdammte abstoßende elende Kunstfigur ist ein Hirngespinst aus der Existenz eines nicht erkannten Hohlspiegels mit seinen unentwegt negativen Reflexen. Denn in einen derartigen hohlen Spiegel, erlischt jedes normale Spiegelbild und wird auf einen winzigen Punkt in der Größe einer Sommersprosse reduziert. Nur ist so ein künstliches Ebenbild der unsichtbare Keim zu einen alle Materie fressenden schwarzen Loch. Und als sichtbares Ebenbild sind es die verbrannten unschuldigen Frauen als putative Hexen, jene Gaskammern von Auschwitz im Weltmaßstab, wo jedes Konzentrationslager nur eine lausige Sommersprosse ist und folglich ist jedes Lager mit den Gefangenen ein dunkler Leichenfleck in der Größe einer einzigen Sommersprosse. Nicht mehr aber auch nicht weniger. Also ein faule infektiöse Stelle auf der Abszisse, welche in laufe der Zeit die gesamte Gemengelage infiziert und allmählich den Tod bewilligt.

Nur wie macht sich der Gevatter Tod so geschickt bemerkbar, das ihn als solchen keiner erkennt - registriert und versucht zu bekämpfen? Begonnen hatte es mit der leicht abweichenden Durchschnitttemperatur in der Sahara. Also muss im Grunde ein logischer Gegenwert geopfert werden, was man allgemein als Bauernopfer bezeichnet. Nur waren das im II Weltkrieg bei den Russen Divisionen von einfachen Soldaten. Und in früheren Epochen Bauern und zuvor einzelne Menschen, Körperteile bis zum nicht erst gebornen Menschen, der natürlich nicht von der Statistik bis Historie erfasst wurde. Nur fehlen tut er trotzdem. Im Grunde steht jeder Soldat mit einen Bein im Grab und dort herrscht der ewige Schatten bis in alle Zeiten. Und genau so dunkel ist es in einen schwarzen Loch, wo sich drei recht unterschiedliche Schatten zu einen vereinen. Es ist wie im Urwald in der Nacht plus dichten Bodennebel, wo es völlig unmöglich ist, einen elenden Mörder zu suchen und folglich hat der Übeltäter einen Sieg davongetragen und die Völker sterben langsam aber sicher aus.

Haben Sie begriffen, das die addierten Sommersprossen im Einzelfall am Menschen aber auch in Mehrzahl bis Kulturgut im Konzentrationslager als dunkle schwarze Flecke - Leichenflecke der Evolution für immer das Zeitliche segnen. Zudem war der braune Hitler als Massenmörder nur der läppische Vorbote zu einen sich nun offenkundig abzeichnenden schwarzen Loch, wo jedes Volk als separater Einswert am Galgen hängt, wie der Dieb im schwarzen Mittelalter. Denn die Winkelfunktionen hängen ja am Schnittpunkt beider Achsen im Vollkreis der Physik. Und diese zum Überleben extrem wichtigen Funktionen werden von der Sonne am Leben gehalten. Wird dieser Reflex blockiert - unterbunden muss es ja zu erheblichen fast unlösbaren Probleme kommen die dann meist in Gewalt müden. Denn zu einer normalen - vernünftigen Funktion ist die manipulierte Funktion mit seine beiden Winkeln nicht mehr fähig. Dazu ist es fast unmöglich, diesen faulen Dreh zu durchschauen. Folglich fallen immer mehr arglose Menschen auf diesen bösen manipulierten Lichtreflex rein und wunder sich, wenn der Tod an die Haustür klopft.

Im Grunde zieht sich das schwarze Loch um die Evolution zu wie die Schlinge des Henkers um den Hals des Opfers. Nur das sich die Maßstäbe und Relationen erheblich verändert haben. Bei einen Kurzschluss in einen Haushalt fliegt der Schutz vor einen Stromschaden im Bruchteil einer Sekunde raus. Bei der Erde als Planet sind es Jahre, bevor es für immer stockdunkel auf der Erde wird. Nur wo verbergen sich die fast unsichtbaren Ursachen zu einen ewigen Schatten? In einen künstlich geschaffenen Flimmerbild als typischer Reflex auf einen Hohlspiegel, wo sich das Licht auf einen Punkt konzentriert und beginnt einst kerngesunde Materie in jeglicher Bauart bei lebendigen Leib zu verbrennen. Sicher ist die Sahara kein reeller Maßstab für die anderen Kontinente. Doch kann in diesen sandigen Kontinent keiner lange leben und muss den Tod hinnehmen. Zumal Europa bequem in die Sahara passt und da ist noch viel Platz an den Rändern. Wenn sich so ein gewaltiges abgesenktes Loch bildet, verschwinden problemlos komplette Völker in so einer Untiefe. Hervorgerufen wurde sie von einer Irrelehre mit ihren verbrecherischen Untaten, die als verbindliche seriöse Lehre - Religion die Sinne der Opfer dieses extrem schweren Kapitalbetruges für immer verwirrten. Und aus diesen trügerischen Bildreflex eines Hohlspiegels entsteht allmählich ein immer dunklerer Schatten, der in einen schwarzen Loch seien Ebenbild findet.

Nach einen gewissen Zeitraum ist das künstliche Flimmerlicht auch ins Bewusstsein eingedrungen, das eine extrem gefährlicher bis verbrechersicher Gegenreflex entsteht, der die Umwelt dermaßen abgedunkelt, als ob es Nacht ist auf der Erde. Denn zur kerngesunden Photosynthese ist das volle Sonnenlicht absolut unerlässlich. Folglich existieren drei recht unterschiedliche Schatten, die keinen reellen Bezug zur Evolution auf sich vereinen können und deshalb mehr als kriminell sind. Mit diesen unerlaubt Dasein wird die Evolution von innen und außen in immer stärkeren Maße ausgehöhlt und der Tod bekommt das Zepter in seine knochendürren Finger. Denn in laufe der Zeit bildet sich auf der Abszisse eine Delle und der Hohlspiegel gehört zum täglichen Leben und wird deshalb selbstverständlich akzeptiert. Nur ist dieses Kunstgebilde ein quicklebendigen Reflex zum eineindeutige Nachteil der Evolution, weil die Physik gezwungen ist, diesen irrsinnigen Reflex zu bedienen. Was soll sie auch anderes tun, außer die gesetzten Reize in seiner Funktion zu erfüllen.

Mit jeden toxischen Lungenzug zieht sich die Henkerschlinge um die Erde immer enger zu und die Delle offenbart sich als Eingang zu einen alle Materie fressenden schwarzen Loch. Auch wenn es erst anfangs mit der dritten Stelle nach den Komma und das nur als Durchschnittstemperatur. Mit jeden Herzschlag werden die zum überleben extrem wichtigen Winkelfunktionen verdreht und der Sinus in sich erneut. Das mit diesen abscheulichen - abstoßenden Reflex sich ständig der Sinus am Kosinus reibt und diese unnütze zusätzliche Wärme jedes Atom aus seinen atomaren Gittern treibt und diese nützliche Bausteine den atomaren Wahnsinn verfallen wie die arme Hexe auf den Scheiterhaufen der heiligen Inquisition dürfte jeden Tölpel einleuchten. Das sich dann andere bis vorher nicht gekannte Funktionen - Reflexe das Licht der Welt erblicken ist so klar wie das verdummende Amen nach den Gebeten in der Kirche, wo jeder Opfer dieses künstlichen Lichtes - Schatten ist. Im Grunde beinhaltet dieser hohe Kirchenraum die drei unterschiedlichen Schatten. Zum einen ist der Raum mit den kunterbunten Fenstern keine Loge wo ein immergrüne Pflanzen prächtig zu ihren Wohl gedeihen können. Zum anderen ist es ein gefilterten Licht, was keine im Sinne der Evolution natürlichen Reflexe zulässt. Denn mit dieser Photosynthese ist kein normales organisches Leben möglich. Zudem wird von jeden Kirchengänger der dunkle Dauerschatten inhaliert und das Bewusstsein negativ beeinflusst.

Nur kann kein einziger Mensch mit so einen negativ beeinflussten Bewusstsein in der Lage auch nur einen einzigen klaren Gedanken rational zu erfassen. Jedes Denken wird getrübt und in die Irre geleitet, was einen gehörigen Tatsch nach innen richtet und damit ist die tödliche Inzucht als künstliche Intelligenz geboren. Folglich nimmt dann das erst unsichtbare Unglück seinen verheerenden Verlauf durch die Geschichte, wo Millionen von Menschen sinnlos hingemordet wurden. Zudem die nackte rohe Gewalt früher der Vorbote zum industriellen morden war. Die irren Schmerzen ließen zwar nach. Aber die Leichenberge stiegen ins unermessliche. Reiht man alle Leichen nur des II Weltkrieges hintereinander und man beschwert beide Enden mit den auch nur einer Hälfte der Erde, zieht sich die unsichtbare Henkerschlinge wie von Geisterhand langsam aber allmählich zu. Es ist wie in einen V - Trichter, wo es mit jeden weiteren Meter in den spitzen Winkel immer enger, dunkler und wärmer wird und die Evolution allmählich den Wahnsinn verfällt.

Was sind die mehr als logischen unausweichlichen Folgen solcher absolut irrer schwerer verbrecherischer nach innen gerichteten Unzucht mit den erzkatholischen Augenmaß? Ein allmähliches entzünden der gesamten Abszisse plus der darauf ruhenden Materie sind die tödlichen Reflexe. Mit anderen Worten entzünde sich alle Gehölze plus Felder, wo sich schon die Felder unter der Hitzeglut spalten, das ein Kind darin sich verstecken kann. Im Grunde ist das Kind ein Opfer dieser dreigeteilten Dauerschatten und das mit tödlichen Resultat. Wenn erst mal alle Wälder vom Feuerteufel infiziert sind, bildet sich ein dermaßen maßloser Leichenfleck auf der Abszisse, das sie sogar von All aus zu sehen sind. Mit anderen Worten lässt Pontifex Maximus von Wolke Sieben grüßen. Dümmer geht nimmer! Im Grunde waren schon die Orte wie Verdun oder halb Europa so was wie ein künstlicher Leichenfleck, wo fast jegliches organische Leben wich. Heute unter der Hitzeknute weichen nun schon Insekten wie auch die Bienen und andere nützliche Insekten. Diese Tiere sind außerdem noch Indikatoren zum Überleben auf der Erde. Sterben sie aus und das ist bald der Fall muss der Mensch bald logisch folgen.

Ob die Ozeane sich um wenige Grad erwärmen oder die Wälder abbrennen ist gleich, es entsteht ein künstlicher Leichenfleck auf der Abszisse und dann folgt der Tod in eigener Regie. Denn für jedes erhöhte Grad Celsius steht der völlig logische Gegenwert von einer Milliarde Menschen mit einen Bein im Grab. Und jede weitere Grad erhöht sich dementsprechend der völlig logische Gegenwert. Also stehen bei Sechs Grad Celsius in der Tat Sechs Milliarden Spießer mit einen Beim im Grab und die Hälfte schon mit beiden Beinen. Denn es geht ja auch in einen schwarzen Loch wie in den Gaskammern von Auschwitz schön der Reihe nach. Bei dieser Funktion geht es immer ehrlich zu. Das ist ein Grundanliegen der Physik. Da jeder Mensch auch im Grunde als separater Einswert ein Atom ist, erntet er nur die Saat, welche er plus vorigere Generationen säten. Und diese Ernte ist nun mal als schwarzes Loch die logische Ernte als Produkt eines künstlich geschaffenen Hohlspiegels. Folglich zieht die saugende

Kraft jedes ausgelöste Atom ein weiteres nach und dass bis aller toxischer Unrat restlos vernichtet ist. Kein einziges toxisches Molekül hat im reellen natürlichen - ehrlichen Spiegelbild etwas verloren. **KEINES!**

Jedes dieser hochgiftigen gasförmigen Bausteine trübt das Spiegelbild und lässt in laufe der Zeit eine Körperzelle an der Größe einer lausigen Sommersprosse restlos verschwinden. Im Grunde ist es ein kultivierter Selbstmord auf unendlichen Raten. Verdichtet man alle Sommersprossen auf einen Punkt, lösen sich in einen ungewissen zeitlichen Rahmen allmählich Körperteile auf und der Mensch als Teil der Evolution wird bei lebendigen Leib verstümmelt. Dessen nicht genug, verbrennen diese elenden perversen schwarzen Religionstölpel nun völlig unschuldige Menschen bei lebendigen Leib. Da dieses Dauerverbrechen mittlerweile zum allgemeinen Kulturgut verkommen ist, lodern nun ganze Wälder unter der irren Feuerknute. Es sind in den letzten Jahren nach 2001 so große Flächen abgebrannt wie nie zuvor. Auch die ausgedörrten Felder sind im Grunde ein rauchfreier Brand zum eindeutigen Nachteil der Evolution. Also ein unsichtbarere Schatten ohne Rauch. Aber auch die Schlacht von Verdun plus die legendäre Ostfront, natürlich die Gaskammern von Auschwitz und alle Lager als typische Leichenflecke der Evolution sind Brände mit zum Teil ohne Rauch. Selbst das systematische Vergasen von Juden ist ein Brandmal ohne einen beißenden Rauch in den Augen. Denn die Blausäuregase trieben den Insassen ohnehin die Tränen in die Augen. Nur das zudem noch über den Angstschweiß glücklicher Weise die toxischen Moleküle als Fremdkörper aus den infizierten Leibern getrieben wurden. Es ist zu überlegen, sich mit der Physik im permanenten Dauerstreit über Kreuz zu legen. Die logischen Reflexe sind meist tödlich.

Viele sind entsetzt über die tägliche Marder an die Juden plus anderer Täter gegen die Evolution in ihren religiösen Dauerwahn. Doch widerspiegelt man das religiöse Dasein aus einen Hohlspiegel, erkennt jeder den wahren Sinn von Religion als künstliche Intelligenz. Sie tötet ohne mit der Wimper zu zucken und ist sich dessen elenden perversen Dauerverbrechen nicht zu einen einzigen Prozent bewusst. Kehren Sie die Hohllinse um und betrachten sich die Materie wie es sich gehört mit einer Volllinse, dann erkennt jeder den wahren Charakter des Judentum plus Katholizismus. Nur ist dieser Irrsinn schon so tief ins Bewusstsein eingedrungen, das ein Umkehren vom religiösen Dauerwahn so gut wie unmöglich ist. Folglich nimmt das Unglück von Tag zu Tag stetig zu und wir alle müssen im III Weltkrieg Federn lassen, bis der Tod endlich Einzug hält und die Völker sich auflösen.

Wenn Sie die Volllinse über einen Floh heben, vergrößert er seinen Körper und so muss die Evolution betrachtet werden. Es muss ständig ein vermehren der Materie mit sich gehen und das ohne Betrug, toxische Gifte und anderer tief schädlicher Stoffe, die immer nur den Evolution schädigen - schwächen und folglich allmählich abtöten. Denn ein doppelten seitenverkehrtes Dreieck auf der ehrlichen ersten Delta ist immer ein nach innen gerichtete Funktionen und ein reinrechnen ins Minus. Das dass aber nur physikalische möglich ist, dürfte jeden Deppen einleuchten. Denn mathematisch ist es völlig zu vollen Hundert Prozent unmöglich. Da aber ein existieren der Mathematik ohne die Physik nicht möglich ist, kann es immer nur ein nach innen gerichteter - fehlgerichteter Reflex der Physik sein, der das Zeitgeschehen zu jeden Atemzug beeinflusst - bestimmt und systematisch in den Tod steuert. Denn in einen künstlich geschaffenen Hohlspiegel wird das Licht gebrochen und folglich alle rationalen Funktionen in die Irre gelenkt und demzufolge nach innen. Also ein physikalisches reinrechnen ins Minus, was den allmählichen Tod der infizierten Materie unweigerlich zur Folge nach sich zieht. Denn aus einen hohlen Spiegel kann kein einziger Mensch über den Rand schauen, das ein Blick nach vorne völlig unmöglich ist und ohne einen solchen in die Zukunft gerichtete Blick, ist der Gang nach innen zur perversen völlig entarteten Inzucht gegeben und der Tod ebnet sich seinen perversen Weg bis zum allen organischen Leben bestimmenden Sinus.

Mit den täglichen inhalieren von Unmengen dieser toxischen Moleküle höhlen wir die Evolution aus und es entsteht ein Hohlspiegel der immer mehr Energie sinnlos bindet und so ein schwarzes Loch entsteht, die es nur im All gibt, wo sogar die Sonne um die Existenz bangen muss. Denn der künstlich geschaffene hohle Spiegel bindet das Licht der Sonne und somit wird das Sonnenlicht fast wertlos. Es ist wie in einer Hohllinse, wo der unschuldige Floh unsichtbare wird und folglich bei lebendigen Leib wie die unschuldige Frau als Hexe verbrannt wird. Zu Beginn des III Jahrtausend verbrennen nun schon Wälder, Felder und Ozeane, welche die die Wärme als Energie logisch physikalisch bedingt weitergibt. Die völlig logischen und normalen atomaren Kettenreaktionen sind Naturreflexe, welche jede Atombombe plus Wasserstoffbombe weit in den Schatten stellt. Da aber nun mal der lebend angenagelten Jesus keinen eigenen Schatten werfen kann und die Religion mit ihren Hohlspiegel auch nicht. Folglich bildet sich ein unsichtbarere Schatten, der vom Kosinus bestimmt wird, weil er sich dümmlicher Weise über den Sinus legt um ihn zu dominieren. Denn in einen Hohlspiegel richtet sich jede Energie und das gilt auch oder vor allem die unsichtbare prinzipiell nach innen um den Sinus restlos abzutöten wie es der

Judenstern mit den doppelten zweiten seitenverdrehten Dreieck symbolisiert.

Also haftet den Religionen wie dem Judentum plus abgrundtiefen pechschwarzen Katholizismus der leibhaftige Tod an und wir sind nicht in der Lage ihn zu erkennen. Wie auch, wenn der Festkörper Jesus am hölzernen Kreuz der religiösen Einfallt keinen eigenen Schatten werfen kann. Denn er hat ja keinen direkten Bodenkontakt, da er am freien Fall gehindert wurde. Und das ist in der Mehrzahl plus Kulturgut zum eigenen Vorteil weiter nichts als Betrug. Den Schaden tragen alle Menschen, welche in diesen irren Dunstkreis mit Sack und Pack involviert sind. Und das sind rund eine Milliarde Katholiken plus den familiären Anhang nebst Gütern, Kapital und Kunst. Das an jeden toxischen Molekül auch ein einst völlig intakte Gehirnzelle haftet dürfte jeden Dummerjan einleuchten. Folglich ist Religion und das gilt für jede Weltreligion im Grunde ein verdummen von Materie. Weil die Übermasse immer den kleineren aber intelligenteren Teil an sich bindet und auch diese hochgescheite Masse mit in den Tod zieht wie ein sinkendes Schiff oder abstürzendes Flugzeug. Genau nach diesen irren aber physikalisch bedingten Prinzip funktionieren schwarze Löcher.

Haben Sie erkannt, das mit jeden Atemzug - Herzschlag eine Körperzelle ansteckt und allmählich die Nachbarzelle um Nachbarzelle beginnt zu infizieren. So wie die Religionsträger ihren toxischen Unrat in die Welt hinaustrugen und der absolute religiöse Wahnsinn seinen perversen Siegenszug durch die einst sterile Evolution vollzog und die Physik jeden dieser absonderlichen Ansinnen - Reflexe erfüllen muss. Denn ihre Achillesferse ist ihre Allmacht und im selben Atemzug ihre Schwäche, jeden Missbrauch bedienen zu müssen. Nur das dann der Tod irgendwann als Sieger dieser religiösen Perversion die Arena verlässt, ist keinen der Tölpel je bewusst. Denn kein einziger Mensch wird als Jack the Ripper geboren. Auch solche abscheulichen Exzesse wie der I plus II Weltkrieg sind logische Reflexe die zuvor gesetzt wurden. Denn in einen künstlichen Hohlspiegel ist kein ehrliches Spiegelbild möglich. Also muss der irre religiöse Dauerbetrug übersetzt - sichtbare gemacht werden um sich dann ein reelles Bild der tödlich infizierten Materie bilden zu können. Nur mit einen künstlichen Spleen als Schummelsoftware ist kein echtes messerscharfes glasklares Spiegelbild möglich und dann hat der vor Blut triefende Narr ein leichtes Spiel.

Und die Orte wie Verdun und die Ostfront waren und sind bis in alle Zeiten solche von der Evolution verfluchten Orte des blutrünstigen Dauerwahns. Nur wo versteckt sich der wahre hoch giftige Keim zu derartigen abnormen Dasein? Sind es in der Tat die völlig sinnlos ungekehrten Winkelfunktionen mit den nach innen gedrehten Sinus, wo jeder Pulsschlag - Atemzug eine einst kerngesunde Körperzelle beginnt allmählich aufzulösen. Und in laufe der Zeit verschwindet eine Sommersprosse nach der anderen, bis sich Körperteile wie von Geisterhand in Luft auslösen. In laufe der schwarzen Historie ist die menschliche Evolution schon mehrmals ausgestorben und keiner erkannte den wahren schweren verbrecherischen Grund zum allmählichen völkischen Tod. Mit den beiden europäischen Weltkriegen verschwanden indirekt mehre Völker wie von irren mystischer Geisterhand. Im kommenden und sich schon längst am extrem beschränkten Horizont anbahnenden III Weltkrieg als schwarzes Loch lösen sich direkt die Völker auf und der schwarze Hitler ist der Sieger. Denn der Kosinus lagert immer noch über den Sinus um ihn für immer abzuwürgen. So lange diese irre toxische schwarze

Ursache nicht erkannt und rigoros bekämpft wird, hält der Sensenmann das Zepter der Evolution in seinen knochendürren Fingern. Im katholischen Holocaust bleibt kein einziger Mensch unverschont. **KEINER!**

In einen künstlich geschaffenen irrationalen Hohlspiegel binden die ungekehrte und manipulierten Winkelfunktionen jeden Lichtstrahl und folglich jeden Organismus wie Grünpflanzen, Tiere und zum Schluss alle Menschen um sie ihrer gerechten Strafe zu überführen. Wie die faule Pechmarie mit schwarzen Pech übergossen wurde um sie für die anderen Bürger zu brandmarken. Nebenbei bemerkt wird so der Körper getötet, da er nicht mehr über die Haut atmen kann. Im Grunde ein Vorbote - Fingerzeig zu den Gaskammern von Auschwitz, wo den Insassen der irre Lebenslust mit den Salz Zyklon B genommen wurde, was mit den direkten Kontakt mit den Hauptelement Sauerstoff Blausäuregase produziert und folglich den Tod bewirkt. Nur das an jeden Juden der Faktor Zehn hängt, wo im Maßstab Eins zu Zehn, der zehnfache Wert an toten Juden von den restlichen arglosen Menschen aufgebracht werden müssen. Denn der Multiplikationsfaktor des Sinus als Ziffer Zwei und Erste und einzige gerade Primzahl die Zehn ist. Denn der maximale Primzahlenabstand ist die Zahl Zwanzig. Da ja Zwei mal Zehn Zwanzig ist. Und Sechs Millionen toter Juden mal Zehn sich ein gigantischer Leihenberg von rund Sechzig Millionen Bürgern ergibt.

Wenn die Sonne die Photosynthese über wie Pflanzen bewirkt, ist auch der freie Fall geboren und im Reflex überträgt er sich auf die Abszisse. Denn diese X - Achse ist der waagerechte freie Fall und folglich ein absolute Konstante. Dem zur Folge wird über die Schnittstellen der senkrechten Ordinate als Y Achse und waagerechten Abszisse als X Achse die Winkelfunktionen geboren.

Und in einen absoluten exakten konstanten Plusminuseinsbereich funktionieren diese Winkelfunktionen astrein und das ohne einen reibenden Widerstand. Kommt es da zu Reiberein, muss diese Last plus begleitenden Umständen von der infizierten Materie getragen werden. Wird dieser belastbare Wert maßlos erhöht, kommt es zu erheblichen Irritationen mit oft tödlichen Folgen. Sicher gibt es den astreinen Widerstand ohne reibenden Gegenkraft nur theoretisch. Denn sobald die Sonnenstrahlen die Erde berühren müssen sie Materie in eine funktionelle Materie bewegen und das geht nur mit einen normalen reibenden exakt definierten Widertand. Folter und andere von Menschenhand erfundene Mittel gehören zu vollen Hundert Prozent nicht dazu. Hinter dieser irren Fassade muss ein böser - übler oft perverser Grund stecken.

Nur was versteckt sich hinter der kunterbunten Maske Religion? Ist es der schwarze katholische Holocaust, wo alle Völker zum Schlachthof geführt werden? Wenn solche Mittel wie von der heiligen Inquisition angewandt werden müssen, um dieses elende Dauerverbrechen in die Evolution einzuimpfen und das mit glühenden Eisen, ist da nicht irgendetwas faul an der Materie? Nur lassen sich toxische Moleküle nicht ständig mit nackter roher Gewalt steuern. Da muss kräftig nachgeholfen werden, was pausenlos Unmengen an wertvollen Kapital sinnlos verschling und der irre Vorbote zu einen alle irdische Materie schwarzen Loch auf sich begründet. Noch waren und sind die Fronten wie Verdun und die legendäre Ostfront Ränder zu einen alle Materie fressenden schwarzen Loch. Denn mit den umgekehrten - nach innen umgelegten Winkelfunktionen plus umgedrehten Sinus entsteht ein nach innen gerichteter Dreh, wo in laufe der Zeit ein Hohlspiegel - Senke entsteht, die nur Materie verschlingt wie die Scheiterhaufen der heiligen

Inquisition, die von der unendlichen Evolution nicht zu einen einzigen Prozent gewollt sind. Schon der irre unsichtbare Hauch von einen einzigen solchen einzigen Prozent zum Scheiterhaufen beinhaltet den toxischen Kern zu einen schwarzen Loch und ist im Kern ein elendes Verbrechen.

Und in laufe der Zeit entsteht eine fast unsichtbare Senke und die ist als logisches Spiegelbild nicht mehr brauchbar. Mit einen Zerrbild ist jeder natürliche Reflex in die Irre gelenkt und produziert verschobene Bilder, die erneut wirres Zeug erzeugen. Diese völlig bekloppte Reaktion ist im Grunde eine atomare Kettenreaktion mit den bekannten nun schon sichtbaren Verbrechen. Daher ist Religion wie das Judentum plus Katholizismus ein unsichtbares nicht bezifferbares Dauerverbrechen, was rational nicht zu begründen ist. Um den kommenden III Weltkrieg sichtbare - begreiflich zu erklären, muss man den freien Fall plus das gleichschenkelige Dreieck im Vollkreis der Physik in seine einzelnen Bestandteile zerlegen. Denn mit den umgekehrten und zum überleben extrem wichtigen Winkelfunktionen entsteht in der Schnittstelle beider Achsen eine kleine Senke, die sich in laufe der Zeit zu einen alle irdische Materie fressenden V - Trichter herausbildet um damit entsteht allmählich ein schwarzes Loch und die Ränder des V - Trichters waren und sind die Fronten beider Weltkriege.

Da steht die absolute unumgängliche Dauerfrage im Raum, welche Materie nicht vom Licht der Sonne geschaffen wurde? Es gibt keinen Organismus der völlig allein vom Sonnenlicht existieren kann. Ich meine auch existieren und nicht leben. Denn auch leben ist nicht gleich leben. Man kann auch wie die Elendsgestalten schlicht und ergreifend dahinvegetieren, was im biologischen Leben auch ein leben ist. Doch ist der Mensch mehr Wert als so ein Leben auf der Müllhalte oder unsichtbaren Friedhof. Nur wo verbirgt sich der toxische Kern zu so einen dem organischen wahren Leben völlig abgewanden Dasein? Transportiert nicht jeder Sonnenstrahl einen immer noch unsichtbaren Keim als Schummelsoftware in sich? Denn die zum Überleben extrem wichtigen Winkelfunktionen sind ja umgekehrt und der Sinus dazu. Dann wandelt sich alles organische ins anorganische um und der Schnitter beginnt seinen perversen Siegeszug durch die Evolution, was man vom Kriegen in jeden Jahrhundert ohne Skrupel anstandslos behaupten kann.

Mit den toxischen Softwareprogramm entstehen ständig falsche Eindrücke und diese schwer zu definierbaren Reflexe plus Schatten stehen der Evolution pausenlos im Weg. Und folglich hat sich der abgeschwächte Sinus als Kosinus bestätigt. Denn mit einen abgeschwächten - düsteren - matten Sinus ist kein Evolution auf Dauer möglich. Da muss das arglose Opfer diese religiösen verbrecherischen Perversion Federn lassen. Und das sich im Krieg immer Soldaten, alte Leute, Kinder und Krüppel. Denn Krieg ist immer ein Verkrüppeln vom eins wunderbarer harmonischer Evolution. Und woher rührt die absolute unharmonische abartig gewalttätige blutrünstige Funktion in den Schützengräben der Weltkriege, wo die Fronten im Grunde schon Ränder zu einen alle irdische Materie fressenden schwarzen Loch sind? Aus der unumstößlichen Tatsache, das so ein elender Dauerverbrecher - perverser Vollidiot die Evolution über die umgedrehten Winkelfunktionen zur Hure umfunktionierte. Die logischen Reflexe sind eine allmählich ausblutende Evolution, die um die Jahrtausendwende mit den irren unbändigen Naturreflexen ein neue Dimension des kultivierten Dauerwahns auf der noch einigermaßen funktionierenden Abszisse erfährt. Und in einen schwarzen Loch verkommt die einst traumhafte unendliche Evolution zu einen ekelhaften hoch giftigen schwarzen Keim. Also das absolute logische Spiegelbild vom toxischen noch unsichtbaren Samen als Molekül für den unendlichen völkischen Tod.

Also beeinflusst das schädliche künstliche religiöse Softwareprogramm jeden Strahl der Sonne und lenkt ihn idiotischer Weise um, was natürlich zu den absonderlichsten Funktionen führt und immer wieder aufs neue den Tod bewirkt. Und in laufe der Zeit verschwinden schon komplette Völker wie die Leichenberge beider Weltkriege in einen schwarzen Loch, wo die Schützengräben Ränder zu einen derartigen schwarzen Loch waren und immer sein werden. Eine andere logische Antwort gibt es nicht. Denn die Physik kann über das Spiegelbild immer den Reflex widerspiegeln, der in ihr gereizt wurde. Ein andere logische Antwort gibt es nicht. Da aber nun mal, das wahre Spiegelbild mit den perversen Schummelsoftwareprogramm unscharf ist, kommt es einen künstliche Hohlspiegel gleich und kein ewiger Mensch blick da mehr durch. Folglich blüht das Verbrechen bis religiöse Dauerverbrechen auf allen Quadratmetern der noch rational funktionierenden Physik. Doch ist dieses Glück nur von extrem kurzer Dauer, da sich die Allmacht Physik nicht von einen Gauklertrick hinter die Fichte führen lässt. Die Physik leimt kein noch so geniales Hirn. **KEINES!**

Da aber nun mal so ein elender Dauerverbrecher - perverser Vollidiot die Physik mit einen künstlich geschaffenen Hohlspiegel hinter die Fichte geführt hatte und dieser abscheuliche Exzess noch immer anhält und das bis in den völkischen Tod, muss sich irgendwo in der tödlich infizierten Materie ein absolut schädliches Softwareprogramm verstecken um die Sinne der Opfer dieses religiösen Dauerwahn zu beeinflussen. Daher muss ein logischer - dementsprechender Gegenreflex für ausgleichendes Recht sorgen. Und diese noch unbekannte Reflex ist die Wurzel hoch Vier. Oder wir bekommen die Lichtwurzel gezogen. Wahrscheinlich ziehen wir uns selbst diese noch nicht erkannte Lichtwurzel. Der brauen Hitler zog schon mal den Juden diese Wurzel, in dem er sie in den Gaskammern von Auschwitz bei lebendigen Leib vergaste. Denn die Juden impften ja auch bei lebendigen Leib die unendliche Evolution mit ihren toxischen Molekülen und das ohne die geringste - leiseste Spur von Gnadc. Und genau so gnadenlos zog der braune Hitler die Lichtwurzel im Judentum. Der schwarze Hitler wird nun den pechschwarzen Katholiken die Lichtwurzel bei lebendigen Leib ziehen.

Nur was ist die Lichtwurzel als katholischer Holocaust - schwarzes Loch, so wie der größte Seher Nostradamus drei Weltkriege eindeutig vorhersah und Zwei durften die Völker schon am eigenen Leib ertragen? Folglich steht der III Weltkrieg vor der Tür und keiner kann ihn als solchen rational erkennen. Wie auch, wenn das persönliche Spiegelbild über die betrügerische Schummelsoftware abhanden gekommen ist. Folglich klebt an jeden Sonnenstrahl ein unsichtbares toxisches Molekül, was über die unzähligen Schnittstellen der Winkelfunktionen auf der Abszisse in die Evolution injiziert werden und keiner ahnt die ekelhafte abstoßende Sauerei. Wie auch, wenn der Hohlspiegel jeden natürlichen Reflex verzerrt um die betrügerische Software für alle Zeiten unkenntlich zu machen. Nur führt eine betrügerische Software zum Verlust der infizierten Materie. Nur ist es mittlerweile schon so weit gekommen - verkommen, das ein rationales Nachkommen völlig unmöglich ist. Folglich verschlimmert sich jeden Tag die Lebenslage der

Evolution, bis der schwarze Hitler endlich die Lichtwurzel zieht und alle Menschen stehen ja schon mit einen Beim im Grab ohne es zu ahnen. Und in einen schwarzen Loch wird jeden Erdenbürger das zweite Standbein auch noch rein gezogen.

Denn mit den umgekehrten Winkelfunktionen und umgedrehten Sinus ist ein prinzipiell nach innen gerichtet der Drall als Drehmoment entstanden, der alles in einen anderen Licht entstehen lässt, was aber nicht den wahren ehrlichen Wert im Augenmaß der Physik entspricht. Da aber nun mal der Vollkreis der Physik aus Vier Quadranten besteht, ist es die Wurzel hoch Vier als logische Lichtwurzel. Denn mit den Sonnelicht sind ja die Winkelfunktionen entstanden und das Leben beeinflusst der Sinus. Wenn jede rationale Funktion in ihr Gegenteil umfunktioniert wird, muss ja irgendwo Schluss sein und das ist das Ziehen der Lichtwurzel, wo jeder Organismus auf Herz und Nieren geprüft wird. Wer da Minuspunkte als organisches Defizit sein Eigen nennt, muss Feder lassen. Und hier widerspiegelt sich der künstlich geschaffen Hohlspiegel als toxische Luftblase, wie die Gaskammern von Auschwitz. Nur das eben **nur** gut eine Millionen Juden den sicheren Tod fanden. Die Hälfte der Juden mussten im braunen Hitlerkrieg ihr Leben lassen. Der nächste Schritt sind die Hälfte der Katholiken im schwarzen Hitlerkrieg. Später folgt der andere Teil dieser perversen schäbigen pechschwarzen Schmarotzer.

Wie kann eine noch nicht erkannte - bekannte Lichtwurzel, ein Volk in den sicheren Tod führen? In dem man irgendwelchen dahergelaufenen Dummschwätzern auf den Leim geht und keiner kann dieser permanenten kultivierten Unsinn als Irrlehre je stoppen. Wie auch, wenn in einen Hohlspiegel sich das ehrliche Spiegelbild auflöst. Ohne einen ehrlichen Akt der widerspiegelnden Objektivität ist kein natürlicher von der Physik gesteuerten Reflex möglich. Die logischen Folgen sind die weltweit bekannten Reflexe mit der dazugehörigen Not plus Leichenberge. Nur wie kann ein solcher unbeschreiblicher Reflex komplette Staaten ausrotten? Ist doch eigentlich völlig unmöglich, sollte man meinen. Und dennoch verschwanden mehrer Staaten in beiden europäischen Weltkriegen. Und Jahrtausende - Jahrhunderte zuvor starb schon das Menschentum mehrmals komplett aus. Wie kann so was eingetütet werden ohne ein entsprechende Gegenwehr, gleich wie sie aussieht? Gehen wir von der Temperatur als abweichenden durchschnittlichen Wert in der Sahara aus, wäre das ein ermatten an farblicher Intensität einer läppischen Sommersprosse. Kein Mensch würde es auch nur in einen Millionstel Augenblick seines Lebens je bemerken. **KEINER!** Dann halbiert sich diese blasse Sommersprosse und irgendwann ist sie völlig erloschen. Oder eine einzige Körperzelle wurde erst mal von einen toxischen Molekül infiziert und somit hat das künstliche Vakuum einen unsichtbaren Fakt, mit dem der Sensenmann sich selbst multiplizieren kann.

Nun multiplizieren Sie mal einen Sonnenstrahl mit einen toxischen Molekül als schädliches Softwareprogramm. Mit dieser perversen - schäbigen Schummelsoftware können komplette Völker systematisch in den Tod fehlgeleitet werden und keiner ahnt den sich am beschränkten Horizont anbahnenden Tod als katholischen Holocaust oder schwarzes Loch, was als III Weltkrieg in die Weltgeschichte eingeht und das letzte historische Größenereignis ist, was zu Papier gebracht werden wird, wenn wir nicht in Nullkommanichts endlich mal mit positiven Vorbild das Ruder ins organische Leben rumreisen. Nur ist das leichter gesagt als getan. Denn die Sinne der Bürger sind dermaßen verwirrt - in die Irre fehlgeleitet, das ein

Umdenken kaum möglich ist. Denn jeder Gedanke ist mit den umgewandelten Winkelfunktionen plus umgedrehten Sinus nach innen als perverser Akt der Inzucht gerichtete. Die logischen Folgen sind pausenlos irrsinnige Reflexe der bis aufs atomare Blut gereizten Physik.

Man kann ohne weiteres sagen und das ohne schlechtes Gewissen im eigenen Spiegelbild, das ein angewärmtes Atom eine blasse Sommersprosse ist, die auch einen Cent an Staatsschulden gleicht. Und jeder Erdenbürger hat rund Fünfundzwanzig Tausend Euro - Dollar privater Schulden. Nur wer kann dies ein einen überschaubaren Rahmen zu vollen Hundert Prozent abstottern? Die Hungerkünstler in der Sahara, jene Kunden des Todes in den Elendsvierteln und armen Menschen in den superreichen Industriestaaten? Keiner dieser geknechteten Tagediebe ist in der Lage, seinen Zoll zu entrichten und muss diese Zeche mit den Leben plus der Familie begleichen. Falls der Tod diesen Haufen fauler Knochen akzeptiert. Es dem nicht der Fall und das wird sein, kommt er auf Garantie wieder und fordert weitere Opfer dieser perversen religiösen Unzucht. Und das nur solange bis kein einziges toxisches Molekül mehr die Sonnenstrahlen infiziert und der Tod unsichtbar - unauffällig die einst sterile gesunde Evolution aufmischt um den kultivierten Tod zu verabreichen.

Wenn ein oder mehre toxische Moleküle über die Schnittstellen der Evolution auf der für alle Zeiten geeichten Abszisse injiziert werden und allmählich alle Atome anreizen, müssen sich diese wackeren Gesellen naturgemäß aus ihren atomaren Gittern - Gefügen bewegen und schon hat sich der Sonnenstrahl gegen seinen Willen multipliziert. Nur ist der Fakt ein echter organisch strukturell gewachsener Fakt, den man ohne schlechtes Gewissen miteinander multiplizieren kann?

Ich meine eindeutig nein!

Ein Produkt dieser irrationalen Multiplikation ist der Soldat, der seine Stiefel auf fremden Boden setzt um zu überfallen, rauben, morden, brandschatzen und die Evolution zu vergewaltigen, was im Grunde jeder Krieg ist. Denn keine Frau will ihr Kind in einen Krieg gebären - verlieren oder als Krüppel pflegen. **KEINE!** Also ist die fliegende Kugel der negativ multiplizierte Sonnenstrahl, der zuvor über die vielen Schnittstellen der Evolution mit den säuischen toxischen Molekülen infiziert wurde. Folglich ändert sich das für die Evolution zum überleben wichtige Datenprogramm mit dieser künstlichen Schummelsoftware. Im Grunde ein eindringen als schäbiger elender Schmarotzer in einen fremden Körper, was zu strukturellen Problemen im Dasein führt. Denn mit diesen abartigen irren falschen Datenprogramm verändert sich das natürliche ehrliche Spiegelbild und der Akt einer widerspiegelnden objektiven Realität, die aber zum Überleben extrem wichtig ist. Ohne ein reelles persönliches Spiegelbild ist ein Überleben schwer möglich.

Und der Krieg gleich welcher ist so ein verschwommenes irreales Spiegelbild, wo jede harmonische Kontur sich wie in einen künstlich geschaffenen Hohlspiegel auflöst und der Tod als lachender Dritter das Schlechtfeld verlässt. Was haben uns bisher die Kriege in der gesamten Geschichte gekostet? Vom Geld mal abgesehen, starben die Völker schon mehrmals komplett aus. Das ist ein mehr als reelles Spiegelbild einen künstlich geschaffenen Hohlspiegels, der nur schädigt, da er pausenlos Energie frisst und somit ein schwarzes Loch begünstigt. Und die Fronten beider Weltkriege waren nur die Fleisch fressenden Ränder eines sich allmählich am beschränkten Horizont auftuenden schwarzen Loches. Da in den Schützengräben keine physikalischen Maße gelten, sind sie der logische bis verständliche Reflex auf einen Hohlspiegel.

Im Kern standen rund eine Million Juden im eigenen Angesicht des Todes in den Gaskammern von Auschwitz und kämpften um jedes Sauerstoffmolekül. Darum sind auch die Gaskammern von Auschwitz das logische toxische Spiegelbild des Judentum als künstliche Intelligenz. Was kann man aus dieser einmaligen Funktion für die Nachwelt lernen? Das die Evolution keine künstlichen zugeführten toxischen Moleküle verarbeiten kann und die Verursacher für ihre unsichtbaren Verbrechen mit den Tod bestraft wurden. Doch zuvor wurde ihnen über den Angstschweiß im Angesicht des Todes die toxischen Moleküle rigoros ausgetrieben. Da nun mal die Evolution derartige säuische Bausteine nicht zu einen einzigen Prozent verarbeiten kann und um jeden Preis reagieren muss, wenn sie nicht das Zeitliche segnen will. Denn das absolute Gegenteil wäre ein künstlich erschaffenes Vakuum, was aber nicht zu einen einzigen Prozent selbst im kühnsten Heldentraum auch nur ansatzweise je geduldet wird. Denn das wäre unser alles Todesurteil, weil ein Vakuum ein absoluter hundertprozentiger Nichtleiter ist und immer sein wird.

Es wird kein einziger Mensch als Ripper geboren, der nur ein Ziel hartnäckig verfolgt und zwar vornehmlich Frauen zu zerstückeln. Wenn ein Mensch in Einzahl so wüten würde wie die heilige Inquisition die im Namen der katholischen Kirche derartige völlig abnorme und der Evolution abgewanden Verbrechen begeht, wäre dieser Name noch wesendlich verschriener als der vom braunen Hitler. Immer wenn dieser Name fällt, überzieht jeden normalen Menschen eine Gänsehaut. Doch wie wäre es, wenn dieser ein allgemeiner Name wie Müller wäre? Dann würde jeden Bürger bei diesen Namen am Klingel - Namensschild eine Gänsehaut überziehen. Mit anderen Worten steht mit so einen Namen der pechschwarze Schnitter vor der Tür und keiner ahnt was er im Schilde führt, da man ihn seine toxische Maske nicht abreisen kann. Wie auch, da der personifizierte Tod im Unterbewusstsein extrem tief verankert ist. Ziehen Sie mal alle Bürger ab, die so einen allgemeinen Namen wie Müller, Meier, Schulze, Lehman, Krause tragen. Da lichten sich die Fronten wie in den zwei Weltkriegen des kultivierten Wahnsinns als Ränder zu einen schwarzen Loch.

Im Grunde sind die Schnittstellen der Winkelfunktionen ein Fließband des Todes, da pausenlos toxische Moleküle in die Evolution injiziert wurden, und der logische bis verständliche Reflex waren die unzähligen Todeszüge in die Konzentrationslager plus den Gaskammern von Auschwitz. Sie sehen also, das die Physik ohne Probleme jeden in ihr gesetzten Reiz als Reflex bedienen kann und muss, weil es ihr natürlichste innigste Aufgabe ist. Daher haben sich viele Menschen nach ihren oft extrem schweren Verbrechen so gut wie keine Skrupel, weil sie ohne sich dessen bewusst zu sein, auch nur einen Reflex bedienen mussten, wie der braune Massenmörder Hitler mit weltweit rund Sechzig Millionen Toden, die im Grunde ein größerer Staat mit allen Menschen sind. Also ein menschenleeren Staat als Vorbote zu einen schwarzen Loch - katholischer Holocaust, der schon im tiefsten Mittelalter von Nostradamus als III Weltkrieg vorgesehen wurde. Mit diesen Weltkriegen steigert sich der Tod in eine immer stärkere irrationale Größe, die nicht mehr von Menschenhand zu steuern ist. Ein klassisches

Paradebeispiel sind die unzähligen - unbändigen Naturkatastrophen die im Grunde weiter nichts sind als logische Reflexe der bis aufs atomare Blut gereizten Physik. Der Tod ist wie immer der lachende Dritte und rafft alle Völker hin. Denn das absolute logische Spiegelbild ist nun mal von **schwarz** der **schwarze Tod**. Was soll schon anderes aus einen künstlich erschaffene Hohlspiegel reflektieren als der anfangs unsichtbare aber dafür hundertprozentige Tod. Auch eine Hexe wurde nach den irrsinnigen Höllenschmerzen unsichtbar. Und die Juden in den Gaskammern war der Tod auch nicht auf den ersten Blick anzusehen.

Ist ein Ripper auf den ersten Blick als solcher zu identifizieren? Kann man einen Juden sein religiöse abartige irre geistige Maxime ansehen? Oder einen bis ins Erbgut toxisch verseuchten Katholiken?

Ich meine eindeutig nein!

Mit dieser völlig abartigen Maxime, wird mit jeden Herzschlag als tödliches toxisches Fließband der unsichtbare religiöse Tod injiziert und keiner kann den bösen Gevatter seine Ungeist ansehen. Dann entwickelt sich so ein Dschin wie aus Aladins Wunderlampe, der über unermessliche Kräfte verfügt und keine irdische Macht ihn je stoppen kann. Wie soll ich einen unsichtbaren Schatten bekämpfen, zumal er als nacktes Atom wesendlich stärker ist als der Verursacher dieser Unzucht?

Man kann ohne schlechtes Gewissen zweifellos sagen, das mit jeden Sonnenstrahl und multiplizierten Sonnenstrahl ein oder mehrere toxische Moleküle in die Evolution injiziert werden und damit jeder Strahl der Sonne anreizt. Und in laufe der Zeit ergibt sich ein Punkt an dem die Physik irgendwie reagieren muss um nicht selbst für die Hunde zu gehen. Denn ein Vakuum wird nicht geduldet und wenn es das letzte Leben auf der Erde kostet. Weil mit jeden toxischen Molekül ein anfangs unsichtbare Abwärtsspirale beginnt sein Unwesen zu treiben und dann öffnen Ripper die Augen um die Augen der Welt zu öffnen. Nur sind solche Untaten schwer wenn überhaupt zu begreifen. Dabei sind wir noch nicht mal in den Gaskammern von Auschwitz. Nur ist es so, das mit jeden in Millionstel unterteilten Gewindegang auch ein unsichtbares Teil von der Evolution weichen muss. Selbst ein anfangs blasse Sommersprosse ist ein organsicher Verlust an Evolution. Denn die kräftigere Farbe ist für immer und ewig verloren. Genau so wie ein komplette bunter Sprossen oder im inneren eine Zelle aus Eiweiß, die ihren Geist aufgeben muss. Sicher ist dieser Verlust verschmerzbar. Doch folgen bald einige Sommersprossen - Eiweißzellen mehr und dann nimmt die Evolution Schritt für Schritt ab. Sicher kann man sie ersetzen, doch sind Fetzellen keine Muskelzellen, welche die Evolution zu jeden Atemzug tragen. Fett ist zwar ein prima Energielieferant, doch nur mit massiv erhöhten Kraftakt, zu dem keiner gerne bereit ist.

Denn mit den Unmassen an unnützen Fett, gesellte sich faule toxische Stoffe, die unsere aller Evolution vergiften und sie erliegt dann diesen säuischen Gebrechen. Weil in jeden muffigen - maroden - angefaulten Organismus sich dermaßen viel muffige - toxische Luft angehäuft hat, das sie als ein Nichtleiter wirkt, der als Vakuum von der Physik mit den Tod bestraft wird. In einen solchen künstlichen Vakuum verlieren die natürlichen Gesetze der Physik an Sinn. Im Grunde verlieren auch die strukturell organisch gewachsenen Naturgesetze in den Schützengräben der Fronten ihren Sinne wie in den Gaskammern von Auschwitz oder den Scheiterhaufen. Mit jeden dieser hoch giftigen Moleküle wird die Evolution zersetzt und der Tod ist der lachenden **Dritte**. Und die **Drei** steht für den kommenden **III** Weltkrieg, der dann direkt komplette Völker verschlingt. Denn mit jeden dieser toxischen Moleküle wird auch anfangs ein unsichtbares aber schädliches Softwareprogramm allmählich über die Schnittstellen der Winkelfunktionen auf der Abszisse installiert und keiner kann sich diese Abwärtsspirale rational erklären.

Und mit dieser abgrundtiefen, schlechten Schummelsoftware wird ein Abwärtstrend herbeigeführt, der keine Umkehrfunktion kennt. Wie auch? Einen umgekehrten freien Fall gibt es auf der noch bewohnten Erde nicht. Dieser Gedanke ist zu volle Hundert Prozent tödlich. Und es gibt nur Hundert Prozent Evolution und keinen Schimmer mehr. Wie auch, da ja jeder Festkörper auch nur einen einzigen Schatten sein eigen nennt. Natürlich außer der lebend angenagelte Jesus, am hölzernen Kreuz der irren religiösen Einfallt. Der hat natürlich keinen Schatten, wie die Sonne als Planet am Himmel, das Licht der Sonne, die Ökonomie und der Sauerstoff. Nur ergeben diese schattenlosen Stoffe addiert - verdichtete über der Photosynthese organisches Leben. Mit der verdummenden Religion wie dem Judentum plus Katholizismus, ist ein irrer perverser Abwärtstrend eingeleitet, was jeden Organismus in seinen Bann zieht und dann logisch in einen schwarzen Tod mündet. Denn das absolute krasse Gegenteil vom Licht der Sonne ist ein alle Materie fressendes schwarzes Loch.

Was sind die mehr als logischen Folgen diese religiösen, perversen verbrecherischen Unzucht? Ein anreichern von toxischer Luft an Orten, wo sie nichts verloren hat. Dazu zählen auch die Fronten wie Verdun und jene legendäre Ostfront. Denn keine einziger normaler Mensch wäre mit der Waffe dort hingezogen und begonnen zu morden. Weder in Einzahl, Mehrzahl noch Kulturgut. Das Spiegelbild war ein Volk was im I Weltkrieg sich in Luft - Pulverdampf auflöste. Dieses mehr als schädliche Schummelsoftwareprogramm kostete im II Weltkrieg gut das vielfache des vorigen Krieges und dazu kommen noch die spanische Grippe mit rund Hundert Millionen Toden weltweit. Damit ist der Leihenberg der Influenza größer als der beider Kriege mit Achtzig Millionen Toden. Das Gefälle ist eindeutig und eine absolute Aussage wo ein komplettes Volk das größer ist als die Opfer des I plus II Weltkrieges. Also ein völlig in sich eingekapselter Irrsinn, der nur einen Weg kennt und den nach innen bis zum absoluten Nullpunkt als unsichtbares toxisches Molekül. Denn dieses abartige perverse unsichtbare schädliche Softwareprogramm ist der Nullfaktor, mit dem unsere alle Materie zu jeden Atemzug - Herzschlag pausenlos aufgemischt wird. Und Null mal Null ist nun mal Null.

Selbst wenn der Wert hinter den Komma mit der Null davor ein Neun ist, ergibt es immer einen Fakt der sich gegenseitig abschwächt. Und irgendwann ist die Evolution dermaßen abgeschwächt, das sie beginnt abzusterben wie eine erblassende bis sich auflösende Sommersprosse außen und innen einer kerngesunde Eiweißzelle, die den sicheren Tod findet. Was folgt wissen Sie nur zu gut. Ein sichtbares Körperteil, dann ein Kopf oder Arme - Beine bis Gedärme, was auf das Gleiche hinaus läuft. Danach mehrer Menschen, komplette Familien, Dörfer, kleiner Städte bis kleiner Staaten, die vom größeren Staaten gefolgt werden. Sicher sind es nur indirekte Völker, die den sicheren Tod finden in beiden Weltkriegen. Doch ist der völkische Tod mehr als sichtbar - begreiflich geworden und die spanische Grippe leider vergessen, da sie nicht ehrlich analysiert wurde und somit aus dem Bewusstsein der Bürger restlos verschwand. Haben Sie nun endlich erkannt, das mit den schädlichen hoch giftigen und der Evolution abgewanden verbrecherischen Softwareprogramm ein unsichtbarer Nullfaktor beginnt sein teuflisches Werk pausenlos auszuüben bis kein einziger Mensch mehr übrig bleibt?

Nur woher rührt der irre - kranke Geist der einen einst kerngesunden Menschen dermaßen völlig restlos verkommen lässt? Denn wenn ein Mann beginnt Frauen auf der Straße zu zerstückeln ist etwas arg faul im Getriebe der Evolution. Und dieser unsichtbare Geist als Dschin ist ewig nicht zu fassen. Auch nur deshalb, weil es nicht zu begreifen ist, was in der einst kerngesunden Materie diese toxischen Moleküle in laufe der Zeit anrichten. Sicher ist ein spurlos verschwundene Sommersprosse noch kein Verbrechen. Doch beginnt so der völkische Tod und keiner will etwas gewesen sein. Wie auch, wenn keiner dieses völlig perverse der Evolution abgewande Softwareprogramm als solches erkennen und bekämpfen kann, so das unsere aller liebe Evolution nicht pausenlos diesen toxischen Dreck fressen muss und als völlig logischen Gegenzug - Gegenreflex sich schwarze Löcher bilden um die Evolution bei lebendigen Leib zu fressen. Denn der Scheiterhaufen frisst ja auch bei lebendigen Leib dieser arme geknechtete unschuldige Frau, welch als vermeintliche Hexe sich in lauter toxische Luft - Qualm auflöste. Ist der Scheiterhaufen nicht ein Produkt eines nicht zu begreifenden - erkennbaren - sichtbaren perfekten Verbrechens?

Ich meine eindeutig ja!

Mit den toxischen Molekül im Sonnenstrahl ohne eigenen Schatten, werden die zum Überleben extrem wichtigen Winkelfunktionen in sich umgedreht und somit hat der unsichtbare Tod als Schummelsoftware ein leichtes Spiel. Wie soll auch ein Mensch hinter die Fassade blicken können, wenn die als künstliche Intelligenz keinen eigenen Schatten bilden - werfen kann? Folglich wird sie so arglos aufgenommen wie die harmonische Energie der Sonne. Nur das mit jeden Atemzug plus Herzschlag eine äußerer harmlose Sommersprosse und innere Eiweißzelle den Geist aufgeben muss. Wie auch, wenn ein Schadsoftwareprogramm die einst sterile Gemengelage beginnt aufzumischen, da keiner diesen toxische Unrat auch nur zu einen einzigen Prozent verdauen kann. Als auch, der heilige Geist als Schummelsoftware nicht rational zu begreifen ist und folglich tun und lassen kann was er will. Mit anderen Worten hat das Verbrechen so was wie einen Freibrief für jedes Verbrechen. Und in einen Krieg ist im Grunde jeder Tiefschlag erlaubt, selbst wenn hochschwangere Frauen wie Vieh verrecken.

Mit jeden injizierten toxischen Molekül harkt ein anfangs unsichtbarere Widertand in der Materie ein und im festgewachsenen Unterbewusstsein beginnt der Gegenreflex und das greift jede infizierte Zelle bei jeden Menschen. Der Tod ist folglich für jeden Spießer gewiss. Im Schnittpunkt beider Achsen im Vollkreis der Physik ist eine Senke entstanden, die so nicht zu einen Milliardstel sein darf und schon hat sich ein trübes Spiegelbild wie in einen Hohlspiegel gebildet. Und das was sie nicht in Spiegel sehen, verschwindet in laufe der Zeit, weil es eben nicht rational sichtbar ist. Sicher ergibt eine fehlende Sommersprosse - Eiweißzelle noch keinen relevanten Grund für den Staatsanwalt. Doch sitzt er im Grunde mit im Boot und mach sich zudem schuldig zum Akt eines vorbereiteten Völkermordes. Nur hat er einen andere Chance? Sicher nicht, so wie jeder andere Bürger auf der noch belebten Erde. Doch ist das kein eleganter Freibrief für Betrug im eigenen Spiegelbild, was Religion im Grunde ist. Denn ein hohler Spiegel kann unmöglich ein ehrliches reelles Ebenbild reflektieren. Es ist immer ein unsichtbares Stück einst kerngesunder Materie für immer und ewig aus dem Gefüge der Evolution ausgestorben. Ein zurück gibt es nicht da es keinen solchen unsinnigen - unlogischen Umkehrreflex gibt. Ein angebrannte noch lebende Hexe ist im Grunde wegen den Hautschäden schon tot, obwohl sie noch lebt.

Wenn man die Opfer beider Weltkriege mit den der spanischen Grippe vergleicht, erkennt jeder eine Stufe. Denn die Differenz zwischen **25** Millionen Opfern als Minimum der Influenza zum I Weltkrieg mit **17** Millionen Toten beträgt in der Tat **8** Millionen Leichen, was im Grunde schon ein Staat wie Schweden ausgestorben ohne das ein Wort zu diesen Tatbestand fiel. Die **17** Millionen Tode im I Weltkrieg entsprechen den Bürgen Ostdeutschlands vor der Wende. Die **25** Millionen Toten schon ganz Skandinavien oder anderen kleinerer Staaten. Die Differenz zwischen **25** Millionen bis **100** Millionen der Influenza entspricht den Leichenberg beider Weltkriege. Haben Sie nun endlich erkannt, das sich in immer stärkeren Maße ein alle Materie schwarzes Loch bildet, wo jeder Staat als separater Einswert in laufe der Zeit verschlungen wird. Begonnen hatte es mit einen abweichenden Durchschnittsgrad in der Sahara in einen nicht zu fühlenden - messbaren Bereich. Dann erblassten Sonnersprossen und später verschwanden sie mit den im Körper wohnenden Eiweißzellen. Und in laufe der Zeit Körperteile, Menschen, Dörfern Städte bis Metropolen. Ohne den tieferen Sinn zu erfassen, lösten sich in den letzten gut 100 Jahren mehre Staaten indirekt auf.

Haben Sie erkannt, das mit jeder der kleinen Stufen als völkischer Leichenberg beim immensen Leichenbergen als Masse immer wertvolles Wissen verloren geht. Und ohne das entsprechende Wissen ist jeder Mensch ein elender dümmlicher Narr, weil ihn eben das logische - mehr als natürliche Spiegelbild fehlt. Und was der Mensch nicht sieht - sehen kann - sehen darf, geht den berühmten Bach für immer runter. Was im richtigen - ehrlichen und folgelogischen Spiegelbild mittlerweile komplette Völker sind, wie die grundehrlichen Daten zum Glück unwiderlegbar beweisen. Nur das diese völkischen Massen noch ein indirekter Völkermord waren. Nun ereilt die menschliche Evolution ein direkter völkischer Tod, wie weitere Daten eindruckvoll auch unwiderlegbar belegen. Ozonloch, tauende Pole, unendliche Naturkatastrophen und mehr, sind ein todsicherer Tipp zum kommenden und sich schon längst am beschränkten Horizont auftuendes schwarzes Loch, wo jeder Mensch wie Staat als separater Einswert den manipulierten freien Fall unterliegt und von seine eigenen unzüchtigen hohlen Spiegelbild wie die Hexe bei elendigen Leib gefressen wird. Nur das diese armen Frauen - Männer völlig unschuldig waren, bevor sie der kultivierte religiöse schwere verbrecherische Irrsinns bei lebendigen Leib verschlang, wie im III Weltkrieg komplett Völker.

Haben Sie erkannt, das ein Ripper erst fabriziert - geboren werden muss, bevor er aktiv werden kann um Teile der Evolution bei lebendigen Leib ohne Narkose und Gewissen zu zerstückeln. Begonnen hatte es mit der abweichenden durchschnittlichen Temperatur in der Sahara, die nicht Rational zu ermitteln ist und endete in immensen Leichenbergen, die ohne Problem aufgestapelt hoch reichen zum lieben Gott auf Wolke Acht, als Stellvertreter Gottes auf Erde, den so genannten Papst als Pontifex Maximum im Vatikan.

Oder der personifizierte kultivierte religiöse Irrsinn als Irrlehre lässt grüßen. Denn jeder von der Sonne gesendete Lichtstrahl wird entweder gebrochen, umgelenkt oder fehlgeleitet, so das er an Kraft erheblich einbüsst. Und ein abgeschwächter Lichtstrahl bewirkt ein Defizit im Dasein - Spiegelbild, was in laufe der Zeit zu oft erheblichen Defiziten führt, wie die Geschichte lückenlos beweist. Denn ein Krieg gleich unter welcher Maxime er geführt wird ist ein abschlachten an Evolution wie ein Ripper, der nur in Einzahl als Mörder - Massenmörder seinen perversen inneren Werten - niedrigen Instinkten nachgeht.

Also ist ein Ripper - Dasein auf **Drei** Ebenen geboren und keiner kann ihn rational sehen - stoppen - ausrotten, denn so ein abartiges Dasein hat auf der Festplatte unserer aller Evolution nicht die Spur zu suchen, da prinzipiell nur Übel damit unweigerlich verbunden ist. Also ist eine dreidimensionale Gestalt wie ein Dschin geboren worden, wo jede Ziffer der Ziffer **DREI** eine römische Zahl ist und ein gleichwertiger Krieg, wie die Historie belegt. Die Ziffer Eins & Zwei kostete schon rund Achtzig Millionen Bürgern das Leben. Von der spanischen Grippe ist da noch lange keine Rede. Denn sie ist das hohle Spiegelbild der restlos verkommen Weltreligion wie dem Judentum und pechschwarzen Katholizismus als geistiger toxischer Virus. Denn diese Farbe schwarz bindet pausenlos wertvolle Energie die zum Überleben extrem wichtig ist, da sie wie eine Mutter nicht ersetzt werden kann. Keiner kann ein liebendes Mutterherz ersetzen. **KEINER!** Und ein blutrünstiger Ripper schon gar nicht, da er in seinen irrationalen Dasein falsch verknüpft ist.

Nur woher rührt - stammt der falsche Knoten im Hirn - Bewusstsein der Menschen? Ist jene Schnittstelle so ein Schaltstelle, wo sich das Bewusstsein bildet und dermaßen empfindlich ist, das selbst ein unpassender Sonnenstrahl schädigen kann?

Ich meine eindeutig ja!

Summiert man diese angegiftete Schaltstellen und verdichtet sie auf einen Punkt, entsteht ein anfangs nicht sichtbarere Gegenwert, der nach Antworten sucht - verlangt und diese mitunter auch findet. Selbst wenn es Menschenleben kostet. Überträgt man dieses abnorme - irrationale Dasein in die Mehrzahl und beginnt dieser abartige völlig falsche Dasein als Lebensmaxime zu kultivieren und nennt diesen sprichwörtlichen Betrug auch noch Religion, ist die Maske unlösbar mit dem Bewusstsein verwachsen und somit überträt sich dieser perverse Kult ins Unterbewusstsein, was in sich den Kern zu einen alle Materie fressenden schwarzen Loch verbirgt. Auf einen Punkt hoch konzentriert entstand der Ort Auschwitz mit seinen Gaskammern, wo den Juden über den natürlichen Angstschweiß die unsäglichen toxischen Moleküle fast restlos ausgetrieben wurden. Das diese **Therapie** nach Art des Hauses " **PHYSIK** " nicht zu überleben ist, dürfte jeden Dummerjan einleuchten.

Denn in jeden der vergifteten Schnittstellen der einst sterilen Winkelfunktionen haust nun ein unsichtbares toxisches Moleküle, was den keimfreien Kern unserer aller Evolution beginnt zu infizieren, was einen anfangs unsichtbaren Schwund an steriler organsicher Materie unweigerlich mit sich bringt. Sicher ist eine blasse - ausgelöste Sommersprosse noch kein Verbrechen. Doch beinhaltet es den Keim dazu und schon bald fehlt innen eine Eiweißzelle, die der injizierte Körper immer ersetzen muss. Es ist wie bei der Armee, wo für einen Soldaten als einst lebendigen Eiweißzelle, ein anderer bei dessen Tod den Platz einnehmen muss und das solange wie der Krieg dauert oder kein Soldat - Mensch mehr am leben ist. Denn ein Vakuum gleich welcher Art wird von der Physik nicht zu eine Milliardstel geduldet. Und dieser abscheuliche Exzess, dauert prinzipiell solange bis alle Siebeneinhalb Milliarden Menschen in einen schwarzen Loch spurlos verschwunden sind. Den sichtbaren Keim dazu sind immer noch die Gaskammern von Auschwitz und die Ränder zum schwarzen Loch die Fronten beider Weltkriege.

Nur woher rührt dieses hochgiftige Molekül, was als toxisches Gen die Materie dermaßen aufmischt, das selbst Weltkriege mit Achtzig Millionen Toten kein Thema sind und dieser genetische verbrecherische Unrat nun beginnt ein schwarzes Loch aufkeimen zu lassen? Die ersten Symptome hatte jeder schon am eigenen Leib verspürt und es kommt noch wesendlich dicker in den nächsten Jahren. Mit diesen toxischen Gen als künstliche abnorme Intelligenz, ist ein Schummelsoftware auf die Festplatte der Evolution installiert wurden, die so gut wie nicht zu entfernen ist. Außer man versucht die Übeltäter als Träger dieser hochgiftige Molekül, komplette mit Mann & Maus auszurotten, so wie es der brauen Hitler mit den Juden vor hatte. Der schwarze Hitler vollzieht der Akt mit den pechschwarzen Katholiken. Was das bedeutet, wenn jeder Erdenbürger um sein nacktes Leben notgedrungen kämpfen muss, kann keiner so genau sagen. Denn es wird jeder Bürger zum Ripper gemacht und nichts kann diese Schnitter je stoppen, wenn wir nicht zuvor den schon längst überfällige Wende um volle Hundert Prozent hinbekommen um den künstlichen Tod als religiöse Pest zu entkommen.

Von 2015 bis 2018 waren vier der heißesten Jahre seit das Wetter ausgezeichnet wurde. Mit anderen Worten bildet sich nur sichtbar - spürbar ein Scheiterhaufen wie im Mittelalter heraus, wo der Tod zu vollen Einhundert Prozent präsent war. Folglich sind die Hitzefelder - Glutnester Orte wo die Evolution verbrannt wird und daher Stellen zu schwarzen Löcher die weit größer - präsenter sind als Auschwitz mit seinen Gaskammern. Auch die Schäden beziffern Summen, die nicht mehr rational auch nur ansatzweise berechenbar sind. Und im Grunde sind die lose folgenden heißen Sommer eine Art Fließband des Todes wie unter den braunen Hitler mit nur gigantischeren Volumen, wo jedes Maß beider Weltkriege wie die Sommersprosse verblasst und der Tod das Zepter der Evolution in sein mörderischen knochendürren Hände bekommt. Ein Entkommen ist nicht möglich, denn weder eine Hexe konnte den Feuer entkommen noch ein Jude kam lebend aus den Gaskammern von Auschwitz raus. Der Tod ist also jeden verlogenen toxischen Spießer gewiss. Somit liegt der direkte völkische Tod als Völkermord schon seit ewigen Zeiten auf der Lauer um sich jener aufreizenden toxischen Moleküle zu entledigen. Ähnlich wie den Bremsentod der zwei Kriegsgefangenen, die von den Insekten regelrecht zerbrütet wurden und wie ein Räucherkerze stundenlang vor sich hin klimmten und vor unsäglichen Schmerzen den Verstand verloren.

Zum Teil haben die Menschen weltweit schon den Verstand verloren, in dem sie diesen unsäglichen toxischen bis ins Unterbewusstsein inhalierten und sich so ein anfangs unsichtbarere zersetzender innerer Prozess und äußerer Exzess begann den Weg unaufhaltsam durch die Evolution zu bahnen. Bis zu Beginn des Jahres 2019 konnte keine einzige Macht - Großmacht - Großmaul den schwarzen Tod bewusst sehen, erklären, sichtbar darlegen oder gar bekämpfen. Folglich waren die Ansagen gegen den Klimawandel wie sollte es auch anders sein nur verlogenen saudumme teure Lippenbekenntnisse mit ungewissen Ausgang. Wie auch, wenn ein Trugbild die einst Konturen scharfen Gesetze der Allmacht Physik verschwommen reflektiert und das eigenen Spiegelbild mit allen äußeren Sommersprossen - inneren Eiweißzellen dazu. Da nun mal kein Mensch sich innen betrachten kann, hat der schwarze Tod ein leichtes Spiel seinen Todesmarsch wie im III Reich fortzusetzen und das bis alle Menschen tödlich infiziert sind und in eigener Regie den Tod hinnehmen müssen.

Denn jeder Gärtner kann nur das ernten was er säte. Wer Möhren sät, kann unmöglich Radieschen ernten. Alles andere wäre ein Ding aus dem Tollhaus, was die Religion im Kern auch immer war - ist und ewig sein wird. Denn mit einen irren Trugbild, was aus einen künstlichen Hohlspiegel stammt, wo jedes physikalische Maß erlischt, verschwimmen auch alle Ländergrenzen - Staatsgrenzen wie im Hochwasser. In einen künstlich geschaffenen Trugbild - hohlen Phrasenbild kann sich unmöglich ein reelles physikalische konturenscharfes Maß widerspiegeln. Die irren Folgen sind nun sichtbar jeden Tag - Nachrichtenkommentar zu sehen und es ist noch lange kein Ende dieser Todesspiralen nach innen zu erkennen. Denn die Physik ist zu vollen Hundert Prozent bestrebt, sich jedes dieser unsäglichen toxischen Moleküle restlos aus den atomaren Gittern - Gefügen auszutreiben wie der braune Hitler den Juden über den Angstschweiß in den Gaskammern von Auschwitz die toxischen Moleküle ausgetrieben hatte. Das so eine Therapie nach Art des Hauses **PHYSIK** keiner überlebt, dürfte jeden Dummerjan einleuchten. Dieser irre, aber völlig normale Reflex der Physik ist auf jeden Fall noch klarere wie das saudumme Ahmen nach den blöden Gebeten in den düsteren religiösen Tempeln des Todes.

Haben Sie mittlerweile erkannt, das mit den unzähligen Schnittstellen pausenlos Gift über die

Winkelfunktionen in die unendliche Evolution injiziert werden und keiner kann sich dieser nach innen gerichteten teuflischen Spirale des Todes in ein schwarzes Loch entziehen. Denn mit jeder Schnittstelle beginnt sich die Evolution immer wieder neu zu infizieren und irgendwann geht ihr natürlich die Puste aus, so wie den Juden in den Gaskammer von Auschwitz. Und mit jeden Sonnenstrahl plus einen dieser hoch giftigen Moleküle wird die Energie dermaßen geschwächt, weil dieser Lichtstrahl im Kern gebrochen ist und es kein zurück gibt. Weil mit den blockieren der Sonnenkraft mit den zweiten Dreiecke als Judenstern, ist ein unlösbares toxisches Problem entstanden, was rational nicht ansatzweise zu erkennen ist. Da mit allen vier Jahreszeiten ein mehrfacher Bruch unweigerlich verbunden ist. Denn die reine Energie der Sonne würde die Evolution wie die Hexe auf den Scheiterhaufen restlos bei lebendigen Leib verbrennen. Man muss das Jahr mit allen Jahreszeiten mehrfach teilen um auf einen normalen berechenbaren Fakt zu kommen.

Beispiel:
Ein komplettes Jahr ist ein Einswert oder ein Eintel - 1 / 1 = 1
1 = alle Vier Jahreszeiten wie Frühling - Sommer - Herbst - Winter
Jede Jahreszeit ist ein ganzes Viertel von einen kompletten Jahr zu vollen Einhundert Prozent.

Die Hauptjahreszeiten wie Sommer und Winter eine halber Einswert 1 / 2
Im Sommer wächst alles recht prächtig und im kalten Winter schläft die Natur.
Ein halber Einswert die zwei Hauptjahreszeiten wie Sommer und Winter - 1 / 2.
Die beiden Zwischenjahreszeiten wie Frühling und

Herbst - 1 / 2.

Mit den Zwischenjahreszeiten wie Frühling und Herbst halbiert die die Hälfe in ein Viertel - 1 / 4, denn weder im Frühjahr noch Herbst kann man massiv ernten. Zum einen müssen die Früchte erst mal treiben und dann im Sommer wachsen, bevor man später ernten kann. Vereinzelt auch im Herbst, als geringfügige Ausnahmen, wie der extrem späte Winterporree - Weihnachtsäpfel.
Jede Jahreszeit separat je ein Viertel.
Frühling = 1 / 4
Sommer = 1 / 4
Herbst = 1 / 4
Winter = 1 / 4

Im Sommer als einzige Hauptjahreszeit wo die Evolution prächtig wachsen kann, muss man erneut den Tag mit seinen Vierundzwanzig Stunden in Tag und Nacht halbieren. Denn ohne Sonne ist die zum Überleben extrem wichtige Photosynthese tot. Darum muss der Sommer als Viertel erneut halbiert werden zu einen Achtel.
Sommer ein Viertel = 1 / 4
Sommer - Tag mit Sonne - ein Viertel
Sommer - Nacht ohne Sonne - ein Viertel
Sommer komplett logisch ein Achtel 1 / 8

Nur was geschieht wenn man das Achtel erneut mit einer betrügerischen List halbiert, wie die Juden mit jenen zweiten - doppeltem Dreieck über den ersten Delta, wo alle physikalischen natürlichen Gesetze verankert sind. Mit den Wort verankern meine ich alle Atome in den Gittern - Gefügen der Materie. Werden die Naturgesetze regelrecht angereizt, müssen sie den zusätzlichen reibenden Reiz verarbeiten und sind gezwungen sich zu bewegen, was zu erneuter zusätzlichen reibenden Wärme führt die allmählich ein bis mehrere Glutnester bildet und ein Feuer wird begünstigt. Die weltweiten unbändigen Feuer bis Megafeuer sprechen weltweit Bände. Was soll auch anderes herauskommen, wenn das zum Überleben extrem wichtige Klimakterium der Umwelt - Evolution massiv zu deren ungunsten verändert wird. Auch bei einen Krieg wird das Umweltklima massiv zu deren ungunsten massiv verändert. Denn ein Mensch ohne Körperteile ist eine Todgeburt, was jede Weltreligion wie das Judentum plus pechschwarze Katholizismus ist. Denn kein einziger natürlicher von der Physik gesteuerte Reflex lässt sich astrein auf die Hauptwissenschaft zurück führen und das ohne Probleme. **KEINER!**

Wie kann man den gemeinen Bruch 1 / 16 noch bewerten? Denn er ergibt sich als eine separate Eins und eine Eins als Teil mit der Sechs zur Sechzehn. Und die Eins ist der Kosinus und die Sechs die Judensechs, welche aus den II Weltkrieg stammt. Dazu ist jede Eins ein Dreieck und doppelt ergibt sich ein doppelter Schatten, den die Evolution nicht überwinden kann und folglich die Segel streichen muss, was zu Verlust der infizierten Materie führt. Begonnen hatte es mit einen abweichenden Grad im Tausendstelbereich der durchschnittlichen Umwelttemperatur in der Sahara und dann erblasst ein äußere Sommersprosse und es löste sich eine innere Eiweißzelle auf, was nicht zu einen Millionstel bis Billionstel zu registrieren ist. Die Sechs von der Sechzehn als Judensechs ist ein wichtiger Teil der damaligen Daten auf der Erde mit der braunen Historie. Denn zum einen gab es damals Sechs Milliarden Erdenbürger. Dann fielen Sechzig Millionen Menschen im II Weltkrieg und Sechs Millionen Juden als Zugabe dazu, die der zehnte Teil des gesamten Leichenberges sind. Weil im Primzahlenabstand die Zehn mit den Sinus zu vollen Einhundert Prozent verankert ist. Denn der multiplizierte Zwei als Sinus mal Zehn ist nun mal Zwanzig. Da ja der Sinus immer mit im Boot sitzt und natürlich der Tod gratis - unsichtbar dazu. Folglich haben wir dreimal die Sechs als separater Einswert massiv im Weltgefüge verankert und eine mehr als eindeutige Aussage. Denn jede separate Sechs ist logisch auch ein einzelner Einswert. Und alle drei Sechsen ergeben natürlich eine Eins zur römischen III, und die ist ein Tipp zum kommenden und sich schon längst am beschränkten Horizont ankündigen III Weltkrieg, wie er von Nostradamus schon im schwarzen Mittelalter eindeutig vorhergesehen wurde.

Was bedeutet es wenn der schattige Kosinus kultiviert wird? Das sich mit den drei unterschiedlichen Sauerstoffarten - wie Sonne in der Luft, Sauerstoff in der Luft und die Ökonomie in der Luft ein undefinierbarere Dauerschatten als religiöses bitterböses Dauerverbrechen bildet, was als solches nicht zu erkennen oder gar zu definieren ist. Denn man kann nur die Materie definieren, welche rational begreifbar auf exakten physikalischen Fakten beruht. Einen Dschin - heiligen Geist kann man weder exakt definieren noch in ein reelles und zum Überleben physikalisches Maß einteilen. Eine Skala für Schummelsoftware ist im Grunde Betrug im eigenen toxischen Spiegelbild, was den unsichtbaren Keim zum Völkermord beinhaltet und mit aller zur Macht stehenden Konsequenz bekämpft und ausgerottet werden muss, wenn man die Krebszelle aus der Evolution erfolgreich bekämpfen will. Einen anderen Weg gibt es nicht, außer man begeht den erneuten begriffsstutzigen Irrweg in den III alle Materie vernichtenden Weltkrieg.

Addiert man alle drei Ziffern des gemeinen Bruches 1 / 16 ergibt sich die Acht als unendlichen Tod und die addiert Sechzehn ist die Sieben als unsichtbarere Tipp zu den sieben Weltreligionen. Die dreifache Sechs ist auch ein solcher Tipp im direkten Vergleich zu den drei unterschiedlichen Sauerstoffarten für die Evolution mit ihren jeweiligen auch wiederum unsichtbaren Schatten. Auch der lebend angenagelte Jesus ist ein Festkörper der Physik ohne das er einen eigenen Schatten auf die Erde werfen kann, was eigentlich im Sinne der Physik zu vollen Hundert Prozent unmöglich ist. Irgendeinmal muss jeder Körper einen eigenen Schatten werfen. JEDER! Eine andere Variante gibt es nicht zu einen Billionstel Prozent. Und genau dort verbirgt sich das eigentliche unsichtbare Problem. Das keiner diese Daseinsform als künstliche Materie oder künstliche Intelligenz als betrügerische Schummelsoftware erkennt und folglich arglos mit voller Leibeskraft inhaliert, was zu jeden Atemzug - Herzschlag unsere aller Evolution schwächt. Auch eine Floh oder Sommersprossen - Körperzelle hat ein Gewicht in der Physik und muss rechtlich bedacht werden.

Ein zuwiderhandeln kann zu erheblichen Problemen führen die sich dann in Gewalt steigern und sich in Kriegen gipfelt. Europa ist immer noch ein hart geprüfter Kontinent mit rund Achtzig Millionen Toden. Und die Zahl Achtzig setzt sich aus zwei Ziffern zusammen. Der Acht zum unendlicher Tod und der Null von der Eins zur Zehn als Multiplikationsfaktor mit den Sinus zur Zwanzig, welche jener sichtbare größte Abstand der Primzahlen untereinander ist. Zudem der riesige Leichenberg mehre Staaten zu vollen einhundert Prozent entmenscht. Und daher waren auch die zwei Weltkriege ein vollkommen entmenschter Gewaltakt gegen die Evolution. Nur muss man ebenfalls zu vollen einhundert Prozent abklären, woher diese irrsinnige Gewalt stammt - ihren unverkennbaren Ursprung findet und immer wieder aufs neue aufflammt. Denn die Achtzig - 80 setzt sich aus den beiden unverkennbaren

Ziffern Acht - 8 und Null - 0 zusammen. Und Null mal Acht ist nun mal Null, was natürlich auch für Staaten, Kontinente, Völker zu vollen einhundert Prozent gilt. Da gibt es keine einzige Ausnahme. Und dazwischen passt nicht ein einziger Sonnenstrahl um die infizierte Materie aufzuhellen. Darum waren auch die Scheiterhaufen der heiligen Inquisition zu vollen einhundert Prozent tödlich.

Auch an diesen irrsinnigen Dauerverbrechen Scheiterhaufen bestätigt sich die dreifache Eins als jeweiliger separater Einswert, als nackte rohe hundertprozentige Aussage, die nicht zu einen Millionstel Prozent zu widerlegen ist. Zum einen ist das Feuer zu hundert Prozent tödlich. Zweitens sind die Gene nicht mehr zu analysieren und zu guter Schluss schrieen sich die Opfer dieses perversen Dauerverbrechens die Seele aus dem Leib. Im Grunde wurden die unschuldigen Hexen - Ketzer mit den Faktor Null bei lebendigen Leib multipliziert. Nur wo ruhte die toxische Wurzel zu solchen unbeschreiblichen - unbegreiflichen Dauerverbrechen, wo jede Eiweißzelle in Körper bei lebendigen Leib gemordet wird? Im unsichtbaren Kern des künstlichen Hohlspiegels, der nur wertvolle Energie bei lebendigen Leib frisst und das ohne die geringste Spur von Gnade. Und genau so gnadenlos - unbarmherzig sind die logischen bis völlig natürlichen Reflexe, der bis aufs atomare Blut gereizten Physik. Der braune Hitler war nur der läppische Vorbote als Gefreiter. Der Weg zum General ist extrem weit und kann unmöglich von jeden Bürger gestritten werden.

Wie kann man den einst quicklebendigen eingefangenen Sonnenstrahl zwischen den beiden Dreiecken des Judenstern noch begreiflich übersetzen? Teilen wir die Schneite eines Messers in drei Teile ein. Zum einen wird das Schnittmesser mit eine Maschine auf ein Tausendstel hochkarätig geschliffen. Dann wird ein Laser eingesetzt und die Schnittkante erhöht ihr nicht begreifliche extreme Schärfe. Aber nun brennen wir Diamantstaub ein und schleifen mit einen noch nicht erforschten Gammastrahl und mit diesen Schliff können wir einen Lichtstrahl halbieren. Schon der nackte Gedanke die Schnittfläche zu berühren hinterlässt einen tiefe Schnittwunde. Und so eine tiefe Wunde sind übersetzt die Schützengräben in den Fronten beider Weltkriege. Und genau das verursacht das Judentum in der Evolution, wenn sie mit ihren religiösen Symbol die Kraft der Sonne schädigen. In laufe der Zeit bildet sich eine natürliche Gegenwehr und die äußert sich meist in Gewalt. Denn mit den Gammastrahl halbieren wir den Sommer noch einmal und damit auch die Materie, mit der die Sonne alles gedeihen lässt. Das mehr als logische Endresultat waren zwei Weltkriege mit Achtzig Millionen Toden. Der jüdische Holocaust mit Sechs Millionen toten Juden, was den europäischen Bestrand halbierte und der Multiplikationsfaktor Zehn sich mit den toten Juden multiplizierte und Sechzig Millionen Menschen den Tod fanden. Obendrein wurde Berlin, Deutschland und Europa wie bei einer Kernfission halbiert - gespalten. Einmalig in der menschlichen Evolution.

Mehr kultiviertes Verbrechen - Dauerverbrechen Religion geht kaum. Außer wir schaffen aus eigener Kraft schwarze Löcher, die den gesamten völkischen Bestand in einer Lichtsekunde von drei Jahren in anbetracht der historischen Zeit auslöschen. Denn drei Jahre im direkten Vergleich zum Erdalter von Viereinhalb Milliarden Jahren mit aller verlebter Energie ist eine läppische Lichtsekunde, wo alles organische Leben von einen schwarzen Loch bei lebendigen Leibe aufgefressen wird. Die vielen unbändigen Naturkatastrophen sprechen selbst für den dümmsten Ignorant Bände. Denn alle unterbutterte Energie der Sonne, die von den unsichtbaren Schatten der drei Sauerstoffarten mit den zweiten Dreieck blockiert wurde, sucht sich immer ein Ventil. Und wenn es das letzte menschliche Leben auf der Erde kostete. Mit der Physik ist ein künstliches Vakuum nicht zu bewerkstelligen. Nicht zu einen einzigen Billionstel Prozent, wenn man nicht den Tod als Kumpel begrüßen - geküsst werden möchte.

Wenn alle drei recht unterschiedlichen Sauerstoffarten dermaßen blockiert werden, das sie immens an innerer Kraft verlieren, muss der damit unabwendbare unmittelbar verbundene Tod in voller Kraft akzeptiert werden. Begonnen hatte es mit der Wüste Sahara, wo die durchschnittliche Temperatur um nur ein Tausendstel stieg und bei einigen Menschen die ersten Sommersprossen erblasste und innen eine Körperzelle sich auflöste. Auch die unzähligen Konzentrationslager im III Reich einschließlich der Gaskammern von Auschwitz, sind nur läppische erblasste Sommersprossen und die Insassen sich allmählich auflösende Einweißzellen, die für immer unter der Sonne das Zeitliche segnen. Selbst die Insassen in den Gaskammern von Auschwitz waren in beiden Punkten wie die erblassten Sprossen plus die Körperzellen die sich begannen aufzulösen. Denn das was die Juden über den Judenstern der Evolution antaten, widerspiegelte sich nun im I & II Weltkrieg plus Holocaust und den dafür eigens umfunktionierten Duschräumen zu Gaskammern. Eines müssen Sie sich immer vor Augen halten, das für jeden Reflex in der Physik ein logischer Gegenreflex sein Funktion erfüllen muss. Und das kann mitunter den eigenen Tod plus der Familie sein.

Mit den künstlich erdachten Gammastrahl ist jene Schummelsoftware gemeint, die den Sommer von einen

Achtel auf ein Sechszehntel halbiert und folglich unsere aller Evolution massiv schwächt. Denn im aktuellen Maßstab Eins zu Zehn ist der sicher Tod für alle Menschen aus den Primzahlen mit den Primzahlenabstand abzulesen, wenn man die Code kennt und mit ins Denken einbezieht. Für Dummschätzer, irre Ignoranten und anderes religiöses Grobzeug ist kein Platz - nicht ein einziger Quadratmillimeter auf der Festplatte der Evolution. Denn für jedes toxische Molekül muss ein Gegenwert aufgebracht werden und das kostet immer zusätzliche Zeit, Geld, Energie und meist Menschenleben. Und in der Physik wird in kompletten Völkern als separater Einswert gerechnet. Schon der Blick an die mit Diamantstaub geschliffene Schneite kostet Blut, denn damit ist ein Gedanke an die verdummenden Religionen sinnlos verschwendet wurden. Es ist der so genannte kreuzgefährliche Sekundenschlaf im Straßenverkehr, der immer wieder Leben kostet. Und in übertragener Mehrzahl plus übersetzten religiösen Kulturgut, nun mal wie die Historie zum Glück beweist komplette einst gesunde Völker. Addiert man beide Weltkrieg plus der spanischen Grippe ist Russland bis zum Ural völlig menschenleer.

Sicher sind atomare Waffen mehr als schrecklich, wenn man sich die Dauerschäden von Hiroshima und Nagasaki vor Augen hält. Doch jeder Mensch benötigt die Sonne plus der damit unweigerlich verbundenen Stoffen wie Energie, Essen, Kleider, Licht, Harmonie der Winkelfunktionen und Sauerstoff. Und in einen künstlichen sinnlosen Hohlspiegel, wo sich das Licht bricht - halbiert zu einen Sechszehntel Teil und die damit unweigerlich verbundenen konstanten Gesetze der Hauptwissenschaft Physik sich beginne aufzulösen, wie die Sommersprossen oder Körperzellen, ist jede dieser Zellen ein separater Einswert. So wie sich die

Hexe im Fegefeuer auflöst und alle natürlichen Gefühle dazu, sind diese separaten Einswerte ein klassisches Symptom zu einen alle Materie fressenden schwarzen Loch. Auf der Erde frisst Licht des Feuers Evolution und im Alle frisst jedes schwarze Loch Licht um das Gleichgewicht der Physik zu gewährleisten. Im Grunde benötigt auch der Mensch Licht um zu überleben und jeder Missgriff gegen die Physik hinterlässt tiefe Spuren in der Evolution, wie die Kriege plus Schützengräben beweisen.

Folglich habe die perversen religiösen Verursacher der schwarzen Unzucht die gesamte Evolution am Hals und sind im Begriff ohne zu begreifen was sie anrichten den eigenen Tod vor Gesicht im künstlich erschaffenen Hohlspiegel. Wie soll ich etwas begreifen - bekämpfen was nicht rational zu erfassen - zu begreifen ist. Denn genau so unbegreiflich ist jeder Krieg mit den dazu gehörigen irren Verlusten. Überleben Sie mal, wenn die Physik mit voller Kraft zurückschlägt was ihr an Energie in laufe der Evolution genommen wurde. Da erblasst jede Wasserstoffbombe wie die Sommersprosse im eigenen Angesicht. Und wieso kann der Mensch nicht angemessen reagieren? Wie soll er sein eigenes Spiegelbild unterfangen? Das macht doch keinen Sinn. Und wenn Sie es tun, würde die attraktive kerngesunde Gesichtsfarbe erblassen. Und schon ist ein Stück eins quicklebendiger Evolution als nackter unsichtbarer Schatten für den Augenblick einer Lichtsekunde verschwunden. Kaum einer nimmt diesen Augenblick für bare Münze. Genau so wie abweichende Temperatur in der Sahara um die dritte Stelle nach den ersten Komma. Von einen zweiten Komma für die weiteren drei Stellen will ich erst gar nicht reden. Dann sind wir im Millionstel Teil der Grade Celsius in jeder Wüste. Und der logische Gegenwert zum Millionstel Teil in Celsius ist ein Leichenberg in dieser Größe.

Was für ein Schatten entsteht denn bei den drei unterschiedlichen Sauerstoffarten? Kann ein sichtbarer Schatten überhaupt entstehen? Denn in der Kirchen hinter den kunterbunten Kirchenfenstern ist die Evolution dermaßen geschwächt, das ein fruchtbarere Kern als Keim zum keimen allmählich aber sicher abstirbt. Im Grunde sind die unterschiedlichen Sauerstoffarten hinter den dekorativen Kirchenscheiben so abgeschwächt, das es den knochendürren Häftlingen in den Konzentrationslagern als lebendigen Leichenflecke ähnelt. Denn jeder der Insassen in den Lagern ist eine erblasste äußere Sommersprosse und innere Eiweißzelle, wo der Tod in eigener Person sein schattenloses Spiegelbild zu Schau stellt. Das gleiche Spiegelbild gilt für die Juden in den Gaskammern von Auschwitz. Auch ihnen wurde ihr persönliches hohles Spiegelbild zum Verhängnis. Zudem wurde den röchelnden Juden im Angesicht des Todes die toxischen Moleküle über den Angstscheiß aus den Körper getrieben. Sie sehen also, das mit dieser Wissenschaft **PHYSIK** nicht zu spaßen ist. Sie findet immer einen Weg als logischen Reflex um sich gegen das blühende Vakuum massiv zu wehren. Selbst wenn es das letzte Menschenleben kostet.

So wie die Juden in den berühmt berüchtigten Gaskammern von Auschwitz um die Wette röchelten, ergeht es im III Jahrtausend der unendlichen Evolution. Und das schlüssige Spiegelbild im **III** Jahrtausend ist der logisch folgende **III** Weltkrieg als katholischer Holocaust oder schwarzen Loch, wo jeder Bürger zu Ader gelassen wird, was den Tod zu unausweichlichen Folge nach sich ziehen kann und wird, wenn wir nicht den Schalter für immer umlegen können. Nur darf es nicht solange dauern wie in Deutschland, das Frauen gleiche Löhne wir Männer bekommen. Dieser abscheuliche Exzess dauert rund ein Dreivierteljahrhundert. Eines ist sicher, das im Jahr 2030 die Evolution nach den dreijährigen Krieg als Lichtsekunde in einen schwarzen Loch abstirbt. Die meisten Bürger röcheln schon indirekt in täglichen Überlebenskampf um über die Runden zu kommen. Sie sehen also, das dieser Vergleich nicht aus der Luft gegriffen ist. Er ist leider mehr als reell - lebendig weltweit und das zu Beginn des III Jahrtausend, wo der unsichtbare Tod schon an Millionen Haustüren klopft um endlich eingelassen zu werden. Denn es ist allerhöchste Zeit, das sich etwas in unseren Dasein irrationalen verändert.

Nur ist es so, das diese abscheuliche religiöse Schummelsoftware nicht zu einen Millionstel Prozent zu sehen ist und trotzdem reell ihr irres Dasein fristet. Denn ein einziges Staubkörnchen auf einen sterilen Datenbank kann zum Verlust der Daten plus Betreiber führen. Und jeder Mensch auf der Erde ist ein Betreiber auf der noch lebendigen Abszisse mit ihren reellen Winkelfunktionen im absoluten konstanten Plusminuseinsbereich. Nicht vergessen, das jedes zusätzliche toxische Molekül einen entsprechenden Gegenwert benötigt um fungieren zu können. Und der logische Gegenfakt zum Molekül ist ein Atom, was ohne Grunde angereizt wird und mit der zusätzlichen unnötigen Wärme sein Gitter verläst und als Querschläger die Umwelt infiziert, was pausenlos Naturkatastrophen hervorruft. Nur zu guter Schluss ist dann wie unter den braunen Hitler alle Juden und jetzt die schwarzen Katholiken die Todeskandidaten. Denn diese Farbe Schwarz bindet nur pausenlos Wärme die keiner gebrauchen kann. Ebenso wenig wie keiner unbedingt jene Staatsschulden benötigt.

So wie die drei unterschiedlichen Sauerstoffarten nicht

zu sehen - greifen sind, außer Sie unterbrechen den Sinus und damit die zum überleben aller Organismen extrem wichtige Photosynthese, wo die Evolution Luft zieht und in konzentrierter Form mit den toxischen Molekülen sich in den Gaskammern von Auschwitz logische widerspiegelt. Denn so wie die Sauerstoffarten in der Luft als Sauerstoff, Ökonomie und Sonnenlicht nicht rational zu sehen - ergreifen sind, verhält es sich auch mit den dazu gehörigen unsichtbaren Schatten. Denn in den Gaskammern von Auschwitz löste sich jeder Schatten plus Sauerstoffart restlos auf, so wie sich das toxische Judentum auflösen sollte, so das kein einziger Jude - toxisches Molekül sich in der Evolution oder Festplatte für alle Daten befindet um alle Bürger der Erde über die Photosynthese oft massiv bis in den Tod zu schädigen. Und im II Weltkrieg verloren rund Sechzig Millionen Menschen ihr Leben oder ein großer europäischer Staat als Einswert wurde restlos menschenleer. Sicher nur in indirekter Form. Doch im III Weltkrieg sprechen ja die Atome in direkter Form zu ihren perversen Peinigern um sie mit ihren irren schwarzen toxischen Spiegelbild wie der brauen Hitler die Juden zu konfrontieren, um von der Festplatte der Evolution die Lichtwurzel zu ziehen, wie er es schon mit den Juden in den Gaskammern von Auschwitz erfolgreich praktizierte. Jeden Juden ist die Pusten im direkten Angesicht des kultivierten Todes ausgegangen. **JEDEN!**

Und was den Juden passierte mit ihrer religiösen Unzucht, widerspiegelt sich im III Weltkrieg gegen alle pechschwarzen Katholiken in einen schrittweise aufkeimenden schwarzen Loch. Nur wie kann ein unsichtbarere Dauerschatten ein schwarzes Loch entstehen lassen? Mit diesen künstlichen der Evolution abgewanden Datenprogramm ist ein Minuswachstum mit der Sechsten Stelle nach den Komma in unser aller

Dasein installiert wurden um sich die Evolution über die Physik Untertan zu machen. Doch wird dieser Deal sich letzten Endes gegen die perversen Verursacher richten und seinen Fron abverlangen. Die beiden Weltkriege reproduzierten rund Achtzig Millionen Tode ohne die spanische Grippe mit Fünfundzwanzig bis Einhundert Millionen Opfer weltweit. Das wären ein Drittel der Europäer und da die Menschen damals noch wesendlich gesünder waren, kann und wird sich dieser Leichenberg massiv verdoppeln. Es kann sogar sein, das jegliches menschliches Leben auf den Kontinenten erlöscht.

Nur wo ist der zündete Funkte zu diesen abnormen völkischen Massenmord? Was kostet die sechste Stelle nach den Komma in der durchschnittlichen Temperatur als abweichender Fakt in der Sahara? Sicher kann man eine blasse Sommersprosse nicht sinnig berechnen. Doch verschwindet innen eine Eiweißzelle und die ist rational ohne Probleme nachweisbar, da sie sichtbar ist. Doch in der Masse zu einen Menschen extrem schwer zu beziffern. Gehen wir mal allgemein davon aus - ohne negatives Gedankengut, es verschwindet einen weltberühmten Menschen - Star wie der Diva Maria Callas ein Zipfel einer Salami, den Sie ohnehin nicht essen kann. Es bleibt nur ein materieller Wert unter einen Cent. Also nur ein Zehntel Cent um bei unseren bewährten sinnvollen Dezimalsystem zu bleiben. Um den materiellen Wert reell und ehrlich berechnen zu können ist es nötig, Zehn dieser Wurstzipfel zu stehlen um einen sichtbaren Cent erkennen zu können. Also ist ein Sog künstlich entstanden, der immer weitere Kreise zieht, die keiner mehr rational auch nur annähernd überblicken kann. Denn in keiner historischen Arbeit sind die Fronten beider Weltkrieg als Ränder zu einen schwarzen Loch auch nur zu einen Millionstel - Billionstel Teil der infizierten Materie erkannt - beschrieben wurden.

Im Grunde ergeben - bewerkstelligen die künstlichen Schatten der unterschiedlichen Sauerstoffarten einen irrationalen Gegenreflex mit den überlagerten seitenverdrehten Dreieck zum ersten Delta und die logischen Folgen sind ein der Evolution völlig abgewandtes Datenprogramm. Da im Kern der zwei Dreiecke als Judenstern ein giftiges Molekül ihr Eigen nennen, werden über den künstlichen Hohlspiegel die natürlichen Winkelfunktionen gegen ihre eigentlichen Sinn umgekehrt und schon erlöschen Sommersprossen und Eiweißzellen. Zumal mit den ungekehrten Funktionen der beiden Winkel einen Trichter bilden und das zweite seitenverdrehte Dreieck sich wie ein Tornado aufrichtet und die oberen Grenzen des doppelten Deltas sind in der Realität die Fronten beider Weltkriege als Ränder zu einen schwarzen Loch, wo schon komplette Staaten verschwanden. Denn die künstlichen Schatten der Sauerstoffarten behindern die Evolution über die Photosynthese und allmählich aber systematisch wird sie abgeschwächt und muss für immer die Segel streichen. Ein allmählicher dahin siechender Tod ist die logische Folge dieses unsichtbaren aber mehr als reellen Dauerverbrechens Religion.

Nur ist es so perfide gewachsen, das dieses irre saudumme mehr als schwere bis schwerste ständig andauernde verbrecherische künstlichen Softwareprogramm nicht die Materie berührt. So wie der Dschin - heilige Geist, den Boden bei der Operndiva nicht berührt und im herkömmlichen Sinne keinen Einbruch darstellt. Und trotzdem ist ein materieller aber nicht bezifferbarere Schaden entstanden unter einen Cent. Mit diesen Defizit in dem schon infizierten Bewusstsein, ist der toxische Keim zu einen anfangs unsichtbaren Verbrechen gelegt, denn eine blasse äußere Sommersprosse und innere Eiweißzelle sind noch kein

Verbrechen. Doch jeder Drogenbaron beginnt in so einer abgedunkelten Nische der beschatteten Evolution. Ich will für die berühmten Drogenbarone keine Lanze brechen, aber wenn ein Peso in Mexiko eingespart wird und als logischer Gegenwert muss pro Peso Hundert bis Tausend Dollar draufgezahlt werden, steht die zweite Pyramide wie das doppelte Dreieck auf den Kopf und muss wieder auf die Füße, um den völkischen Tod zu entgehen.

In laufe der Zeit zieht die nun mittlerweile immer tödlicher infizierte Materie Luft und es entsteht ein künstliches Vakuum. Ein nun schon klassisches Symptom sind immer noch die Gaskammern von Auschwitz, wo der braune Hitler ohne es zu wissen aus den Judentum die Lichtwurzel gezogen hatte. Und das Konzentrationslager mit den Gaskammern in Auschwitz ist nur eine einzige lausige Sommersprosse von Millionen an einen Körper. Im Grunde müssten wenn man die Sprossen mit den toten vergasten Juden multipliziert, ist die Erde wäre komplett menschenleer. Und das ist nur das weltberühmt berüchtigte Lager Auschwitz mit seinen Gaskammern. Von den anderen Lagern plus Fronten beider Weltkriege ist noch lange keine Rede. Berechnet man den Feuertod einer unschuldigen Frau als Hexe, und sie brennt nur bei lebendigen Leibes drei Minuten, wären das Einhundertachtzig Sekunden. Nur fliegt eine Kugel in direkten Aufsatzschuss in der Realität eine Tausendstel Sekunde. Denn heute wird man ja eher schossen als verkachelt. Folglich ist der logische verständliche Gegenwert Eins zu Einhundertachtzig Tausend. Für ein Hexe muss Leipzig fast zweimal komplette aussterben. Mit anderen Worten ist einer wegen eine Unfalls dran der zwar einen Führersein besitz aber kein Auto sein Eigen nennt und zu den Zeitpunkt ein todsicheres Alibi aufweist. Oder er ist dran wie im Mittelalter für einen

Verkehrsunfall ohne das er eine Auto besitz und es noch keine gibt, die unsere aller Umwelt verpesten. **Irre - verbrecherischer geht nimmer!**

Wie verhält es sich mit den betrügerischen Softwareprogramm als extrem schweres negatives verbrecherisches Schummelsoftware, die unsere aller Evolution von außen und innen massiv zu jeden Atemzug aushöhlt. Sicher hat der Dschin kein einziges Staubkörnchen bewegt, was auf einer Siliziumsscheibe auch nicht sein darf. Doch brach er das zum Überleben extrem wichtige Licht für die Photosynthesc. Und dic kann unmöglich einen Gang hoch schalten. Denn es gibt ja nur eine einzige Sonne und Mutter für jeden Menschen auf der Erde. Wird da in irgendeiner Weise blockiert, gedämpft und mehr, wird das Produkt in seinen Dasein abgeschwächt bis oft massiv verstümmelt. Auch die Autisten sind in ihren einsamen seelischen Dasein innere Krüppel, wie andere ein äußeren körperlichen Dauerschaden am Leib rum tragen müssen. Nur nimmt keiner auf dieses schwere Gebrechen Rücksicht, da es ja nicht sichtbar ist. Und so verhält es sich auch mit der verlogenen - betrügerischen religiösen Schummelsoftware, die nur sinnlos das Licht bricht um den langatmigen endlichen Tod zu bewirken.

Mit anderen Worten bilden sich so toxischen Moleküle und obendrein zieht die Materie Luft und es ergibt sich ein Effekt zu einen künstlichen Vakuum. Nur ist der Haken oder Ha**r**ken daran, das dieses künstlichen Vakuum und sei es noch so schön verpackt - versteckt auch nur zu einen Billionstel Prozent von der Physik nicht geduldet wird. Selbst im kühnsten Heldentraum ist dieser irre Deal tödlich, da sich augenblicklich alle von der Physik gesteuerten Gesetze - Reflexe in ihr absolutes Gegenteil verkehren, wie es das doppelte Dreieck auf den ersten Delta des Judenstern mit den II

Weltkrieg zum Glück beweist. Da es ja gegen die natürlichen Gesetze der irdischen Physik auf den Kopf - Spitze steht, was gegen jedes Gesetz unserer aller Physik ist. Zudem die hochgiftigen Moleküle ein der Realität betrügerisches verschwommenes Bild - Trugbild - Flimmerbild entstehen lassen, was die Sinne immer wieder aufs neue negativ beeinflussen und somit den messerscharfen Blick in die reelle Welt vernebeln. Und dieser toxische Nebel ist rational extrem schwer zu erfassen und deshalb so was wie ein Art irre Narretei im eigenen unvergorenen Spiegelbild, was den Verlust der Körperteile zu unausweichlichen Folge unweigerlich nach sich zieht, was im persönlichen Ebenbild beginnt sich aufzulösen. Auf einen Punkt verdichtet, verschwanden schon in beiden Weltkriegen komplette Völker und das nur über die Fronten zweier Kriege als Rand zu einen schwarzen Loch.

Ein klassisches Symptom zu einen aushöhlen der Evolution über eine schäbige toxischen Sprechblase waren und sind immer bis der letzte Menschen gestorben ist, die weltberühmten Gaskammern von Auschwitz. Zum Glück kann an dieser unikalen physikalischen Tatsache kein einzige Robe etwas ändern. Auch die Justiz ist der Physik untergliedert und nicht anders rum. Von Religion ist da keine Rede, denn auf der Erde - Festplatte der Evolution ist kein Platz für ein einziges zusätzliches religiöse getränkten Molekül. Selbst der böse Schatten von so einen gasförmigen hoch giftigen atomaren Baustein stellt im Augenmaß der Physik eine Delikt dar, was gerichtet werden muss, wenn man nicht selbst an der berühm brüchigen weißen Wand stehen möchte. Denn das absolute Gegenteil von weiß ist schwarz und da erlöscht die extrem wichtige Photosynthese und der Schnitter ist wie immer der lachende Dritte, bis kein Mensch mehr unter der Sonne atmet. **KEINER!** Müssen diese Umweltschäden sein?

Ich denke eindeutig nein!

Wer benötig eigentlich Religion? Und wozu ist sie eigentlich nütze? Lässt sich ein logischer statisch strukturell organisch gewachsenes Gesetz der Hauptwissenschaft Physik auf das Judentum - pechschwarzen Katholizismus zurückführen?

Ich meine eindeutig nein!

Außer man ist im Begriff die Evolution dermaßen zu schädigen, das ein weiteres Leben auf der noch fruchtbare Erde in laufe der Zeit unmöglich wird und der Tod wie immer der lachende Dritte ist. Nur wo und wie versteckt der seine hässliche Maske oder was steckt hinter der kunterbunten Fassade der Weltreligionen? Klopft man auf den Putz und er beginnt zu bröckeln, was der braune Hitler praktizierte, konnte zum Glück jeder die Reflexe erkennen und oft am eigenen Leib erleben, was es bedeutet, die zum Überleben extrem wichtige Photosynthese zu blockieren. Es kommt sehr oft zu unkontrollierten - abartigen Funktionen, die mit Evolution im herkömmlichen Sinne nichts zu tun haben. Denn kein einziger Mensch fühlt sich im Schützengraben unter Dauerfeuer wohl und möchte am Rand eines sich auftuenden schwarzen Loches leben. **KEINER!** Nur woher nimmt der Dschin seine unbändige Kraft um wie von Sinnen die Umwelt in Schutt und Asche zu legen, wie es nach den II Weltkrieg zu sehen war? Denn jeder Soldat ist ein Atom Uniform und die Kugel der verlängerte Arm der noch indirekt fungierenden Atome. Auch die Leichenberge waren ja nur indirekt komplette Völker, die den sicheren Tod im beiden Weltriegen fanden. Diese reelle Chance ist für immer und ewig vertan. Im kommenden und sich schon längst am beschränkten Horizont ankündigten III

Weltkrieg, versinken ganze Völker im eigenen logischen pechschwarzen Spiegelbild und zwar für immer. Denn ausgestorben ist nun mal ausgestorben und Null mal Null ist immer nur und das zu jeden Atemzug Null. Eine anderes Produkt - Summe hat die Mathematik nicht zu bieten. Aber die bis aufs atomare Blut gereizte Physik kann unter umständen indirekt ins Minus reinrechnen und das über Jahrhunderte. Dieser irrsinnige Fakt löst sich erst dann auf, bis kein einziges toxische Molekül mehr das Licht der Sonne sinnlos bricht.

Und genau so sinnlos ist Religion, da sie nur schädigt ohne das man ihr konkret etwas nachweisen - oder den dümmlichen infektiösen Religionsträgern etwas am Zeug flicken kann. Ist nun jeder Krieg ein Unfall der Physik die sich mehr oder weniger wie von Geisterhand auf lauter Mordlust entfachen? Oder steckt ein handfester Konflikt versteckt - fast unsichtbar in der infizierten Materie, der so gut wie nicht zu sehen ist? Wer hinterfragt schon sein eigenen Spiegelbild, zudem er es jeden Tag sieht und natürlich nicht den geringsten Verdacht zu seine einen **ICH** schöpft, das da etwas faul ist im Leben. Denn in einen künstlichen Hohlspiegel kann man unmöglich etwas konkretes erkennen um sich gegen den leibhaftigen Tod zu wehren. Weil mit jeden dieser toxischen Molekül, ein fast unsichtbares Mosaiksteinchen spurlos an einst quicklebendigen organischen Leben verschwindet. Dieser Wert ist für immer und ewig verloren und gilt als ausgestorben.

Wenn ein Sonnenstrahl gebrochen - blockiert wird, entsteht ein Wirrbild, wo eine Sommersprossen außen und innen eine Zelle verschwindet und dieses künstliche Vakuum muss um jeden Preis von der Physik geschlossen werden. Denn ein Raum ohne Luft ist das absolute Todesurteil unserer aller Physik. Es gibt auf der Erde keine einzige Nische ohne Luftdruck -

Wasserdruck. Selbst dort wo kein Licht mehr zu sehen ist, besteht ein Druck auf die Lungen. Alles andere ist glatter Irrsinn. Nur woher stammen die Billionen bis Billiarden von Kugel beider Weltkriege? Und warum flogen sie pausenlos über die Länder? Ist dieser Reflex der logische Gegenreflex auf das künstlich entstandene Vakuum?

Ich meine eindeutig ja!

Denn in laufe der Zeit verschwinden nicht nur mehre Körperzellen oder Körperteile bis komplette Menschen. Auch ein Staat mit nationalen Volk ist wie ein einzelner Mensch ein separater Einswert der unbestechlichen Physik. Und wo dieser Einswerte vollkommen verschwanden ist bekannt. Sie wurden von den Rändern als Fronten bis Schützengräben beider Weltkriege zu einen schwarzen Loch verschlungen. Und auf diese religiöse schwere verbrecherische Unzucht reagiert der instrumentalisierte Mensch meist mit Gewalt. Zumal er auch noch im Recht ist. Keine einziger Macht darf an einen fremden Spiegelbild etwas entnehmen. **KEINE MACHT!** Auch nicht wenn es ein unsichtbares Softwareprogramm als Schummelsoftware ist. Dann muss dieses betrügerische scheinheilige Programm zu vollen Hundert Programm hinterfragt werden, wenn man nicht Schaden erleiden will, wie nach dem jähen Ende beider Weltkriege.

Also kann man sagen, das mit anderen Worten ein gebrochener - blockierter Sonnenstrahl auch eine Gewehrkugel ist, die mit spürbarer Gewalt schädigt. Selbst wenn sie nicht ins Ziel trifft, muss gehörig Energie aufgebracht werden um sich gegen die religiöse verbrecherische Unzucht erfolgreich zu wehren. Somit ist jeder religiöse Keimling als Mensch ein Querschläger und Endprodukt ein blockierten

Photosynthese mit lang anhaltenden Schäden bis Dauerschäden, die noch nach Jahrzehnten ihre schädliche Energie entfalten können. Selbst ein blöder Gedankengang mit religiösen Inhalt kann im Sekundenschlaf den Tod bewirken. Nur kann man den Übeltäter als solchen nicht zu einen einzigen Prozent erkennen. Wie auch, wenn der künstliche hohle Spiegel alle einst messerscharfen Konturen vernebelt und sich die matten Zellen bis Körperteile beginne bei lebendigen Leib aufzulösen. Nach diesen irrationalen Schnittmuster funktionierten die unsäglichen Scheiterhaufen, wo unschuldige Frauen als vermeintliche Hexen bei lebendigen Leib verbrannt wurden.

So wie der Floh im Hohlspiegel auch bei lebendeigen Leib verbrennt, die Hexe im Fegefeuer und sich äußere sowie inner Zellen auch bei lebendigen Leib auflösen, lösten sich komplette Völker in den europäischen Weltkriegen auf. Und im direkten III Weltkrieg nun ebenso komplette Völker, wie es die Geschichte zum Glück immer wieder eindruckvoll und unwiderlegbar beweist. Mich erinnert dieser Irrweg an den Wurstzipfel im Wert von einen Zehntel Cent. Man muss also zehnmal eine Dieberei begehen um auf einen rechenbaren - sichtbaren Nenner als einen Cent zu kommen. Nur als logischen Gegenwert kommt man so auf keinen grünen Zweig, weil dieser verblendete Irrweg mit dieser religiösen dümmlichen Irrlehre immer und prinzipiell in ein schwarzes Loch führt von den keinen Weg zurück. Die I Weltriege waren nur der erhobenen Zeigerfinger mit den noch unbekannten jungen Hitler als Gefreiten. Jener folgende II Weltkrieg der erhobene rechte Arm als warnendes Fanal des Führers.

Aber wie verhält es sich mit der scheinheiligen

perversen Religion, die keinen Gruß kennt? Weder der rote noch braune Gruß ist unsichtbar. Nur der nackte irre Gedanke an eine fremden künstliche Macht als künstliche Intelligenz ist rational nicht einfach so zu erkennen und man lässt ohne es auch nur im entferntesten zu ahnen, den Tod als schwarzen Gesellen in Haus. Und dann hat er ein leichtes Spiel um die Seelen zu infizieren. Denn eine Stück Seele zu ersetzen ist fast unmöglich. Weil ein Vakuum im Körper erst dann festgestellt werden kann, wenn ein sichtbarere Schaden entstand. Und solche Schäden fressen wiederum auch bei lebendigen Leib andere ihm oft völlig fremde Körperteile und das nur in Einzahl. Als Mehrzahl können wie im Krieg nur als warnenden Signal komplette Völker in indirekter Form den sicheren Tod finden. Im kommenden und sich schon längst am beschränkten Horizont ankündigten schwarzen Loch - katholischen Holocaust oder ergänzenden III Weltkrieg, verschwinden nun in diriketer Form komplette Völker, ohne das einer ein Signal dazu gibt. Dieser sich schon längst anbannende III Weltkrieg kann sogar Kontinente völlig entmenschen.

Kein Gruß, kein Symbol, keine Kugel, kein sichtbarere Kontakt zur anderen Materie, kein eigenes - persönliches Spiegelbild. Die logische Folge - kein Mensch auf der noch belebten Mutter Erde. Die künstlich abgesenkte Festplatte der Physik als Abszisse ist zu einen schwarzen Loch verkommen, da ein Hohlspiegel keine natürlichen Reflexe erzeugen kann. **Keinen einzigen!** Und die logischen Folgen sind nun mal abartige bis irre Funktionen, die nicht im Sinn - Interesse der Evolution sind. Keine einzige Funktion ist die kürzeste Gerade zwischen zwei Punkten, was ein Sonnenstrahl sein Eigen nennt. Wo soll er den sonst hin, als direkt von der Sonne auf die Erde scheinen um die Photosynthese für die Evolution zu garantieren. Eine andere Variante ist völlig unmöglich. Kein einziger Sonnenstrahl möchte einen unseriösen Abstecher über den Vatikan in die Evolution nehmen. **KEINER!** Das nur zur Informationen zwischen den Zeilen. Nur wie sieht es aus, wenn man senkrecht zwischen den Wörtern auf jeder Zeile oder gar Buchstaben liest? Hat sich da nicht für jedermann ein unsichtbares toxisches Molekül versteckt um auf seine Chance zu warten, seine schädlichen bis verbrecherischen Reflex zu auszuleben. Es ist wie ein kaum sichtbares Steinchen im Schuh, der nur eine Funktion zu erfüllen hat, das Maß der Schritte zu verkürzen, bis das Opfer notgedrungen gezwungen ist, eine ungewollte Pause einzulegen. Und schon hat ein negativer Effekt einen Spalt zum Unglück ohne das es sein Opfer auch nur in entferntesten ahnt geöffnet.

Mit anderen Worten blasen wir mit jedem Atemzug Unrat in die Umwelt und wundern uns das es immer mal dermaßen unermesslich Kracht, das selbst nach unzähligen Jahrhunderten die Historiker noch staunen. Oder dem heutigen Betrachter eine Gänsehaut ziert. Normalerweise müssten die weiseren Menschen einen nüchternen intellektuellen Abstand zur Geschichte halten. Und dennoch ist der Tod heute mehr als denkbar gegenwärtig. **WARUM?** Sind wir schon dermaßen innerlich vergoren, das uns die Zukunft glattweg am Arsch vorbei geht und das Chicksal der Mitmenschen als Teil der Evolution dazu? **Verbrecherischer geht nimmer!** Zudem es nur eine einzige Spezis Mensch gibt. Auch die nützlichen Bienen und andere Tiere plus Pflanzen sind nicht unbegrenzt verfügbar. In einer aufgedunsenen Umwelt heizt sich die Materie immer noch mehr auf und es wird gegen den Sinn der Evolution immer heißer und das gleicht im Prinzip den Scheiterhaufen der heiligen Inquisition, die im Namen der pechschwarzen katholischen Kirche völlig unschuldige Frauen als vermeintliche Hexen bei lebendigen Leib verrannte. Im Jahre 2018 ließ der lichterloh brennende Scheiterhaufen alle Völker dieser Erde grüßen. Und zu Silvester grüße in Australien mit etwa Fünfzig Grad Celsius das direkte Saharahoch, wo Temperaturen von Fünfzig bis Sechzig Grad Celsius herrschen. Damit klopft der Scheiterhaufen an jeder Tür aller Siebeneinhalb Milliarden Erdenbürgern.

Sicher können Sie sich vorstellen, das jedes zusätzliche toxische Molekül die Materie infiziert und folglich wird alles Material wie Zuckerwatte aufgeblasen. Drückt man sic nur mit der bloßen Hand zusammen, schrumpft das Volumen auf ein Minimum und nun erkennt jeder labile Dummschätzer den offensichtlichen religiösen Betrug am Sinus der Evolution. Obendrein ist der Nährwert gleich Null. Das kann man auch ohne den geringsten Abstrich von der verdummenden toxischen Religion behaupten und das ohne die berühmte Schamesröte. Zieht man alle toxische Luft aus der infizierten Materie, steht nicht nur der Kaiser völlig Nackt vor seinen Volk. Auch die noch intakten Völker schrumpfen auf ein Minimum wie die Häftlinge in den vielen Konzentrationslagern, als lebendigen Leichenflecke der Evolution, die auf ein überhäutetes Knochengerüst abgemagert war. Zudem wurden den Juden in den Gaskammern von Aschwitz auf eine besondere Art und Weise - Therapie nach Art des Hauses **PHYSIK** die Luft abgelassen, im dem sie gezwungen wurden über den Angstschweiß im Angesicht des augenblicklichen Todes ihre unsäglichen toxischen auszuschwitzen. Einen andere Weg gibt es nicht um sich den leibhaftigen Tod als schwarzen Gesellen vom Leib zu halten.

Nur wie soll man sich den schwarzen Gesellen vom Leib zu halten, wenn ihn als betrügerisches Schummelsoftwareprogramm nicht rational für jedermann sehen kann? Denn Religion ist wie hochgiftige tödliche Radioaktivität, die man weder schmecken, sehen, riechen und fühlen kann. Nicht umsonst ist die Evolution im Begriff allmählich zu zerfallen. Den die Radioaktivität ist mit anderen Worten ein Atomzerfall. Und wie jedes Atom zerfällt, widerfährt es auch über den unsichtbaren toxischen Molekülen unserer aller Evolution. Die irrsinnigen Reflexe sind ja tagtäglich in den Medien zu sehen oder am eigenen Leib zu erleben. Zum Glück kann sich da keiner rausreden. In den beiden vor gelagerten Weltkriegen konnte man sich noch mit einigen Kunstgriffen aus der tödlich infizierten Materie raushalten. In einen schwarzen Loch ist das zum Glück unmöglich. Da muss zuvor gehandelt werden. Denn weder eine Hexe noch ein Juden konnten den hundertprozentigen Tod entgehen.

Wenn man aus den Fadenkreuz im Vollkreis der Physik jeden Buchstaben, jede Ziffer und Zeichen ableiten kann, muss der innere Kern absolut steril sein. Denn jede Irritation und sei sie noch so gering, führt auf ein Nebengleis, wie die Schienen in jene Lager unter den Hakenkreuz, die mitunter in die Gaskammern von Auschwitz, um den Juden die toxischen Moleküle über den Angstschweiß im Angesicht des Todes auszutreiben. Sie sehen, das zum einen mit der Hauptwissenschaft Physik nicht zu spaßen ist und zum anderen sie immer einen Weg findet um sich den Tod vom Leib zu halten. Denn sie kann und wird immer einen Reflex finden - notgedrungen finden müssen, um sich den tödlichen Vakuum mit voller Leibenskraft zu entziehen. Denn sowohl zwischen den Zeilen als auch Lettern verstecken sich in deren unsichtbaren Schatten die unzähligen toxischen Moleküle um die Evolution zu übernehmen, was natürlich den Tod der infizierten Materie zur unausweichlichen Folge stets nach sich zieht. Eine andere Antwort gibt es mit unserer Physik nicht. Denn in einen Vakuum ist kein organisches Leben im Sinne der Evolution möglich und die Physik kann in einen künstlichen Vakuum keinen einzigen natürlichen Reflex entstehen lassen. **KEINEN!**

Sie wie die Zeilen als waagerechter Strich - Abszisse und zwischen den Lettern als senkrechter Ordinate ein Fadenkreuz entsteht, wo jeder Erdenbürger direkt anvisiert werden kann und wird, weil die Physik für jeden Menschen gleich gilt. Es gibt keine zwei freien Fälle in der irdischen Physik auf der einzigen bewohnten Erde. Keinen einzigen! Sicher kann man die Symbole mit einigen Sommersprossen außen und innen mit der erblassenden Farbe schwächen, und schon lässt die Ausdruckskraft der Zeichen nach und sie erlöschen in laufe der Zeit. Mit anderen Worten hat man über Umwege der Evolution die Luft abgelassen und es entsteht ein künstliches Vakuum, was allerdings nicht von der Physik zu einen Billionstel Prozent auch nur im kühnsten Heldenraum geduldet wird. Denn das wäre ein absolutes Todesurteil für unser Allmacht Physik. Im Gegenzug hätte sich keine Hexe - Ketzer aus eigenen Antrieb bei lebendigen Leib verbrannt. Kein einziger Mensch! **Keiner!** Auch kein einziger Soldat lief aus lauter Mordlust in Uniform zur Front und grub sich bei lebendigen Leib ein um auf den Tod zu warten. **Keiner!** Nur wo versteckt sich der irre absolut teuflische Impuls zur immer stärker in Augenschein tretenden Gewalt?

Die in sich umgekehrten Winkelfunktionen mit den nach innen gerichteten Sinus sind über den künstlich erschaffenen Hohlspiegel das Grundübel aller Gewalt. Denn dieses absolut tödliche schwerebertrügerische Schummelsoftwareprogramm kann man weder sehen, riechen, schmecken noch fühlen. Allenfalls erahnen und das zählt nicht vor Gericht, falls es überhaupt einer mit einen Juristen vor den Richter schafft. Die ehrlichen Bürger erahnten schon immer, das etwas mit dem Judentum nicht stimmt. Nur kann man unmöglich etwas rational verfolgen, wenn man in eigener Person ein Teil dieser irrsinnigen Mordmaschine ist. Denn ein Soldat ist ja nicht mehr wie ein Kugel mit tödlicher Botschaft. Wer fragt schon nach einen gefallen Soldaten. **Keiner!** Also ist jeder Erdenbürger ist im Grunde Kanonenfutter für den Schnitter. **JEDER!** Nur welche irrationale Kraft hat so ein unermessliches Potenzial alle Siebeneinhalb Milliarden Menschen mit den Tod zu bedrohen? Doch nur die Physik in eigener Regie als umfunktionierter Holspiegel. Denn mit jeden toxischen Molekül wird immer ein Stück Evolution vom einstigen hundertprozentigen Wert für immer entnommen und keiner kann sich den mittlerweile rationale - sichtbaren Schwund erklären. **KEINER!**

Wie auch, wenn Sie Teil der tödlich infektiösen Materie mit Leib und Seele sind. Nur ist dieser schweren verbrecherischen Schummelsoftware nicht mit alltäglichen Mitteln beizukommen. Zumal kein einziger Menschen sein persönliches Spiegelbild hinterfragt. **KEINER!** Jeder Bürger lässt sich von den Ereignissen der Umwelt mehr oder weniger beeinflussen und wundert sich wenn der Keller voll Wasser läuft. Mit diesen Hochwasser wird jedes noch so massive Fundament angegriffen und ist ein Fall für den Abrissbagger. Nur wer kann das Fundament - Abszisse umpflügen? Doch nur ein elender fundamentaler dummdreister Narr. Eine restlos verkommene Kreatur mit seinen toxischen negativen Kern als Impulsgeber. Folglich infiziert sich die gesamte Evolution und als logischen Gegenreflex wird die Lichtwurzel aus der tödlich infizierten Materie gezogen. Übrigens praktiziert das der braunen Hitler, in dem er die Juden in den Gaskammern von Auschwitz vergaste, um ihnen über den Angstscheiß alle toxischen Moleküle aus den Eiweißgefügen bei lebenden Leibe auszutreiben. Überlebt hatte diese Prozedur keiner!

Folglich wir mit den Fadenkreuz als Abszisse und Ordinate jeder Bürger anvisiert um ihn wie den Juden in den Gaskammern von Auschwitz die toxischen Moleküle bei lebendigen Leib für immer auszutreiben. Die irre Prozedur wird auch kein einziger Mensch überleben. **KEINER!** Ein schwarzes Loch ist tödlich. So wie in jeden Staat der Missbrauch von Kindern zum täglichen Geschäft seit ewigen Zeiten gehört, sind es auch die unzähligen Hochwässer, Megafeuer, Lawinen, Schneeberge auf jeden Quadratmeter dieser noch belebten Erde. Es gibt keine einzigen Quadratmillimeter ohne ein toxisches Molekül. **Keinen einzigen!** Folglich ist jede Körperzelle vom noch unsichtbaren Tod bedroht und muss zu Ader gelassen werden. Denn der zum Überleben wichtige atmosphärische Druck auf die Erde besteht über der Erde als auch unter Wasser. Es gibt keinen einzigen Kubikmillimeter ohne den Druck. **KEINEN!** Darum ist es absolut wichtig eine Nulltoleranzpolitik gegen die säuische Religionen auf die dünne Beinchen zu stellen, wenn wir nicht alle zu Ader gelassen werden wollen und dann den Tod in einen schwarzen Loch finden wollen.

Nur wo verbirgt sich der Keim zum künstlichen Vakuum, wo ein extrem schweres Verbrechen als Schummelsoftware sein Unwesen treib und immer andere vors Loch schiebt? Daher ist es zum Überleben extrem wichtig, eine Nulltoleranzpolitik zu vollen Hundert Prozent in Gesetze exakt zu formulieren, die keine verkommenden Schlupflöcher garantieren. Denn dann betritt der schwarze Tod von hinten erneut die Festplatte der Evolution und der Schnitter fordert erneut seine Opfer als Restbestände der kümmerlich geschrumpften Völker, die nicht mehr sind als Sommersprossen die erblassten und als lebendige Knochengestelle ihre restlichen toxischen Moleküle über den Angstschweiß ausdünsten, um nicht auszusterben. Oder Sie drehen sich um einen Vollkreis - um die eigene Achse und entgiften Ihren Körper plus der Umwelt. Denn zwischen jeden Bürger und der Umwelt besteht ein Abhängigkeitsverhältnis, dessen sich kaum einer bewusst ist. Folglich verkommt der Erde in laufe der Jahrzehnte zu einer toxischen Müllhalte ohne eine reelle Chance auf einen sinnvollen Rückweg. Die oft logischen Folgen sind eine erhöhte Zunahme an Erregern auf der Abszisse - in der Evolution, die immer weitere tödliche Reflexe hervorrufen und zum Schluss bliebt der Verursacher wie immer auf der Strecke.

Können Sie sich in nur in etwa vorstellen, das allmählich der irre Glaube aus den extrem beschränkten Bewusstsein eitert und einen unüberwindlichen Leichenberg wie immer hinterlässt? Denn aus der unterdrückten inneren einst quicklebendigen Energie, tritt erst unsichtbar dann sichtbar der exzentrische Tod vor das Komma und der Ripper erblickt das Licht der Welt. Denn jeder unterdrückte Sonnenstrahl ist im Grunde ein Querschläger mit fatalen Folgen für die Umwelt. Denn sowohl die Religion als das verlogenen religiösen Schummelsoftwareprogramm ist ebenso ohne einen eigenen Schatten und kann deshalb nicht solcher extrem perverse Erzsauerei von jede Menschen auch nur im leiseste Ansatz erkannt werden. Denn zum einen ist jeder äußere blasse Sommersprosse plus innere Eiweißzelle ein blockierter Sonnenstrahl und der infizierte Erdenbürger ein gefährlicher Querschläger, der in laufe der Zeit beginnt sich seinen elenden Joch bewusst zu werden und versucht sich den Tod vom Leib zu halten. Das dieser Exzess nicht ohne nackte rohe

Gewalt über die Weltbühne - Abszisse ergeht dürfte jeden Dummerjan einleuchten.

Haben Sie nun endliche begriffen, das jenes doppelte Dreieck auf den ersten Delta so was wie ein Schutzschild gegen die Evolution von allen Erdenbürgern plus das eigenen verbrecherische Unwesen ist. Nur sind die Religionen dermaßen stark toxisch unsichtbar, das sie als solches extrem schädliches Softwareprogramm nicht erkannt werden kann. Selbst genialen Leute wie Einstein sind dieser irrsinnigen Irrlehre mit Sack und Pack ausgesessen. Leider ist sich kein einziger Bürger dieser unsteten Lebenssituation je bewusst. Denn mit diesen nicht zu erkennenden - begreifenden Schutzschild als künstliche Intelligenz ist der zum Überleben achte Ton erneut halbiert und folglich wie Radioaktivität nicht sichtbar, hörbar, fühlbar so wie nicht zu schmecken. Nur die anfangs unsichtbaren Schäden sind das tödliche Krebsgeschwür zum völkischen Tod. Da den sechszehntel Ton keiner erzeugen - hören kann, beginnt sich so das perfekte Verbrechen zu definieren. Denn die unendlichen Dauerschäden vom Atomkraftwerk Tschernobyl sind noch in Tausenden von Jahren festzustellen. Selbst unsere Zeit von rund Zweitausend Jahren nach Christus sind nur ein Teil der extrem langen radioaktiven verseuchten Zeit nach dem Reaktorunfall. Und genau solange kann es dauern, bis der religiöse kultivierte Irrsinn aus den Bewusstsein plus Unterbewusstsein restlos ausgetrieben ist. Nur ist die Evolution nicht ansatzweise im Stande, diese irrsinnige Last auch nur im entferntesten zu tragen und muss für immer die Segel streichen.

Was ist das völlig logische Endresultat? Ein völkisches Massengrab, wie es die zwei Weltkriege zum Glück immer wieder aufs neue unwiderlegbar beweisen.

Was das bedeutet wissen Sie nun mittlerweile. Den hundertprozentigen Tod der menschlichen Evolution. Denn sowohl der schwarze Scheiterhaufen noch die braunen Gaskammern waren hundertprozentig tödlich. Auch die Gemengelage beider hundertprozentigen Tode ist ein Cocktail für ein schwarzes Loch. Denn zwischen beiden Todesarten besteht ein unlösbarer tödlicher Widerspruch. Zum einen waren die Frauen alle samt unschuldig bevor sie als vermeintliche Hexe bei lebendigen Leib öffentlich verbrannt wurden. Zum anderen die Juden mit ihren extrem säuischen toxischen Molekülen alle zusammen schuldig, was keiner je erkennen plus begreifen kann und will, weil das logische Spiegelbild über das toxisch verseuchte Unterbewusstsein restlos getrübt ist. Folglich drehen wir alle uns in immer stärkeren nun schon gewöhnten Maße bis zum absoluten Nullpunkt und der leibhaftige Tod durchdringt das Komma und erblickt als rationale noch unbegreifliche Größe das Licht der Welt. Dann ist ein Umkehren fast zu spät. Denn jeder Erdenbürger ist mehr oder weniger mit seinen toxischen ICH plus Umwelt untrennbar verbunden. Im Grunde wie der Eisenspan am Magneten oder die langen Finger an der goldenen Gans.

Und mit den umgekehrten Winkelfunktionen plus nach innen gerichteten Sinus entsteht ein künstlicher unsinniger Gegenwert zum hundertprozentigen Nachteil zur Evolution mit fast immer tödlichen Ausgang. Außen erbleicht die Evolution wie die Sommersprosse und innen lösen sich einst kerngesunde Eiweißzellen auf und der Tod beginnt sein systematisch aushöhlendes perverses boshaftes Machwerk. Zu guter Schluss lösten sich in beiden europäischen Weltkriegen komplette eins kerngesunder Völker in der künstlichen Pulverdampfwolke auf, wie die Sommersprossen und Zellen in trüben Flimmerbild, wie das Hitzerflimmern in der Sahara. Begonnen hatte es mit einer dritten Stelle nach den zweiten Komma und das mit der dritten Stelle nach den ersten Komma im nun bald sichtbaren Tausendstelbereich der Physik. Damit hatte aber der leibhaftige schwarze Tod immer noch dermaßen unsichtbar, das ein rigoroses Vorgehen nicht im aller kühnsten Heldentraum machbar ist, da physikalische Radioaktivität oder religiöse Radioaktivität eben nicht zu einen lausigen Billionstel Prozent greifbar ist und der Tod hingenommen werden muss. Denn das absolute Gegenteil von kunterbunter dummdreister Religion ist nun mal **SCHWARZ** als endgütiges Urteil der Physik gegen über der Evolution. Null mal Null ist nun mal Null und keinen Deut mehr.

Sicher ist Schwarz in dem Sinne noch lange nicht sichtbar, doch trübt sich das kunterbunte vielfältige unendliche Bild der Evolution schon sichtbar dermaßen ein, das sich schon Löcher wie die Konzentrationslagen als Leichenflecke der Evolution allmählich aber todsicher bilden. Die unzähligen - unbändigen Naturreflexe sind zum Glück unwiderlegbare signifikante klassische Vorboten zu einen alle irische Materie fressenden schwarzen Loch. Denn alle drei recht unterschiedlichen Sauerstoffarten können keinen eigenen Schatten bilden wie der lebend angenagelte Jesus am Kreuz der religiösen Einfallt. Im Grunde vegetiert dieser dürre Mann bis zum Tode wie die Evolution schon seit unendlichen Zeiten. Die einen fressen sich dick und fett, bis sie vor lauter Wolllust platzen. Die anderen knochendürren Zeitzeugen platzen vor Wut über ihr verbindliches Pech, was an ihnen klebt wie der leibhaftige Tod oder schwarze Geselle im kunterbunten Nachtgewand. Denn fast allen Menschen fehlt mit einigen Ausnahmen die tägliche Kost mit den drei Sauerstoffarten. Weil an jeder dieser Arten von zum Überleben extrem wichtigen Sauerstoffarten ein Zipfel organisches Leben hängt, was zu jeden Atemzug aktiviert werden muss, wenn man nicht abstumpfen will.

Am Sonnenlicht hängt die Photosynthese mit den zum Überleben extrem wichtigen Sauerstoff im Luftgasgemisch in der Atmosphäre. Zudem damit die kürzeste Gerade beider Punkte eine Strecke ist und diese Strecke führt direkt in den Organismus und heißt Ökonomie. Jeder Umweg von der Sonne zur Erde über einen anderen künstlich eingemogelten Umweg - Vatikan - Religion, schwächt die Evolution und macht jeden Bürger zum Opfer dieser künstlichen Intelligenz. Denn dieser Umweg beinhaltet eine irrationale Funktion da sie einen Dreh bewirkt, der über lang oder kurz eine endlose Spirale bewirkt und in diesen Strudel wird jeder Organismus festgehalten bis er die verwirrten Sinne verliert und die absonderlich Irrlehre der lachende Dritte ist. Es ist wie bei den beiden kurzbeinigen Igeln, die den langbeinigen Hasen zum Wettrennen herausforderten und mit einen boshaften üblen Schattentrick in den vordatierten Tod zwischen beiden Ackerfurchen schickten. Denn die zwei Furchen sind weiter nichts als die Winkelfunktionen mit ihrer unendlichen Dauerwellenlinie. Der gutgläubige Hase ist dermaßen auf den Sieg in seiner vordatierten Bahn fixiert, das er nicht über den Ackerrand blicken kann und sich in seinen unsichtbaren Wahn aus eigenen Antrieb zu tote rennt.

Ist eine Ackerfurche immer dermaßen gerade, das man das Ziel - Ende des Ackers sehen kann? Nein! Folglich kann der listige Igel hinter den kleinen Berg als Wehe sich in der Nebenfurche verstecken und bei Bedarf sich zeigen. Um den faulen Trick der Igel durchschauen zu können, müsste der Igel mit Röntgenstrahlen versehen sein, was zu vollen Hundert Prozent nicht gegeben ist. Folglich hat die Evolution gegenüber der radioaktiven

Religion nicht die Spur einer reellen Chance. Folglich muss das damit unweigerlich verbundene oft bitterböse Unglück im vollen Umfang akzeptiert werden und wenn es der Tod plus der eigenen Familie ist. Was haben die Igel im Grunde praktiziert? Sie verbogen das Sonnenlicht und schufen somit einen künstlichen Hohlspiegel zum eindeutigen Nachteil der Mitmenschen. Dazu haben die blöden religiösen Übeltäter nicht begriffen, das sie damit auch ihr eigenes Grab im einen toxischen Angesicht schufen, was die Juden im II Weltkrieg - Holocaust plus Gaskammern von Auschwitz zu spüren bekamen. Dazu mussten implizit der Juden im Maßstab Eins zu Zehn multipliziert werden und rund Sechzig Millionen ihr einziges Leben geben. Denn Sechs Millionen Juden mal Zehn ist nach Adam Ried Sechzig Millionen Kriegstode.

Da man Religion wie Radioaktivität nicht sehen, riechen, schmecken und fühlen kann, sind die Schäden im Grunde noch wesendlich schlimmer - langfristig tödlicher als nach eine Atombombe wie in Hiroshima und Nagasaki. Denn man kann sich nicht gegen dieser perversen extrem schwere verbrecherische Schummelsoftwareprogramm wehren. Es ist wie beim Volkswagen mit der indirekt eingebauten Schummelsoftware mit tödlichen Ausgang für die infizierte Evolution. Wie sollte Ihrer Ansicht nach der Staatsanwalt bei den gestohlenen Wurstzipfel reagieren den ohne hin keiner essen kann? Der Wahrenwert lieg bei einen Zehntelcent pro Stück. Die Justiz kann aber nur aktiv werden wenn zumindest ein ganzer Cent auf den Tisch liegt. Aber der unsichtbare Gegenwert ist ein eingewöhnter Effekt zum stehlen oder leben auf Kosten fremder Leute. Nur wer kann diesen angewöhnten Effekt sichtbar darstellen und beheben? **KEINER!** Ist mit dieser irrationalen Funktion eine Art Keim gelegt wurden, der sich zu einer Sucht mausern kann und wird?

Ich meine eindeutig ja!

Begonnen hatte es mit der abweichenden Durchschnittstemperatur in der Sahara im Tausendstelbereich, den kein einziger Mensch registrieren kann. Zuvor löste sich die sechste Stelle in der Folge zum ersten Komma oder dritte Stelle nach den zweiten Komma auf. Kein einziger Mensch konnte diese unsichtbare Differenz auch nur im kühnsten Heldentraum zu einen Billionstel ahnen. Und genau nach diesen Muster funktioniert Radioaktivität bis kein Mensch mehr auf der Erde lebt. Das beste Beispiel ist der Tod fast aller Soldaten der Ostarmee nach der Wende, die mit Radar zu tun hatten. Es sind weit über Neunzig Prozent tot. Mittlerweile liegen alle unter der Erde.

Da der biologische Organismus diese radioaktiven Stoffe nicht zu einen einzigen Prozent verarbeiten können, muss er sie wieder ausscheiden. Da aber nun mal der gesamte Organismus dermaßen extrem schwer verseucht ist und er nicht ansatzweise sich von diesen toxischen Stoffen trennen kann, muss der gesamte tödlich infizierte Mensch mit diesen Cocktail das Zeitliche segnen. Da was für die radioaktiven Stoffe gilt, bezieht sich auch auf die religiösen toxischen Moleküle, die in einen religiösen Wahn bis tödlichen irren Dauerwahn führen, wovon es keinen einzigen Weg zurück führt. Spiralförmig dreht sich die gesamte Evolution mit den irrsinnig ungekehrten Winkelfunktionen plus nach innen verdrehten Sinus langsam aber sicher in ein sich allmählich abzeichnenden schwarzes Loch. Die Vorinformationen sind mittlerweile bekannt und nehmen fast tagtäglich an Kraft - Härte in immer stärkeren Maße zu. Zudem ein

Ende nicht abzusehen ist. Denn mit jeden Atemzug - Herzschlag erhöht sich die Temperatur auf der Erde im Millionstelbereich oder mit der sechsten Stelle nach den Komma. Zu Silvester 2018 zu 2019 herrschten in Australien Temperaturen um die Fünfzig Grad wie in der Sahara. Bald steht Europa vor diesen irren unlösbaren tödlichen Problem und der Leichenberg des I Weltkriegs bestätigt sich in wenigen Jahren weltweit und das im direkten Vorfeld zum schwarzen Loch - III Weltkrieg oder katholischen Holocaust.

Wo setzt sich ein fallender Stein nieder? Doch immer an der tiefsten Stelle in einen Gewässer. Oder Wasser sammelte sich in Tal ohne Barrieren, wo es sich zu einen See sammelt. Aber wie sieht es mit den toxischen Molekülen aus, die als betrügerische Schummelsoftware die Evolution bis zum endgültigen Tod aufmischt? Da alle Materie irgendwo ein Spiegelbild sein Eigen nennen muss, steht unumwunden die offene Frage im Raum, wo das logische Spiegelbild sich versteckt, was ohne einen eigenen Schatten auskommt? Denn der lebend angenagelte Jesus kann ja unmöglich so weit oben einen persönlichen Schatten werfen. Zudem Religion wie Radioaktivität unsichtbar ist und dem zur Folge schattenlos. Bei Graf Dracula ist es die Nacht als Kosinus, wo er nur aktiv werden kann. Im hellen klaren Sonnenschein als Sinus muss er in seinen Sarg der wahren Aussage als ehrliches Spiegelbild ausweichen, weil dieser blutdürstige Knochenknecht eben keines produzieren kann. Ein Ungeist kann unmöglich sein eigenes Spiegelbild erzeugen. Physikalisch völlig unmöglich! Auch die vielen Juden in den Gaskammern von Auschwitz waren ohne Spiegelbild. Oder die Soldaten in den Schützengräben beider Fronten zweier Weltkriege waren ohne ein eigenes Spiegelbild. Die Hexe auf den Scheiterhaufen oder die dummdreisten Schwätzer hinter den kunterbunten schön dekorierten

Kirchenscheiben, haben kein seriöses Spiegelbild. Nur kann diesen extrem schweren Betrug zum eigenen Tod keiner rational ehrlich nachvollziehen. Ebenso wenig wie den Abgasskandal von Volkswagen. Da mussten Milliarden von arglosen Menschen - Mitläufern den Abgasdreck auf eigene Kosten fressen.

Und genau so müssen alle Siebeneinhalb Erdenbürger diese hochgiftigen Moleküle mit ihren irrationalen Funktionen am eigenen leb als unsichtbares Spiegelbild oder Gegenreflex ertragen und das bis zum Tod der infizierten Materie. Ein Entkommen vom religiös kultivierten Tod ist so gut wie ausgeschlossen. Das Feuer und Gas war in der Historie immer zu vollen hundertprozentig tödlich. Auch der direkte Kontakt zur unsichtbaren Radioaktivität ist über lang oder kurz tödlich. Denn kein Opfer der verdeckten Strahlen vom Radar erlebte seine wohlverdiente Rente. **KEINER!** Ganz wenige Fälle lagen halbtot im Sterbebett und warteten auf den Tod. Dieser extrem hässliche Exzess erinnert mich an die Konzentrationslager im III Reich als lebendige Leichenflecke der noch aktiven Evolution. Im Grunde ist jeder infizierte Erdenbürger eine künftige erblasste fast unsichtbare Sommersprosse als Symptom zum leiblichen Spiegelbild als symptomatischer Leichenfleck.

Und in laufe der Zeit - historischen Zeit löst sich der infizierte Träger dieser giftigen Moleküle auf bis er nicht mehr in der Lage ist, seine täglichen normalen Funktionen ohne fremde Hilfe nachkommen zu können. Diese dummdreisten Pflegefälle kosten jeden Staat dutzende Milliarden an wertvollen Geldern, die bei richtiger kerngesunder Lebensweise sinnvoller eingesetzt werden können. Also ist eine Art künstliches Vakuum entstanden, was weitere Kreis nach innen zieht und sich eine allmählich tödliche Spirale bildet, die nicht auf Anhieb zu erkennen - durchschauen ist. Folglich wird jeder Mensch nebst angehafteter Materie mehr oder weniger gebunden und muss Federn lassen. Ein gerupfter Vogel ist so gut wie ein Todeskandidat, auf Grund der erhöhten Infektionsgefahr. Dieses irre Prinzip herrsche schon im Mittelalter, wo über Besagen der liebe Nachbar mit in den fast immer tödlichen Bann zum Hexenprozess der leibhaftige schwarze Tod blühte. Oder die arglosen Opfer waren bis zum Tod gezeichnet und die Familien darüber hinaus, was weitere auch noch tödlichen Konsequenzen nach sich ziehen konnte und zog. Mitunter war dann der Tod ein eigentlich willkommener Gast um der irren Marder zu entkommen.

Mit den umgedrehten Winkelfunktionen und nach innen gerichteten Sinus kehren sich alle rationalen Funktionen um und es wird ein Gegenreflex erzeugt, welcher in laufe der Zeit nur noch fast ausschließlich unlösbare Probleme erzeugt. Und jeder nach innen gerichtet Reflex ist ein Symptom zur tödlichen Inzucht. Folglich wird mit den umgedrehten und nach innen gerichteten Winkelfunktionen die Lichtwurzel aus der ohnehin schon tödlichen Materie ohne Narkose gezogen. Begonnen hatte es mit zwei Weltkriegen und Achtzig Millionen Toten, wo die Fronten - Schützengräben beider Kriege Ränder zu einen schwarzen Loch waren und immer noch sind. Also hat die bis aufs atomare Blut gereizte Physik schon lange begonnen, sich gegen den leibhaftigen Tod in Form eines künstlichen Vakuums zu wehren und keiner hatte es je bemerkt. Warum eigentlich nicht? Weil alle Erdenbürger schon dermaßen tief in den toxischen Dunstreis oder religiösen Sumpf involviert sind, das ein ehrliches logischen Denken - Umdenken völlig unmöglich ist. Denn kein einziger Bürger kann über eine Amtsperiode eines Regenten hinaus denken - sehen und ist Opfer seiner eigenen religiösen dümmlichen religiösen Inzucht, da nun mal ein Hohlspiegel kein reelles Spiegelbild erzeugen kann.

Wenn Sie sich das Hauptwort Rom genauer ersehen und rückwärts lesen, ist das erneute Hauptwort (MOR) zu erkennen. Nur schreib sich MOOR mit zwei runden Buchstaben. Mit einen üblen Trick oder heimtückischen List ist die Evolution hinter die Fichte zuführen und das Hauptwort Rom als Moor zu deuten. Mann muss das zweite aber kleiner runde Zeichen (**o**) als Buchstabe O in die größere Type rein denken. Also ist der Begriff ROM als Hauptstadt Italiens im Spiegelbild (MO**o**R) so zu deuten. Und die dritte Null ist der Papst als Pontifex Maximus oder Stellevertreter Gottes auf Erden, den noch kein einziger Mensch je gesehen hatte und je sehen wird, weil er eben ein mystische Kunstfigur ist und keinen direkten Bezug zur Physik auf nur einen einzigen natürlichen - ehrlichen Reflex - rationale Funktion auch nur zu einen einzigen Prozent erzeugen kann. Religion ist von Geburt an Impotent. So wie den Jesus die Hoden im Sonnenschein schrumpften. Zudem schrumpfte noch das Hirn und die Muskulatur. Ein logisches Siegelbild waren und sind immer noch die vielen Konzentrationslager mit den bis auf die Haut abgemagerten Häftlingen, die als lebendige Leichenflecke nicht viel mehr als äußere blasse Sommersprossen waren oder innere versichte Eiweißzellen.

Was bindet in jeden der zwei Dreiecke des Judenstern mit den inneren Geraden der Seitenkanten zum Delta. Ein innerer Volkreis der Physik. Und übereinander gelegt wird das logische Spiegelbild blockiert und der toxische Keim zur Inzucht gelegt. Folglich wird im Grunde jede rationale Funktion angegriffen und dieser Tatsch beginnt die Evolution über die angereizten

Atome aufzumischen und die Weltachse als Abszisse beginnt allmählich aber todsicher zu wuchten. Mit dieser noch nicht erkennten Unwucht bildeten sich die Ränder zu einen alle Materie fressenden schwarzen Loch als damals Fronten beider Weltkriege. Eines ist nie erkannt wurden, das sich der I Weltkrieg im eigenen Spiegelbild im Grunde mit den Leichenberg verdoppelt. Denn es zählen noch die nicht geborenen Kinder, alle die kurz nach den Kriegen noch starben und jene Krüppel und alle diejenigen, welche im Leben auf der Strecke blieben. Diese unumstößliche Tatsache muss man auch auf den II Weltkrieg anwenden. Folglich erhöht sich die Leichenzahl beider Weltkriege auf gut Hundert Millionen Opfern des religiösen kultivierten Irrsinns. Als unsichtbarer Faktor steht die Hundert der Hundert Millionen für Hundert Prozent menschliche Evolution, die im nahenden III Weltkrieg in einen schwarzen Loch das zeitliche segnen. Da ist noch nicht mal die spanische Grippe - Influenza um den I Weltkrieg mir 25 bis 100 Millionen Toden eingerechnet. Zudem die Menschen damals wesendlich gesünder waren und die unsäglichen Volksgebrechen noch nicht in aller Munde - Körper in Unwesen trieben. Diese säuischen Geberechen erinnern mich an die Zehn ägyptischen Plagen.

Da nun mal die dritte Null neben den zwei runden Gebilden als Lettern (O o) nicht zusehen ist, verbindet sich der Papst als Kunstfigur mit den heiligen Geist. Und dieser absonderlich Geist ist in der Realität eine besonders perverse heimtückische verrückte Schummelsoftware, die prinzipiell alle rationalen Funktionen nach innen richtet. Folglich ist der kunterbunte Papst als Kunstfigur, der personifizierte Punkt - Tod als verdrehte Winkelfunktion ohne sich dessen je zu einen Millionstel Prozent bewusst zu sein und werden immer prinzipiell dazu beitragen, die Sinne der dummdreisten Religionsträger zu verwirren. Ein anständiges weiteres Leben auf der nach innen und unten abgesenkten Abszisse ist nur ohne Religion wie dem Judentum und Katholizismus möglich, wenn wir als Völker überleben wollen. Denn bei der Geburt unserer Mutter Erde gab es keine religiösen Moleküle und in der Physik haben diese negativen Erreger kein Recht auf nur einen einzigen Kubikmillimeter. Selbst im tausendstel bis millionsten Teil eines Kubikmillimeter haben die toxischen Moleküle kein Recht auf der Abszisse auch nur zu einer Lichtsekunde verweilen zu dürfen. Sie müssen alle restlos die atomaren Gefüge - Gitter der irdischen Physik anstandslos verlassen. **ALLE!** Nur mit einen glasklaren ungetrübten Blick ist ein ebenbürtiger astreiner Gedanke möglich. Und davon lassen sich funktionsmögliche Reflexe ohne Probleme ableiten - erzeugen, die der Evolution nützen und nicht ewig schädigen. Denn dieser hoch giftige nach innen gerichtete toxische Impuls frisst eine Körperzelle nach der anderen Eiweißzelle nebst Sommersprossen bei lebendigen Leib und keiner bemerkt den täglichen Schwund an eins wunderschönen organischen Leben auf allen Quadratmetern dieser noch belebten Erde.

Gleich groß die Nullen als Buchstaben (O o) sind. Sie fungieren als Nullen und mit sich selbst multipliziert ist das absolute Endergebnis immer eine schwächere Summe, die sich zur ewigen Null hin entpuppt und zu guter Schluss als Null. Denn in laufe der Zeit ist nun mal Null mal Null immer nur Null und keinen Schimmer mehr. Auch der Papst ist als absolute Null zwar sichtbar aber als schädliches Softwareprogramm im selben Atemzug unsichtbar. Und in laufe der Historie wird jeder Lichtschimmer gebrochen in dem er von der Sonne über den Vatikan zur Evolution umgeleitete wird und über die drei Ecken des Dreiecks gebrochen wird. Nur das nach der dritten Ecke als achter Ton, kein Teilen mehr im Sinne der Evolution ist. Physikalisch kein

Problem. Doch evolutionär das absolute langatmige Todesurteil. Denn in laufe der Zeit lösen sich nicht nur Menschen bis Familien auf. Auch Dörfer, Städte, Metropolen bis Staaten sind dieser schweren verbrecherischen Schummelsoftware aufgesessen und müssen für immer die Segel streichen. Was das bedeutet, ergeben die zwei Weltkriege mit insgesamt als ganze Zahl gesehen rund Achtzig Millionen Tod. Aber alles auf einen Punkt verdichtete - konzentriert sind es weit mehr als Hundert Millionen Tode bis lebenden Leichen plus der noch nicht geborenen Kinder.

Folglich werfen solche fundamentalen Ereignisse lange bevor es der Mann auf der Straße je bewehrt, seine extrem langen Schatten voraus. Denn im Grunde hatte man ohne es je zu erahnen anstatt den Sinus, jenen matten Kosinus kultiviert. Sicher rechnet man immer Eins mal irgendetwas. Doch ist das im Grunde ein multiplizieren mit sich selbst was einen Gänsemarsch gleicht. Oder ein treten auf der Stelle, was einen kultivierten Idiotismus gleicht. Folglich ist die Evolution so was wie in einer perversen Lichtfalle als Geisel genommen wurden und der Tod ist dann die logische Folge. Im Grunde ist die Evolution so was wie ein Schutzschild gegen sich selbst. So wie die Menschen im Krieg als billige - willige Geisel benutzt - missbraucht werden. Solange wir unter Umständen immer noch im III Jahrtausend diesen religiösen Irrsinn idiotischer Weise kultivieren, ist der Schnitter ein ständiger Begleiter bis kein Mensch mehr auf der Erde lebt. In dem Augenblick, als diese widerliche extrem perverse unwissenschaftliche saudumme Irrlehre ins Bewusstsein der Menschen injiziert wurde, begann sich unsichtbar ein Schatten zu bilden, weil der lebend angenagelte Jesus auch keinen eigenen Schatten am hölzernen Kreuz werfen kann. Nicht einen Schimmer eines echten Schattens.

Vor jeden Krieg warfen die bitterbösen Ereignisse ihre tödlichen Schatten voraus und keiner nahm diese Vorboten des völkischen Todes für wahr - bare Münze. Nur das dieser Schatten in zwei völlig entgegen gesetzte Läufe sich bewegt. Im sichtbaren äußeren als Leichenberg der Kriege und innere Leichenberg an verstümmelter Evolution. Selbst ungeborene Kinder sind noch warme Leichen und erheben den Zeigefinger um die Menschen zu warnen. Um diesen extrem perversen schweren verbrecherischen Reflex begreifen zu können, mussten in beiden Weltkriegen mit den Untoden **Hundert Millionen Menschen** ihr einziges Leben lassen. Doch von einer wahren -ehrlichen Analyse im Sinne unserer Physik nach den zwei Kriegen kann beim besten Willen keine Rede sein. Da wird gelogen was das Zeug hergibt, so das sich die Abszisse biegt und sich vor teuflischer Schmerzen um die eigenen Achse dreht. Folglich wird mit dieser säuischen religiöse ertränkten Lebenslüge der toxische Keim zum III Weltkrieg - katholischen Holocaust oder schwarzen Loch gelegt. Ein Entkommen ist zum Glück unmöglich, da wir nur diese eine Erde als Mutterplanet besitzen. Die Juden konnten den braunen Hitler noch entkommen. Unter unseren geliebten schwarzen Hitler ist ein entkommen völlig unmöglich.

Nun ist es schon so weit gekommen - verkommen, das sich der tödliche Schatten in einer künstlichen Senke auf der Abszisse sammelt wie Wasser oder das Licht, da zu Beginn der Evolution mit einer betrügerischen heimtückischen List die zum Leben und Überleben extrem wichtigen Winkelfunktionen umgekehrt und der Sinus in sich idiotischer Weise verdreht wurde. So ist es fast unmöglich diesen künstlichen Chaos mit heiler Haut zu entkommen. Einen gordischen Knoten kann man halbieren, wo eine Hälfte mit den Tod rechnen muss. Aber unter diesen säuischen Umständen ist so ein Entkommen von kultivierten Tod unmöglich. Denn aus einen schwarzen Loch ist ein entkommen wie aus den Gaskammern von Auschwitz oder erzkatholischen Scheiterhaufen unmöglich. Mittlerweile ist der Tod in den täglichen - stündlichen Nachrichten zu fast jeden Atemzug präsent. Was soll schon Gescheites dabei heraus kommen, wenn die seit Milliarden von Jahren sich organisch bildeten konstanten Gesetze der Physik in ihr absolutes irres Gegenteil verkehrt werden und nur wenige den Rahmen abschöpfen. Genau dieser minimale prozentuelle Wert bleibt nach den III Weltkrieg übrig. Ein Staat ist in einen schwarzen Loch verschwunden, wie es die zwei Weltkriege zum Glück lückenlos beweisen.

So wie der I Weltkrieg im II Weltkrieg restlos aufgeht, hat der braune Hitlerkrieg auch ein eigenes Spiegelbild, in dem sich die Leichen als Untoden - nicht geboren Kinder, Krüppel, Kümmerlinge als lebende Leichen widerspiegelt. Im Grunde verreckten innen und außen wie die Eiweißzellen und Sommersprossen jeder der zwei Weltkriege doppelt, obwohl diese irrsinnigen Zahlen als Daten in keiner Tabelle oder wissenschaftlichen Arbeit auftaucht. Wie auch, Da man ja die Null als solche nicht zu einen einzigen Prozent erkennen kann. Denn kein Experte kann so ohne weiters ins Minus reinrechnen. Muss er aber, wenn dieser gescheite Mensch die Materie in ihren elementareren Zügen - Struktur begreifen will. Denn mit den umgekehrten und in sich verdrehten Winkelfunktionen ist eine unlogischer Gegenreflex bewirkt wurden, der alles in seinen unersättlichen Bann zieht. Da ja der kleinere Type **o** bequem in den größeren Schritttyp **O** passt und der dritte Punkt vom physikalischen Dreiklang ist der Papst als Unheilsbote allen Übels auf der noch belebten Abszisse. Da ihn aber keiner als dieses toxische Riesenmolekül ansieht, ist er im Grunde für jeder Mann und Frau unsichtbar. Dieser bekloppte Kerl erinnert mich an den König, der völlig nackt vor seinen Untertanne steht, weil er solchen dummen Unsinn aufgesessen war.

Und nach diesen in absolute Minus reinrechnende Prinzip takten die Weltkriege mit ihren sichtbaren und unsichtbaren Leichenbergen. Der I Weltkrieg als kleine Type **o** verschwindet problemlos im II Weltkrieg als große Letter **O**. Auch die unsichtbaren Leichenberge des I Weltkrieges mit den kleiner Buchstabe **o** passt bequem in den weit größeren Typen **O** - II Weltkrieg und der toxische keimende Negativerreger als toxisches Molekül ist von keinen einzigen Menschen zu sehen, fühlen, schmecken und riechen. Und genau das trifft nicht nur für die toxischen Moleküle der Religionen zu. Auch die tödliche Radioaktivität unterliegt diesen atomaren physikalischen Gesetzen. Im Grunde ist jeder Krieg ein multiplizieren mit den Faktor Null. Und Null mal Null ist zu jedem Lungenzug gleich Null. Denn jede Kugel ist ein waagerechter Tod zu einen gleichen Tod. Denn jeder getroffenen Mensch verläst die horizontale und fällt in die vertikale Pose um zu verrecken. Folglich hat sich kein reeller Schatten bilden können. Denn jeder Schatten wird von der Sonne bewirkt und diese ist zu jeden Atemzug in ihrer rationalen Funktion präsent, da es in der Physik - Evolution keinen abnormen Stillstand gibt. Nur die Kugel plus liegende menschliche Körper ist ohne Schatten. Zum einen ist die Kugel zu schnell und im selben Atemzug der tödlich getroffen Körper fast ohne eine sichtbare Geste. Diese abnorme starre Funktion ist der nette Vorbote zum baldigen Tod oder wie die Farbe schwarz ein feststehender Fakt ohne eine positive Funktion.

So wie der eine Buchstabe **o** im größeren **O**

verschwindet und der toxische Keim als Kern allen Übels nicht sichtbar ist, hat der Tod ein leichtes Spiel. Im absoluten logischen Gegenreflex widerspiegelt sich im künstliche geschaffenen Hohlspiegel das Ungemach, was sich zuvor in ihm bildete. Gleich ob der Tod sichtbar oder unsichtbar ist. Alles was nicht in die atomaren Gefüge - Gitter etwas zu suchen hat, wird zurück reflektiert. Da alle Bürger mittlerweile die absolut für alle Zeiten geeichte Abszisse mit den irren religiösen toxischen Molekülen allmählich aber todsicher systematisch aushöhlen, steht der pechschwarze katholische Tod schon seit den einimpfen dieser säuischen tödlichen Irrlehre in den unsichtbaren Startlöchern, wie die listigen Igel, um den Hasen zu überlisten. Dieses mehr als ungleiche Duell war für den eigentlichen todsicheren nominierten Hasen tödlich. Und so liegt die Evolution nach den III Weltkrieg mausetot auf der Sinuskosinusfurche. Vorboten waren die unzähligen Konzentrationslager im III Reich als lebendige Leichenflecke der Evolution. Zudem die Schützengräben der Fronten beider Weltkriege Ränder zu einen schwarzen Loch waren - sind, die als solche keiner erkannte.

Sicher können Sie sich nun denken, das der schwarze Tod als schwarzes Loch schon vor Jahrtausenden begann sich gegen die religiöse irre Unzucht zu wehren und mit den überlagerten Dauerschatten Kosinus über den Sinus sich ständig oft bitterböses Ungemach versuchte den Weg durch die Evolution zu bahnen. Das diese abnorme oft noch verbrecherische Unzucht die ewige Evolution schädigte wo sie nur kann, dürfte jeden Dummerjan einleuchten. Denn in jeden Gewaltakt bis Krieg sterben Menschen bis hin zu Alten, Kindern und Krüppeln. Heute sind wir schon so weit verkommen, das selbst die Arten ums nackte Überleben fürchten müssen. Zudem es nicht klar ist, ob der aussterbende Exzess überhaupt noch positiv zu beeinflussen ist. Denn ab den irren Augenblick begann die Physik sich gegen den langatmigen Dauerschatten zu wehren um diesen toxischen Schatten abschütteln zu können wie die zwei Kriegsgefangenen die Bremsen, was allerdings extrem schwer möglich ist, weil die hoch giftigen Moleküle als schädliches Softwareprogramm schon so tief ins Unterbewusstsein eingedrungen sind, das ein logisches Spiegelbild schwer möglich ist.

Nun warfen schon zwei Weltkriege mit rund sichtbaren Leichenberge zu Achtzig Millionen Toden ihren Schatten auf die ewige Evolution. Von den unsichtbaren Toden - Untoden mal abgesehen. Da könnten sich die Leichenberge noch wesendlich erhöhen. Beide Weltkrieg verdichtet als dunkler Leichenfleck und wir erkennen mindestens Hundert Millionen Tode als warnendes Signal der Zahl Hundert in geistiger Parallele zu den Hundert Prozent menschliche Evolution, die im III Weltkrieg auf der Kippe steht. Denn die Gebrechen zu Beginn des III Jahrtausend halten nicht im Entferntesten einen direkten Vergleich zum wesendlich gesünderen Mittelalter stand. Jeder etwaige Vergleich spottet zu vollen Hundert Prozent der Vernunft.

Man kann ohne weiters - ohne Schamesröte behaupten, das mit jeden Leichenberg der zwei Weltkriege ein Stufe zum völkischen Tod begangen wurde. Oder das Potest wie bei den olympischen spielen für Bonze als I Weltkrieg. Silber zum II Weltkrieg und natürlich Gold zum alle Materie fressenden III Weltkrieg. Dann finden Spiele ohne Sportler oder Zuschauer statt. Dieses unbegreifliche Dauerverbrechen können Sie weder den braunen noch roten Diktator in die Schuhe schieben. Dafür steht die reflexlose Farbe **SCHWARZ** als massives Fundament zum unendlichen

Tod. Denn dieser unendlichen Tod ist das absolute krasse bitterböse - negative Spiegelbild zur unendlichen kunterbunten Evolution. Nur die Maske - Fassade dieser extrem dummen erzkatholischen pechschwarzen Katholiken ist derartig schmuck dekoriert. Im wahren evolutionären Kern ist diese Irrlehre ein fundmentales Dauerverbrechen zum alle Völker verschlingenden schwarzen Loch. Denn dieses schwarze Loch ist mit anderen Worten der katholische Holocaust als III Weltkrieg, so wie ihn Nostradamus schon im Mittelalter vorhersah.

Wie kann ein unsichtbares Schummelsoftwareprogramm im Kern dermaßen die Materie schädigen, das der Tod ein ständiger Begleiter eines jeden Menschen auf der Erde mittlerweile gewordne ist? Da dieses betrügerische Softwareprogramm nicht mit rationalen Mitteln zu stellen ist, muss man einen verständlichen Vergleich benutzen um die Materie begreiflich - sichtbar zu erklären. Dazu benutzen wir einen Dschin, der zwar in eine fremdes Heim eindringt, aber den Boden nicht berührt. Stellt dieser Tatumstand schon einen Einbruch im juristischen Sinne dar? Denn jeder Einbrecher muss den Boden beim Bruch berühren um zu stehlen. Der Geist wartet bis der Mieter die Tür öffnet und schon ist er drin. Beim lüften kann er ohne Probleme entweichen. Nun ist er Souvenirjäger und stiehlt bei der Salami einen Zipfel der ohnehin nicht vom Mieter gegessen wird. Sicher fehlt ein Stück Materie, doch liegt der Streitwert weit unter einen Cent. Um bei unseren Dezimalsystem zu bleiben, um die Materie besser erklären zu können, liegt der Diebeswert, falls man überhaupt davon sprechen kann, bei einen Zehntel Cent. Für den Staatsanwalt ist der Wert nicht relevant. Also muss erst ein ganzer Cent oder 0,00,1 € auf den Tisch um die Justiz bemühen zu müssen. Folglich müssen

Zehn Brüche begangen werden das eine schwarze Robe in die Gänge kommt. Da könnte der Jurist sagen, das der Streuwert extrem weit unter den Kosten - Unkosten eines möglichen Verfahrens liegt. Können wir die Sache nicht vernünftig beilegen? Sicher ein einleuchtender folgerichtiger Gedankengang. Doch hat sich der Staatsanwalt - Staat nicht der unsichtbaren Zuhälterei schuldig gemacht?

Denn mit anderen Worten würde er bei einen Viertel - Achtel Euro im Gunde auch nicht viel anders reagieren. Bei nur einen Euro müssen Hundert Straftaten begangen werden um einen sichtbaren Kontakt zur Evolution herzustellen. Ist da nicht schon bei ein einzigen Cent das Gesetz der Serie zum Täter gegeben? Also formen wir alle in laufe der Zeit Serientäter, die mit Nichten zu beeinflussen sind. Im Grunde Ripper mit langen Fingern. Und in diesen nicht sichtbaren Reflex steckt natürlich unsichtbar der blockierte Sinus vom Kosinus, was den toxischen Kern zum völkischen Tod in sich verbirgt. Denn jeder natürliche Reflex ist vom harmonischen Sinus abhängig und nicht vom dunklen Kosinus. Mit den künstlichen geschaffenen Hohlspiegel werden die Winkelfunktionen in sich umgekehrt und der Sinus in sich sinnlos verdreht, was jedes Gesetz der Physik in Frage stellt. Und in laufe der ewigen Zeit werden die zum überleben extrem wichtigen Gesetze der unbestechlichen Physik dermaßen negativ beeinflusst. Das sie an innerer stabiler - statischer Kraft massiv verlieren, was den Tod der infizierten Materie zur unausweichlichen Folge unweigerlich nach sich zieht.

So wie aus der abweichenden durchschnittlichen Temperatur in der Sahara im Grunde nur ein Tausendstel zu Buche schlug, ist es mit den Wurstzipfel auch nicht anders. Und dennoch ist ein abnormes unlogisches

Gesetz zur Serie gegeben, was eine Art verdeckte Sucht zur Folg hat und immer mehr oder weniger haben wird. Denn mit den künstlich geschaffenen Vakuumeffekt ist eine Art Sogverhalten der Evolution mit auf den Weg gegeben wurden, was nicht ihr eigen ist. Denn aus eigenen Antrieb kann die Evolution dieses Defizit nicht ohne Opfer schließen. Und die Physik wird um jeden Preis und seiner noch so hoch, versuchen das künstliche Vakuum zu verhindern. Denn dieser luftleere Raum - Zustand wäre das glatte Todesurteil unserer aller Physik. Was natürlich auch für unserer Mutter Erde gilt, da sie das Fundament unser allen organischen Lebens als Riesenatom ist. So wie wir in der Gegenwart leben - wüsten, werden wir von den sinnlos entfachten atomaren Kräften der Atomphysik verwüstet, was den organischen Tod der infizierten Materie unweigerlich nach sich zieht.

Kann man von der abweichenden Temperatur in der Sahara noch von einer Einzahl sprechen? Oder ist der unsichtbare Tod schon eine Art Mehrzahl, die sich ebenfalls als unsichtbares Kulturgut jeden Quadratmeter der Erde schrittweise erobert um den Sinus abzutöten? Auch der nicht essbare Wurstzipfel ist so ein merkwürdige Sachlage, wo schon im Keim die Mehrzahl zu Buche schlägt. Was ist die Aussage auf der Kanzel eines geistlichen “ **Würdenträgers** “ wert? Da er eine absolute dümmliche Irrlehre vor vollen Haus verkündet und er nicht der einzige Dummschwätzer ist, hebt sich der Fall “ **Einzahl** “ restlos auf. Denn auch die Bibel ist so ein Irrläufer, da sie nicht exakt definierte Aussagen tätigt, die nichts mit Physik im direkten Kern zu tun hat. Alles nur nachgeplappertes wirres Zeug, was kein natürliches glasklares logisches Spiegelbild auf sich vereinen oder gar reflektieren kann. Also ein heimtückisches perverses hohles Spiegelbild ohne ein einziges Prozent auf eine wahre - ehrliche Aussage.

Dann müssen die Zuhörer in den Tempel des kultivierten religiösen Irrsinns diese Irrlehre ohne Widerrede anstandslos akzeptieren und damit ist ein abartiges Kulturgut ins Leben gerufen. Ein vernünftiges Umkehren ist daher völlig unmöglich. Es sei den man rottet die toxischen Moleküle in der Evolution restlos aus, was den augenblicklichen Tod als Lichtsekunde der infektiösen Religionsträger der toxischen Moleküle zu unausweichlichen Folge hat.

Dieser Art erinnert mich an den jüdischen Holocaust, wo der braune Hitler die Juden restlos aus der Evolution ausrotten wollte. Nun sind beim schwarzen Hitler die schwarzen reflexlosen Katholiken an der logischen Reihe. Denn diese Lichtsekunde ist für eine Hexe der dreiminütige Lichterloh brennende Scheiterhaufen jener heiligen Inquisition, die im Namen der pechschwarzen katholischen Kirche nur unschuldige Menschen bei lebendigen Leibes verbrannte und die verdummten Gaffer wurden innen an der hochsensiblen Seele auch bei lebendigen Leibes verbrannt. Außen die oft zitierte Sommersprosse und innen die quicklebendige Eiweißzelle. Im kommenden und sich schon längst am beschränkten Horizont ankündigten schwarzen Loch als III Weltkrieg - katholischen Holocaust wird aus den dreiminütigen Haufen Feuer ein dreijähriger Krieg als kultivierte Lichtsekunde. So wie in den Gaskammern von Auschwitz die sinnlos verlebte historische Zeit - Millionen von Jahren sich in einer Lichtsekunde auflöste, wird es im katholischen Holocaust - schwarzen Loch die gesamte menschliche Evolution als Kulturgut sein. Da lösen sich in drei Jahren viele Milliarden von Jahren in toxische Luft auf.

Hat der Staatsanwalt diesen anfangs unsichtbaren perversen irren Akt zum völkischen Tod begünstigt? Begünstigt ihn nicht jeder Mensch auf der Erde mit seinen toxischen Lungenzügen? Ist die Evolution nicht schon dermaßen tief vergiftete, das ein Umkehren völlig sinnlos erscheint?

Ich meine eindeutig ja!

Hat der Staatsanwalt eine andere Variante um den leibhaftigen Tod zu verhindern? Haben die Milliarden von Menschen ein andere Variante um den leibhaftigen Tod zu verhindern?

Ich meine eindeutig nein!

Ist demnach der III Weltkrieg als schwarzes Loch - katholische Holocaust, so wie in schon der größte Seher Nostradamus eindeutig vorhersah das logische Spiegelbild auf den künstlich geschaffenen Hohlspiegel?

Ich meine eindeutig ja!

Wenn sich der Wurstzipfel als Reihenverbrechen in zehnfacher Folge bestätigt hat um den Staatsanwalt einen relevanten Grund zu geben, ein Verfahren zu eröffnen, steht die unumstößliche Dauerfrage der Ökonomie im Raum. Denn wegen einen Cent, liegt der Streitwert im absolut irrationalen Bereich, wo kein Jurist anbeißt. Also ist ein unsichtbares Minus entstanden. Wenn man die Prozesse eröffnen würde und jedes Cent kostet den Staat nur einen Tausender, summiert sich das irre Defizit auf glatte Zehntausend Euro oder eine runde Million Cent. Mal Zehn um den zehntel Cent mit einzubereichen, beläuft sich der Centberg auf Zehn Millionen Cent. Wenn jeder Cent eine Infektion bedeutet, erinnert mich dieser Berg Centmünzen an den I Weltkrieg mit rund Siebzehn Millionen Toden oder eines ausgestorbenen Staates.

Sicher nicht alle tot. Aber jeder Landsmann ist von einen schädlichen Schummelsoftwareprogramm oft noch tödlich infiziert. Also eine verdeckte - versteckte Infektion, die keiner einziger Mensch auf Anhieb erkennen und banne kann. Denn auch eine Kugel kann kein einziger Bürger sehen. Er hört den Knall und liegt im selben Augenblick oft tödlich getroffen am Boden.

Überlegen Sie mal, das es sich immer noch um einen einzigen Cent handelt. Wie sieht es mit den Billionen Euro von Staatsanschulen aus? Da müssten die Menschen als Opfer des toxischen religiösen Irrsinns komplette aussterben und erneut aufstehen und so oft aussterben bis die irrationalen Staatsschulden getilgt sind. Teilen Sie mal zwei Billionen Euro Schulden durch Achtzig Millionen Bundesbürger. Da ergibt sich die Zahl Fünfundzwanzig. Und genau diese Summe liegt jeden Deutschen auf der Tasche. Das gilt auch für Säuglinge. Wir gebären indirekt Bankräuber. Denn anders könne die Schulden individuell nicht abgetragen werden. Als Kulturgut wäre es ein totale Inflation, wo jeder Cent in einen schwarzen Loch nicht vergoldet wird. Aber im Fegefeuer zu Asche verbrannt. Es heißt doch in einen religiösen Spruch. Es werde Asche zu Asche und Staub zu Staub.

Und da liegt der unsichtbare Tod als toxisches Molekül verborgen. Denn jedes dieser säuischen unsäglichen gasförmigen atomaren Bausteine benötigt einen Wirt als Festkörper der Physik. Und das sind entweder Atome und im Spiegelbild Asche oder Staubkörnchen um den Kind einen Namen zu geben. Im Grunde steht bei jeder Taufe der Tod Pate und keiner kann ihn als solche erkennen. Wie auch, wenn er über ein verlogenes Softwareprogramm die Winkelfunktionen in ihrer natürlichen Funktion dermaßen negativ beeinflusst, das ein Defekt nicht in solchen Umfang auf Anhieb zu erkennen ist. Solche extremen Verbrechen mit den Impuls vom gebrochenen Licht lassen sich erst nach einigen gebrochenen Lichtreflexen erkennen. Da ist aber schon extrem viel Wasser die Niagarafälle runter gefallen und diese Energiebombe kann keiner mehr entschärfen. **KEINER!** Was den Tod der infizierten Materie bedeutet. Dazu ist es wichtig zu wissen, das sich Energie erst umwandeln muss um mit vereinten Kräften reflektieren zu können. Da nun mal Energie nie und nimmer einfach so vergehen kann, ist ein umwandeln nur noch eine Frage der Zeit bis es kracht. Und es wird gewaltig krachen bevor der schwarze Hitler die Lichtwurzel aus der Evolution zieht. Da bleibt keine Bürger unverschont. **KEINER!** Denn auch der Cent hat seine Wurzel in der abweichenden durchschnittlichen Temperatur in der Sahara, wo nach der dritten Stelle nach den zweiten Komma das Ungemach seinen Ursprung nimmt.

Also ist mit absoluter meist tödlicher Sicherheit gewiss, das jeder rote Cent einen simplen Mückenstich bedeutet. Folglich infizieren jeden Menschen auf der noch bewohnten Erde Fünfundzwanzig Tausend Mücken oder beißen ebenso viele Bremsen und diese ziehen das Blut aus den Nerven, um die Opfer die religiösen Perversion in den sicheren Wahnsinn zu treiben. Die sichtbaren und schon tödlichen Symptome sind die unsäglichen Reflexe auf der Abszisse, wo zu jeden Atemzug der Evolution eine Leiche gratis frei Haus serviert wird. Mittlerweile steht als Fußnote der Berg von Leichen des I Weltkrieges zu Buche und es ist noch kein Ende abzusehen. Ganz im Gegenteil, die unlösbaren Probleme nehmen jeden Tag kaum spürbar zu und der Tod ist ein ständiger Begleiter als Pate der Evolution. Derweil ist aus der Einzahl bis Mehrzahl schon der völkische Tod zum Kulturgut verkommen und ist das logische bis natürliche Spiegelbild aus der restlos verkommenen religiösen dümmlichen Irrlehre, wo die Gesetze der unbestechlichen Physik ständig ein klein wenig gebrochen werden, so das es auf Anhieb keiner merkt. Und dieser unseriöse nicht sofort erkennbare Spalt als Lichtfalle reicht aus, den Schnitter eine Chance einzuräumen.

Und dort wo der Luftdruck agiert, steht auch Sauerstoff zu Wahl und da fehlt nur noch Licht um endlich aktiv zu werden. Selbst der Blutsauger Graf Dracula benötigt über seine Opfer Licht um sie im Dämmerschein ansaugen - infizieren zu können. Folglich ist jeder Bürger mit den toxischen Molekülen im Leib eine lebendige Leiche ohne es zu ahnen. Auch die unsichtbaren Leichenberge beider Weltkriege ergeben einen Berg toter Körper als Untode, die mindestens den I Weltkrieg im Spiegelbild ergeben - reflektieren ohne das ein Spiegelbild entsteht. Dieser Aspekt ist leider noch nicht erkannt und beurteilt wurden. In dieser ungeheuerlichen Tatsache kann jeder den Hohlspiegel erkennen und sich seinen Reim bilden. Denn diese oft noch für kurze Zeit noch lebendigen Menschen als baldige Leichen lösen sich im hohlen Spiegel auf, so wie sich schon seit ewigen Zeiten die Evolution der Pflanzen, Tiere und Menschen auflöst. Danach regiert der Tod als lachender Dritter wie die beiden listigen Igel, um den überlegenen Hasen zu leimen, was den Tod zur unausweichlichen Folge nach sich zog.

In Einzahl mag das noch angehen, doch kann es unmöglich dabei bleiben. In einen Lichtaugenblick erwächst aus dieser tödlichen Tatsache eine Mehrzahl und diese wird ohne es auch nur in einer Lichtsekunde zu ahnen zum allgemeinen Kulturgut, was den unsichtbaren Keim zu einen völkischen Grab -

Massengrab in sich trägt. Nur ist sich dessen kein einziger noch lebende Mensch je zu einen Augenblick bewusst. Und warum ist dem so? Weil das Unterbewusstsein dermaßen toxisch kontaminiert ist, das es einer nuklearen Strahlendosis gleicht. Sicher ist die Dosis viel zu gering bis fast unsichtbar wie Radioaktivität, doch als tagtägliches Kulturgut gleicht es einer direkten Atombombe wie in Hiroshima. Nur das der tägliche Unrat schon dermaßen sich als normales Dasein eingebürgert hat, das es keinen mehr besonders stört. Folglich hat der Tod als loses Kulturgut ein leichtes Spiel sich jeden Tag einen Menschen als innere Eiweißzelle oder äußere Sommersprosse zu greifen und keiner kann den Tod als solchen stoppen. So wie keiner eine Kugel oder Lawine in ihren irren Funktionen wie einen Hitzesommer - 2018 umkehren können. **KEINER!** Darum ist auch der Tod ein täglicher Kunde und muss auf jeden Fall bedient werden und das ob es den Opfern passt oder nicht.

Jeder Cent im Minus ist ein negativer Lichtschimmer gegen die Evolution und bindet weitere Materie um sie zu infizieren. Leider ist die Art Infektion von keinen einzigen Bürger zu erkennen - spüren - fühlen - schmecken und folglich ist jede Religion mit ihren saudummen toxischen Molekülen eine Art andere Radioaktivität. Die Schäden bis Dauerschäden sind erst nach unzähligen Generationen abzulesen und dann ist es zu spät. Dann steht der Schnitte mit den Geweht bei Fuß auf der Schwelle um die gute Stube zu betreten. Einige Reflexe durften die Erdenbürger über die beiden Weltkrieg mit Achtzig Millionen Toden und den Vorläufern zum III Weltkrieg schon am eigenen Leib erfahren. Hat der Staatsanwalt überhaupt eine seichte Spur einer Chance sich gegen den staatlichen religiösen Tod zu wehren?

Ich meine eindeutig nein!

Er ist gezwungen diesen schwarzen Sumpf zu tolerieren und ist folglich ein Täter in seriöser schwarzer Robe. Was man auch von den roten und blauen Roben ohne abstriche behaupten kann. Denn sie sind alle Kinder der säuischen Religionen mit ihren hoch giftigen toxischen Kern, um die Lichtwurzel aus der Evolution zu ziehen. Diese unbekannte Lichtwurzel zog der braune Hitler schon mal bei den Juden, in dem er sie in den Gaskammern von Auschwitz bei lebendigen Leib vergaste. Nun sind über den schwarzen Hitler die pechschwarzen atmungsinaktiven Katholiken dran. Jetzt spricht die bis aufs atomare Blut gereizte Physik direkt zu ihren perversen Peinigern um sie für immer zu richten, was den völkischen Tod der Völker unweigerlich nach sicht zieht. Ein Entkommen ist völlig ausgeschlossen. Denn auch der Staatsanwalt ist Opfer dieser irrsinnigen eingewöhnten Rechts. Es ist im Grunde wie bei den vorigen Weltkriegen, wo einst völlig arglose Bürger förmlich über Nacht zu Verbrechern wurden, und werden mussten, um sich gegen den unsichtbaren Tod zu wehren. So unsichtbar die toxischen Moleküle der Religionen als Schummelsoftwareprogramm auch sind. Im selben Atemzug ebenso schädlich bis tödlich. Zumal weder so ein giftiges Molekül noch Gewehrkugel sichtbar sind. Man spürt immer erst die Physik wenn es zu spät ist. Das war in Verdun so, in der legendären Ostfront, den Lagern plus Gaskammern von Auschwitz, wo den Juden im eigenen Angesicht des Todes über den Angstschweiß, die toxischen Moleküle als Therapie nach Art des Hauses Physik bei lebendigen Leib über ausgetrieben wurden. Darum ist ein Umkehren vom kommenden III Weltkrieg als schwarzes Loch oder katholischen Holocaust fast schon zu spät. Der Tod steht jeden Erdenbürger ins Gesicht geschrieben.

Was bleibt übrig nach den III Weltkrieg? Im Grunde das Häufchen Unglück, was als verstümmeltes Opfer mit teilweise gelähmten Glidern wie nach der Folter im Mittelalter sich nicht mehr folgerichtig artikulieren kann. Sicher bleiben noch klägliche Reste von den Völkern übrig. Doch sind diese Kümmerlinge nicht mehr ansatzweise im Stande sich als Generation über Wasser zu halten. So wie sich kein einziger Mensch in einen Hohlspiegel wieder erkennen kann. Ebenso verhält es sich auch für den völlig logischen Gegenreflex. Genauso widerfährt es auch unserer aller Evolution mit den toxischen Molekülen, die nur einen Zweck erfüllen, die Materie zu infizieren um sie abzuwürgen, was den Tod in langer Folge nach sich zieht. Und dieses eingewöhntes Recht muss jeder Jurist bedienen, was ihn zum Handlanger für Mörder werden lässt. Zumal er aus eigenen Antrieb selbst die Axt an die Wurzeln der Evolution setze um vermeintliches Recht durchzusetzen. Folglich überträgt sich der unsichtbare Tod auf alle anderen Menschen in extrem schwer zu erkennenden Schäden, die wiederum wurzeln und erneut schädigen, wie es ihr künstliches Naturel ist. In laufe der Zeit wird der Tod sichtbar und keiner will etwas gewesen sein, wie nach den beiden Weltkriegen.

Jeder gebrochenen Lichtstrahl ist ein Cent im Minusbereich, eine innere Zelle und äußere Sommersprosse, die der unendlichen Evolution für immer verloren geht. Und in der Seele entsteht ein schwarzer Fleck als Vakuum, was der arglose Mensch nicht aus einen Antrieb schließen kann. Folglich muss er sich veräußern um die unfeine Lage zu verändern, was in laufe der Zeit zu immer mehr Gewalt führt, bis Exzesse sich rausbilden um das unerklärbare peinigende Ungemach im Leib zu bändigen. Mitunter entstanden kleinere Scharmützel bis zwei Weltkriegen mit Achtzig

Millionen Toden oder Opfern dieses religiösen Irrsinns. Irrsinn deshalb, weil keiner ein künstliches Vakuum aus eigenen Antrieb beseitigen kann und nach den wahren Schuldigen sucht. Schon vor Jahrhunderten erkannten die Bürger, das da etwas mit den Juden nicht im rechten Lot sein kann und machten sich so ihre Gedanken. Und sie lagen richtig. Nur zu einer physikalischen kernigen Analyse war noch kein einziger Mensch in der Lage.

Und genau so endet der III Weltkrieg - schwarzes Loch oder katholischer Holocaust, wo kein einziger Mensch übrig bliebt, weil kein einziger Mensch in der Lage zu einer physikalischen kernigen Analyse ist. Da eben das unsinnige gebrochene Licht nicht als Teil der Photosynthese nutzbar ist. Folglich geht einigen Menschen in relativ kurzer Zeit die Puste aus, wo die Juden in den Gaskammern von Auschwitz nur der läppische sichtbare Teil des wohl organisierten Todes waren. Es kommt noch wesentlich besser als mit rund Achtzig Millionen Toden, die auch im Grunde Opfer einer gebrochenen Photosynthese waren und immer sein werden. Denn auch im Krieg mit oder ohne Pulverdampf ist dieser traumhafte Akt der Evolution schon im Keim verstümmelt und es kann nur ein Krüppel - Verbrecher - Verbrechen entstehen. Denn die gestörter - blockierte - verstümmelte Photosynthese beginnt im Millionstelbereich. Darum gibt es auch immer Millionen Tode im Krieg. Oder früher wesentlich weniger, aber dafür unerträgliche Schmerzen bis tödliche Folter.

Nur muss man in jeden Fall der unerklärlichen Sachlage gewillt sein, die Dimension im Millionstelbereich begreifen zu wollen. Bloß mit einen dunklen Flecken auf der Seele als Vakuumeffekt oder toxischer Keim einer flächendeckenden Infektion ist es fast unmöglich. Zumal der Mensch als Täter - Opfer und ungekehrt sich nicht aus der Hütte traut und alles unter den Tisch kehrt. Dann hat der Schnitter erneut eine reelle Chance, sich Körperzellen zu greifen um sie zu infizieren. Folglich überträgt sich der erst unsichtbare Tod nun sichtbar von Mensch zu Mensch und der toxische Keim ist in aller Munde, was erneut die unersättliche Kriegslust pausenlos schürt. Denn die Farbe Schwarz ist unersättliche, in dem sie nur Wärme bindet um über diese Energie organisches Leben entstehen zu lassen. Nur mit einer unsinnigen Blockade, wie mit den doppelten Dreieck zum ersten Delta wie beim Judenstern, ist es mit der astreinen wunderbaren traumhaften Evolution vorbei. Denn jeder Lichtstrahl ist in seinen aufkeimen mehrfach gebrochen wurden, was einer Atomfission gleicht, wo jeder Impuls im Grunde eine Missgeburt darstellt, da er nichts mit der vollwertigen sterilen Photosynthese zu tun hat. Er schädigt ohne das es auch nur ein einziger Bürger merkt.

Er kann es nicht merken, da ihm über unzähligen Umwege das Spiegelbild geraubt wurde um eine düsteres toxisches Nebelgebilde als heiligen Geist entstehen zu lassen. Im Kern ist dieser unsägliche Geist der gepriesene heilige Geist der katholischen Kirche, welcher als unbändiger Dschin die Hauptkraft zu III Weltkrieg darstellt. Nach diesen katholischen Holocaust ist der wieder erkennenden Fakt als Kind der Physik gleich Null. So wie die unschuldigen Bürger unter katholischen irren religiösen Folter als dummes Kindeswahn an Leib und Seele verstümmelt wurden, widerfährt es nun als Kulturgut der gesamten Evolution. Der wieder erkennende Wer ist gleich Null, da Null mal Null immer nur Null sein kann und keine einzige kernige Körperzelle aus einen hohlen Spiegel entstehen kann. Folglich ist der leibhaftige Tod für jeden Bürger ein ständiger Begleiter, so wie es die unbändigen -

unzähligen Naturkatastrophen jeden Tag frei Haus eindrucksvoll beweisen. Jeden Tag schreiten wir unaufhaltsam in ein schwarzes Loch und kommen nicht mehr davon los, so wie jene Langfinger, die an der goldenen Gans kleben blieben.

Der Impulsgeber war bei der goldenen Gans das wertvolle fast unbezahlbare Gold, was als Edelmetall im Boden versteckt liegt. Nur wo wird der Impuls zur Evolution mit der traumhaften Photosynthese versteckt? Dieser zum Überleben extrem wichtige Impuls ist über den Kode der Primzahlen in der Materie versteckt. So das ihn jeder begreifen ab er sich nicht verstecken kann. Oder gar böses will um ihn zu blockieren, wie mit den Judentum mit den doppelten unnützen Dreieck als Judenstern über den ersten Delta, um die rationalen Funktionen der Physik negativ zu beeinflussen. Zu guter letzt geht der Tod wie immer als Sieger hervor. Nur warum kann kein einziger Mensch diesen irrationalen negativen Impuls stoppen? Weil in jeden Hirn als Bewusstsein dieser religiöse Unrat sich für immer eingenistet hat um das Zepter der Evolution in die knochendürre Hand zu bekommen. Nur wäre dieser Schritt das absolute Todesurteil der noch lebendigen Völker. Der I Weltkrieg war mit Siebzehn Millionen Toden der erhobene Zeigefinger. Der II Weltkrieg der rechte ausgestreckte Arm und im kommenden und sich schon längst am beschränkten Horizont ankündigten III Weltkrieg ist der Kopf ab. In dem Augenblick wo die Rübe rollt, löst sich für immer das trübe - verschwommene - nebelige Spiegelbild für immer auf. Die Physik hat sich von den toxischen Molekülen befreit, welche wie die Bremsen an den Kriegsgefangenen über die Nerven das Blut aus den Körper saugten, was natürlich zum vollständigen Wahnsinn führt und der Irrsinns kann erneut in angemessener Zeit als perfektes irres Dauerverbrechen aufkeimen.

So kann man das so genannte perfekte Verbrechen demaskieren und die wahren Gründe für das ständige Ungemach ergründen. Denn hinter dieser kunterbunten kostümierten Maske steckt der pechschwarze toxische völkische Tod. Weil aus einen schwarzen Loch ein Entkommen völlig unmöglich ist. Da auch ein Eisenspan sich unmöglich von einen Magneten aus eigener Kraft befreien kann. Bekanntlich konnte auch keine Hexe oder Jude den Tod entkommen. Zudem in dieser Tatsache ein physikalischer fast unlösbarer Widerspruch steckt. Denn alle Hexen - Ketzer waren unschuldig und alle Juden im Sinne - Augenmaß der Physik schuldig. Nur wo und wie verbirgt sich der Kern unserer aller Evolution um nicht in unseriöse - verbrecherische gierige Hände zu fallen? In den Primzahlen mit einen fast unlösbaren Kode ist alle Materie gebunden. Wer nicht spurt, bekommt die unbändige unsichtbare physikalische Macht der gebundenen Primzahlen zu spüren, was natürlich meist den Tod bedeutet. Oder er verliert die Familie bis Hab und Gut plus alles Kapital. Denn eine Inflation ist mit solchen Exzessen meist unweigerlich verbunden.

Wenn natürlich beim aufkeimenden Sinus im Schnittpunkt im Vollkreis der Physik der konstanten Achsen das Licht der Sonne gebrochen wird, kann nur ein negativer Impuls sich über die Winkelfunktionen in die Welt hineintragen. Solange diese irre mehr als negative Impuls nicht restlos zu vollen **HUNDERT** Prozent gestoppt wird, ist der leibhaftige wohl organisierte völkische Tod unser aller täglich Kost. Denn mit jeden Impuls als Schnittstellen beider Winkelfunktionen wird ein unsichtbares Stück Evolution restlos ausgerottet. Erst begann es mit der Sechsten Stelle nach den ersten Komma als abweichende Durchschnittstemperatur in der Sahara und dann kletterte der temperierte Irrsinn bis zum Komma um dann in unbedachten Momenten diese letzte Hürde bis zum völkischen Tod zu nehmen. Dann entpuppte sich dieser Schock für die Evolution als langsam sich entfachender Scheiterhaufen wie im Mittelalter, wo unschuldige Menschen - meist Frauen öffentlich bei lebendigen Leib verbrannt wurden. Nun entzündet sich die gesamte Evolution wie in einen schwarzen Loch.

Bis zum Jahr 2018 waren Acht Sommer in direkter Folge mit extrem erhöhten Temperaturen und zum Jahreswechsel 2018 - 2019 herrschten in Australien weit über Fünfzig Grad Celsius. Der Meteorologen mussten sogar völlig neue Wetterkarten erstellen, da solche extremen Temperaturen noch nicht ein einziges Mal registriert wurden. Denn auf diesen noch bewohnten Kontinent herrschten zeitweise Temperaturen wie in der Sahara, wo Fünfzig bis Sechzig Grad ein völlig normaler Zustand sind. Selbst der Staatsanwalt hat zu eingewöhnten irren Recht beigetragen. Sicher unbewusst, doch ist jede Kugel im Krieg auch nicht immer direkt auf den sichtbaren Gegner gerichtet. Auch eine schwarze Robe muss ein Gewehr in die Hand nehmen um zu morden. Das gilt in direkter Form mit der Kugel und indirekter Form über undefinierbare Umwege bis zum völkischen Tod. Dieser Völkerkrieg war schon in den beiden vorigen Kriegen zweifelsfrei zu erkennen. In jeden der zwei Weltkriege verreckten oder lösten sich komplette Völker wie eine Säureleiche oder Feuer restlos auf. Und die vielen Konzentrationslager waren die ersten sichtbaren Leichenflecke der tödlich infizierten Evolution.

So wie sich jedes geeichte physikalische Maß in eine Hohlspiegel restlos auflöst, verhält es sich natürlich auch mit den dazugehörigen Reflexen die alle prinzipiell von der bis aufs atomare Blut gereizten Physik gesteuert werden. Folglich muss jeder Mensch diesen irren wie auf die Haut tätowierten Reflexen - Verlangen in irgendeiner Weise folgen. Und wenn jeden noch lebendigen Erdenbürger der lichterloh brennende Scheiterhaufen der katholischen Kirche hinter herläuft, muss ja zwangsläufig der mittlerweile tödlich infizierte Mensch zum Verbrecher verkommen. Nur das diese Typen nicht mehr per Befehl zu stoppen sind. Denn mitten im Fegefeuer der heiligen Inquisition hört der Verstand auf rational zu funktionieren. Begonnen hatte es mit der vertauschten Winkelfunktionen im Schnittpunkt beider Achsen. Nur mit den Kosinus über den Sinus ist der Mensch nur eine Marionette der religiösen Unzucht. Denn auch ein Soldat ist wie der heutige Staatsanwalt eine willige Marionette des religiösen kultivierten Irrsinns und sind gezwungen dieser verbrecherischen Irrlehre beizustehen um ihr Leben einzuhauchen. Diese Unzucht trägt nun schon schwarze Früchte als Terroristen - schwarze Witwen die mordend internationale Geschichte schreiben.

Da sich der Schnittpunkt beider zum Überleben extrem wichtigen geeichten Achsen mit den Winkelfunktionen auf das weitere organische Leben systematisch überträgt, muss der Schnittpunkt der senkrechten Ordinate und waagerechten Abszisse steril sein und ewig bleiben. Weil jedes zugeführte Unrecht aufgenommen werden und später verarbeitet werden muss, was nicht gelingt. Denn der unsichtbare Tod offenbart sich erst später, wenn es zu spät ist. Darum muss prinzipiell auf eine sterilen Keim für die unendliche Evolution strickt geachtet werden, wenn man nicht selber der geleimte sein will um den Tod gratis frei Haus empfangen zu müssen. Denn meist haben die Opfer bis auch Täter keinen Einfluss auf das negative Geschehen. Weil mit jeden weiteren

Schnittpunkt der Winkelfunktionen der leibhaftige unsichtbar Tod stets weiter transportiert wird und das ohne eine sichtbare Spur zu hinterlassen. Denn diese giftigen gasförmigen atomaren Bausteine unterliegen im Grunde der Funktion wie das Uran oder Plutonium. Diese tödliche Radioaktivität ist nur kurz vor den leibhaftigen Tod zu spüren oder wie die unschuldige Frau, welche als vermeintliche Hexe lebendig öffentlich verbrannt wurde. Das anfangs unsichtbare Verbrechen wird sozusagen frei Haus geliefert, wie Ende des II und Beginn des III Jahrtausend die unbändigen bis unzähligen Naturkatastrophen in jeder erdenklichen Spielart, wo stets ein gehöriges Stück einst quicklebendige Evolution für immer wie ausgestorben verloren geht.

Denn dort wo Sauerstoff ist, muss noch lange kein Licht scheinen. Auch der zum Überleben extrem wichtige Luftdruck ist nicht an den Sauerstoff plus Sonnenlicht in irgendeiner Weise gebunden. Solange die Sonne scheint, ist der Sinus plus Kosinus existent und keine Macht der Erde uns sei sie noch so gewaltig, kann daran etwas ändern. Es sei denn, ein unsichtbares Verbrechen blockiert diese Winkelfunktionen und injiziert unsichtbar den Tod in unsichtbaren Dosen, wie tödlichen unsichtbare nukleare Radioaktivität. Dann nimmt der Tod allmählich Gestalt an und schreitet wie sein atomares Naturell nun mal ist, zur Tat. Und diese Taten oder Untaten sind für unsere gesamte noch lebendigen Evolution tödlich. Denn jede dieser einst kernigen Schnittstellen der Winkelfunktionen nimmt ein Atom an Evolution für immer mit und dieses Defizit muss um jeden Preis ausgeglichen werden. Denn unsere irdische Physik duldet ums Verrecken keinen Vakuum in seinen atomaren Gitter - Gefügen, da es das glatte Todesurteil der infizierten Physik unweigerlich nach sich zieht.

Im Grunde verhält es sich um die Jahrtausendwende mit den vielen Katastrophen wie mit den Zehn biblischen Plagen, wo sich der leibhaftige Tod aus eigenen Antrieb im Sonnelicht vom Plage zu Plage entpuppte und der schwarze Hitler lief immer mit und wurde den Ägyptern gratis frei Haus geliefert. Nur das im III Jahrtausend die Völker als potenzielle Todeskandidaten gehandelt werden. Die vielen Wagons mit Juden waren nur eine simple Information für den zukünftigen völkischen Tod um die Erdenbürger eindrucksvoll zu warnen, die diebischen schmutzigen langen Finger von der sterilen Physik zulassen. Die logischen Reflexe sind meist dermaßen unangenehm bis tödlich, das es nicht sehr sinnig ist, diesen religiösen unsichtbaren Verbrechen bis Dauerverbrechen zu dienen. Denn der Tod läuft stets unsichtbar hinterher und wird in einen unbedachten Augenblick zuschlagen, so wie es der braune Hitler mit den Juden in Europa praktizierte. Nun beglückt die schmutzigen Völker ein schwarzer Hitler, der als schwarzes Loch - katholische Holocaust - III Weltkrieg, das gleichschenkelige Dreieck mit seinen drei Eckpunkten ergänzt. Denn das doppelte überlagerte Dreieck auf den ersten Delta als Judenstern ist das Todesurteil für die Evolution aller Bürger. Der erhobene Zeigefinger im I Weltkrieg wurde ja nicht richtig verstanden. Unser braune Hitler war nur der erhobene weit ausgestreckte rechte Arm um die Völker zuwarnen, was es mit den Judentum auf - in sich hat. Folglich muss mit massiver Gewalt nachgebessert werden. Da auch die falschen Lehren aus den II Weltkrieg gezogen wurden, ergänzt sich nun der schwarze Hitler um den Tod zu perfektionieren.

Man kann ohne weiters sagen, das mit jeden Schnittpunkt der Winkelfunktionen ein Unglück sich an den nächsten tödlichen Schnittpunkt reiht und folglich eine logische Kettenreaktion folgt. So sind auch die zehn biblischen Plagen zu werten. Da mit jeden der kontaminierten Schnittpunkte auch ein Defizit als eine Art Vakuum zu buchen ist, muss die Physik dementsprechend reagieren. Folglich ist jeder Reflex der mit den toxisch verseuchten radioaktiv aufgeladenen Schnittstellen verbunden ist, ein kleine atomare Kraft, welche auch als Atombombe gewertet werden kann. So auch alle die unzähligen unbändigen Naturkatastrophen - Naturreflexe der bis aufs atomare Blut gereizten Physik. Auch die unerträglichen Hitzesommer plus Kältewinter, wo stets ein Rekord den anderen jagt und Menschen plus Umwelt keine Rolle spielt. So auch alle Kriege bis jene beiden europäischen Weltkriege mit rund Achtzig Millionen Toden. Im Grunde ist Deutschland zweimal ausgestorben. Erst jeweils geteilt in jeden der zwei Weltkrieg. Und dann natürlich addiert als Summe beider irrationalen Weltkriege.

Nicht vergessen, der II Weltkrieg war nur die Software, also der eher weichere Teil des indirekten Völkermordes. Die Hartware als direkter Völkermord ereilt die Bürger im kommenden III Weltkrieg, wo die bis aufs atomare Blut geschundene Physik direkt über die Atome zu ihren perversen irrationalen Peinigen spricht. Wenn die Abszisse der waagerechte freie Fall ist und sich mit den toxischen Molekülen eine Delle auf der X - Achse zwei Weltkriege bilden konnten und dieser religiöse künstliche ersonnene Irrsinn **Achtzig Millionen Tode** erzeugt, was ein indirekter Völkermord ist. Da können die Völker im kommenden III Weltkrieg nur um die nackte Existenz kämpfen um nicht auszusterben. Denn mit der Abszisse steht der direkte freie Fall zur Debatte. Genau so wie es die Primzahlen über ihren Kode aussagen und bestätigen. Denn es gibt keine höherer Macht als die Primzahlen mit ihren versteckten Geheimnissen, die alle zusammen dekodiert werden müssen, um der Materie einen zum organischen Leben tieferen Sinn zu geben.

Da jedes Dreieck einen inneren und äußeren Kreis hat, existieren folglich zwei Kreise, die jeweils einen Organismus dienen. Wird allerdings Unrecht ausgeübt und das in die Evolution über die Schnittstellen der Winkelfunktionen injiziert, kollabiert jeder Kreislauf - Organismus. Wie reagiert der Obstbaum, welcher mit Gehwegplatte restlos zu gepflasterte wurde? Er kann nicht voll durchatmen und alle Kraft richtet sich nach innen und folglich beginnt der negative ein unsichtbarer aber Schrittweiser zersetzender Exzess und eine Holzzelle nach der anderen saftigen Zelle löst sich wie eine Säureleiche auf und es bildet sich ein Hohlraum, wie in einen Hohlspiegel. Und dieser künstlich geschaffene Hohlspiegel bindet alle Energie um wertvolle Materie bei lebendigen Leib zu verbrennen. Das irrationale Endergebnis ist ein unsichtbares Loch hinter der Rinde und das sind mit anderen Worten die Gaskammern von Auschwitz, wo Millionen von Juden - Eiweißzellen bei lebendigen Leib vergast wurden. Mit anderen Worten, wurde den Juden die toxischen Moleküle über den Angstschweiß im Angesicht des Todes ausgetrieben. Die Physik verfolgt alles Ungemach um sich den Tod als Vakuum vom Leib zu halten. Was auch ihre verdammte Pflicht ist, um die Evolution - Völker - Flora - Fauna gesund zu erhalten

Wenn im inneren Vollkreis des Physik des ersten Dreiecks die zum Überleben extrem wichtigen rationalen Winkelfunktionen gegen den evolutionären Sinn nach innen umgelenkt werden, überträt sich dieses Ungemach auf das innere und später äußere organischen Leben und der Tod erblickt das Licht der Welt. Denn der Kreis außen um die drei Ecken des Delta ist die Umwelt und logisch das Spiegelbild des inneren Vollkreises der

Physik. Der Dreck - Unrat welcher außen die Umwelt massiv belastet und den organischen Tod bewirkt, rührt prinzipiell vom inneren Kreis mit den umgekehrten Winkelfunktionen, die den unsichtbaren Tod in Form von hoch giftiger Radioaktivität über jede Schnittstelle des Sinus plus Kosinus in die einst sterile Evolution pausenlos injizieren. Folglich muss jeder Bürger wie Soldat diese Befehle befolgen ob er will oder nicht. Bei der Radioaktivität kann auch keiner haargenau die Ursachen sofort erkennen. Und bei den Befehlen in der Armee ist es nicht immer der Führerbefehl. Auch er befolgte einen inneren nötigen Drang um sich der Materie zu ermächtigen. Nur wusste keiner in der Hitlerära etwas von religiöser toxisches Radioaktivität, wo gegen kein Kraut gewachsen ist. Für diese Art Tod helfen nur die Gaskammern von Auschwitz, um den jüdischen Übeltätern plus Zaungästen zu demonstrieren, was Religion mit ihren toxischen Molekülen in unserer aller Evolution anrichtete.

Wenn die Winkelfunktionen auf Grund der religiösen Inzucht nach innen gerichtet werden, binden sie alle Materie plus Energie wie die goldene Gans die Langfinger. Zu einen unbestimmten Zeitpunkt löst sich der irre Bann und alle unsinnige gebundenen Energie reflektiert rücksichtslos zurück und ist dem zur Folge ein bedingter oft tödlicher Reflex, so wie vor allem der II Weltkrieg mit Sechzig Millionen Toden. Und dieses Verbrechen bewirkten meist nur Zwölf Millionen Juden obwohl der Keim zum III Weltkrieg schon im I Weltkrieg gelegt wurde. Weil nun mal Radioaktivität nichts mit Evolution zu tun hat und restlos mit Stumpf und Stil ausgerottet werden muss. Denn an jeden toxischen Molekül hängt notgebunden ein Atom oft mit Gitter, was die Gefüge verlassen muss. Denn jeder Soldat an der Front hat seine Kaserne nicht zum Spaß verlassen um unschuldige Menschen zu töten, was im

Grunde Mord ist. Auch die Gewehrkugeln fliegen nicht ohne eine zuvor ausgelöste Funktion durch die Luft um zu töten. Hinter jeden Lauf verbirgt sich ein zielender Schütze um zu morden.

Nur hat dieser tolldreiste Mann einen eigenen natürlichen Schatten? Kann der lebend angenagelte Jesus am Kreuz der religiösen Einfallt überhaupt eine Spur eines Schatten bilden? Nur ein künstlich erdachter Schatten hält ihn am Leben und das ist nur oder prinzipiell der Hohlspiegel, wo alle Energie nach innen zur Lasten der Bürger gerichtet ist. Auch die Kugel aus dem Gewehrlauf kann im Flug keinen Schatten bilden. Denn so schnell kann die Evolution nicht ansatzweise reagieren. Denn das wäre zu vollen Hundert Prozent gegen alle Naturgesetze der Physik. Und demzufolge stehen volle Hundert Prozent menschliche Evolution im III Weltkrieg auf dem Spiel. Denn das Pulver für die Patrone, das Metal für die Hülse plus Kugel sind ja ohne einen Schatten im Erdreich. Auch bei der Produktion sind die Lichtreflexe ohne einen Sinn und abgepackt im Schachtel plus Munitionskisten kann sich kein Schatten bilden wie der lebend angenagelte Jesus am hölzernen Kreuz der religiösen Einfallt. Auch im Magazin und Gewehrlauf ist der Schatten außen vor. Folglich auch die Kugel in der Luft und im Ziel gleich ob sie trifft oder nicht. Selbst in lebloser Materie löst sich der Schatten wie eine Säureleichen auf. Zudem der Soldat im Schützengraben im Grunde ohne Schatten erneut ohne Schatten getroffen am Boden liegt und stirbt. Hat sich der Schatten zweimal aufgelöst?

Ich meine eindeutig ja!

Woher rührt der freie Fall in den Primzahlen und wie kann er alle Materie wie in eine Hohlspiegel binden? Da der Primzahlenabstand prinzipiell nur vom geraden

Ziffern - Zahlen bestimmt wird und die Achtzehn und Zwanzig nur ein einziges Mal sich aus der Gemengelage ergibt, muss es einen triftigen Grund geben. Denn alle anderen geraden und ungeraden Ziffern - Zahlen gibt es mehrmals wie aus den Beispiel leicht zu ersehen ist. Zudem die Zahl Sechzehn nicht zu ermitteln ist. Selbst Folter oder der Scheiterhaufen kann den Menschen diese Aussage nicht entlocken. Diese Zahl **Sechzehn - 16** ist einfach nicht als Primzahlenabstand zu errechnen. Dafür muss es einen handfesten - triftigen Grund geben. Was auch für die Zahlen Achtzehn und Zwanzig gilt.

Beispiel:

2 = 37 mal
4 = 39 mal
6 = 44 mal
8 = 15 mal
10 = 16 mal
12 = 8 mal
14 = 7 mal
16 = 0 mal
18 = 1 mal
20 = 1mal
168 Daten

Wenn Sie die 18 in ihre Einzelteile zerlegen, lässt sich der gordische Knoten klären und der Tod kann rational erklärt werden, wo er molekular wurzelt um pausenlos zu töten. Nun zerlegen wir die Achtzehn - 18 mal.

Beispiel:

18 = als Quersumme 1 + 8 = 9
18 = eingespiegelt = 81
Beide Daten der Quersumme plus Spiegelbild zusammen ergeben die dreistelligen Zahl 981.

Frage:
Was sagt diese Zahl 981 aus?
Nichts?

Nun teilen wir die Zahl 981 in die Quersumme plus Spiegelbild und benutzen ein simples Komma 9,81 um den Sinne verständlich erklären zu können. Folglich tätigt die Physik eine verständliche Aussage. Denn diese Ziffernfolge ist der freie Fall noch ohne Maß. Das setzte der Mensch ein um den Kind einen Namen zu geben. Denn ohne Maß ist die Aussage der Physik für ihre Kinder völlig wertlos. Denn jedes Kind bekommt nach der Geburt einen Namen mit den Zahlencode der Geburt. So ist auch die Erde vor Milliarden von Jahren geboren wurden.

Beispiel:
9,81 m / sek.^{2}

Da die waagrechte Abszisse als indirekter freier Fall das natürliche Spiegelbild der direkten senkrechter Ordinate auch als freie Fall ist, muss jede der zwei Achse im absolut konstanten rechten Winkle zueinander stehen. Denn jeder abweichenden Fakt überträgt sich auf den gesamten Vollkreis der Physik und widerspiegelt sich im Leben aller Organismen auf der Abszisse. Sicher ist dieser unstete Fakt mit den unzähligen toxischen Molekülen im Millionstelbereich nicht ersichtlich. Doch auch nach der sechsten Stelle nach den ersten Komma oder dritte Stelle nach den zweiten Komma ist ein negativer Effekt über die Schnittstellen beider Winkelfunktionen in die Evolution injiziert wurden und dafür muss ein andere Wert bluten. Ob Sechste Stelle nach den ersten Komma oder dritte Stelle nach den zweiten Komma ist gleich. Über das zweite Komma als Schnittstelle ergibt sich eine Sollbruchstelle, die bei zu hoher Last gegen das normale geeichte Maß allmählich nachgibt, um die Menschen zu warnen. So können auch die Völker der noch bewohnten Erde gewarnt werden um sich gegen den Tod zu schützen und gegebenen Falls zu wehren.

Die beiden Weltkriege mit Achtzig Millionen Toden sind nicht aus lauter Mordlust ausgebrochen. Dahinter steckten handfeste Gründe, die aber so wie sie sich im molekularen Gefüge der Evolution über der Physik darstelle nicht auf Anhieb von jedermann erkennen lassen. Dafür müssen die Primzahlen dekodiert werden. Denn hinter der Ziffer - Zahl steckt eine Information, die eine Aussauge tätigt, welche mit einer oder mehreren Funktionen verbunden ist. Werden diese blockiert - unterdrückt oder gar restlos abgewürgt, so das der Energieschub für die Evolution in sich verendet, wie es die zwei Dreiecke - eines seitenverkehrt des Judenstern praktizieren, ist der Tod ein ständiger Begleiter für jeden Mensch auf der noch belebten Erde. Denn Energie kann nicht einfach so vergehen, sondern sie wandelt sich nur um und das in absoluter negativer Funktion, wie es die unzähligen - unbändigen Naturkatastrophen als irrationale Reflexe der bis aufs atomare Blut gereizten Physik nun schon fast tagtäglich beweisen. Die zwei Weltkriege in Europa mit der spanischen Grippe um den I Weltkrieg waren nur die losen Tipps sich des Stammbaumes zu erinnern. Denn im III Weltkrieg löst sich dieser Baum des organischen Lebens auf wie das hohle Spiegelbild über der künstlichen Intelligenz.

Überlegen Sie mal, wenn schon der indirekte freie Fall als Abszisse zwei Weltkriege mit Achtzig Millionen Toden erzeugt, was erwartet die Völker beim direkten freien Fall, wo alle im künstlich geschaffenen Hohlspiegel auf die Menschen ohne die Spur von Gnade einwirkt? Jeder Hauch von Skrupel ist restlos verflogen, so wie bei der Hexe im Scheiterhaufen des religiöse Irrsinns. Denn jeder abweichende Fakt, welcher mit den toxischen Molekülen verbunden ist, reflektiert sich in umgewandelter Energie auf die Verursacher plus Mitläufer zurück und keiner kann sich dagegen wehren. Eine Flucht ist unmöglich. Es gibt nur dieser einen Planeten Erde. Die Juden konnten unter den braunen Hitler noch Deutschland verlassen. Unter - mit den schwarzen Hitler ist dieser glückliche Augenblick restlos verflogen. Da herrschen die Atome mit ihren Gesetzen und da gibt es keine Gnade. Denn jede Kugel aus den Lauf auf das Opfer wie Oberst Stauffenberg verfehlte ihr Ziel nicht. Genau nach diesen Prinzip fungieren Atome und die Sonnestrahlen in einen verdummenden Hohlspiegel, wo jeder Strahl der Sonne gebrochen wird und sind zu einen Laser umwandelt um die Evolution zu verbrennen, wie die unschuldige Frau - Hexe auf den Scheiterhaufen. Und mit diesen gebündelten Lichtstrahl wird die gesamte Evolution auf der Erde langsam aber sicher bei lebendigen Leib verbrannt.

Und diese Sollbruchstelle ist das zweite Komma, wo sich die Abszisse beginnt zu senken und sich in laufe der Zeit Brennpunkte bilden, die der Keim zu schwarzen Löchern sind. Dann stehen sich jeweils drei Nulle in einen V - Trichter gegenüber und in diesen irrsinnigen Hohlspiegel erlischt jedes Maß der Physik. Denn jede noch so stabile konstante Aussage hängt am rechten Winkel als Fadenkreuz im Vollkreis der Physik. Eine andere ehrliche Aussage ist wissenschaftlich völlig unmöglich. Denn der V -Trichter bildet sich erst über längere Zeiträume. Zuerst bildet sich eine kleine unsichtbare Senke - Delle, die als lichterloh brennende Hexe keinen besonders stört. Wie auch, wenn sie doch über den verdummenden Gaube - Aberglaube an allen Übel schuld ist. Ein Schuldbewusstsein kann da nicht aufkommen. Denn die tödliche Angst vor den Feuer wohnt in jeden Menschen. Auch in " **geistlichen Würdenträgeren** ", obwohl sie im physikalischen Sinne ins Minus reinrechnen und schädigen was das Zeug hergibt. Denn mit jeden toxischen Molekül wird die Evolution über die Schnittstellen der Winkelfunktionen injiziert und in laufe der Zeit löst sich die sechste Null allmählich auf. Und dieses irre Prinzip überträgt sich natürlich auf jede andere Nullen, die vor der letzten - sechsten Null stehen und im Hohlspiegel ergibt das eine unklare trübe Gemengelage, bis der wohl organisiere Tod zur Tat schreitet. Denn dieser toxische molekulare Brühe - giftige Dunstwolke überträgt sich auf jede Null nach den ersten und zweiten Komma, weil ja die Sollbruchstelle beim zweiten Komma nachgibt und in laufe der Zeit bricht, wie es die Historie nach den II Weltkrieg bewies. Denn sowohl Europa, Deutschland und Berlin wurden als sichtbarere Beweis dieses unsichtbaren Dauerverbrechens Religion nach Ende des Hitlerkrieges 1945 in etwa der Mitte halbiert. Auch hier lässt sich unschwer ablesen, das Energie nicht einfach so vergehen kann. Sondern sie sich nur - prinzipiell für die Überlebenden ungünstig umwandelt, um endlich mal die richtigen ehrlichen Lehren aus der Geschichte zu ziehen. Nur leider war das bis zur Jahrtausendwende nicht der Fall.

Von der letzten Null als sechste Stelle nach den ersten Komma überträgt sich dieser irre Lichtreflex auf die gesamte Evolution und beginnt anfangs unsichtbar unsere aller Evolution zu schwächen. Nur ist dieser abschwächende Knackpunkt dermaßen außen vor, das er als allgemeines Kulturgut voll und ganz akzeptiert wird. Ein ausscheren ist aus diesen toxischen undurchsichtigen nebeligen gasförmigen Panzer unmöglich, denn er führ direkt über die Folterkammern auf den Scheiterhaufen. Also sind die arglosen

Menschen auch Opfer plus Gefangene dieser künstlichen Intelligenz. Denn mit diesen künstlichen Licht, das als Licht wie über ein Prisma zu werten ist, kann die Evolution nicht gedeihen. Keine höhere Pflanze außer Moose, Flechten und Farne können in Kirchen oder Synagogen gedeihen. Eine grüne Gurken, rote Tomate oder saftige Beere werden im Keim schon geschändet, so wie die Opfer dieser religiösen Irrlehre über die Folterknechte in ihren kunterbunten Roben. Der Henker ist nur des Todes grauer bis schwarzer toxischer Atem. So wie die Kugel aus Waffe der Uniform nur des Henkers grauer bis schwarzer toxischer Atem ist, um die Evolution zu töten. Nur wer oder was hat die Menschen in Uniformen gesteckt um den immer noch unsichtbaren Tod erneut zu verschleiern? Sind es die toxischen Moleküle der arglosen Gläubigen, die diesen elenden verbrecherischen Dauerverbrechern auf den Leim gegangen sind?

Was bewirken die umgekehrten Winkelfunktionen, wenn der Kosinus auf den Sinus liegt um ihn allmählich abzuwürgen? Zumal der Sinus noch dermaßen in sich verdreht ist, das selbst die Opfer nicht mehr rational nachkommen können. Denn die Opfer sind im selben Atemzug auch Täter und natürlich umgedreht, was jeden Juristen um den Verstand bringt. Im Grunde lagert über der unendlichen Evolution ein tödlicher Schleier, welcher nur ein Ziel verfolgt und zwar die Evolution in die Knie zu zwingen, was ihr auch schon erfolgreich streckenweise gelang. Denn die Konzentrationslager waren und sind nach wie vor Leichenflecke der Evolution, bis der Tod direkt zu den perverse Peinigern spricht. Im Grunde ergeben sich mit den abgedunkelten Sinus **zwei** Schatten, die nicht sein dürfen. Und diese **zwei** Schatten sind die **zwei** Weltkriege mit Achtzig Millionen Toden. Zudem der Soldat im Schützengaben auch **zwei** Schatten liefert. Zum einen als stehender

Kämpfer, wenn sich das natürliche Sonnenlicht an der Oberkante der tiefen Gräben bricht und sich auflöst. Als liegenden Mann sich der Schatten erneut zum **zwei**ten mal auflöst und sich ein Keim zu einen schwarzen Loch zu erkennen gibt.

Auch die Orte wie Verdun und die Gaskammern von Auschwitz sind solche irren Symptome zum unendlichen völkischen Tod, wo kein einziges Volk ungeschoren davon kommt. Selbst China und Indien werden ohne eine Spur von Gnade bis ins infizierten Knochenmark bluten. Mit Atomen liebe Dummschätzer ist nicht zu spaßen. Und an diesen doppelten mittlerweile Dauerschatten ist nicht zu spaßen. Denn er ist ein Produkt von flächendeckenden Betrug, wo jede Banknote erblasst. Das dann ein Inflation folgt, dürfte mehr als logische erscheinen. Denn Geld wird von Menschen gewehrte und nicht umgekehrt. Wenn da toxische Luft sich eingenistet hat, muss sie ohne wenn und aber restlos zu vollen Hundert Prozent ausgetrieben werden. Denn jeder Sonnenstrahl muss astrein reflektieren können um positive Energie harmonisch entfalten zu können.

Was bedeutet dieser doppelte - **zwei**fache toxische Dauerschatten für die unendliche Evolution? Hat das doppelte - **zwei**fache Dreieck auf den ersten Delta des Judenstern einen tödlichen Reflex in der Evolution ausgelöst? Und wie äußern sich diese elenden perversen tödlichen Reflexe im organischen Leben? Sind es immer nur gewalttätige Reflexe bis Kriege die in Weltkriegen Gipfeln? Denn diese **zwei** europäischen Kriege kosteten Achtzig Millionen Menschen das Leben und nur deshalb weil einige dumme irre zeitlose Geister die konstanten physikalischen Naturgesetze außer Kraft setzten um ihren saudumme religiösen Spleen auszuleben. Und genauso lebte die Physik ihre Reflexe auf der noch lebendigen Abszisse zur Last von mittlerweile Siebeneinhalb Milliarden Menschen aus. Schon im I Weltkrieg verloren Siebzehn - 17 Millionen Menschen ihr Leben. Das sind mehre kleiner Staaten nicht nur in Europa. Das waren mitunter 27.000 bis 57.000 Tode nur an einen Tag. Das macht alle 5 Sekunden einen Toden. Das erloschen in oft weniger als einen Tag eine komplette Stadt im Pulsschlag der Zeit. Und da waren sich nur Frankreich und Deutschland in die Wolle gekommen. Vom II Weltkrieg kann da noch keine Rede sein. Von Gaskammern in Auschwitz war kein dürrer Schimmer einen blockierten Sonnenstrahls zu erkennen.

Nur wo ist das statische - physikalischen Knochenmark der Physik zu allen anderen untergliederten Wissenschaften, die mit den knochendürren Jesus ans Kreuz der religiösen Einfallt bei lebendigen Leib genagelt wurden? Es sind die konstanten und zum Überleben extrem wichtigen Naturgesetze, welche von der Physik stabilisiert werden. Werden aber idiotischer Weise diese extrem wichtigen dreigeteilten Gesetze der Physik mit einen doppelten - **zwei**ten Dreieck negativ beeinflusst oder gar zu vollen Hundert Prozent blockiert, entsteht ein dementsprechender Gegenreflex. Das dann mit diesen sinnlos ausgelösten irrationalen Funktionen als logischer und völlig übersteigerten Gegenreflex nicht zu spaßen ist, ist noch logischer als das saudumme Amen in den Schattentempeln des religiösen kultivierten Irrsinns, wo jedes Wort ein Schlag ins Kontor der Physik in sich als toxischen Keim nährt. Denn in jeden Wort von der Kanzel ist immer eine unsichtbarere Schatten unweigerlich verbunden und diese Tatsache nistet sich in laufe der oft extrem Zeit über das Bewusstsein bis ins Unterbewusstsein ein und das ist im Grunde das Knochenmark. In der Materie sind es immer die Atome plus Moleküle mit ihren verschiedenen Elementen. Denn in jeder Materie stecken Atome, Moleküle als Elemente der Physik. Wenn nicht direkt, dann indirekt wie in Plaste, Stoffen oder Speisen.

Mit welchen Fakten setzen sich die unbestechlichen Fakten im gleichschenkeligen Dreieck zusammen? Denn es gesellen sich noch Loten, Seitenkanten, Innenwinkel plus Summe der drei Innenwinkel und Eckpunkte des geeichten Dreiecks. Denn diese Summe ist im selben Atemzug - mit anderen Worten der Halbkreis, wo sich das gesamte organische - gesellschaftliche Leben abspielt. Im unteren halben Kreis des Vollkreises der Physik wohnen die physikalischen konstanten Gesetze, oder die Grube, welche niemand anderen Leuten nicht gaben soll, wenn man nicht selbst darin landen will. Denn diese einstige unsichtbare Falle kann das Todesurteil sein. Für die Juden war es der Holocaust und die Gaskammern von Auschwitz. Und an dieser falschen - verlogenen religiösen Lüge bis Dauerlüge hingen wie an der goldenen Gans Millionen von gutgläubigen arglosen Menschen. Für Millionen Erdenbürger wurde dieser toxische religiöse Mausefalle zur Fallgrube in **zwei** Weltkriegen mit rund Achtzig Millionen Toden.

Beispiel:

Das gleichschenkelige Dreieck mit seinen konstanten Werten.
die drei - 3 Eckpunkte A, B, C - was bedeutet das A = B = C ist
die drei - 3 Seitenkanten a, b, c - was bedeutet das a = b = c ist
die drei - 3 Lote f, g, h was bedeutet das das f = g = h ist
die drei Innenwinkel α, β, $\chi$was bedeutet das $\alpha = \beta = \chi$ ist

Die Summe der Innenwinkel ist immer gleich, da jeder der drei -3 Innenwinkel gleich Sechzig Grad - 60° beträgt. Was auch für das rechtwinklige und ungleichmäßiges Dreieck gilt.

Innenwinkel des Dreiecks
Alpha - $\alpha = 60°$
Betta - $\beta = 60°$
Gamma - $\chi = 60°$
$\alpha + \beta + \chi$ = die Summe der Innenwinkel = 180°
Der Innenwinke = 180° und die Summe des oberen Halbkreises des Vollkreises der Physik beträgt ebenfalls 180°.
Die Summe der Innenwinkel = 180° = die Summe des oberen Halbkreises = 180°.

Im Dreieck umschließt der innere Kreis von 360° alle Seitenkanten als innerer Kreislauf. Der äußere Kreis von 360° umhüllt das Dreieck als äußerer Kreislauf und berührt alle drei Ecken.
innerer Kreis von 360° = äußerer Kreis von 360°

Was geschieht wenn ein Dummkopf diese extrem wichtigen konstanten Gesetze der Physik mit einen doppelten Dreieck darüber blockiert? Die zum Überleben wichtige Energie mit den Winkelfunktionen wird blockiert, umgelenkt und in die Irre gelenkt, was der Materie einen Tatsch nach innen verleiht und völlig falsche Funktionen mit sich bringt. Denn der Schnittpunkt der Lote im ersten Dreieck sind der Bennpunkt, wenn Gesetze der Physik missachtet werden und es entsteht Hohlspiegel. Der nicht beachtete Schnittpunkt der drei Lote ist nicht größer als eine äußere Sommersprosse oder innere Eiweißzelle, die für immer das Zeitliche segnet. Denn sie werden wie die unschuldige Hexe bei lebendigen Leib auch öffentlich verbrannt. Und dieser religiöse kultivierte Irrsinn überträgt sich vom inneren in den äußeren Vollkreis der Physik mit allen anderen untergliederten Hauptwissenschaften die mit den Jesus mit ans Kreuz der religiösen Einfallt auch bei lebendigen Leib genagelt wurden. Denn jeder Mensch unterlieg seinen persönlichen Spiegelbild, was er zu jeden Atemzug - Herzschlag ohne Abstriche tagtäglich bedient. Folglich inhaliert er jedes Defizit und nimmt den Schwund als normale tägliche Kost hin und das ohne ernsthaft darüber nachzudenken. Mittlerweile verschwanden in beiden Weltkriegen mehrer Völker als indirekte Zugabe zum religiösen perversen Dauerbetrug. Begonnen hatte es mit einer Sommersprosse und im selben Atemzug Eiweißzelle. Denn beide Dreiecke beinhalten ja auch zwei innere und äußerer Kreise als Spiegelbild zum aktuellen Zeitgeschehen.

Denn über den künstlich geschaffenen Hohlspiegel ergeben sich auf jeder Seite drei Nullen über den **zwei**ten Koma als Sollbruchstelle. Die Gemengelage, welche sich aus den hohlen Spiegel ergibt, überträgt sich vor das erste Komma und wird zur normalen gegebenen Lebensgröße - Maxime, die weitere Kreise - Wellen schlägt, die den Sinus ähnelt. Nur eines haben Sie restlos vergessen. Das die Abszisse der waagerechte freie Fall ist und mit jeden toxischen Molekül, was sich über die Schnittstellen in die Evolution einfrisst, sich der freie Fall allmählich aber systematisch verändert. Folglich beginnt die X - Achse zu wuchten und diese Unwucht überträgt sich auf alle noch bewohnten Kontinente als Festplatte der Evolution, denn sie sind ein Bestandteil des Fadenkreuzes im Vollkreis der Physik, wo jedes toxische zusätzliche Moleküle, gleich wo es sich verbirgt, erkannt und gerichtet wird. Selbst wenn es die Gaskammer von Auschwitz sind, wo die Juden ihre toxischen Moleküle über den Angstschweiß im Angesicht des Todes bei lebendigen Leib ausschwitzen. Eine Spur von Gnade ist von der Physik nicht zu erwarten. Denn der schwarze Hitler als schwarzes Loch ist noch dunkler wie der braune Hitler.

Da über der Sollbruchstelle als **zwei**tes Komma sich allmählich eine Delle bildet, die sich zum V - Trichter entwickelt, sind über das logische Spiegelbild folglich alle Sechs Nullen nach den ersten Komma infiziert. Denn die Evolution beginnt nun mal mit der sechsten Null im Millionenbereich, wo kein Mensch eine Spur von Zugriff auf sich beziehen kann. Wer orientiert sich schon in der abweichenden durchschnittlichen Temperatur im Tausendstelbereich in der Sahara. Denn dieses Tausendstel ist in der Realität die Sechste Stelle nach den Komma, was der Millionenbereich im Gefüge der Physik ist. Es kann sogar sein, das in dieser extrem hohen physikalischen sensiblen Bereich die Stringteilchen ein Wörtchen mitreden können. Und die reagieren nicht auf Befehle aus dem Vatikan, Parteizentralen oder dann als eventuelle vielleicht logische Antwort auf dem Führerbefehl. Obwohl der braune Massenmörder Adolf Hitler physikalisch im **RECHT** war. Es gibt keine andere Macht außer der **PHYSIK**. Dann gäbe es **zwei** freie Fälle. Und die gibt es nicht mal in der irrsten Klapsmühle auf der Erde. Zudem gäbe es einen **zwei**ten - doppelten Begriff für das Wort Verbrechen. Und jeder Verbrecher unterliegt mit seinen Verbrechen den freien Fall, was natürlich auch für die Religionen und den dümmlichen Halbweltgestalten um den Papst gilt.

Welche rationale Funktion ist mit der sechsten Stelle nach den ersten Komma unweigerlich verbunden? Das jede Information über die Schnittsellen auf der Abszisse in die Welt als Organismus getragen wird. Einen Weg zurück gibt es nicht. Denn es gab auch keinen Weg aus den Zügen in das Konzentrationslager Auschwitz mit seinen Gaskammern zurück. Wer von den Kräften der braunen Ära gegriffen wurde, war ein potentieller Todeskandidat. Vor allem wenn es sich um Juden handelte. Als Gratiszugabe des kultivierten wohl organisierten Todes kam auch kein Juden aus den Gaskammern raus und keine Hexe - Ketzer vom Scheiterhaufen los. Der Tod hatte sein perfektionierten Spiel gewonnen, so wie der unschuldige Hase, welcher von den **zwei** listigen Igeln hinter die Fichte geführt wurde und den Tod zwischen **zwei** Furchen fand. Und diese **zwei** Furchen waren die **zwei** Winkelfunktionen. Jeder der **zwei** Igel ist sozusagen oder mit anderen Worten das Spiegelbild als **zwei**tes Komma oder der **zwei** Ackerfurchen. Finden Sie nicht auch, das es einigen **Zweien** sind, welche sich bemerkbar machen? Denn auch im Judenstern mit den **zwei** Dreiecken beinhalten **zwei** Kreise. Einen Inneren und äußeren Vollkreis um das organische Leben zu garantieren. Oder in jeden der **zwei** Deltas überlagern sich je **zwei** Kreise im und außerhalb der **zwei** Dreiecke.

Über den sich bildenden Hohlspiegel ergibt sich eine geschlossenen Gemengelage zum organischen Tod. Und die **zwei** Weltkriege waren so eine absolut geschlossene Gemengelage zum völkischen Tod mit Achtzig Millionen Toden. Und dieser irre Leichenberg beinhaltet mehre Völker, die als lose immer noch indirekte Information im III Weltkrieg komplett die Erde für immer verlassen werden. Als direkte Information löst sich jedes Volk als Nation in einen schwarzen Loch auf und der Tod ist wie immer der lachende **DRITTE** wie die listigen Igel auf den Acker der Todes. Denn nur die Sonne war Zeuge und dieser gewaltige Energiebombe kann nur Energie zum Wohl der Evolution verbrennen. Nur ist es so, das sie auch für Kinderschänder im Gewand der Kardinäle scheint und diese schänden im künstlichen Namen einer ersonnene irrationalen Macht pausenlos die Menschen als Kinder der Evolution. Die Kinderschänderschlagzeilen sind nur der läppische sichtbare Teil des allmählich schmelzenden Eisberges, wo die Evolution allmählich aber todsicher baden geht. Folglich ist der Tod ein ständiger Begleiter bis jeder Mensch von den Kräften des aufkeimenden schwarzen Lochs gegriffen wird und wie die Juden in den Gaskammern von Auschwitz im direkten Angesicht der Todes ihre toxischen Moleküle aus den infizierten Organismus ausgetrieben wurden.

Wenn alle sechs Nullen nach den ersten Komma in einen künstlich geschaffenen Hohlspiegel gebunden sind, wir in jeder Null die Luft allmählich abgelassen. Sicher ist der Verlust einer sich abschwächenden Sommersprosse noch kein Beinbruch. Auch der totale Todesfall einer inneren Eiweißzelle. Doch so beginnt sich der schwarze Tod als reflexloser schwarzer Hitler die Evolution zu ermächtigen und in laufe der extrem langen historischen Zeit lösen sich Körperglieder auf, dann komplette Menschen, Dörfer, Städte, Länder, Staaten bis Kontinente. Die menschliche Evolution ist schon vom ersten Tag des allmählichen Aufkeimens der toxischen religiösen Moleküle mehrmals ausgestorben. Nur hat diesen Aspekt noch keiner in dieser Form erkannt und analysiert. Zudem waren die beiden Weltkriege der erste Schritt zu einen entmenschten Kontinent. Da waren die Städte zerstört und noch genügend Menschen da um die Schäden zu beseitigen. Nach einen schwarzen Loch ist es umgekehrt. Da stehen die Häuser fast alle noch und die Erbauer - Mieter sind unter der Erde in einen schwarzen Loch verschwunden. Zudem wie im jüdischen Holocaust, hunderte Millionen Lebensjahre spurlos verschwunden oder in lauter Luft aufgegangen. Im Grunde ein multiplizieren mit den Faktor Null. Und Null mal Null ist immer nur Null.

Zudem in jeder Null das verkommene Produkt der infizierten Schnittstellen mit den toxischen Molekülen sein Unwesen treibt um den Tod der mitunter tödlich infizierten Materie zu bewirken. Folglich überträgt sich dieser perverse oft noch unsichtbare Tod in jede Null nach den ersten Komma und somit ist die gesamte Evolution injiziert. Und mit jeder abschwächen Nullen wird die Inflation gefüttert. Denn die Inflation aus den Jahre 1929 ist nicht mit der von 2008 zu vergleichen. Denn beide Inflationen sind nur der erhobene Zeigefinger wie der I Weltkrieg zum II Weltkrieg mit den rechten ausgestreckten Arm. Denn der kommende und sich schon längst am beschränkten Horizont ankündigten III Weltkrieg, löst sich jeder Banknote wie eine Säureleichen auf. Denn zu einer stabilen Valuta gehört eine gewisse Anzahl von Menschen. Müssen diese die Abszisse verlassen, nehmen diese hinter die Fichte geführten Opfer der perversen Religion auch ihre Habe plus handwerklichen Talente mit. Oder es bleibt nur das Geld übrig und alle Menschen sind Tod. Natürlich außer den Aborigines in Australien. Denn diese Ureinwohner sind alle zusammen völlig unschuldig und werden mit größter Aussicht überleben. Nur die Erde mit diesen zeitlosen Zeitzeugen ist sehr ärmlich.

Was verändert sich mit den verkehrten Winkelfunktionen plus in sich verdrehten Sinus? Der waagerechte freie Fall als geistige Ebene der unendlichen Evolution. Weil mit jeden zusätzlichen toxischen Molekül die Evolution infiziert wird und in laufe der Zeit geschwächt. Denn auch in jeder der sechs Nullen existiert ein Vollkreis mit allen erklärten konstanten Gesetze der Physik und diese unsichtbare Unwucht überträgt sich allmählich aber todsicher auf die gesamte Abszisse und es beginnt sich eine Unwucht aufzubauen. Die erste sichtbare Unwucht war der I Weltkrieg mit Siebzehn Millionen Toden als erhobener Zeigefinger. Die zweite Unwucht der II Weltkrieg mit Sechzig Millionen Toden als rechter ausgestreckter Arm. Im III Weltkrieg ist die Rübe ab. Mit jeden Weltkrieg verschwanden immer noch indirekt mehrere Völker auf immer und ewig. Nach der Maxime der pechschwarzen katholischen Kirche wurde Asche zu Asche und Staub zu Staub. Im Grunde ein sinnloses abartiges perversen multiplizieren mit den unbestimmten Faktor Null. Und Null mal Null ist immer nur Null. Oder Null mal Sechs bis Siebeneinhalb Milliarden Menschen ist immer nur Null Menschen und die Erde ist ohne Menschen oder die Rübe ist wie erklärt für immer ab.

Was geschieht wenn aus jeder Null die Luft abgelassen wird? Es ist wie bei einen Zuckerwattestab, wo mit der bloßen zugedrückten Hand, die leckere Zuckerwolke restlos dermaßen zusammengepresst wird, das nichts mehr übrig bleibt, außer eine dünne dümmliche abstoßende ekelige Masse Zucker. Ästhetik sieht anders aus! Ein Schöngeist kann sich überall sehen lassen. Nur ist es momentan auf der Erde völlig anders. Die dümmliche Zuckerwolke bindet nur lauter Energie, die von Sonnenlicht genährt - geschaffen wurde und sich im Leben mit allen Widerständen behaupten muss. Nun sehen ich schon bei einer simplen spanischen Grippe schwarz. Und genau das ist der toxische Kern von Religion wie dem Judentum und Katholizismus. Weil er schon im Keim die Winkelfunktionen verdreht und alle Energie gegen ihren Willen bindet. Was dabei rauskommt ist weltweit bekannt. Unsägliche Kriege mit riesigen Bergen von Leichen, wo komplette Völker verschwinden oder sich restlos auflösen. Lassen wir von der menschlichen Evolution kurz nach der Jahrtausendwende die Luft ab, erlöscht das

Menschentum. Wenn ein Meter Schnee schmilzt, ist das Volumen auf ein Minimum geschrumpft und ein schmutziger Kern schwarzer Dreck bliebt übrig.

Und genauso funktioniert es mit der Inflation, wo aus der aufgeblasenen oft noch infizierten Materie der gesamte toxische Unrat abgelassen wird und was übrig bliebt ist oft gnadenloser skrupelloser Hass. Hass der mittlerweile bodenlos und demzufolge grenzenlos sein Unwesen treibt. Und das waren in Europa jene **zwei** Weltkriege mit den **zwei** verdrehten Winkelfunktionen, wo so ein Dummkopf den Sinus mit den Kosinus verkehrte und folglich den Sinus in sich verdrehte. Unter solchen irrationalen Vorzeichen verkommt der aufrichtigste Mensch zum Verbrecher. Denn jeder normale Mensch versucht sich den Tod vom Leib zuhalten oder gar den auf der Haut und Seele gnadenlos brennenden Scheiterhaufen. Es ist nun mittlerweile so weit verkommen, das in direkter Folge folgenden Megasommern der eine Scheiterhaufen im folgenden Jahr den nächsten Scheiterhaufen ohne eine Atempause ablöst. Es folgten bis 2018 Acht in direkter Folge solche Klimairrläufer mit Milliarden Valuta plus unbezahlbaren Werten an Dauerschäden. Irgendwann muss die Evolution notgedrungen aufgeben um nicht gänzlich für die Hunde zu gehen.

Nur was tut die geschundenen Kreatur um sich den leibhaftigen Tod, der kaum zu erfassen - zu begreifen - zu sehen ist, sich vom Leib zuhalten? Ist der zukünftige Verbrecher schon vor den III Weltkrieg eigentlich noch gesund bei Leib und Seele? Oder haben sich die unsäglichen toxischen religiösen Moleküle schon dermaßen tief ins Unterbewusstsein eingefressen, das ein logischer Gedanke völlig unmöglich ist. Folglich muss jeder Spießer den Tod an sich plus Familie nebst Gütern akzeptieren. Denn er was ja gern bereit den Tod der Evolution zu injizieren. Unter den braunen Hitler wurde der Tod gegeben und gekommen. Im Grunde das logische Spiegelbild nach den unbestechlichen Gesetzen der Physik. Wer nicht spurt, bekommt die Physik an Leib und Seele zuspüren. So wie die unsäglichen Juden in den Gaskammern von Auschwitz, wo den Insassen ihre toxischen Moleküle im Angesicht des Todes aus dem infizierten Körper über den Angstschweiß ausgetrieben wurde. Sicher ist diese ungewöhnliche Therapie nach Art des Hauses **PHYSIK** zu vollen Hundert Prozent tödlich. Doch kann man bei guten Willen die richtigen Lehren aus der Historie ziehen. Nur mit einen völlig wahnhaften - verseuchten Hirn ist diese unmöglich. Wer nicht die ehrlichen aufrichtigen wahren Lehren aus den zwei Weltkriegen zieht oder ziehen kann - will, muss damit rechnen das die Rübe abhanden kommt. Und eine Erde ohne Menschen ist eine leere Rübe. Oder ein Narr ohne Kopf.

Was wäre wenn an jeden toxischen Moleküle eine äußere Sommersprosse und innere Eiweißzelle hängt, wie die Aromen der grünen Gurke an den Bitterstoffen an jeden Zipfel des langen Gemüse? Züchtet man die Bitterstoffe raus, lösen sich die Aromen auf und der Geschmack ist tot. Wird Gift über die unzähligen Schnittstellen in die Evolution injiziert, muss die Evolution Zelle für Zelle weichen, so wie die Aromen der immergrünen Schälgurke. Was übrig bleibt ist ein grüne Stange sinnlos gebundenes Wasser. Geschmacklich eine elende Todgeburt. Mann muss gehörig nachbesser um das Defizit auszugleichen, was nicht möglich ist. Im Grunde hat man die Winkelfunktionen verkehrt und damit den Sinus in sich verdreht, was den Fass den Boden ausschlägt. Die logischen Folgen sind ein punktuelles Hochwasser, was auf - in der Erde einen äußere Sommersprosse und innere Eiweißzelle bedeutet. Die Schäden sind oft groß.

Dieser irre Drehimpuls wurde auch den Juden im III Reich zum Verhängnis. Ihnen wurde im Umkehrprozess jedes oder fast jedes toxische Moleküle über den Angstschweiß im Angesicht des Todes ausgetrieben. Nur ist dieses Verfahren zu vollen Hundert Prozent tödlich wie der katholische Scheiterhaufen und sich abzeichnende schwarze Loch - katholische Holocaust - III Weltkrieg.

Über oder mit diesen künstliche geschaffenen irren Drehimpuls, beginnt sich eine abnorme Gegenkraft zu bilden um sich der Physik als Hauptwissenschaft und Mutter aller untergliederten Wissenschaften Untertan zu machen. Was natürlich immer ein kräftiger Schlag in Kontor ist und Schäden bis den Tod zur unausweichlichen Folge bis Dauerfolge stets unausweichlich - prinzipiell nach sich zieht. Denn es gibt keine reelle Chance für einen zweiten freie Fall. Keinen einzigen noch so unsichtbaren Lichtschimmer als Lichtsekunde! Jeder Versucht verursacht dermaßen extrem hohe Unkosten, das ein Inflation nicht mehr weit vom Konto zum stehen kommt und die Bürger erneut immer wieder aufs neue zu warnen. Und solche warnenden nicht zu übersehenden Signale waren der I Weltkrieg als erhobener Zeigefinger und jener II Weltkrieg als erhobene rechte ausgestreckte Arm. Im kommenden III Weltkrieg ist die Rübe ab.

Wenn an jeden toxischen Molekül sowohl eine Sommersprosse und Eiweißzelle hängt, so wie die Langfinger an der goldnen Gans, und die Lichtwurzel von der bis aufs atomare Blut gereizten Physik gezogen wird, ist in der Tat die Rübe ab. Ein zweite Rübe kann unmöglich nachwachsen. Da muss der Bauer im nächsten Jahr neu sähen und zuvor düngen. Doch wer soll die Felder bestellen, wenn die Rübe ab ist? Der heilige Geist als irrer Dschin, der liebe Gott oder der

Stellvertreter Gottes aus Erde unser seliger Pontifex Maximus? Ein elender dümmliche perverser Narr kann kein vernünftige Funktion erfüllen. Das wäre ein Ding so dem Tollhaus, was Religion im unbestechlichen Augenmaß der Physik in der Tat nur ist. Kein einziger Reflex welcher der Evolution maßvoll ewig dient, lässt sich von dieser künstlichen Intelligenz ableiten. Ein innerer Kirchenschimmer als ewig gebrochnes Prismalicht ist für die Evolution völlig wertlos. Es bricht jedes menschliche Gefühl bis ins unendliche Unglück und ist sich dieses ewigen perversen Dauerverbrechens nicht zu einen einzigen Prozent je bewusst. Wie auch, wenn das Unterbewusstsein total mit giftigen atomaren Bausteinen verseucht ist. Da kann und wird nur jener ewige Tod der gesuchte und erwarte Erlöser sein. Denn Schwarz mal Schwarz ist im Grunde Null mal Null.

Wenn an jeden toxischen Molekül eine Sommersprosse hängt wie die Aromen an den nötigen Bitterstoffen, hängt bis zum völkischen Tod die Physik an ihren Atomen bis natürlichen Molekülen, um die statische Stabilität zu vollen Hundert Prozent zu garantieren. Muss ein Atom wegen der toxischen Moleküle weichen, hinterlässt es ein Defizit bis mögliches Vakuum, was von der Physik nicht zu einen Millionstel Prozent auch nur im kühnsten Heldentraum geduldet wird. Selbst ein noch kleineres Prozent wird registriert und zu gegebner Zeit begradigt, was den Verlust jener infizierten Materie nach sich zieht. Es kann auch der Krieg für den Ausgleich sorgen um den irren künstlichen Vakuum zu entgehen. Dafür mussten in beiden Weltkriegen Achtzig Millionen Menschen ihr Leben lassen. Denn jeder Krieg beinhaltete mehre Völker und addiert knapp ein Sechstel der Europäer. Nur das damals die Bürger wesendlich gesünder waren. Von unnötiger Chemie in den Speisen war kein Spur zu vermerken. Wenn für ein nicht erkanntes mögliches Vakuum schon kleiner Völker komplett ausradiert wurden, wie verhält sich die Physik bei einen erkannten Vakuum. Werden die Völker komplett ausgelöscht, so wie es der braune Hitler mit den Juden vor hatte? Denn mit den schwarzen Hitler ist als Reflex nicht zu spaßen. Denn Schwarz ist als Faktor Null eine elende Todgeburt.

Mit diesen künstlichen Drehimpuls wird der Rückwärtsgang in der Evolution eingeleitete, was im Kern jede Religion ihr Eigen nennt. Denn Religion ist im Grunde weiter nichts als ein unsichtbarer toxisches Leichentuch über der Evolution, was den düsteren Kosinus begünstigt, weil die natürlichen Sonnenstrahlen blockiert werden. Nur mit dieser künstlichen Schummelsoftware als unsichtbareres Datenprogramm hat der Sensenmann den Fuß auf der Schwelle. Folglich wird der Kosinus mit allen damit folgenden Funktionen als völlig normal angesehen und wer dagegen verstößt hat die Inquisition an Hals, was den Tod zur unausweichlichen Folge meist nach sich zieht. Dieser abnorme künstliche Drehimpuls bewirkte Weltkrieg mit Achtzig Millionen Toden und den jüdischen Holocaust, wo den jüdischen Insassen in den Gaskammern von Auschwitz über den Angstschweiß im Angesicht des kultivierten Todes die toxischen Moleküle ausgetrieben wurden. Denn in den Zwei Dreiecken des Judenstern liegen zwei innere Kreise als unlogisches Spiegelbild übereinander, was den Keim zum Drehimpuls und Inzucht gegen die Gesetze der Physik beinhaltete.

Wenn man die logischen natürlichen Winkelfunktionen gegen ihr Naturell verkehrt muss der Sinus logisch mitgehen und somit wird er in sich verdreht. Damit wird der Mensch umgepolt und folglich unfruchtbar. Denn weder zwei Männer oder zwei Frauen können sich vermehren. Weil über den irren künstlichen

Drehimpuls sich die gesamte Erde beginnt gegen den Sinn umzupolen und damit steht die Lebenspyramide wie das zweite Dreieck des Judenstern auf den Kopf. Um diesen statischen Irrsinn zu stützen müssen Billiarden - Trilliarden auf den Tisch und das bedeutet schlicht und einfach Inflation. Denn es fehlt der logische - natürliche stets präsente Gegenwert um das Spiegelbild zu vollen Hundert Prozent zu gewährleisten. Weil über der anonymen Sollbruchstelle als zweites Komma sich die Abszisse senkt und sich allmählich eine Delle als Hohllinse bildet, wo das Licht wie in einen Prisma tausendfach gebrochen wird, was für die Evolution nicht zu verwerten ist. Ein endlos zerlegter Lichtstrahl ist das absolute Todesurteil für unser aller Evolution. Denn in laufe der Zeit bildet sich ein V - Trichter wo sich die jeweiligen Nullen ins Gesicht sehen und die Worte fehlen. Und genau das widerfuhr den Juden in den Gaskammern von Auschwitz, wo ihnen die toxischen Moleküle im Angesicht des nahenden Todes ausgetrieben wurden.

Haben Sie nun endlich erkannt, das mit den doppelten inneren Kreis in jeden Dreieck des Judenstern, sich der physikalische Dreisatz - Dreiklang widerspiegeln? Denn die drei Nullen stehen sich ja unversöhnlich gegenüber und können keinen einzigen vernünftigen Gedanken rational erfassen. Denn über diesen Dreiklang sind alle drei recht unterschiedlichen Sauerstoffarten gefangen und gegen ihren natürlichen Sinn irrational - zweckentfremdet gebunden. Denn jeder normale Sonnen - Lichtstrahl wird prinzipiell gegen den Willen - Sinn der Physik zur Evolution gebunden und in sich gebrochen, was die Zeit der Sonne in historischen Generationen gemessen völlig sinnlos werden lässt. Im Umkehrreflex wurde dieser religiöse Irrsinn den Juden im jüdischen Holocaust zu Verhängnis. Denn in den Gaskammern von Auschwitz wurden die historische

Zeit in hunderten Millionen Jahren in lauter toxische Luft aufgelöst und den Juden die toxischen Moleküle über den Angstschweiß im Angesicht des Todes ausgetrieben. Sie sehen also, das mit der Hauptwissenschaft und Mutter aller Wissenschaften **PHYSIK** nicht mal im Traum zu spaßen ist. Sie weiß sich immer zu wehren, weil sie prinzipiell das Spiegelbild bedienen muss.

Nur wie soll sich denn Evolution harmonisch prächtig barrierefrei entfalten, wenn die bitter nötige Energie als physikalischer Dreiklang restlos blockiert wird? Da diese wertvolle zum Überleben extrem wichtige Energie förmlich mit den Füßen getreten wurde und jedes Gesetz der Physik als Zugabe gratis dazu, kam der braune Tod zum Zug und servierte das logische natürliche und völlig gerechte abartige Spiegelbild. In den Gaskammern von Auschwitz erlosch jeder Sonnenstrahl und der Sauerstoff wurde restlos mit den Zyklon B Salz im Kontakt mit Sauerstoff unbrauchbar gebunden. Auch im ökonomischen Sinne wurden hundert Millionen sinnlos verlebter Jahre auf einen schwarzen Punkt konzentriert und über den Angstschweiß den Juden die toxischen Moleküle nach Art des Hauses **PHYSIK** ausgetrieben. Denn unsere liebe **PHYSIK** wird mit allen Mitteln versuchen und gewinnen, das absolut tödliche künstliche Vakuum in ihren atomaren Reihen - Gefügen zu vollen Einhundert Prozent abzuwehren. Einen anderen Weg gibt es nicht. Entweder Religion wird verboten oder wir sterben aus.

Nur muss diese extrem schwierige Frage jeder Mensch für sich und seine Familie selbst stellen. Entweder wir orientieren uns als Einswert an den natürlichen Gesetzen der **Physik** oder als zukünftige Leiche als Leichenberg am Nullwert der saudummen Religionen und treffen uns alle auf den Friedhof zum allerletzten Date. Dann geht der schwarze Hitler - heiliger Geist - Dschin als Sieger hervor und der Katholizismus hat die Evolution für immer in die Knie gezwungen und das Dauerverbrechen Religion gewinnt als perverses elendes Mord an der Evolution. Denn ohne einen harmonischen wärmenden Sonnenstrahl plus Sauerstoff hat die Evolution nicht die Spur einer reellen Chance. Denn jeder normale Reflex wird gebrochen, fehlgeleitet und verstümmelt. Das Produkt eines solchen Verbrechens sind verstümmelte Städte, Länder, Staaten und Kontinente, wie nach den zwei Weltkriegen. Im kommenden III Naturweltkrieg werden die Völker verstümmelt und im Geist gebrochen. Der kümmerliche Rest als Menschentum wird dann natürlich den Geist aufgeben wie die Juden in den Gaskammern von Auschwitz, nach dem über jeden Blutsstrophen im katholischen Holocaust die toxischen Moleküle aus den infizierten Körpern ausgetrieben wurden. Also ein steigern um die Gaskammern von Auschwitz, wo den Insassen **nur** über den Angstscheiß im Angesicht des drohenden Todes die toxischen Moleküle ausgetrieben wurden.

Was bedeutet es, wenn die Winkelfunktionen in sich verkehrt werden und der Sinus in sich verdreht? Damit ist ein allmähliches halbieren der infizierten Materie verbunden. Denn der Tag als Einswert teilt sich in zwei Teile. Denn dunklen Kosinus als Nacht und helle Sinus zum Tag. Also ein halbierten Wert von Hundert Prozent. Aber in jeden Augenblick benötigt der Mensch zu vollen Hundert Prozent Sauerstoff und auch die Ökonomie ist stets präsent. Was wird zischend den zwei Dreiecken des Judenstern restlos abgewürgt? Genau, die Evolution zu vollen Hundert Prozent. Und daher rührt der Hass auf die Juden, das sie nur schädigen und keinen einzigen Strahl der Sonne nützen, außer die Evolution zu blockieren und damit massakrieren. Da aber der physikalische Dreiklang mit den drei unterschiedlichen Sauerstoffarten im halbierten Lichtschein als Tagnachtrhythmus lebt, ist ein erneutes Teilen unsinnig, da es immer mit unterbutterten Gewalt einher geht, die auf Anhieb nicht zu erkennen ist. Der logische Spiegelreflex waren nach Ende des II Weltkrieges ein halbierter Kontinent, ein geteiltes Deutschland und Berlin.

Mit den beiden hundertprozentigen Werten des Sauerstoff und Ökonomie stehen bei Missbrauch auch Hundert Prozent Evolution auf den Spiel. Nur hat diese todernste unumstößliche physikalische Tatsache noch keiner erkannt und dem zur Folge nicht beachtete, was den Tod der infizierten Materie unweigerlich nach sich zieht. Ein entkommen wie die Zwölf - 12 Millionen Juden unter den braunen Hitler ist mit den schwarzen Hitler völlig unmöglich. Mit der Zahl 12 verbindet sich aus den inneren Kreisen des Judenstern als Null mit den Fadenkreuz - Koordinatensystem der logische Schnittpunkt aus dem die Winkelfunktionen wie eine Quelle entspringen. Mit der Eins ist der Kosinus jener schlafende Teil, welcher von der Zwei als Sinus unser heller Teil abgelöst wird. Nur darf dieses Urprinzip nicht zu einen Millionstel Teil - Prozent negativ beeinflusst werden. Dann kehren sich in laufe der historischen Zeit die Winkelfunktionen um und der Sinus wird vom Kosinus dominiert.

Folglich ist dieses abartige irrationale Dasein als Infektion der Vorhof zum Tod, wie Auschwitz ohne Gaskammern der Vorhof zum Tod war. Und im selben Atemzug unsere zwei Weltkriege der Vorhof zum völkischen Tod waren. Nur leider hat diese zum Überleben extrem wichtige Information keiner erkannt, begriffen und umgesetzt. Folglich mausert sich der völkischen Tod als III Weltkrieg - katholische Holocaust oder schwarzes Loch, wo jedes Volk sich in seiner historischen Zeit auflöst wie die Judenära in den Gaskammer von Auschwitz, wo hunderte Millionen Jahre durch den Schornstein für immer entwichen. Und dieser völkische Massenmord stammt aus den inneren des Judenstern wo die Winkelfunktionen in sich umgekehrt wurden und der Sinus in sich verdreht. Damit ist ein absolut irrer Umkehrreflex unweigerlich verbunden, der nur ein Ziel hartnäckig verfolgt. Die Evolution im Keim zu ersticken, was ihn auch bis zu Beginn des III Jahrtausend gelang. Nur hat bis zu diesen Zeitpunkt kein einziger Mensch - Wissenschaftler - Gelehrter den wahren toxischen tödlichen Keim des Judentum erkannt. Warum eigentlich nicht? Weil sie selbst ein Teil der Infektion sind!

Wie Sie erkannten gibt es nun **drei** Stufen als Vorhof zum Tod. Allgemein sind die umgekehrter Winkelfunktionen plus Auschwitz und die **zwei** Weltkriege jeweils ein Vorhof zum Tod. Oder besser definiert, eher ein Vorhof zum völkischen Tod. Und hinter den ersten Komma rangieren **drei** Nullen und als unsichtbares Spiegelbild nach den **zwei**ten Komma erneut **drei** Nullen, die sich in einen künstlich geschaffenen irren V - Trichter spiegeln, was den kultivierten Irrsinn massiv unterstützt. Denn aus den **zwei** überlagerten Dreieckes des Judenstern, stammen die **zwei** inneren Kreise als unsichtbares Zeichen zur Inzucht, die in jeden Fall negative Energie herbeiführt und somit rigoros unterbunden werden muss. Denn jede Funktion wird automatisch nach innen gerichtet, weil sich die **zwei** Winkelfunktionen nicht naturgemäß im Sinne der Evolution harmonisch astrein entfalten können. Da mit den **drei** Vorstufen zum Tod auch **drei** Weltkriege unmittelbar verbunden sind. Denn das Koordinatensystem besteht aus **drei** Teilen. Der senkrechten Ordinate plus waagerechten Abszisse und den Winkelfunktionen als variable Konstante. Also keine absolut starre Konstante, die nicht den geringsten Raum zu einen rationalen Funktion - logischen Gedanken zulässt. Das Spiegelbild sind dann irrationale Funktionen wie Kriege und andere gewalttätige abartige Funktionen gegen die Evolution, die natürlich in laufe der Zeit unübersehbare oft noch extrem tiefe Spuren hinterlassen, die im Gegenzug nicht zu überwinden sind und den Tod meist zu Folge nach sich ziehen.

Wie Sie nun erkannt haben, verbindet sich mit jeder Null ein Weltkrieg im eigenen oder persönlichen Spiegelbild, was als solches nicht rational erkannt wurde. Denn zu jeden Spiegel ist ein Intimbereich im Sichtkontakt nötig um sich entsprechend vor den Spiegel zu bewegen, gleich was es immer sein sollte. Kein einziger Mensch berührt dabei mit der Nase den Spiegel. KEINER! Nur was bewirkt so ein irrationales Dasein im Augenblick, in dem sich das eigene Spiegelbild als formloser Akt der religiösen Inzucht zwischen den beiden Dreieckes des Judenstern bestätigt? Einen Tatsch nach innen. Folglich werden alle rationalen Funktionen fehlgeleitet und bewirken das absolute oft noch krasse Gegenteil von dem, was es eigentlich sein soll. Denn je tiefer wir vom ersten Komma in die Materie eindringen, um so enger wird es im künstlichen V - Trichter und die Leichenberge erhöhen sich massiv. Weil kein einziger Historiker kann den I Weltkrieg mit den II Weltkrieg vergleichen. Beide Weltkriege zusammen ergeben noch lange nicht den kommenden III Weltkrieg, der sich schon seit ewigen Zeiten am beschränkten Horizont abzeichnet.

So billig kommen wir nicht davon, falls überhaupt einer überlebt. Denn im spitzen Winkle des V - Trichters ist die Schnittstelle beider Achsen im Koordinatensystem mit den Winkelfunktionen gebunden. Die aber nun mal mit den blockieren über den Judenstern ins absolute - krasse Gegenteil verkehrt werden und alle Materie bindet wie in einen Krieg oder Eisenspäne an einen Magneten. So wie sich kein einziger Span aus eigener Kraft von der anziehenden Kraft des Magnetismus befreien kann, ist auch jeder Mensch im Sog zu einen schwarzen Loch gebunden. Denn es kam auch kein einziger Jude aus den Gaskammern von Auschwitz frei und auch keine Hexe vom Scheiterhaufen los. Diese Reflexe sind zu vollen Einhundert Prozent tödlich, wie ein schwarzes Loch. Denn je tiefer wir in diesen Trichter rein gezogen werden, um so dunkler - sauerstoffärmer - unökonomischer wird es und dann übernimmt der schwarze Hitler das Zepter in der verstümmelten - massakrierten - blockierte Evolution, da sie ein absoluter Todeskandidat ist, wie die Juden im **III** Reich, wo die römische **III** schon für den III Weltkrieg steht. Und hinter jeden der **zwei** Kommas stehen jeweils **drei** Nullen. Jede Null ist ein Weltkrieg mit mehren Staaten als symbolischer Leichenberg, das im nahenden **III** Weltkrieg komplette Kontinente ausgerottet werden. Denn Australien mit rund Achtzehn Millionen Menschen ist nicht mehr wie ein kleiner Staat auf der noch belebten Erde.

Jeder der inneren Kreise ist ein Teil der Acht und Unendlichzeichen, wo die zwei runden Gebilde in jeden der beiden Dreiecke sich direkt verbinden und in sich verkehrt über die unzähligen Schnittstellen unsere aller Evolution restlos vergiften um den irrationalen Tod herbei zu führen, da wir die Winkelfunktionen in sich verkehren und den Sinus verdrehen, kann nur eine doppelte Null das absolute Endergebnis sein. Und Null mal Null ist immer nur Null und das gleich wie viele Nulle wir aneinander reihen. Im Grunde ist es ein bitterböser perverser Akt der Hochstapelei, denn das zweite überlagerte Dreieck ist ein gekaufter akademischer - Doktortitel Titel, der mit einer ehrlichen - seriösen wissenschaftlichen Arbeit nichts zu tun hat. Ganz im Gegenteil, dieser dümmliche Scharlatan, stielt pausenlos Zeit, Materie und wertvolle Energie um sich mit Betrug auf Kosten der arglosen Mitmenschen auf deren Kosten am Leben zu halten. Im Grunde ein getarnter Graf Dracula - Fürst der Finsternis, der das nährstoffreiche Blut der Mitbürger infiziert und sie somit in seinen tödlichen undurchsichtigen Bann zu ziehen, was ein schwarzes Loch ist birgt.

Wie wird der einst harmlose Mensch zu einen Buschräuber? In dem man ihn vom natürlichen Sinus abwürgt und er in düsteren Licht als Dauerkosinus sein Dasein fristen muss. Denn zum einen ist es im Wald dunkler als außerhalb. Und zweitens versteckt sich das Opfer dieser religiösen Perversion hinter Bäumen, was das Licht erneut bricht und der Mensch als Wegelagerer sein elendes Dasein fristen muss. Da ja der Sinus immer von der Nacht geteilt wird, existiert er nur als halber Ton. Im Wald wo keine höheren Kulturen wie Getreide gedeihen können und hinter Bäumen sich der Sinus fast auflöst, steckt der Sinus zwischen zwei Dreiecken fest und der Tod berührt die Evolution. Denn auch kein noch so begabter - tüchtiger Dermatologe - Hautarzt kann kein wissenschaftliches physiologisches Gutachten erstellen. Jede Buchstabe ist ein Akt zum Betrug gegen die Evolution.

Beispiel:
Beide Winkelfunktionen als Sinus plus Kosinus als ganzer Ton.
Der Sinus von der Nacht halbiert und somit ein halber Ton wie der Kosinus.
Im dunkleren Wald halbiert sich er Sinus zu einen viertel Ton.

Hinter Bäumen halbiert er sich erneut zu einen achtel Ton oder unendlichen Tod.

Wenn der Sinus über unzählige Schnittstelle auf der Abszisse allmählich vom Kosinus dominiert wird, muss die Evolution wie in den Gaskammern von Auschwitz weichen und das bis zum Tod. Denn mit den zweiten Komma als Sollbruchstelle wird die Abszisse gedrückt und es entsteht erst eine kleine fast unsichtbare Delle die sich zu einen V - Trichter mausert und sich wie in einen Irrenhaus gegenseitig spiegelt, wo jeder normale Funktion - Reflex in sein Gegenteil verkehrt wird, was in laufe der Zeit der Tod mit sich führt. Und dieser mitgeführte Tod gipfelte in zwei Weltkriegen mit Achtzig Millionen Toden, wo schon die erste Ziffer des gigantischen Leichenberges von Achtzig Millionen Toden die Acht als unendlichen Tod beinhaltet. Die zweite Ziffer ist eine Null als erweiterter Multiplikationsfaktor mit alle anderen Nullen der Millionen Todes des losgelösten religiösen Irrsinns. Im Grunde eine sinnlose Abfolge oder Dauerfeuer aus Läufen von Waffen jeglicher Bauart. Selbst ABC - Waffen sind nicht mehr außen vor. Es ist nur noch eine Frage der Zeit bis dieser Dreck beginnt zu morden. Denn jeder Terrorist ist im Grunde eine ungedrehte Körperzelle, die zu einer schwarzen Krebszelle mutiert und beginnt sich seines betrogenen irrationalen Daseins anzunehmen um sein aufgezwungenes Spiegelbild zu bedienen, was jeder Soldat - Partisan im Grunde seines Daseins bedienen muss.

Wenn die Winkelfunktionen über die unzähligen Schnittstellen pausenlos wie mit unsichtbaren radioaktiven Strahlen kontaminiert werden, löst sich in laufe der Zeit jede Körperzelle auf und die einst unendliche bärenstarke Evolution schwindet. Selbst nach der sechsten Null nach den ersten Komma muss zu vollen Einhundert Prozent gewährleistet sein, das sich die absoluten konstanten Werte der unbestechlichen Physik nicht auflösen. Leider ist das krasse Gegenteil der Fall. In laufe der extrem langen historischen Zeit bindet diese ungekehrte Winkelfunktion als Krebszelle den einst kerngesunden Organismus um ihn für immer zu übernehmen. Dieser mutierende Tod ist somit in jeden Körper um ihn abzuwürgen, wie das zweite Dreieck über den ersten Delta des Judenstern. Folglich wird jeder infizierte Körper morbid. Und eine solche angekränkelt Körperzelle verliert an innerer Kraft und wandelt sich zu einer Krebszelle um. Somit wird die Evolution von den toxischen Molekülen verkrebst und indirekt Radioaktiv kontaminiert - verstrahlt.

Da sich das Sonnenlicht in den religiösen Tempeln dermaßen oft bricht, ist es für die Evolution als kunterbuntes Prismalicht wertlos und gleicht einen kontaminieren mit radioaktiven Elementen wie Uran - Plutonium, was im Kern das Erbgut der Evolution dermaßen verstümmelt, wie die schwarzen Henker der heiligen Inquisition, welche ihre unschuldigen Opfer an Leib und Seele dermaßen schänden, das ein normales Leben völlig unmöglich ist. Das was in den dunklen Folterkellern sich in wenigen Stunden abspielte, widerspiegelt sich über die toxischen Moleküle in unzähligen Generationen. Das perverse Ergebnis ist immer eine restlos geschundene Evolution, die ohne fremde Hilfe nicht aus eigenen Antrieb leben kann. Folglich binden die umgekehrten Winkelfunktionen plus den in sich verdrehten Sinus alle infizierte Materie, um sie wie der Magnet die Späne für immer an sich zu binden. Nur der sich auflösende Tod, wenn sich die Eisenspäne als Rost zersetzen, fallen sie wie ein versendender Kadaver vom Magneten und werden vom Winde verweht. So definiert sich das perfekte Verbrechen. Vom Täter ist weit und breit nichts mehr zu sehen und der religiöse kultivierte Irrsinn gedeiht von neuen zum Tod der Evolution.

Was benötigt der religiöse dümmliche Scharlatan um sein perverses Unwesen zu treiben? Erstens Materie, Masse - ein Objekt um einen Ansprechpartner zu haben. Dann natürlich als zweiten Punkt Energie und drittens Raum, wo es sich bewegen kann. Also Materie um über Energie sich im Raum ausbreiten zu können. Folglich sind die Kirchen, Dome, Kathedralen dermaßen an Masse als Objekt gebunden, das sich ein gewaltiger Raum damit auch als Energiebombe bildet um zu strahlen und Macht auszuüben. Diese Scharlatan bildeten sich ein, das Licht für ihre perversen Zwecke binden zu können um sich über die Physik zu legen, in dem sie die zum Überleben extrem wichtigen Winkelfunktionen umkehrten und den Sinus in sich verdrehten, was im Grunde einer Henkerschlinge gleicht, wo den Tagedieb die Luft geraubt wird. Dann wird das Licht unterbrochen und die Ökonomie ist außen vor. Denn eine ums nackte Leben zappelnden Mensch als einst quicklebendigen Strahl der Sonne ist eine wissenschaftliche Ungröße, was die blöden Geistlichen in der Tat nur sind. Substanzlose Dummschwätzer zum eineindeutigen Nachteil der Evolution.

Was binden diese dümmlichen Scharlatane, um ihr perversen Unwesen zu treiben? Wertvolle Energie, pausenlos Zeit als Zeitdiebe um sich mit Betrug wie Dracula auf Kosten der Mitmenschen zu mästen. Die einen werden immer fetter - reicher und die anderen Not leidenden immer dürrer - kränker und ärmer. Und in laufe der Zeit, die im V - Trichter immer wertloser wird, lösen sich allmählich anfangs unscheinbar die konstanten Gesetze der Physik auf. Verdun ist überall! Im I Weltkrieg starben in einer Schlacht 1,2 Millionen

Menschen. In den Gaskammern von Auschwitz starben 1,1 Millionen Juden in auch relativ kurzer Zeit, die Historisch gesehen als wertloser heiliger Geist durch die Schornsteine entwicht. Masse - Raum - Energie hatten sich im Bruchteil einer historische Sekunde - Lichtsekunde gegen die Juden gerichtet und sie mit ihren künstlichen religiösen Dasein konfrontiert. Man kann sagen, das sich der hochgiftige toxische keimende Kern als Samen von einen zum anderen Weltkrieg in umgewandelter Form übertrug wie eine Infektion. Heute ist die gesamte Abszisse mit alle 7,5 Milliarden Menschen dermaßen stark infiziert, das eine Infektion - Influenza diesen Bestand hinraffen kann. Somit ist die Masse als Menschentum im Raum um die Erde als Energie vom Tod infiziert. Denn diese Teile sind nötig um Leben entstehen zu lassen. Denn so entstand auch unsere Erde im Weltengetrieben.

Wenn über einen künstlich geschaffenen Hohlspiegel wie beim Judenstern zwischen den zwei Dreiecken, ist auch jede physikalische konstante Größe in Gefahr und muss auf jeden Fall stabilisiert werden. Geschieht das absolute Gegenteil muss mit den entsprechenden Gegenreflexen gerechnet werden. Einer dieser Gegenreflexe war der Holocaust mit den Gaskammern von Auschwitz. Die anderen Konzentrationslager waren damals schon die Leichenflecke der Evolution um Auschwitz. Nur begriff diesen völkischen Tod damals und Heute keiner. Leider! Denn diese unsäglichen Lager waren die erweiterten Ränder als Fronten in beiden Weltkriegen als schwarze Löcher, die pausenlos Unmengen ans Raum - Masse - Energie fressen ohne einen Nutzen. Also ein reinrechnen im physikalischen Sinne ins Negative, was immer den Tod als Paten unentwegt füttert.

In einen künstlich geschaffenen Hohlspiegel ist kein

einziger Reflex natürlich im eigentlichen Sinne der Physik. Da jede Funktion von einer gekrümmten Innenwand negativ - gegen ihre eigentliche Funktion beeinflusst wird und im Grunde ein Irrläufer ist, der pausenlos die Gegen - Umwelt belastet wie ein Jack the Ripper, der pausenlos Huren als feste Größen der Evolution bei lebendigen Leib seziert. Und genau diese Funktion erfüllen immer wieder Kriege auf jeden noch bewohnten Kontinent. Die molekularen Ursachen liegen im den Winkelfunktionen, welche gegen den exakten Sinne der unbestechlichen Physik erst umgekehrt und dann wie eine Henkerschlinge verdreht wurden, so das ja kein einziger Mensch diesen extrem verbrecherischen Dauerbetrug bemerkt. Nur ist es so, das der Gegenreflex - als Spiegelbild jeden Menschen in seinen unmerklichen Bann zieht, wie die Langfinger an der goldenen Gans. Oder jeden Eisenspan am Magneten oder alle Menschen als Körperzelle an den manipulierten Winkelfunktionen. Mit den toxischen Molekülen wird jede einst kerngesunde Eiweißzelle in laufe der Zeit dermaßen stark infiziert, was einen radioaktiven verstrahlen gleicht und den Tod als Pate gratis frei Haus liefert. Der logische Gegenreflex aus den künstlichen Hohlspiegel ist die damit sinnlos gebundene Energie in Raum als Masse plus Zeit.

Was wird in einen künstlich geschaffenen V - Trichter gebunden? Masse in einen Raum mit der dazu nötigen Energie. Folglich fressen schwarze Löcher im Grunde weiter nichts als Licht. Denn jeder Organismus plus der dazugehörigen Materie ist im Grunde ein Produkt der Sonne. Weil jede rationale Funktion von der Physik rührt aus den Schnittpunkt beider Achsen, woraus die Winkelfunktionen stammen. Und in laufe der Zeit wird jede logisch folgende Schnittstelle der endlosen Winkelfunktionen die Evolution mit den toxischen Molekülen aufgeladen und dieses hochkarätige Gift kann von keinen einzigen Organismus verwertet werden. Folglich muss die Evolution in laufe der Zeit oft für immer weichen, was meist den Tod bedeutet. Denn mit der sechsten Nullen nach den ersten Komma ist die letzte Stelle der unsichtbare Millionstelbereich, wo sich über die Schnittstellen der Winkelfunktionen Evolution bildet. Also organisches Leben, was schon beim aufkeimen dieses religiöse Gift fressen muss ohne zu ahnen, weis nicht was es eigentlich damit im engeren Sinne auf sich hat. Im Grunde ist dieser Exzess, das was den Juden in den Gaskammern von Auschwitz widerfuhr. Nur das diese Art von Massenmord die Ende der Fahnenstange bedeutet. Und das waren nur Zwölft Millionen Juden in Europa. Bei den elenden pechschwarzen Katholiken sind es über eine Milliarde weltweit, was ein schwarzes Loch - katholischen Holocaust - III Weltkrieg bedeutet.

Folglich stehen im kommenden und sich schön längs am beschränkten Horizont ankündigten III Weltkrieg jeder Erdenbürger mit einen Beim im Grab. Das sich damit schon im Vorfeld Menschen gegen eine unerklärbare negative Kraft wehren dürfte einleuchten. In den zwei vorigen Weltkriegen hießen diese Kämpfer Partisanen. Da aber dieser kommende III Weltkrieg als schwarzes Loch - katholischer Holocaust nicht mit Waffen ausgetragen wird, ergeben sich neue Maximen die mit anderen Mitteln geführt werden. Und somit wurde aus Partisanen nun die verhassten Terroristen. Man kann sie auch als schwarze Witwen ansehen, die gegen den Tod kämpfen. Mich erinnern diese Leute einwenig an Hexen und Ketzer die im Mittelalter bei lebendigen Leib öffentlich verbrannt wurden. Nur das sich diese zeitlosen Mitbürger öffentlich in die Luft sprengen, was im Grunde in **Einzahl** einen schwarzen Loch gleicht. In **Mehrzahl** kann man die zwei Weltkriege zählen und als **Kulturgut** sind es für jeden

Kontinent plus darauf lebenden Menschen in allen Staaten schwarze Löcher, die pausenlos wertvolle Energie fressen.

Da über der Sollbruchstelle als ersten Komma die Evolution sich in einen dermaßen extrem hochsensiblen Bereich befindet, wo kein einziger Mensch seine langen diebischen schmutzigen bis infektiösen Finger etwas zu suchen hat, da er eben immer nur schädigt und nichts positives zur Evolution und deren gedeihen beiträgt. Weil bei einer Infektion sich der reibende Widertand erhöht und folglich die Umwelttemperatur und der Tod beginnt sein teuflisches Spiel. Denn mit der unbekannten Sollbruchstelle ist der personifizierte Tod mit auf der Weltbühne, wie zu Zeiten der Saurier, wo mit der erhöhten Umwelttemperatur nur noch Männchen ausgebrütet wurden. In laufe der Zeit starben die Weibchen aus. Diese unsichtbare Garantie für die Evolution muss immer beachtete werden. Diese zweite Kommastelle als Sollbruchstelle muss als Wissen im Volk felsenfest verankert werden. Da aber dem nicht so ist, wird im spitzen des V - Trichters über die Schnittstellen eine Körperzelle nach der anderen Zelle pausenlos mit den toxischen Molekülen bombardiert und der Tod bahnt sich seinen Tod langsam aber sicher unaufhaltsam durch die einst unendliche Evolution um sie mit den umgekehrten Winkelfunktionen plus in sich verdrehten Sinus als lose Henkerschlinge abzuwürgen. Ein diese loser Henkerschlingen waren die Gaskammern von Auschwitz, wo gut eine Million Juden den sicheren Tod fanden, in dem ihnen ihr toxisches Spiegelbild serviert wurden um über den Angstschweiß im Angesicht des Todes die Moleküle auszuschwitzen. Sie sehen, das es nicht lustig wird!

Welche Funktion geht mit der unbekannten - unsichtbaren Sollbruchstelle einher? Das mit jeden der

zwei Weltkrieg auch die **zwei** Winkelfunktionen mit im Boot sind und die Geschicke noch beeinflussen lassen. Darum hat auch das Hakenkreuz nur eine Ecke zum rechten Winkle mit seinen zwei Achsen als Ordinate plus Abszisse. Wird allerdings das Licht gebrochen, halbiert sich die Energie und es entsteht ein rechter Winkel an jeden Ende der **zwei** Achsen und das braune Hakenkreuz ist geboren. Denn mit jeden der senkrechten und waagrechten Geraden ist je ein Aggregatzustand mit im Boot, die schwer zu steuern sind. Aber mit den erneute Strich wieder in einen rechten Winkel ergibt sich als dritter gasförmiger Aggregatzustand ein geschlossenes Bild als Rechteck, wo der Sack für immer zu ist. Nur kann man diesen gasförmigen Zustand nicht sehen und, folglich bleibt der dritte Strich zum III Weltkrieg wie Sauerstoff unsichtbar wie das neue schwarze Ha**r**kenkreuz mit den (**r**) im Wort. Nur ist dieses Element zum leben - überleben extrem wichtig. Ohne freut sich der Tod auf des Wahnsinns fette Beute. Denn im Grunde ist der dritte Strich als Gerade das nackte ungeschminkte Spiegelbild von unseren Sein. Denn jedes noch so kleine Moleküle wird über sein Molekulargewicht von der unbestechlichen Physik registriert. Ein Betrug ist somit völlig unmöglich. Nur wer kein eigenes Spiegelbild sein Eigen nennt, kann sich über eine Hintertür als künstlich geschaffenen Hohlspiegel in die arglose Materie einmogeln um sie in laufe der historischen Zeit dominieren. Später wird dann auf den Friedhof der schwachsinnigen Dummschwätzer - Narrenköpfe abgerechnet. Nur ist vom Täter ist weit und breit keine Spur zusehen und der irre pechschwarze religiöse Spuk beginnt von neuen sein teuflisches irres Spiel.

Jede der drei Nullen nach den ersten Komma ist ein Ecke vom Dreieck. Und jede weitere Null nach den zweiten Komma ist das unsichtbare aber logische

Spiegelbild, wo sich alles existenzielle reflektiert. Denn in einen V - Trichter halbiert sich eine einst gestreckte Gerade in einen spitzen Winkel, der ein Teil eines gleichschenkeligen Dreiecks ist. Und folglich eine absolute stabile unverrückbare Konstante, wie die Lote und Seitenkanten dieses Dreiecks. Nur ist jede Summe der Innenwinkel eines jeden Dreiecks immer ein Halbkreis des oberen Teil des Vollkreises der Physik. Und nur im oberen halben Kreis leben die Menschen mit der Umwelt. Im unsichtbaren unteren halben Teil des Vollkreises der Physik lebt die Physik als Grube selbst. Sie kennen doch den Spruch wer anderen eine Grube gräbt, fällt zum Schluss selbst hinein. Für die Juden war es der jüdische Holocaust plus den Gaskammern von Auschwitz und für Sechzig Millionen arglosen Menschen ein völkisches Massengrab. Im Grunde ist indirekt ein komplettes großes europäisches Volk wie die Britten, Türkern, Italiener, Franzosen oder Deutsche vor der Wende verschwunden. Das war keine Laune der Physik. Dahinter steckte Methode mit einen toxischen tödlichen unsichtbaren Kern. Denn eine unsichtbare Größe mal einer anderen Größe ist immer eine unsichtbare Größe oder Null mal Null ist immer nur Null. Man kann auch sagen, das sich mit jeder der drei Ecken eines Dreiecks ein Weltkrieg als totes Volk die Ehre gibt. Mit den zwei bisherigen waren die Winkelfunktionen noch mit im Boot. Mit der dritten Ecke als III Weltkrieg sind die harmonischen Winkelfunktionen komplett außen vor und der schwarze Hitler regiert die Kontinente mit eiserner Hand.

Wenn mit der künstlichen Intelligenz die Winkelfunktionen umgekehrt werden und der Sinus in sich verdreht, bindet dieser absonderlich betrügerische Dreh über die unzähligen Schnittstellen der Winkelfunktionen jedes Atom - Molekül und in laufe der Zeit verdichtet sich dermaßen viel Materie oft schon im Kopf, das der Maßen viel Druck entsteht, der ein Ventil sucht. Und solche Ventile sind meist Kriege, wo Völker den sicheren Tod finden. Gleich um welches der drei Dreiecke es sich handelt, jede Ecke ist ein Weltkrieg und die Summe der Innenwinkel immer ein Halbkreis. Denn auch ein rechtschenkliges Dreieck ist im Grunde der absolut konstante rechte Winkel zwischen der Ordinate plus Abszisse. Und die anderen zwei andere Winkel sind immer bei gleicher Länge der beiden Achsen ein halber rechter Winkel. Wird aber eine der Achsen verlängert muss sich der Winkel dementsprechend verringern und der andere vergrößern. Das ist ein völlig logischer Reflex der Wissenschaft. Nur der rechte Winkel mit beiden Achsen bleibt konstant. Folglich registriert auch unser Spiegelbild jedes Atom - Molekül über sein physikalisches Eigengewicht. Einen anderen Weg gibt es nicht. Selbst im persönlichen Ebenbild sieht das Auge jedes graue Haar - Sommersprosse. Und innen bemerkt man diese Defizit immer erst relativ spät.

Und genau dieser unsichtbare Punkt ist ein handfeste Infektion vom inneren Kern her, da die sechste Stelle nach den ersten Komma keiner bemerkt. Und schon kann sich eines dieser toxischen Moleküle ein Atom greifen um es negativ zu beeinflussen. Diesen abartigen Tatsch bemerkt das Opfer oft nicht und infiziert folglich seine arglosen Mitmenschen, die wiederum seine Nachbarn anstecken bis jeder Mensch in diesen toxischen religiösen Dunstkreis involviert ist und sich nicht dagegen wehren kann. Denn wehr lehnt sich schon gegen die heilige Inquisition auf? Der logische Reflex ist der dunkle Folterkeller plus den Scheiterhaufen um gereinigt zu werden. Nur liegt der hochgiftige Keim in den Religionen wie Judentum plus Katholizismus selbst. Denn mit den umgekehrten Winkelfunktionen plus in sich verdrehten Sinus, wird im laufe der langen historischen Zeit alle Materie wie von einen schwarzen Loch gebunden und in den Tod geführt. Nicht umsonst führten alle Güterzüge aus Europa zusammen in das Lager Auschwitz mit seinen Gaskammern. Weil nun mal dieser Reflex das völlig logische Spiegelbild diese religiösen Unzucht ist.

Nur ist es so, das mit den ersten **zwei** Ecken als rechter Winkel die **zwei** Weltkriege noch in einen überschaubaren Rahmen zu betrachten sind. Weil die Winkelfunktionen noch rational über Befehle zu koordinieren waren. Nur einer irren Funktion als abartiger Reflex kann man keine Befehle erteilen. Ein Soldat mit drei Promille ist funktionsuntüchtig und ein Schneemann der vor der arktischen Kälte zittert ebenso. Unter solchen abartigen künstlich geschaffenen Verhältnissen ist eine harmonischer Sinus restlos außen vor. Selbst in Verdun war es noch verdaulicher. Oder gar in den Lager plus Auschwitz mit seinen Gaskammern funktionierten die Winkelfunktionen noch. Wenn die Evolution bei lebendigen Leib verbrennt oder erfriert hört der Mensch auf ein Mensch zu sein. Dann beginnt ein Stadium zum Tier, was der Mensch im Krieg oder auf den Scheiterhaufen immer ist. Denn in so einen Flammenmeer löste sich jeder Reflex restlos auf. Und genau diese unerfreuliche Tatsache kann man auch von den manipulierten Winkelfunktionen behaupten. Nur das es nicht auf Anhieb jeder Mensch erkennen - begreifen - fühlen und folglich rational erfassen kann. Und genau diese Umstände kann man von Radioaktivität feststellen und nun auch von dieser verdummenden Religion. Nur das der Mensch als Brüter missbraucht wird und er kann sich dagegen nicht wehren, weil er schon ohne sein zutun infiziert ist.

Nur gibt es einen gewaltigen Unterschied zwischen der natürlichen und künstlichen Radioaktivität. Die natürliche Atomzerfall ist organisch und kann exakt festgestellt werden. Auch ein Schutz ist möglich. Aber die anorganische religiöse Radioaktivität ist nicht feststellbar, da sie zu keiner einzigen Lichtsekunde keinen eigenen Schatten ihr Eigen nennt. Sie ist zu vollen Hundert Prozent -100% nicht feststellbar. Denn jedes zusätzliche religiöse - toxische Molekül zersetzt unsere aller Evolution bis ins Knochenmark - Erbgut von innen und außen. Es ist wie bei den Kriegsgefangenen die den elenden stundenlangen Bremsentod erleiden mussten. Weil sie wie Räucherkerze im Schneckengang vor sich hin klimmten. Im Grunde der Scheiterhaufen in Zeitlupe. In Folge wurde die Evolution bei den zwei Männern restlos zerbrütete, so das nur noch ein Grabmahl übrig blieb . So wie die religiöse anorganische Radioaktivität nicht zu vollen Hundert Prozent -100% feststellbar ist, stehen auch mit der dritten Ecke des Dreiecks volle Hundert Prozent - 100% Evolution auf dem Spiel. Ein Symptom war der Scheiterhaufen im Mittelalter, die Gaskammern von Auschwitz, beide Fronten von Verdun - Ostfront, die unzähligen bis unbändigen Naturkatastrophen weltweit und noch einiges mehr.

Was bewirkt die dritte Ecke als Dreieckverhältnis auf der noch geeichten Abszisse? Das sich mit den künstlich erzeugten Druck eine Delle bildet und dann beginnt der Weg in die Tiefe. Und eine der unbekömmlichen Tiefen waren jene zwei Weltkriege mit Fronten zu Achtzig Millionen Toden, wo mehre Völker die Erde für immer verließen. So wie die Winkelfunktionen für jeder man unsichtbar doppelt ins absolute Gegenteil verkehrt wurden, bindet dieser irre Reflex jedes Atom - Molekül um es für immer an sich zu binden. Folglich bildet sich ein Todesspirale heraus, die alle Materie in laufe der Zeit bindet. Und dieses unsägliche binden ist der Weg in eine alle Materie fressenden schwarzes Loch. Begonnen hatte es mit einen religiösen irren Spleen und dieser wurde in laufe der Zeit systematisch kultiviert. Man übertrug diese skandalöse Irrlehre von der Einzahl in die Mehrzahl um als Kulturgut zu inhalieren. Folglich wurden die Opfer dieser Irrlehre wie in einen Opiumrausch betäubt und an ein religiöses schattenloses Dasein gebunden, was noch schlimmer wie eine organische Radioaktivität ist.

So wie der lebend angenagelte Jesus keinen eigenen Schatten werfen konnte, kann es die davon abgewandelte Irrlehre auch nicht. So wie der dürre Jesu merkwürdig verstarb oder eher verreckte, wenn man aus den Tod am Kreuz die Quersumme zieht, wird es der Evolution auch ergehen. Sie ist merkwürdig fast bis zum Nullpunkt elend ausgestorben. Die Symptome sind weltweit unverkennbar. Selbst die Dümmsten beginnen schon zu überlegen. Denn spiralförmig wird die Evolution allmählich aber sicher über die umgekehrte Winkelfunktionen in den Tod gezogen. Ein Entkommen ist unmöglich. Denn wo sollen die die Katholiken alle hin? Die Juden konnten noch Europa verlassen. Bei der pechschwarzen Unzucht ist das völlig unmöglich. Die müssen den Tod in eigener Regie am eigenen Leib ertragen, so wie sie ihn über die vielen Schnittstellen der umgekehrten Winkelfunktionen in die Evolution injizierten. Und mit der Sollbruchstelle als zweites Komma, entsteht ein V - Trichter mit eigenen, sehr individuellen Spiegelbild zum persönlichen Tod plus der Familie nebst allen Gütern plus Kapital. Überträgt man die Sollbruchstelle auf die Saurierzeit nach den Kometeneinschlag, erhöhte sich die Umwelttemperatur und die Weibchen starben aus, da die Temperatur im Nest über dem der Weibchen lag und nur noch Männchen entstanden. Und genau so wird es sich entwickeln, das nur noch die stärksten Männer überleben. Kinder, Frauen und alte Leute stehen am

Krematorium Schlange.

Wenn als Dauerschatten der Kosinus in immer stärkeren Maße kultiviert wird, muss der kunterbunte **quicklebendige** Sinus für immer & ewig weichen, was den wohl organisierten völkischen Tod unweigerlich nach sich zieht. Die aussterbenden Symptome sind weltweit unverkennbar. Die extremen heißen Sommer bis zum Jahr 2018 und darüber hinaus in Dauerfolge sind der **quicklebendige** Scheiterhaufen des pechschwarzen üblen Katholizismus als elender Dauerschatten dieser abgrundtiefen perversen saudummen Irrlehre zum wohl organisierten katholischen Holocaust - III Weltkrieg - schwarzen Loch. Kein einzige Farbe hat das Recht die Physik zum Untertan für seine miesen Zwecke umzufunktionieren. Jeder Missbrauch ihrer konstanten astreinen Naturgesetze führt zu Problemen bis hin zu Unglücken, die den Tod als Pate frei Haus liefern. Die vielen Megasommer in Serie sind der tödliche Rattenschwanz zum völkischen Tod. Früher waren es die Todeszüge in die Lager, wo Gruppen von Menschen als Vertreter ihrer Nationen den sicheren Tod fanden. Heute, wo schon mehr Leichen auf der noch belebten Abszisse liegen als Tode im I Weltkrieg, beginnen sich die **quicklebendigen** Völker auf der Abszisse über die Naturgewalten langsam aufzulösen. Ein Ende ist noch nicht abzusehen, da die Megasommer sich im Temperaturbereich der Sahara in immer stärkeren Maße annähern und folglich die Evolution im irrsinnigen hausgemachten Temperaturschock dermaßen abschwächt, das sie einer Infektion zum völkischen Tod Tür und Tor Sperrangelweit öffnet. Und somit die spanische Grippe - Influenza wie die pechschwarzen Henker der heiligen Inquisition im Grunde jeden Menschen greifen kann. Auch die üblen Handlanger der braunen und roten Diktatoren benutzten solche

Methoden um ihrer monotones farbiges Verbrechen zu rechtfertigen.

Keine einzige Farbe hat das ewige Glück der Völker für sich gebucht. Millionen von Menschen wurden unter **SCHWARTZ** missbraucht. **BRAUN** ist zwar ein schwacher Lichtblick im Stil einer Lichtsekunde vom schwarzen Scheiterhaufen, wo einst **quicklebendige** unschuldige Menschen öffentlich bei lebendigen Leib verbrannten wurden. Denn immerhin noch besser vergast als verbrannt. Doch auch **ROT** missbrauchte Millionen von Menschen um sie mit perfiden Tricks hinter die Fichte zu führen. Nur wenigen Menschen wurde Glück zuteil. Die meiste waren unzufrieden und wollten die dümmlichen Fesseln - Knebel entwerten um sich zu befreien. Keine monotone Farbe beinhaltet das Glück der Evolution. Jeder Gewaltakt in der Evolution bewirkt das absolute Gegenteil und richtet mehr Schaden an als Nutzen. Darum ist jeder Versuch eine solche monotonen Herrschaft vom Keim her eine elende oft kümmerlich Todgeburt und produziert lebende unzufrieden Leichen. Mitunter entpuppt sich so ein abwegiges System den Serientäter als Ripper in eigener Regie. Denn auch jeder Krieg ist ein zerstückeln an einst **quicklebendigen** Evolution, wo jeder Tag, Woche, Monat und Jahr ein kultivieren des Ripper in sich birgt. Denn jede Kugel ist ein Schlag ins eigene Kontor. Nur woher stammen die unzähligen Kugeln aus den Gewehrläufen eines jeden Soldaten?

Im Grunde sind sie diese toxischen Moleküle in umgewandelter Form, da ja in der Physik Energie nicht einfach so vergehen kann. Sondern sie wandelt sich immer um und das prinzipiell zu unteren Ungunsten. Denn über den Spiegel reflektiert das Licht und schlägt auf die Verursacher zurück. Zumal der künstliche Hohlspiegel jeden Lichtstrahl der Sonne prinzipiell nach innen umgelenkt wird und dieser perverse Akt der religiösen Inzucht nur schädigt. Es läst sich keine einziger Nutzen auf alle Menschen in einen Volk erkennen - ableiten - positiv umwandeln. Es bliebt immer ein unangenehmer Nachgeschmack wo das Glück für die Masse der Menschen bliebt. Es ist auf der Strecke geblieben, weil das Licht im künstlichen Hohlspiegel pausenlos unzählige Male gebrochen wurde. Und mehr als einmal darf es nicht gebrochen werden, weil dann ein Viertel und Achtel das Sonnenlicht wir in einen Prisma bricht und es für die Evolution völlig wertlos ist. Es sieht zwar so kunterbunt recht schön aus, wie die kunterbunten Roben der Religionsträger. Doch steckt hinter jeder dieser kunterbunten religiösen Masken der pechschwarze katholische Tod in eigener Regie. Denn wer völlig unschuldige Menschen öffentlich als abschreckendes Beispiel bei lebendigen Leib verbrennt, verbrennt bei ebenfalls lebendigen Leib in laufe der Zeit die gesamte Evolution öffentlich und das ist mit den in Hitzeserie gefolgten Megasommern zweifelsfrei der Fall.

Allmählich verbrennt auch bei lebendigen Leib wie die unschuldige Hexe durch den religiösen kultivierten Irrsinn als Irrlehre unsere aller Evolution. Die brandheißen tödlichen Zeichen der Zeit sind zum Glück unverkennbar. Nur ein Narr, Dummkopf oder Schwerverbrecher geht ohne Scham zum Tagesgeschäft übrig. Denn jedes dieser unsäglichen toxischen Moleküle ist im Grunde eine Kugel im Krieg. Und jeder Treffer ist ein Infektion was die toxischen Moleküle auch bewirken und immer die Evolution destabilisieren. Und ein dermaßen destabilisierte Evolution ist in laufe der Zeit eine Todgeburt was jede der Religion ist, da sie prinzipiell das Licht der Sonne zum Nachteil allen Lebens bricht. Ein Hohlspiegel ist immer ein Ort der Inzucht, da er wie es sein Naturell ist, das Licht nach innen richtet - umlenkt - bündelt und sich in so einen sinnlos gebündelten Strahl die Temperatur dermaßen erhöht, das sie für die Evolution völlig wertlos ist. Oder das Sonnenlicht wird dermaßen oft gebrochen, das es einen kunterbunten Prisma ähnelt und mehr einen Zuckerwattestab gleicht. Viel Umfang aber im Grunde keine stabile Masse. Und genau das beinhaltet - bewirkt jedes toxische Molekül, was über die unzähligen Schnittstellen in die Evolution als Fremdkörper injiziert wird.

Auch der etwa Zehn Kilometer große Komet, der die Sauerer fast auf den Nullpunkt ausrottete ist nicht mehr als ein Molekül. Es war zwar nur ein einziger Komet mit astronomischen Maßen. Doch addiert - verdichtet man alle toxischen Moleküle auf einen Punkt und lässt sich auf die Erde wirken, ist das logische Ergebnis ein Kometeneinschlag. Also ein absoluter Nullpunkt zum Tod der Evolution. Das was für die Körperzelle ein toxisches Molekül ist, wird verdichtet wie dieser unsägliche Komet auf die Abszisse und verursacht einen Delle, die der Beginn allen Übels war und immer noch ist. Denn in einer Senke als V - Trichter verdichtet das Licht dermaßen, das es als kunterbuntes Licht wie über ein Prisma völlig untauglich ist. Also ein absolute Todgeburt für die Evolution. Und genau das ist der völlig logische physikalische Reflex vom künstliche geschaffenen religiösen Hohlspiegel zum Nachteil der Evolution. Im Grunde der Abklatsch von der schwarzen katholischen Unzucht als buntes Prismalicht zum völkischen Tod. Dieser kunterbunte Budenzauber sieht zwar Schick aus ist aber dennoch ein absoluter tödlicher Cocktail wie alle Chemie in einen Wassereimer als Müllhalte Ozean. Alles reagiert irgendwie miteinander und dennoch weiß keiner was sich da so im verborgenen zusammenbraut. Glauben Sie mir, die Physik weis sich zu wehren und jeder noch so feinsinniger Versuch sie zu überlisten endet in einer unbeschreiblichen oft nuklearen Katastrophe, wo komplette Völker den sicheren Tod finden.

Da im übertragenen Sinne jedes toxische Moleküle so was wie ein Komet ist, kann man verstehen, wenn man im direkten Vergleich diese Kometen mit unserer Erde vergleicht. Im Grunde ein Verhältnis von Eins zu Eins oder die doppelte Eins zur Elf. Was das bedeutet steht in einer meiner Analysen haargenau beschrieben. In den zwei vorigen Weltkriegen lösten sich Völker indirekt auf. Denn Siebzehn oder Sechzig Millionen Tode sind auf einen Kontinent umgerechnet indirekt ein komplettes Volk. Im III Weltkrieg lösen sich nicht nur Völker auf. Nein, auch die Kontinente auf denen sie lebten. In den beiden vergangenen Weltkriegen waren nur zwei Punkte eines Dreiecks involviert. Daher nur ein indirekter Völkermord, weil es noch lange kein Körper war. Nur ein Dreieck ist ein Festkörper der Physik mit allen damit indirekt und direkt verbundenen Maßen der unbestechlichen Physik. Darum begann der völkische Tod erst im verborgenen, weit ab vom Zeitgeschehen. Oder mit der Sechsten Stelle nach den Komma, wo eine oder mehre Körperzellen angegriffen und später infiziert werden. In laufe der Zeit und die kann extrem lang sein, löst sich die Dreiergruppe von Nullen nach den zweiten Komma auf und damit das Komma mit. Und schon ist das Gesetz der Serie in Folge ins Leben wegrufen wurden und keiner weis genau wie so ein latenter - verkappter Betrug eigentlich entstehen konnte. Nur hat dieser perverse Schmu schon soviel Materie - Masse gebunden, das ein Problem entstand, was gelöst werden muss. Wer kann schon Menschen die einen Tick aufgesessen sind einfach so wegschließen? Ein närrischer Mensch ist noch lange kein Verbrecher. Auch wenn er sich mit den konstanten Gesetzen der Physik überworfen hat.

Schauen wir alle zurück, begann die Erde als glühender Feuerball und kühlte sich in Millionen von Jahren ab. Dann begann sich über aufkeimendes Leben in der Ursuppe, halbe bis ganze Zellen als Evolution ihren Weg unaufhaltsam zu bahnen. Von giftigen Molekülen war keine Spur zu erkennen. Selbst im Elektronenrastermikroskop kann man kein solcher toxische Moleküle feststellen. Also ist jedes dieser gasförmigen unsichtbarer künstlichen Bausteine ein Schlag in eigene Kontor mit verheerenden oft tödlichen Schäden. Und einige solcher Schläge waren die zwei Weltkriege mit rund Achtzig Millionen Toden. Also wäre im Ernstfall Deutschland menschenleer. Oder die Kontinente werden dermaßen ausgedünnt, das es kein einziges Volk mehr auf der Erde gibt, was eigenständig astrein funktioniert. Weil das betrügerische religiöse hohle Spiegelbild nicht vom Sinus her astrein funktioniert. Es ist über das pausenlos gebrochenen Licht der Sonne als kunterbuntes recht hübsch anzusehendes Prismalicht dermaßen instabil geworden, das es einer Nebelgranate gleicht und mit so einen trüben Blick fährt man stehenden Fußes in den sichren Tod, wie die Juden in den Güterzügen nach Auschwitz um den Gastod zu sterben. Oder jene unzähligen Züge an die beiden Fronten in den fast sicheren indirekten völkischen Tod.

Wenn jede Ecke des gleichschenkeligen Dreiecks einen Weltkrieg auf sich zieht, steht doch die unumstößliche Dauerfrage im Raum, woher das immer stärkere irre Ungemach auf allen Quadratmeter auf der noch belebten Abszisse stammt? Denn mit jeden Sonnenstrahl wird jedes physikalische Gesetz stabilisiert oder destabilisiert, wenn man die Naturgesetze mit den Füßen tritt oder verunglimpft. Wird aber über das doppelte Dreieck des Judenstern der physikalische Dreiklang plus Dreisatz zu vollen Hundert Prozent blockiert, beginnt sich unaufhaltsam und zu Beginn unsichtbar eine negative Gegenkraft als Gegenreflex zu bilden um sich das bitterböse Unglück vom Leib zu halten. Und Gewalt mit den eigentlich positiven Kräften der Physik gegen die Evolution ist immer ein Schlag ins eigenen Kontor mit oft tödlichen Folgen. Und ein Krieg ist immer ein solcher Schlag in das organische Leben, wo Völker zu Ader gelassen werden. Im kommenden III Weltkrieg können und werden Völker ausbluten, wie es der schwarze Tod schon im Mittelalter praktizierte, wo zwei Drittel der Menschen starben oder eher elende verreckten. Nur waren die Zeitzeugen damals wesendlich gesünder und stellen keinen direkten Vergleich zum heutigen Dasein auch nur in etwa dar. Ein direkter Vergleich entbehrt jeder Realität.

Da jeder Organismus Licht für die Photosynthese benötigt, darf kein einziger Strahl der Sonne negativ beeinflusst oder gar blockiert werden, wenn man nicht den Tod in eigener Regie inhalieren will. Und das ist mit jeden religiösen toxischen Molekül der Fall. Und im Krieg muss jeder Bürger diesen oft undefinierbaren Tod einatmen und das bis zum erbrechen. Selbst wenn man nur mit sehr viel Glück als Zaungast mit dem Leben davon kommt, kotzt einen die immense Gewalt noch lange nach den Krieg an. Denn jede Gräuel von Gewalt ist der harmonischen Evolution zu tiefes zuwider und schädigt wo sie nur kann. Und eine Kugel als Querschläger ist genau so gefährlich wie ein direkter Schuss auf einen einzelnen Menschen. Denn die keimenden Ursachen bescheren mit jeden umgelegten Sonnenstrahl als kunterbuntes nichtsnutziges Licht in den Kirchen als unendlich gebrochenes Prismalicht. Weil ein oft gebrochenes Licht im Grunde ein Achtel ohne innere Kraft ist. Mit einer Kellerfunsel reift kein

Korn zu einen Brot. Da muss hundertprozentige Kraft der Sonne beginne zu wirken. In den Gaskammern von Auschwitz wächst nicht mal Moos, Flechten bis Farne. Da fühlen sich nur Juden als Schlächter der Evolution wohl. Denn diese künstliche Ideologie als Religion ist der perfekt getarnte Tod in eigener Regie zu Inzucht. Die traumhaft ausgeschmückten Synagogen sehen zwar prächtig aus, sind aber für die Evolution nicht zu gebrauchen.

Wenn das Sonnenlicht gebrochen wird, entsteht ein anfangs unsichtbarer schwarzer toxischer Keim, der die durchschnittliche Temperatur in der Sahara in der sechsten Stelle nach den ersten Komma verändert. Doch in laufe der Zeit summiert sich dieses abweichenden Maß zu einer sichtbaren Maß und keiner kann sich dieses Mango auch nur zu einen einzigen Prozent erklären. KEINER! Auch nicht solche Leute wie Curie oder Einstein. Denn auch diese Nobelpreisträger kochen nur mit Wasser. Doch woher stammt der unbändige schon seit eigen Zeiten immer wieder aufkeimende Judenhass? Ahnen die arglosen Menschen schon seit Jahrtausenden das da was im Busch steckt und nur schädigt?

Ich meine eindeutig ja!

Nur was keimt da im verborgenen Gebüsch als Buschräuber im Achtel Ton? Ein mehrfach gebrochener Sonnenstahl, der nur Ungemach produziert und nichts nutzt. Als ist jeder dieser unseriösen Religionsträger im Grunde ein absoluter **NICHTNUTZ** zum Nachteil der Mitmenschen plus Evolution. Denn diese schäbigen **Schmarotzer** müssen alle zusammen mitgeschleppt werden, wogegen man sich nicht wehren kann. Denn sie begehen im juristischen Sinne keine Straftat oder lassen sie nicht sofort für jedermann erkennen. Nur das sie mit ihren krummen Dasein die konstanten Gesetze der Physik pausenlos mit diesen toxischen Molekülen beschädigen und die Reflexe bis Gegenreflexe gegen den Uhrzeigersinn lassen nicht lange auf sich warten. Denn jede dieser Reaktionen wird nach innen umgelenkt und es entsteht eine schwache Stelle auf der Abszisse, die in umgewandelter Form als Konzentrationslager weiter nichts als Leichenflecke der Evolution sind und todsicher Vorboten zum direkten völkischen Tod als katholischer Holocaust - schwarzes Loch oder III Weltkrieg.

Wie Sie sich sicher denken können, ist ein steigern vom I Weltkrieg mit Verdun zum II Weltkrieg zur Ostfront noch einigermaßen machbar. Doch schon Auschwitz mit seinen Gaskammern ist ein Schritt zu weit. Da streiken die grauen Zellen, da es jeden normalen Rahmen sprengt, was man sich vorstellen kann. Selbst der allerbeste Horrorautor muss sich dahinter verstecken. Und dennoch ist dieser gasförmige Mord an über einer Million Juden ein völlig normaler Reflex der Physik auf die Religion, die jeden atomaren Rahmen der Physik sprengt. Nur muss man die Hauptwissenschaft Physik zu seinen Verbündeten machen und nicht zum Erzfeind umfunktionieren. Dann zieht jeder Mann mit einen Gewehr ins Feld um seinen Nachbarn zu töten und fragt sich nach den wahren Grund. Denn kein Mensch wird als Mörder geboren. Da muss kräftig nachgeholfen werden um aus einen lauteren Menschen einen Mörder werden zu lassen. Sicher ist auch keiner ohne Fehler. Doch als Ripper wird keiner geboren. Nur wo verbergen sich die keimenden Ursachen zu solchen schrecklichen Untaten, wo jeden normalen Menschen die Haare zu Berge stehen? Sind es die umgekehrten zwei Winkelfunktionen, wo der Sinus vom Kosinus abgedunkelt und der Sinus in sich erneut verdreht wird, so das die Sinne prinzipiell gegen ihren

Willen und Sinn der Evolution nach innen gerichtet werden? Denn die Schnittpunkte der drei Lote im inneren des gleichschenkeligen Dreiecks sind auch der Schnittpunkt beider Achsen mit der Abszisse plus Winkelfunktionen, so jeder gesetzte Reiz von der Physik immer als Gegenreflex beantwortete wird. Doch kann dieser logische Gegenreflex seine Zeit beanspruchen, bis sich so viel Materie in der Historie gesammelt hat, das es sich lohnt, gegen diese Verbrechen vorzugehen.

Geht man vom gleichschenkeligen Dreieck aus, ist die erste Gerade vom Punkt A zu B die Front Verdun im I Weltkrieg mit Siebzehn Millionen Toden. Von B zu C ist die Ostfront im II Weltkrieg mit Sechzig Millionen Toden. Und jeder Leichenberg ist ein komplettes Volk auf der Erde, was für immer die Augen schließt. Folglich ist der I Weltkrieg das geeichte Fadenkreuz im Koordinatensystem mit beiden Achsen, wo jeder Bürger auf der Erde anvisiert wird, ohne das man sich dessen je bewusst ist. Aber der II Weltkrieg mit einen rechten Winkel an jeden Ende der zwei Achsen als braunes Hakenkreuz. Nur wenn der Sack mit den dritten Strich zu ist, mit der Geraden vom Punkt C wieder zu A, ist erneut ein rechter Winkel bedient, der aber nicht sichtbar ist und ein schwarzes Harkenkreuz entsteht. Denn ein Gas kann man ohneweiters nicht sehen. Das Fadenkreuz ist feste Materie, die Striche mit den ersten rechten Winkel ist der flüssige Aggregatzustand. Und der erneute Balken besagt den gasförmige Zustand ohne Spiegelbild, was der Religion nicht zu eigen ist. Und beide rechten Winkel von je Neunzig Grad ergeben immer die Summe der drei Innenwinkel von Einhundertachtzig Grad. Denn bei einen gleichschenkeligen Dreieck beträgt jeder Innenwinkel Sechzig Grad und addiert Einhundertachtzig Grad und kein Grad mehr oder weniger. Jedes abweichende Maß beinhaltet den Keim zu Gewalt als logischen

Gegenreflex.

Im Grunde bedeutet jede Ecke des gleichschenkeligen Dreiecks einen Weltkrieg und jede der drei Nullen nach den ersten Komma auch. Und im V - Trichter bildet sich ein sichtbares Spiegelbild zu den drei nächsten Nullen nach den zweiten oder sechsten Stelle nach den ersten Komma. Folglich ernten wir immer über das zweite Komma unser eigenes Spiegelbild, gleich was hineingespiegelt wird. Denn in einen künstlich geschaffenen V - Trichter sind die Innenwände schräg und folglich verzerrt die Realität zu einer Fratze wie die gefolterten auf der Streckbank. Und ein Krieg - gleich um welchen es sich handelt ist immer ein extremer Schmerz unweigerlich verbunden. Selbst wenn der Tod sofort eintritt. Aber die Mutter weint still und leise in der Nacht um ihr Kind und keiner sieht die Tränen in den roten Augen. Dennoch durchzieht ein Schmerz die unsichtbare Seele. Dazu ist genau so unsichtbar die Religion als schwarzer Tod. Kein eigenes Spiegelbild wie der Blut saugende Graf Dracula und Fürst der Finsternis und dem zur Folge keinen eigenen Schatten wie der lebend angenagelte Jesus am Kreuz der religiösen Einfalt. Auch er kann keinen eigenen Schatten werfen und hat dem zur Folge kein eigenes Spiegelbild, da der freie Fall außer Kraft gesetzt ist.

Mit diesen perfektionierten religiöse Irrsinn als Kulturgut sind alle konstanten Gesetze der Physik angegriffen wurden und allmählich werden sie außer Kraft gesetzt, was immer mit roher nackter Gewalt einher geht. Denn nur im Krieg verliert der Mensch sein eigenes Spiegelbild und verkommt zu einer blutrünstigen Bestie. Da mit den umher fliegenden Kugeln der freie Fall außer Kraft gesetzt wurde. Als logischer Gegenreflex sind es die Kugel aus den Gewehrläufen, welche **kreuz & quer** wie bei einer

Atomreaktion durch die Umwelt fliegen um zu schädigen wo es nur geht. Auch die harmlosen Schneeflocken, welche vom Wind **kreuz & quer** durch die Luft geweht werden sind im Grunde **kreuz & quer** umherfliegend Atome wie bei einer Fission. Auch die Sandkörner aus der Sahara auf den Polkappen sind Atome die wie Atome die Umwelt infizieren, was für das Laub im Herbst auch zutrifft. Denn ein Birkenplatt kann ja auch unter einer Linde - Ahorn liegen, wo es kaum herab gefallen ist. Was ist genau so unmöglich? Das eine unschuldige Frau als Hexe hexen kann. Da muss ein cxtremer Dauerschatten die einst normalen Sinne gehörig infiziert haben.

Und dieser extremer Dauerschatten entsteht im V - Trichter - künstlichen hohlen Spiegel zum perversen Akt der religiösen Inzucht. Denn kein einziger Mensch kann über seinen Schatten springen. Da die Physik als logischer Reflex immer einen Schatten mitliefert. Kein persönlicher Schatten - gleich keine echte ehrliche Moral. Die geistlosen - substanzlosen Dummschwätzer mit ihrer toxischen Intelligenz tut so als hätte sie das Leben gepachtete. Entfernt man die kunterbunte Maske schaut man den Tod mitten ins Gesicht. Und jeder Krieg plus der zwei Weltkriege sind ein Blick in ein alle Materie fressendes schwarzes Loch. Denn alles Materielle ist zu fast Hundert Prozent vom Sonnenlicht geschaffen wurden. Neunundneunzig Prozent der Masse in unseren Sonnensystem wir von der Sonne gesteuert. Bei den Menschen ist es die schwarze Pupille, wo alles Licht prinzipiell gebündelt wird. Und in dieser Funktion bildet sich mitunter die unersättliche Gier alles Materille besitzen zu müssen. Pervers Weltmachtsphantasien sind der Blick in eine alle Materie fressendes schwarzes Loch. Und die doppelte Neun der Neunundneunzig ist die doppelte Eins zur Elf als separater Einwert und Spiegelbild zum eigenen Ich.

Mit den umgekehrten Winkelfunktionen und in sich verdrehten Sinus wird alle Materie plus dazu gehörige Energie - Kraft gebunden und reflektiert zu gegebener Zeit zurück. Jeder Krieg ist im Grunde ein logischer Rückschluss auf die vorherrschenden Verhältnisse jener Zeit. Sicher haben sich die Leichenberge oft massiv erhöht, so ließen im selben Atemzug die Schmerzen massiv nach. Und im erneuten unbedachten Atemzug verschwanden komplette Völker schon im I Weltkrieg. Im II Weltkrieg wurde dieser irre Leichenberg noch massiv erhöht, so das die größten Völker auf der Erde - Europa komplett verschwanden. Selbst der Anteil der Russen entsprach mehre kleine Völker auf der Abszisse. Und im Grunde spielten sich die zwei Weltkriege fast nur in Europa ab. Da es aber nur eine Sonne gibt und die für alle Menschen scheint, stehen im kommenden und sich schon längst am beschränkten Horizont III Weltkrieg alle Menschen vor der berühmte weißen Wand und warten auf den kultivierten Tod. Denn alle blockierte Energie die sich zwischen den zwei Dreiecken des Judenstern infiziert wurde, entlud sich vor allem im II Weltkrieg. Und das waren nur indirekte Reflexe, wo noch keiner an den kompletten völkischen Tod dachte. Außer der braune Hitler über die Juden und Polen, die er von der Landkarte vertilgen wollte.

Da sich die Erde um die eigene Achse und erneut um die Sonne dreht, sind die umgekehrten Winkelfunktionen plus verdrehten Sinus das logische Spiegelbild, wenn man die Physik missbraucht. Da aber mit den künstlich geschaffenen Hohlspiegel die konstanten Gesetze der Physik allmählich verändert werden, wenn man es über das trübe untaugliche Prismalicht nicht so genau nimmt, bildet sich als logische Folge ein allmählich aufkeimendes schwarzes Loch und das bindet alle Materie, die vom Licht geschaffen wurde. Und das sind Neunundneunzig Prozent der Materie. Denn Gier kennt die Physik nicht und wird dagegen vorgehen, da in dieser gierigen Sucht der Keim zum Vakuum gebunden ist. Und einen luftleeren Raum bedeutet das absolute Todesurteil unserer aller Physik, weil der freie Fall zu vollen Hundert Prozent außer Kraft gesetzt wird. Und ohne den freien Fall reagieren die Atome wie sie wollen. Da widerspiegelt sie die gesamte Energie aus den künstlich erschaffenen Hohlspiegel auf der Abszisse. Die zwei Weltkriege mit Achtzig Millionen Toden waren nur die Vorboten zum III Weltkrieg als schwarzes Loch oder katholischen Holocaust. Im III Weltkrieg ist die Rübe ab.

Denn mit einer inzestuösen Evolution ist kein kerngesundes organisches Leben möglich und augenblicklich hat der Schnitter den Fuß auf der Schwelle, wo er sich kreisförmig wie mit einer Spirale eindreht und alle infizierte Materie in laufe der Zeit in einen schwarzen Loch für immer bindet. Die zwei Weltkrieg waren nur die seichten Vorboten zum aufkeimenden schwarzen Loch. Denn in laufe der Zeit wird jede Eiweißzelle abgedunkelt und verkümmert - verkommt in laufe der Zeit zu einer schwarzen Krebszelle, die immer nur wertvolle Energie frisst und keinen Nutzen auf sich vereinen kann. Nennen Sie mir einen einzigen Nutzen der von der Religion wie dem Judentum plus pechschwarzen Katholizismus für die Evolution abgeleitet werden kann und Glück - Harmonie für lange Sicht in Generationsfolge sichtbar zu erkennen ist. Wer Menschen öffentlich bei lebendigen Leib verbrennt, verbrennt auch die Evolution bei lebendigen Leib. Und genau das ist ein schwarzes Loch. Der wohl organisierte katholische Holocaust ist der umfassenden völkischen Tod, wo keine Eiweißzelle übrig bleibt. Denn aus der umgekehrten - verdrehten Winkelfunktion wurde ein Reich des ewigen Dauerschattens geschaffen, wo jeder Mensch ein Opfer ist. Erst war er Opfer und wurde wie in den Weltkriegen zu Tätern. Also ein unlösbare irre Korrelation bis zum unendlichen völkischen Tod.

Folglich wird mit dieser Todesspirale vom Schnittpunkt beider Achsen alle irdische Materie gebunden und in ihr absolutes Gegenteil umgekehrt. Wenn in laufe der Zeit über die unzähligen Schnittpunkte die Evolution pausenlos beschattet wird, muss der arglose Mensch diesen irren Dasein nachgeben und richtet sich so selbst zu Grunde ohne sich dessen je bewusst zu sein. Denn ein erwachen aus dieser irrsinnigen dümmlichen religiösen Nebelgranate als kunterbuntes Prismalicht ist nicht zu erwarten. Nicht mal solche Orte wie Verdun, die Ostfront, jene Konzentrationslager plus den Gaskammern von Auschwitz können diesen unersättlichen Bann in den indirekten schwarzen völkischen Tod positiv beeinflussen. Von einem Stopp kann beim besten Willen keine Rede sein. Zudem sich der direkte völkische Tod als schwarzes Loch nicht mehr positiv beeinflussen lässt. Der Bart ist in der momentanen Sachlage restlos ab. Was soll schon Gescheites dabei herauskommen, wenn ein Narr mit einen zweiten - doppelten Dreiecks über den ersten Delta jeden natürlichen Reflex blockiert und somit jedes physikalische Gesetz negativ beeinflusst? Ein nach innen gerichteter Reflex logischer Gegenreflex als nackter Akt der Gewalt. Meist entlädt sich in dieses irre Ungemach als totaler Krieg wie in Goebbels im III Reich ausrief.

Wenn der physikalische Dreiklang mit den drei recht unterschiedlichen Arten von Sauerstoff blockiert oder negativ beeinflusst wird, muss eine Körperzelle weichen. Und das bedeutet innen eine Eiweißzelle.

Sicher ist das noch kein Verbrechen. Doch wurde aus einen Wurtzipfel von einen Zehntel Cent zu einen Cent eine Serie zur Straftat im Sinne der Justiz initiiert. Im Grunde ein nicht spürbarer - messbarer Fakt der abweichenden Durchschnittstemperatur in der Sahara. Keim einziger Mensch würde sich darüber kümmern, zumal er diesen blockierten Sonnenstrahl nicht mal im kühnsten Heldentraum auch nur zu einen Millionstel Prozent erträumen kann. Damit hat der Tod als unsichtbarere Dauergast - Pate ein leichtes Spiel, sich die Evolution Untertan zu machen. Mit umfunktionierten Winkelfunktionen, wo jedes konstante Gesetz der Physik zu vollen **EINHUNDERT** Prozent verankert ist. Kommt es da zu den geringsten Irritationen und diese werden nicht zu vollen **EINHUNDERT** Prozent restlos wie Pest - Pocken ausgerottet, wütete der Virus wie von Sinnen in unserer aller Evolution und rottet das Menschentum restlos aus. Der braune Hitler wollte nicht umsonst alle Juden plus Polen ausrotten. Hinter diesen Mordplänen steckte schon ein extrem tiefer Sinn.

Wenn die Ziffer vor den Komma ein ganzer Ton ist, halbieren sich die Töne nach den Komma immer um die Hälfte. Und im V - Trichter spiegeln sich die halbierten Werte als Töne des täglichen organischen Lebens im eigenen Spiegelbild und der arglose Mensch ist ein Gefangener seiner eigenen perversen Illusion. Im Grunde sitzt er im Glashaus, wo man nicht mit Steinen werfen soll. Da sie sich als Reflex immer gegen den Verursachen richten. Damit hat er ohne sich dessen je bewusst zu sein, die Axt an seine eigenen Existenz gelegt. Die unbändigen - unzähligen und nun schon in Serie wie das Beispiel mit den Zehntel Cent sprechen Bände. Von einen positiven Ende kann schon lange keinen Rede mehr sein. Ganz im Gegenteil das jähe Ende der Menschen ist mit den saudummen

Weltreligionen eingeläutet wurden. Um einen Planeten wie die Erde in undurchsichtigen Rauch als kunterbuntes Prismalicht in Schutt und Asche aufgehen zulassen, da muss mehr als nur ein elendes Verbrechen wirken. Mit den umgekehrten Winkelfunktionen plus nach innen verdrehten Sinus ist der Tod in loser Dauerfolge inszeniert wurden.

Da die Evolution für Pflanzen, Tiere und Menschen vom physikalischen Dreiklang gleichsam gilt, sind die unübersehbaren tödlichen Symptome der klassische Beweis für den kommenden III Weltkrieg, der als schwarzes Loch - katholischen Holocaust alle an den physikalischen Dreiklang gebundene Materie restlos an sich bindet und die Völker mit ihren eigenen persönlichen toxischen undurchsichtigen Spiegelbild auf jeden Quadratmeter wie die Juden in den Gaskammern von Auschwitz konfrontiert. Wie Sie unschwer erkennen können, kündigt sich der völkische Tod schon lange am beschränkten Horizont an. Nur keiner will - kann dieser irre Realität erkennen. Denn ein absolut irrer Gedanken kann unmöglich einen glasklaren Reflex produzieren und als persönliches Spiegelbild verstehen. Das wäre ein Ding aus dem Tollhaus. Und die Erde ist mittlerweile ein absolutes Tollhaus geworden. Schon vor Jahrhunderten wurden die Menschen bestialisch massakriert. Dann in Verdun im I Weltkrieg oder erhobenen Zeigefinger wurden die falschen Lehren gezogen, obwohl schon ein Volk sich in toxische Luft auflöste. Nach den Börsenruin vor den II Weltkrieg erhob ein Mann Namens Adolf Hitler den rechten Arm um vor den völkischen Tod zu warnen. In diesen Exzess lösten sich schon mehre kleinere - ein größeres Völker in toxischer Luft auf. Im III Weltkrieg lösen sich die Kontinente mit den darauf lebenden Völkern auf und der religiöse irrsinnige toxische pechschwarze Tod hat gewonnen. Denn nach den Ziegefinger - rechten Arm rollt nun der Kopf den berühmten Bach hinunter. Folglich dreht ein fast menschenleerer Planet Erde um die Sonne und die Irrlehre hat ihr mehr als verbrecherisches Spiel gewonnen, in dem der physikalische Dreiklang mit den drei unterschiedlichen Sauerstoffarten restlos abgewürgt - blockiert hatte. Ein organisches Leben ohne Licht - Sauerstoff und Ökonomie ist unmöglich.

Mit den ersten drei Ziffern Null / 0 - Eins / 1 - Zwei / 2 sind die drei Sauerstoffarten plus physikalischen Dreisatz zum berechnen des Dreisatzes untrennbar miteinander verbunden. Zumal es unmöglich ist die Ökonomie auf der Bühne als Pantomime oder im Tanz einer Primaballerina darzustellen. Ein Atom, Molekül oder Sonnenstrahl sind harmonische Gesten - Funktionen möglich. Aber eine künstlerische Funktion wie bei den Juden in den Gaskammern von Auschwitz ist unmöglich, wie ein organisches Leben ohne die drei unterschiedlichen Sauerstoffarten. Der Tod im eigenen Angesicht lässt jedes Gemüt zu einer Salzsäule erstarren. Auch eine Hexe im Feuer war nicht zu einen Millionstel einer Sekunde - Lichtsekunde zu so einer Gesten in der Lage. Denn **SCHWARZ** kann nicht natürlich reflektieren und Null mal Null ist immer nur Null. Oder es erscheint der Stellvertreter **GOTTES** auf Erden in der Gestalt des Papstes als mystische Lichtgestalt, die keinen natürlichen Schatten bilden kann, weil ihr Symbol auch keinen werfen und diese Irrlehre keinen einzigen Reflex auf die irdische Physik binden kann.

Denn die Ökonomie hat eine doppelten Funktion. Zum einen ist sie der dritte Teil des physikalischen Dreiklangs und bindet alle beiden restlichen Sauerstoffarten. Was binden die Buschräuber im Wald? Jenen viertel und achtel Ton als doppelten Schatten und der ist für die Evolution tödlich. Denn der Tag halbiert sich in je zwei halbe Töne. Den sonnenlicht durchfluteten Tag und dunkle extrem reflexarme Nacht, wo die Evolution schläft um sich für den nächsten Tag zu wappnen. Denn jeder Motor benötigt eine Rast und wenn es der stärkste ist, muss er mal seine Atome ruhen lassen. Im Gegenteil drehen sie durch und schädigen mehr als sie nützen. Weil der Dreisatz jeden gesetzten Reflex bedienen muss und das auch für den Tod. Denn unsere aller Physik kann nicht denken und vermag dem zur Folge immer nur halbieren. Von einen ganzen Tod über einen halben, viertel bis achtel Ton, der im Sinne der Physik den Tod bedeutet. Denn ein Achtel Mensch ist nicht lebensfähig und die Evolution nicht Überlebensfähig. Sie geht an Inzucht elende kaputt. Denn bei Missbrauch der Gesetze unserer aller Physik richten sich die Reflexe gegen den Verursacher um Inzucht im Keim zu ersticken, so wie Hitler die Juden in den Gaskammern von Auschwitz sich ihren toxischen Dasein erfreuen ließ. Und der schwarze Hitler lässt die pechschwarzen Katholiken in einen schwarzen Loch sich ihren Daseins erfreuen.

Was binden die umgekehrten Winkelfunktionen mit den in sich verdrehten Sinus? Alles Licht zu einer noch nicht gekannten Energiebombe, wo die zwei Weltkriege nur die warnenden Signale mit den Börsenruin 1929 und 2008 waren. Denn jeder Ruin an der Börse ist eine restlos ökonomische Katastrophe wie um die Jahrtausendwende alle Naturkatastrophen auf der gesamten Erde. Denn jede infizierte Banknote bindet Energie in nicht gekannten Ausmaßen und damit auch Sauerstoff plus Licht was die Betrüger um jeden Preis benötigen um zu Überleben. Nur ist diese missbrauchte Energie nach innen gerichtet und schlägt bei Bedarf zurück, wo Menschenleben keine Rolle mehr spielen wie jeder Krieg beweist. Im Grunde ist jeder Krieg eine radioaktive Wolke aus Pulverdampf, wo die überlebendwichtigen Sinne dermaßen getrübt werden, das eine glasklare Sicht völlig unmöglich ist. Und woher rührt dieser oft schon irre getrübte Blick? Aus den manipulierten Winkelfunktionen über den künstlich geschaffenen Hohlspiegel, wo man permanent ins Minus reinrechnet. Nur ist diese unumstößliche - unerfreuliche Tatsache keinen einzigen Bürger je bewusst. Und darum stehen in der Tat in einen schwarzen Loch Einhundert Prozent Evolution für alle drei Teile Pflanzen - Tiere - Menschen auf dem Spiel. Denn dort wo sich alle einst zu vollen Hundert Prozent konstanten Gesetze der Physik beginnen aufzulösen, löst sich jeder soziale Struktur in laufe der Zeit auf. Im Schützengraben ist sich jeder selbst der nächste. Beim sterben ist man immer allein. Gleich ob Einzahl, Mehrzahl oder kriegerischen Kulturgut. Der Einswert gilt als freier Fall für jeden Festkörper der unbestechlichen Physik gleich.

Da nun mal alle Energie an die Winkelfunktionen mit den Gesetzen der Physik gebunden ist, steht auch im III Weltkrieg alle von der Sonne in unseren Sonnensystem gesteuert Masse zu Neunundneunzig Prozent auf dem Spiel. Der der physikalische Dreiklang mit den dazu gehörigen Dreisatz ist von den Winkelfunktionen abhängig. Da ohne Licht kein Sauerstoff und dem zur Folge keine Ökonomie plus den logischen konstanten Dreiklang der unbestechlichen Physik. Folglich blüht der Tod, der sich in anfangs unsichtbaren Schritten seinen Weg unaufhaltsam aus den irren künstlichen Hohlspiegel zurück ins organische Leben bahnt. Die Folgen sind unbeschreibliche bis totale unerklärliche Reflexe der bis aufs atomare Blut gereizten Physik. Das diese Exzesse nicht lustig sind ist jeden Narren mittlerweile bewusst. Denn mit jeden Atemzug - Herzschlag wird der Tod in immer stärkeren Maße inhaliert und die Evolution weiter geschädigt. Das dann einmal ein dementsprechender völlig logischer Gegenreflex folgt der die Energie beinhaltete, welche zuvor injiziert wurde. Denn nach den Gesetzen der Physik kann Energie nicht einfach so vergehen. Sie wandelt sich nur in unbestimmte Kraftbomben um und schädigt wo sie nur kann.

Da nun mal die Winkelfunktionen über den künstlichen Hohlspiegel in doppelter Weise nach innen gerichtet werden, entsteht ein Drall nach innen, der alle vom Licht berührte Materie bindet wie die goldenen Gans die diebischen Langfinger. Zudem wirkt diese künstliche irre religiöse Daseinsform wie Radioaktivität. Und die ist zu vollen Einhundert Prozent für die Evolution tödlich. Denn in einer Synagoge - Dom oder Kirche hinter den kunterbunten Fenstern als gebrochenes Prismalicht ist keine Evolution möglich. An diesen Punkt - Dasein widerspiegeln sich die Neunundneunzig Prozent der gebundenen Masse in unseren Sonnensystem, die von der Sonne gesteuert wird. Außer niedrige Organismen, welche fast ohne Licht existieren können, wie Moose, Flechten, die mit den Mondlicht auskommen. Und das ist jenes Prismalicht in den Tempeln des religiösen Irrsinns, wo jeder normale - glasklare Gedanke schon im Kopf ohne das es der Kopf bemerkt - registriert - umsetzen kann von der religiösen Radioaktivität infiziert wird. Denn ein nach innen gerichteter Gedanke, der dazu noch unlogische Reflexe bindet, kann unmöglich im Sinn der normalen harmonischen Evolution funktionieren.

Auch das Auge als Glaskörper - Volllinse kann unmöglich als Hohllinse, das Licht im Sinne der Physik zum Wohl der Evolution reflektieren. Die schwarze Popille ist zwar in ihrer Funktion nicht behindert, doch bindet es das Licht auf einen Punkt, was das Licht in seiner Fülle auf einen Punkt als Laser bündelt. Und ein derartiger sinnlos gebündelter Lichtstrahl verbrennt Evolution bei lebendigen Leib ohne sich dessen je bewusst zu sein. Bei einer Volllinse wird der Floh zu einer Erbse vergrößert. Aber bei einer Hohllinde löst sich der Floh auf und dann verbrennt er bei lebendigen Leib, wie die unschuldige Frau als Hexe auf den Scheiterhaufen der heiligen Inquisition, die im Namen der pechschwarzen katholischen Kirche ganze Menschengruppen in ihren irren religiösen Dauerwahn auch bei lebendigen Leib verbrannten. Danach folgten Städte, Länder und fremde Staaten, wo Evolution bei lebendigen Leib verbrannte. Heute hat sich über den künstlichen Hohlspiegel unser Weltklima dermaßen erhöht, das unsere aller Erde mit allen Pflanzen, Tieren plus Menschen von gleichen Chicksal bedroht wird. Dazu die tauenden Pole plus Ozonloch, wo der Tod schon massiv Hand an die Evolution angelegt hat. Nur sieht man den armseligen Floh durch den hohlen Spiegel? Sind sich die religiösen Dummschwärzer - Übeltäter ihres verbrecherischen Daseins je zu vollen Einhundert Prozent bewusst?

Ich meine eindeutig nein!

Infolge hängt die gesamte Evolution am Licht und die hat einen unsichtbaren Widerharken gebildet, woran jeder Organismus hängt. Es ist der Lichtwiderharken, der die erweiterte Form des braunen Hakenkreuzes ist. Denn der dritte Strich als Gas ist nicht sichtbar, obwohl er unsere aller Existenz bedroht. Denn in der Luft ist außer den Licht noch der Sauerstoff plus Ökonomie gebunden. Im schwarzen Widerharken ist im Kern - Schnittpunkt beider Achsen der Sinus mit den Kosinus für alle Zeiten verankert. Solange die Sonne scheint, ist das ein absolutes konstantes Naturgesetz unserer aller Physik. Keine einzige Macht und sei sie noch so gewaltig hat das Recht auch nur zu einen Millionstel Prozent an dieser absoluten konstanten Aussage etwas zu verändern. Die Schäden widerspiegeln sich im Millionstelbereich erst nach vielen Generationen bis Jahrhunderten, wo das Übel schon als Kulturgut allgemein inhaliert wurde. Dann brennen die ersten Hexen und der leibhaftige Tod schreitet unaufhaltsam durch die Evolution.

Wenn mit den leben angenagelten Jesus der freie Fall außer Kraft gesetzt wurde, widerspiegelt sich dieses unumstößliche Tatsache im täglichen Leben, was unser aller Organismus meist negativ beeinflusst. Da aber der freie Fall nicht allein existieren kann und irgend wann mal landen muss, berührt er die Erde auf der Abszisse als ganzer Ton. Im selben Augenblick halbiert sich der ganze Ton in je einen Halben. Und dieser halbe Ton ist der Tag mit Photosynthese plus Nacht ohne Photosynthese. Denn die Evolution muss über die Photosynthese einmal ruhen. Der am hellen Tag produzierte Sauerstoff muss für die tote Nacht reichen. Im Grunde beinhaltet der freie Fall drei Ziffern ein Komma und sein Maß. Die vierte Ziffer als Null muss man sich dazu denken.

Beispiel:
9,81**0** m/sek.^{2}
Die Null **0** als Kreis **O** mit einen Fadenkreuz als Koordinatensystem darin, um der Materie Struktur zu geben.
9,81 --- 9 / 8 + 1 = 9
oder 9 entspricht 9, was im Grunde einen Gleichnis entspricht

In dem Augenblick wo der frei Fall auf der Erde auftrifft und halbiert wird, entsteht als konstanter rechter Winkel von 90,000° für die Lebenddauer der Sonne von etwa Zehn Milliarden Jahren. Und die dritte Stelle nach den Komma als lose Null, ergibt den unsichtbaren Plusminuseinsbereich für die Winkelfunktionen. In diesen geeichten Bereich als Toleranzgrenze spielt sich das gesamte Leben ab. Wird ein Wert über einen konstanten Bereich nach oben verändert, muss ein entsprechender Gegenwert im unteren Wert logisch folgen. Eine anderen Wert - Variante gibt es nicht. Nur ein Narr glaubt an einen anderen Wert und muss daran verenden, was den Tod mit zur besiegelten Folge nach sich ziehen kann. Da der landende Punkt des freien Fall immer die Erde ist, bezieht sich der Plusminuseinsbereich als Toleranzgrenze auch auf die Erde, gleich wo sich der Mensch befindet. Er darf sich immer nur in diesen geeichten Bereicht bewegen und bei Missbrauch gleich ob bewusst oder unbewusst muss er die Schäden abwenden oder ausgleichen. Im Todesfall muss analysiert werden und nicht einfach alles unter den Tisch kehren.

Da aber sich der Vollkreis in vier Quadranten unterteilt und man oben rechts mit zählen beginnt, ist der obere linke der Zweite und der untere Linke jener Dritte. Der vierte Quadrant ist dann logisch der untere rechte. Also gegen den Uhrzeigersinn und beim berühren der Erde vom freien Fall, wo sich der ganze Ton halbiert und der waagerechte freien Fall als Abszisse entsteht. Denn beide Achsen ergeben immer einen ganzen Ton. In dem Augenblick wo sich der Vollkreis widerspiegelt, entsteht eine Wellenfunktion als Winkelfunktion mit den Sinus als heller Tag und Kosinus in dunkler Nacht. Beide Winkel sind für die Evolution gleichsam extrem wichtig. Denn nur der Sinus ergibt ein undefinierbare Energiebombe, wie die zwei Weltkriege mit vorerst Achtzig Millionen Toden, die im Grunde zweimal Deutschland aussterben ließen. Zum einen in je der zwei Weltkriege mit Siebzehn

Millionen Toden als Osten vor der Wende mit den I Weltkrieg und Sechzig Millionen Toden im Westen vor der Wende mit den II Weltkrieg, wo Deutschland menschenleer ist. Addiert man beide Weltkriege auf einen Leichenberg so erstickt Deutschland zum zweiten Mal an seiner eigenen toxischen religiösen Existenz.

Was bedeute die zwei Leichenberge beider Weltkriege, wo im Grunde Deutschland zweimal ausgestorben ist? Denn die Ökonomie ist ohne Schatten hat wie die beiden anderen Sauerstoffarten. Zumal man Ökonomie nicht wie Licht - Moleküle - Atome rational darstellen kann. Darum ist sie am Tag wie der Nacht immer schattenlos. Und zwischen den beiden Dreiecken des Judenstern besteht auch kein Schatten möglich, da es physikalisch völlig unmöglich ist. Denn jeder Festkörper der Physik benötigt zum freien Fall einen bestimmten Weg um einen eigenen Schatten bilden zu können. Ohne Schatten kein Leben, so wie es die Juden in den in den Gaskammern von Auschwitz erlebten und dem zur Folge bewiesen. Und ohne persönlichen Schatten ist kein Leben im Sinne der Evolution auch nur zu einen Millionstel Prozent möglich. Also der wohl organisierte leibeigene Tod schon mit der Sechsten Stelle nach den ersten oder dritten Stelle nach den zweiten Komma. Da es zwei Komas gibt, ist auch Deutschland im Grunde zweimal ausgestorben. Oder Leipzig als Gegenwert zum Scheiterhaufen auch nur einer Hexe. Denn der Scheiterhaufen ist im irrsinnigen Schmerzpergel des Feuers nicht mit einer Kugel zu vergleichen. Bei drei Minuten im Fegefeuer wo ein Schuss in den Kopf zwar Einhundertachtzig Sekunden bedeutet. Doch fliegt die Kugel in der Tat nur eine Sekunde? Oder eher eine Tausendstel Sekunde wo man den Leichenberg von Einhundertachtzig Menschen mit den Faktor Tausend erneut multiplizieren muss. Damit ergibt sich eine gewaltiger Leichenberg von

Einhundertachtzigtausend Menschen. In Leipzig leben aber nur Einhunderttausend Menschen. Dann muss man die Einwohneranzahl durch die Einhundertachtzigtausend Feuertode teilen und man erkennt im Grunde eine Zwei. Also einen doppelten Tod ohne einen Schatten wie die zwei Weltkriege, wo Deutschland auch doppelt ausgestorben ist. Denn zwischen den zwei Dreieckes des Judensterns gibt es werde Licht noch Sauerstoff, weil eben die Photosynthese restlos abgewürgt wurde, wo jeden Organismus der hundertprozentige Tod blüht. Da beweist - bewahrheitet sich die physikalische unumstößliche Tatsache, das Neunundneunzig Prozent der Masse in unseren Sonnensystem wird von der Sonne gesteuert.

Da aber Religion wie das Judentum und der abgrundtiefe schwarze Katholizismus nur Energie bindet und keinen normalen logischen der Evolution dienenden Reflex zulässt. Weil eben jeder dieser abartigen Reflexe immer - prinzipiell nach innen gerichtet sind und nur ein Ziel hartnäckig verfolgen, die Evolution bis ins Mark zu infizieren, was den Tod zur Folge nach sich zieht. Denn Inzucht produziert im Grunde immer ein Vakuum, was die Physik zu vollen einhundert Prozent mit den Tod bestraft. Denn ein luftleerer - hohler Raum ist ein absoluter hundertprozentiger Nichtleiter, der von der Physik nicht geduldet wird. Denn wenn man die Sinusfunktion für einen längeren Zeitraum unterbricht, stirbt der Sinus ab und der Tod hält das Zepter in seinen knochendürren Fingern. Im Grunde ist es ein reinrechnen ins Minus, was mathematisch nicht möglich ist. Mathematisch sicher nicht. Aber physikalisch, was auf jeden Fall den doppelten Tod der Evolution bedeutete. Denn zu einen ist die Stadt Leipzig ausgestorben und die toten pechschwarzen Leichen müssen wieder ausstehen - wie auch immer und sich erneut vermehren um den restlichen Tod zu bedienen, was zum Glück unmöglich ist. Denn tot ist tot und Null mal Null ist nun mal immer nur Null, da **SCHWARZ** nicht astrein harmonisch reflektieren kann.

Sie sehen das mit den zwei Kommas eine doppelte Information unweigerlich verbunden ist und der Tod immer als Winkelfunktion rangiert. Der abgewürgte Sinus mit den Kosinus als doppelter Boden oder wohl organisierter harmonischer Tod. Denn nach den zweiten Komma befindet sich im hochsensiblen Bereich der Keim unserer unendliche Evolution. Denn solange die Sonne scheint sind die Winkelfunktionen das Non plus ultra - unseres Lebens.

Non plus ultra: Unübertroffen, Unübertrefflich, Beispiellos, Unbeschreiblich, Prima, Außergewöhnlich, Aufsehen erregend

Doch mit den ungekehrten und nach innen gerichteten Winkelfunktionen ist ein Strudel entstanden, der jede Energie gegen ihren Sinn bindet und nur schädigt als nützt. Zudem in einen Hohlspiegel die objektive Realität ihren Sinn verliert und sich das natürliche Spiegelbild auflöst und es völlig unmöglich ist, das man etwas erkennt. Das wäre dann ein physikalisch Ding aus dem Tollhaus. Zum Glück lassen sich die konstanten organisch strukturell gewachsene Gesetze der Physik nicht von einen Trick überlisten. Auf Dauer kann man die Physik nicht hinter die Fichte führen. Oder man muss Verluste akzeptieren die schwer zu erklären sind. Und solche unerklärlichen Verluste sind die beiden Weltkriege als doppeltes Komma. Nach den ersten Komma der I Weltkrieg als erhobene Zeigefinger. Nach den zweiten Komma der rechte weit nach vorne oben ausgestreckte Arm. Noch ein Komma gibt es nicht und im nahenden III Weltkrieg ist der Kopf ab. Da lösen sich die Völker wie jene Gesetze der Physik im künstlichen Hohlspiegel auf und der Tod schreitet unaufhaltsam durch die Evolution um zu schädigen wo es nur geht. Denn jeder dieser verheerenden Weltkriege ist im Grunde das Spiegelbild der zugefügten Schäden jener religiösen toxischen Moleküle. Und jedes dieser giftigen gasförmigen atomaren Bausteine ist ein Schlag ins Kontor der Physik, was immer - prinzipiell einen gehörigen Gegenreflex bewirkt. Und dieser hat es wie die zwei Weltkriege beweisen in sich. Im III Weltkrieg bleibt kein einziger Mensch unverschont, falls wir alle zusammen überleben, was nicht anzunehmen ist.

So wie der Floh unbemerkt bei lebendigen Leib im Hohlspiegel als Hohllinse verbrannte, folgte die Hexen, Ketzer, Schwule und später Dörfer, Städte, Länder bis Staaten. Im I Weltkrieg mit Siebzehn Millionen Toden wurden auf einen Punkt verdichtet kleine komplette Völker ausgelöscht. Im II Weltkrieg wie rund Sechzig Millionen Toden schon viele kleiner Völker oder ein großes europäisches Volk. Weil eben in eine künstlich erschaffenen Hohlspiegel kein reelles Ebenbild auch nur zu einen einzigen Prozent möglich ist. Und dem zur Folge verkommen als logischen und voll verständlichen Gegenreflex die zu Hundert Prozent infizierte Materie, weil eben Neunundneunzig Prozent der Masse in unseren Sonnensystem von der Sonne gesteuert werden und an ihr hängen wie der Dieb am Galgen. Auch der Mensch ist von den schwarzen Kern als Popille im Auge als Volllinse zu vollen Neunundneunzig Prozent abhängig. Wird der Blick durch einen Gauklertrick fehlgeleitet, ist es immer ein böser Akt der Inzucht und diese abartige Sauerei birgt irgendwo ein Problem, was schwer zu lösen ist. Denn weder eine Hexe noch Jude kam lebend vom Tod davon. Sowohl das Feuer als die Gaskammern von Auschwitz waren zu vollen

Einhundert Prozent tödlich.

Was bewirkt dieser idiotischer Weise künstlich geschaffene Hohlspiegel als völlig irre Inzucht in der Evolution? Das mit jeder äußeren Sommersprosse als Brennpunkt des Hohlspiegels und innere einst kerngesunde Eiweißzelle ein Mosaiksteinchen für immer verloren ist. In Folge verschwindet etwas Materie aus unseren persönlichen Spiegelbild. Sicher ist diese zu Beginn nicht bemerkbar, wie die abweichende Grad in der Sahara als durchschnittliche Temperatur. Sicher wird dieser tödliche Fakt von keinen einzigen Thermometer registriert. Doch ist dieser zu vollen Hundert Prozent abweichende Wert für die Abszisse und der darauf lebenden Evolution zu vollen Hundert Prozent tödlich. Denn Neunundneunzig Prozent der lebenden Masse in unseren Sonnensystem wird von der Sonne gesteuert. Da wird jeder Betrug und sei er noch so geschickt manipuliert registriert. Denn es gibt so gut wie keinen einzigen Organismus der ohne die liebe Tante Klara auskommt. Nur wie reagiert der einzelne Bürger erstmal in Einzahl auf dieses organische Defizit? Zumal er sich dieses Mango nicht zu einen Prozent erklären kann. Also muss er wohl notgedrungen mit diesen Verlust an normaler Lebensqualität auskommen und sich an die neue Lebenslage gewöhnen. Da er ja ohne hin nicht bemerkt, das ihm etwas fehlt und er dieses oft noch unsichtbare Defizit immer schwerer ausgleichen muss. Da es ohne professionelle Hilfe in medizinischer Sicht nicht möglich ist, muss er privat dieses Defizit um jeden Preis ausgleichen, da ein Leben mit einen Loch in der Seele als eine Art Vakuum auf Dauer nicht möglich ist. Und schon nimmt der Irrsinn seinen verheerenden Verlauf im allgemeinen Leben.

Das was im einzelnen als Jack the Ripper vermerkt wird, gibt es auch als Mehrzahl in so manchen maroden

Systemen und dann als Kulturgut mit Millionen von Toden in den Schützengräben beider letzten Weltkrieg, wo die Fronten im Grunde die Ränder von schwarzen Löchern waren, und die verschlangen schon im Vorfeld zu einen nahenden schwarzen Loch als III Weltkrieg viele kleiner Völker mit rund Achtzig Millionen Opfern des religiösen kultivierten Irrsinns. Und das war nur der erhoben Zeigefinger und schräge rechte Arm. Wenn der Kopf rollt, ist es für immer zu spät für eine Rückkehr. Es ist schon jetzt im Jahr 2019 fast unmöglich. Nur wenn man im Hohlspiegel nicht mal den armen Floh sehen kann und er in der Tat bei lebendigen Leib verbrennt, ist der Sadismus salonfähig geworden. Man nimmt dann dieses Mango als völlig normal hin, da keiner es anders kennt. Folglich gibt es infizierte Menschen die andere töten ohne sich dessen bewusst zu sein. Im Krieg mag das noch angehen, wo man in der Tat zum Mord - Morden sein Opfer nicht direkt sieht, da das Spiegelbild abhanden gekommen ist. Aber im täglichen Leben ist dieser Mord bis Morden ein schweres Verbrechen, wo oft noch als Strafe der Tod blüht.

Momentan ist die unendliche Evolution im Begriff allmählich zu erlöschen und der schwarze Tod hat für immer gewonnen. Zum Teil beherrschte der schwarze Tod als Pest die Szenerie. Und aus einen Hohlspiegel mit einen schwatzen Kern kann immer nur die Farbe Schwarz zurückschlagen. Denn der Spiegel kann nur das reflektieren was hinein schaut. Wird ein Mosaiksteinchen auch an Seele dem warmen Körper mit einen perfiden Trick geraubt - entnommen und das Opfer kann diesen Verlust nicht verkraften, blüht paranoide Schizophrenie in allen Lebenslagen. Eine Verlust oft totale Todesfall der Realität mit einer folgenden gestörten Persönlichkeit ist schon im Keim ein elendes Verbrechen. Und dieser unsichtbare Keim mit den umgekehrter Winkelfunktionen plus nach innen verdrehten Sinus ist unsichtbar gelegt wurden. Nur lebt die Sachlage so, das diesen maßlos verkappten perfiden genial maskierten Betrug gegen die eigene Realität keiner bemerkt, weil er nicht sichtbar ist. Und Radioaktivität ist auch nicht sichtbar und zu vollen Hundert Prozent tödlich. Zumal religiöse Radioaktivität auch nicht auf einen Geierzähler anspricht - nicht zu einen einzigen Millionstel Prozent. Denn Schwarz als Spiegelbild erzeugt Schwarz und Null mal Null ist immer nur Null.

So wie der Floh bei lebendigen Leib verbrennt, verfärbt sich auch die Umwelt in einen immer blasseren Ton und dann im Fegefeuer zu verbrennen - verkohlen und das absolute Endergebnis ist die Farbe Grau bis Schwarz. Es werde Asche zu Asche und Staub zu Staub. Ein Nährwert ist da nicht zu erkennen. In Folge verkommt die Evolution bis zum endgültigen Tod zu einen elenden perversen Pflegefall, wo jeder Atemzug Geld kostete. So wie der einzelnen Ripper in Einzahl Menschen zerstückelt, nun schon die Gesellschaften sich in Mehrzahl oft noch gegenseitig zerlegen und dieser Irrsinn im Mehrzahl zum Kulturgut bald im III Weltkrieg verkommt, gab es solche Exzesse schon in allen Kriegen seit es Menschen gibt. Und die zwei vorigen Weltkriege sind ein mehr als geniales Paradebeispiel für diese Völker vernichtende Tatsachen.

Im Grunde ist die Hexe ja zweimal verbrannt. Zum einen die Haut, welche restlos verbrannt und nicht mehr ihrer Funktion als äußere Lunge gerecht werden konnte. Selbst wenn das " **GOTTESUREIL** " außer Kraft gesetzt wird weil das Herz noch schlägt, kann der noch lebende warme Organismus nicht mehr leben, da die Zufuhr von Sauerstoff zu Hundert Prozent blockiert wurde, wie das doppelte Dreieck auf den ersten Delta des Judenstern. Und zum anderen ist der restliche Organismus verbrannt, was einen doppelten Todesurteil gleicht. Im Grunde hat sich der künstliche hohle Spiegel - Hohllinse mit seinen gebündelten Licht zu einen Laser bestätigt. Denn das Licht bündelt seine Strahlen auf einen Punkt, wie man Wasser in einen Fass sammelt um zu gießen. Nur das eben Wasser der Schwerkraft unterliegt und das Licht nicht. Darum funktionieren Lichtstrahlen anderes, da sie anderen physikalischen Gesetzen folgen als Wassertropfen. So wie Leipzig im Grunde zweimal ausgestorben ist, trifft das auch für die völlig unschuldige Frau zu, die als vermeintliche Hexe bei lebendigen Leib verbrannte. Also ist mit anderen Worten mit der Ziffer **ZWEI** der Tod doppelt zum Zug gekommen. Hier widerspiegelt sich der Judenstern mit seinen **ZWEI** übereinander liegenden Dreiecken, wo die Evolution dazwischen restlos verkommt.

Denn zwischen den zwei Dreiecken wo das obere Delta auch noch seitenverkehrt gegen die Statik der Physik liegt, brauch sich keiner zu wundern, wenn es Menschen gibt die in lauf ihres Lebens einen gehörigen Verlust an Realität verbuchen und gegen den Strom schwimmen, was immer zu einen Wirbel führt und solche Wirbel sind nicht nur Morde wie der von Jack the Ripper. Nein, auch Kriege verursachen enormen Gegenwind, der sogar Ränder zu schwarzen Löchern bilden kann. Und in einen solchen irrationalen künstlichen Zustand spaltet sich der Mensch in ein Tier - Mensch mit seinen hohlen Spiegelbild. Und mit einer gespaltenen Persönlichkeit ist nicht zu spaßen. Zudem auch noch der Realitätsverlust nach Ende des II Weltkrieges in Europa zu verzeichnen war. Denn der Kontinent halbierte sich wie Deutschland und Berlin. Mehr Realität kann man nicht verlieren. Diese Kraft hat nicht mal eine handvoll Wasserstoffbomben. Das kann nur Licht der Sonne bewerkstelligen, wenn man ihre unerschöpfliche Kraft permanent missbraucht und alle Energie immer nach innen richtet. Dann halbiert sich auch in laufe der Zeit die Persönlichkeit und die Evolution verkommt zu einen Tier um Überleben zu können.

Beim physikalischen Dreilang ist das Licht und Molekül des Sauerstoff astrein zu sehen. Beide Teile des Dreilang sind zwar nicht direkt zu greifen wie Brot, weil eben Licht keine Materie ist. Auch das zum Überleben extrem wichtige Gas Sauerstoff kann nur in eine Gasflasche gebündelt werden. Aber der dritten Teil des Dreilang Ökonomie ist auch indirekt nicht zu fassen. Ökonomie kann man weder sehen, wie Licht bündeln oder in einer Flasche verdichten. Es ist wie Radioaktivität unsichtbar, geschmacklos, geruchlos und gefühllos. Und dennoch hängt jeder an dieser Wissenschaft wie der Dieb am Galgen. Nur die religiöse Radioaktivität kann man nur an der abartigen Funktion nach extremen Zeiten erkennen. Denn der Geigerzähler kann keinen einzige ökonomischen Wert rational erfassen und in einen Piepton anzeigen - bestätigen. Darum gibt es auch drei Punkte an einen Dreieck, das keine Seite die andere über den Tisch ziehen kann. Nur mit einer elenden perversen extrem verbrecherischen Schummelsoftware ist es möglich, die Physik dermaßen perfide hinter die Fichte zu führen, das es keiner merkt. Denn man ist ja ein Teil dieser bösen negativen extrem tödlichen Illusion und dem zur Folge ein Teil eines Getriebes. Und keiner soll im Glashaus als erster mit Steinen werfen. Denn der Reflex führt zurück, weil er eben ein Mosaiksteinchen der perversen religiösen Inzucht ist und sein Dasein nicht im Ansatz begreift.

Wenn wir die Vierte bis Sechste Stelle nach den ersten Komma in eine Strecke als Meter umwandeln, dann löst sie sich auf. Denn schon beim Bob nach der Bahn ist ein

Tausendstel nicht mehr als ein wenige Millimeter. Aber einteilt man dieses Maß erneut in ein Tausendstel, muss man nicht nur ein Haar, sondern einen Lichtstrahl halbieren. Denn einen Lichtstrahl kann nur ein künstlicher Gammastrahl spalten und den gibt es zum Glück nicht. Und dennoch ist Europa, Deutschland und Berlin nach Endes Hitlerkrieges halbiert wurden und der Rest unserer Erde dazu. Die Welt teilte sich im zwei feindliche Lager. Und damit fängt die religiöse tödlich Radioaktivität an ihr verheerendes Unwesen in der Evolution zu treiben. Denn im Millionstelbereich kann man schwer messen, zumal es damals kein Wissen im hochsensiblen Bereichen der Evolution gab. Und dennoch entwickelte sich die Evolution ohne sich dieser Gefahr je bewusst zu sein. Denn eine Gewehrkugel oder giftiges Molekül kann man ja auch nicht sehen.

Und ebenso wenige ein schädliches religiöses Softwareprogramm in den Köpfen der Bürger, die Schummelsoftware beim Autokonzern oder den elenden Verräter in den eigenen Reihen, der vorgibt dein Freund zu sein. Aber im Grunde den toxischen Keim zur Null in sich trägt. Denn selbst das kleinste Loch in der Materie läst Luft und kann den Tod bedeuten. Oder Sie müssen zuschustern was immer Materie jeglicher Bauart kostete. Und das summiert sich in laufe der Zeit zu einen unersättlichen Moloch, was letzten Endes Kriege sind. Oder wir züchten abartige Menschen die soviel Masse an sich binden, als hätte sie noch einen oder Zwei bis Drei Menschen gefressen. Eine Frau mit Zweihundert Kilo geteilt durch das Gewicht einer anderen normal gewichtigen Frau von Fünfzig Kilo ergibt die Ziffer **VIER**. Also sind drei Menschen bei lebendigen Leib mit **Haut** und **Haar** gefressne wurden. Haben Sie erkannt, das an diesen Beispiel der pechschwarze katholische Scheiterhaufen durchblickt. Die **Haut** ist mit **Haar** bei lebendigen Leib verbrannt und dann folge der komplette Mensch im ganzen Stück oder Einwert. Wir fressen uns als Teil eines schwarzen Loches bei lebendigen Leib auf ohne uns dessen bewusst zu sein, weil das Bewusstsein dermaßen getrübt ist, dann ein Blick in den Spiegel unmöglich ist, denn er ist ja hohl. So wie die französische Revolution ihr eigenen Kinder fraß, frisst sich der toxische Unrat bis zum absoluten Nullpunkt um die Evolution auszulöschen. Denn auch Benzin - Holz brennt bis die letzte Masse sich zu Asche und Staub verwandelt hat.

Bei den ersten beiden Teilen des physikalischen Dreiklangs hat man einen Wert, der um ihn sehen zu können, vergrößert werden kann. Ein Atom - Molekül kann man wie einen Lichtstrahl sichtbar darstellen. Aber der dritte Teil als Ökonomie ist ohne einen solchen Fakt und darum schattenlos. Aber auch der lebend angenagelte Jesus ist ohne einen eigenen Schatten und die Irrlehre welche damit unweigerlich verbunden ist auch. Aber auch die Stellen nach den zweiten Komma sind im täglichen Gebrauch sind für die Bürger unsichtbar. Nur wohnen in den dreigeteilten Dasein unzähligen Reflexe, die bei Missbrauch nur Ungemach erzeugen. Und einer dieser ungebetenen Gäste ist der weltberühmte " **Jack the Ripper** " mit seiner knochendürren blutigen Hand. Denn auch der blutrünstige Graf Dracula hat keinen eigenen Schatten, weil er eben nur in der Nacht seine Beute infizieren kann. Das wollüstige Sonnenlicht ist sein absolutes Todesurteil, weil er einen Schatten werfen muss, was er nicht kann. Auch das eigene Spiegelbild wirft keinen Schatten und ist als Hohlspiegel ein Moloch. Wenn schon der harmlose Igel eine giftige Kreuzotter bei lebendigen Leib fressen kann, was verschlingt ein Moloch? Dieses kleine Tier ist ohne das man sich dessen Sinn je begreift, bis auf die Zähne bewaffnet und die Bisse der Giftschlange verfehlen ihren Zweck.

Auch die überdimensionierte Riesenschlage als theoretische Litfasssäule die aus der Höhle als Spiegelbild Zelle für Zelle auch bei lebendigen Leib gefressen wird, ist zwar normal nicht zu bezwingen und dennoch gegen den bis auf die Zähne schwer bewaffneten Igel als Spiegelbild des Hohlspiegel machtlos. Denn neben den Eingang zur Höhle als Spiegelbild gibt es keinen Schimmer Leben. Jeder Mensch hat nur ein einziges Spiegelbild und jeder Festkörper der Physik unterliegt nur einen freien Fall. Es sei denn, man hintergeht die Gesetze der Physik und schafft sich seine eigenen künstliche religiöse Welt und schon hat man die konstanten Gesetze der Physik hintergangen und Betrug macht sich breit. Denn mit den zweiten seitenverdrehten Dreiecks des Judenstern ist ein künstliche Welt geschaffen wurden, die mit den eigentlichen Dasein nicht viel am Hut hat. In einer geblümten Welt gibt es natürlich für jedermann einen eigenen freien Fall, was zu hundert Prozent in jeden Augenblick ein Schlag ins Kontor der Physik darstellt und die nötigen bis logischen Gegenreflexe erzeugt. Und einer solcher völlig logischen Gegenreflexe ist der Krieg als Kulturgut und " **Jack the Ripper** " in Uniform in Einzahl - Mehrzahl - Kulturgut.

Sicher dauert es eine Weile bis sich die drei Stellen nach den zweiten Komma als sichtbarere Reflex darstellen - bestätigen. Doch dann ist es meist zu spät. Keiner kann über Nacht einen Weltkrieg entfesseln - abwenden oder eine Kugel in Flug aufhalten. Denn jeder Funktion ist ohne Schatten aus einen Hohlspiegel und damit voller Energie mit der dazu gehörigen Energie. Auch einen Ripper sieht man seine Lust nicht an und auch das eigenen Spiegelbild ist ohne einen blutigen Makel. Dieses Defizit in der Seele ist auch unter einen Elektronenmikroskop nicht zu sehen. Denn ein Vakuum ist einfach nicht zu vergrößern und kann ohne professionelle Hilfe nicht überwunden werden und hinterlässt dem zur Folge ein weiteres Loch in der einst kerngesunden Materie, was weiters Ungemach immer weiter unfreiwillig nach sich zieht, worauf sich auch mancher Reflex in der braunen und roten Diktatur erklären lässt. Der so genannte Führerbefehl, den es so nicht gab und dennoch von fast jedermann ohne zu zögern befolgt wurde. Also muss ja wohl **mehr** dahinter stecken als bisher lediglich angenommen. Und dieses so genannte " **mehr** " ist der unendliche Sog des Vakuum der unbändigen Evolution. Denn im negativen Bereich ist ein Tatsch nach innen entstanden, weil die Winkelfunktionen umgekehrt wurden und der Sinus in sich verdrehte, was jeden Menschen um den Verstand bringt.

So wie jedes Dreieck zum physikalischen Dreiklang und Dreisatz immer drei Ecken bis Punkte hat um astrein funktionieren zu können, reflektiert auch der dreigeteilte Tod aus den künstlichen Hohlspiegel. Denn die unschuldige Frau die als Hexe lebend verbrannte wurde ist ja auch im Grunde dreimal gestorben. Zum einen über die Haut, dann der Körper und der Verstand hat den noch warmen Körper verlassen. Selbst wenn armen Frau überlebt hätte, was zu volle Einhundert Prozent nicht möglich ist, kann sie nichts aussagen, weil sie ohne einen Funken Verstand vor den Richter steht. Zudem dieser Rechtsverdreher auch noch vom Papst geschmiert wurde und sich somit der Kreislauf zur Inzucht gegen die Evolution schließt. Das selbe Problem gab es auch nach den III Reich, wo die Zeugen nach Jahrzehnten nicht mehr in der Lage waren, ihre Peiniger astrein zu erkennen. Zudem ein einziger Zeuge nicht viel Gewicht hatte. Zumal die Opfer dieser braunen Ära als bedingten Reflex oft noch nach Jahrzehnten mit der Seele zu kämpfen haben. Denn auch nach so einer langen Zeit hat der Geist den Körper verlassen und kehrt nicht mehr zurück.

Sie sehen, das zum einen die ersten zwei sichtbaren Teile des physikalischen Dreiklangs auch im Tod als Haut und Körper sichtbar sind. Aber der unsichtbare dritte Teil als Verstand ist genau so unsichtbar wie die Ökonomie. Und ein Geist kann unmöglich vor Gericht eine Aussage tätigen. Dazu bedarf es einer festen Materie in Fleisch und Blut. Oder einen anderen Beweis von Menschen. Nur wie ist es mit der unsichtbaren radioaktiven Religion in menschlichen kunterbunten Gewand als nutzloses Licht vom Prisma, was für die Evolution nicht zu einen Millionstel Prozent taugt, da es mehrfach sinnlos gebrochen wurde? Und ohne Licht ist wie ohne Verstand und dem zur Folge ohne kernige Substanz, die aber zum Überleben mehr als bitter nötig ist. Denn eine blockierte Photosynthese ist ein toter Reflex als Evolution. Das organische Leben schleicht im Gänsemarsch auf der Abszisse so vor sich hin, was am eigentlichen pulsierenden Leben vorbei läuft. Von einen glücklichen Leben im Sinne der Evolution kann die letzen Jahrhunderte keine Rede sein. In diesen extrem zeitlichen Fenstern ist die menschliche Evolution schon mehrmals ausgestorben.

Um diese abgrundtiefe toxische Irrlehre in ihren abnormen Bestand - Dasein besser zu verstehen, ist es notwendig sie auf einen Nenner zu beschränken. Dazu nehmen wir den Zeitraum von der ersten bis letzten lebend verbrannten Hexe. Und diese Zeit in Jahrhunderten betrachtet verdichten wir auf die braune Hitlerzeit von Zwölf Jahren. Läst sich da ein sichtbar logischer - verständlicher Reflex aus der bis aufs atomare Blut gereizten Physik ableiten?

Ich meine eindeutig nein!

Denn Tausende bei lebendigen Leib verbrannte Frauen die als vermeintliche Hexen öffentlich verbrannt wurden, sprengt jeden normalen Rahmen. Falls überhaupt ein normaler Rahmen möglich ist. Denn schon eine Hexe löscht eine Stadt wie Leipzig fast doppelt aus. Von den anderen unverstandenen Verbrechen der perversen schwarzen katholischen Unzucht als Irrlehre ganz zu schweigen. Denn die unzähligen Kriege, wo mitunter kleine Völker ausgerottet wurden plus den Berg Leichen an verhungerten - massakrierten Menschen ähneln der Pest als schwarzer Tod und rottete schon fast das gesamte Menschentum in Europa hin. Zwei drittel der Bürger wurden von den Pesterreger infiziert und starben in einer historischen Zeit als Lichtsekunde. Denn von der Infektion bis zum Tod vergingen oft nur wenige Stunden, was bei einen Leben nur eine Lebenssekunde war.

Das keine einziger Mensch diese extrem lange historische Zeit des abgrundtiefen toxischen der Evolution abgewanden Katholizismus rational in einen verdichteten Zeitraum von Zwölf Jahren erkennen kann, ist es nötig diese Materie zu teilen. Selbst wenn wir dieses Zeitfenster von der ersten bis letzten verbrannten Hexe mehrmals teilen in einen halben, viertel und achtel Ton - Teil, ist nur ein pechschwarzer Fleck zu sehen, der keinen Funken organischen Lebens sein Eigen nennt. Der Tod ist überall präsent, wie zu Beginn des III Jahrtausend. Und dieser völkische Tod glimmt schon extrem lange vor sich hin und keiner mochte ihn sehen - verstehen - handeln. Lieber wird der Tod andere Menschen plus der dazugehörigen Materie in Kauf genommen. Die Schäden bis unendlichen Dauerschäden an der Evolution gingen den Leuten glatt am Arsch vorbei. Da brauch sich keiner zu wundern, wenn dann entsprechende völlig logische Gegenreflexe die Abszisse verunsichern. Denn bei jeden der unterteilten Töne ist immer nur ein ekeliger schwarzer Fleck zu sehen und der ist in jeden Fall zu vollen Hundert Prozent tödlich. Denn ohne Sonnenlicht stirbt die Photosynthese und dem zur Folge die Evolution. Da auch maßlos erhöhte Temperaturen für die Evolution in laufe der Zeit tödlich sind. Die durchschnittliche gut verträgliche Temperatur liegt bei guten Fünfundzwanzig Grad Celsius. Bei über Dreißig Grad beginnt sich der Tod über die Evolution als Leichentuch zu legen und blockiert die Photosynthese mit der davon abhängigen Evolution. Und genau das ist in den letzten Sommern in direkter Folge zu vollen Hundert Prozent der **Fall**. Und das Wort **FALL** erinnert mich an den freien **Fall**, der mit den Primzahlen zu vollen hundert Prozent kodiert ist. Denn die Abszisse ist im Grunde der waagerechte frei **Fall**.

Und dieser freie Fall ist ein veränderlich konstante Größe in festegelegten Fakten zum Wohl aller Menschen. Nun im Plusminuseinbereich der Winkelfunktionen darf sich der Mensch bewegen. Überschreitet er diesen konstanten variablen Bereich und kann nicht ausgleichen, muss er Federn lassen. Denn im selben Augenblick richtet sich im eigenen Spiegelbild der Reflex zurück, der zuvor gereizt wurde. Natürlich immer in umgewandelter Form, da ja Energie nicht einfach so vergehen kann. Sondern sie sich immer nur so umwandelt das es weh tut. Oder der logische Reflex der Physik für jedermann sichtbar ist. Auch die lebend verrannten Hexen verfehlten ihren Reflex auf die gaffende völkische Masse nicht und das war ja mit ein Ziel der verbrecherischen religiösen Irrlehre. Denn im Grunde verbrannten ja im Schmerzpegel Tausende unschuldige Menschen bei Leib & Seele. Und dieser irre Schmerz hält sich über unzählige Jahrhunderte, denn Blut ist dicker als Wasser. Und Unrecht gedeiht selten gut. Ein bitterer Nachgeschmack bleibt immer zurück und der kann im Notfall erneut zu ungewollten Reflexe führen.

Was sagen die beiden Ziffern Eins und Zwei der Herrschaft des braunen Hitlers noch aus? Das die Zahl Zwölf - 12 sich aus den Kosinus als Eins und Sinus mit der Zwei zusammen setzt. Dann wäre der Massenmörder Adolf Hitler ein humaner Lichtblick. Aber nur ein solcher Blick des Lichtes, wenn man die Geschichte der letzten Jahrhunderte verdichtet. Denn immer noch besser lebend vergast als lebend verbrannt. Diese beiden Todesarten sind nicht ansatzweise zu vergleichen. Zumal der braune Massenmörder Adolf Hitler noch physikalisch im Recht ist. Denn Judentum ist wie jede Religion ein kräftiger Schlag ins Kontor und dem zur Folge Verbrechertum, so wie es der Propagandaminister Doktor Josef Goebbels in seinen Reden von der Kanzel posaunte. Weil mit der braunen lichtfreudigen Ära sich der Sinus begann wieder über den Kosinus zu legen, was zuvor nicht der Fall war. Da lag ein düsteres Leichentuch über der Evolution um sie für immer abzuwürgen, was zum Teil nach Ende des II Weltkrieges wieder der Fall war und dieser verbrecherische Irrsinn hat wieder Schule gemacht. Denn die Umweltkatastrophen sind alle zusammen nicht einfach so vom Himmel gefallen. Da wurde kräftig nachgeholfen.

Mit den unbändigen Feuern bis Megafeuern verbrennt allmählich die Oberfläche unserer Erde wie bei der Hexe die Haut. Sicher ist es bis zum lebendigen Körper Erde noch ein weiter Weg. Doch mit den verbrannten Wäldern und Feldern beginnt der nun schon sichtbare Überlebenskampf der Evolution für die Pflanzen und Tiere. Haben Sie erkannt, das aus der Zahl Zwölf - 12 mit den Kosinus und Sinus sich diese logische Reihenfolge wieder in ihn absolutes extrem krasses Gegenteil verlehrt hatte und sich der einst quicklebendige Sinus in sich im Todeskampf erneut verdrehte um nicht auszusterben? Denn nun lagert der dunkle Kosinus wieder als unsichtbarere Faktor erneut über den Sinus um ihn für immer zu morden. Und die Leichenberge weltweit erinnern schon an den vom I Weltkrieg als Fußnote. Und Krieg bedeutet immer Not in jeder Lebenslage. Und wenn die Abszisse sich allmählich aber todsicher entzündet liegt eine Infektion vor mit noch nicht gekannten Ausmaßen. Denn auch die spanische Grippe ist ein Infektion neben den I Weltkrieg mit rund Fünfundzwanzig bis Hundert Millionen Toden weltweit. Also weit mehr als gesamte I Weltkrieg mit Siebzehn Millionen Toden als absolutes Minimum. Addiert man beide Weltkriege zu Achtzig Millionen Toden und vergleicht diesen Leichenberg mit der Influenza zu Hundert Millionen Toden, erkennt jeder ein Defizit.

Mit der Differenz ist ohne das es einer erkannte und mathematisch möglich ist, ins Minus reingerechnet wurden. Was natürlich nur über die Hauptwissenschaft **PHYSIK** möglich ist. Bloß muss man zuvor deren konstante Gesetze überlisten oder teilweise außer Kraft setzen. Mit anderen Worten wurde sie geschickt - hinterlistig über das Prismalicht hinter die Fichte geführt. Und dieses bunte Licht ist für die Evolution untauglich. Nur muss man wissen das auch dieses Prismalicht einen Ausgleich im Sinne der **PHYSIK** benötigt. Also muss im logischen Gegenzug als ausgleichendes Recht im Sinne der **PHYSIK** sich die Temperatur - Grad Celsius erheblich erhöhen um das künstlich geschaffenen Defizit auszugleichen. Denn Energie vergeht nicht einfach so. Sie wandelt sich prinzipiell so um, das es immer irgendwo weh tut. Und nun schmerzt der Magen durch Hunger. Denn in laufe der Zeit verbrennen auch bei lebendigen Leib wie die Hexen unsere Wälder und Felder, was allmählich den noch quicklebendigen Körper von innen her angreift und mit den abschwächen der inneren Konstanten, lauert der kultivierte Tod auf jeden Quadratmeter. Denn die unzähligen Megasommer in direkter Folge sind im Grunde Scheiterhaufen für die unschuldige Hexe, die im Namen der pechschwarzen katholischen Kirch öffentlich bei lebendigen Leib von der heiligen Inquisition verbrannte wurde.

Da die Ökonomie nicht wie das Licht plus Sauerstoff sichtbar dargestellt werden kann, entsteht ein unsichtbarer Schatten, der seine Spuren hinterlässt, wenn man diese Wissenschaft ÖKONOMIE hintergeht. Denn mit den drei runden Zeichen als Buchstaben im Wort ÖKONOIMIE ist der physikalische Dreiklang immer mit im Boot und bei Missbrauch schwebt eine Welle Salzwasser ins Boot und das Unglück nimmt seinen Verlauf. Und mit jeder Ecke eines Dreiecks ist immer eine harmonische Winkelfunktion mit den drei unterschiedlichen Sauerstoffarten des Dreiklangs im Boot, was kein Ungleichgewicht verträgt. Die Evolution kann ohne Licht keinen Sauerstoff über die Photosynthese bilden und die Winkelfunktionen sind ein totale harmonische Funktion mit der Ökonomie. Wenn jedes Molekül - Atom von der Physik durch sein molekulares Eigengewicht registriert wird, ist es ein leichtes den Betrug in den atomaren Reihen - Gefügen der Physik nach zu kommen. Doch wie verhält es sich wenn die hoch toxischen Moleküle der verlogenen Religionen ohne ein Eigengewicht die Materie infizieren und immer wieder eine weltweite Pestilenz auslösen? Eins solche Seuche kostete mit den I Weltkrieg im Verbund rund Hundert Millionen Menschen das Leben. Eine Milliarde Bürger waren infiziert. Nur das damals die Erdenbürger wesendlich gesünder lebten und kein einziger Vergleich zu Beginn des III Jahrtausend auch nur in etwa stand hält. Er wäre im Gegenzug aberwitzig und birgt in sich erneut den unsichtbaren Keim zu einer neuen Infektion.

Da man aber diese religiöse Radioaktivität nicht über die unbestechlichen Gesetze der Physik feststellen kann, muss sich der logische Reflex über Umwege ins Gespräch bringen. Und das sind nur dreigeteilte Reflexe, die sich über die beiden anderen Arten Sauerstoff des physikalischen Dreiklang definieren lassen. Da nun mal Ökonomie wie Religion und atomare Radioaktivität nicht zu einen einzigen Prozent sichtbar ist, muss sie sich anderes bemerkbar machen. Und das kann nur mit den Entzug von Licht und Sauerstoff sein. Und genau das war in den Gaskammern in Auschwitz der Fall. Mit den Salz Zyklon B wurde der Sauerstoff blockiert, wie mit den doppelten Dreieck auf den ersten Delta und somit ist auch das Licht restlos abgewürgt wurden, was in den Gaskammern der Fall war. Die perfiden Kucklöcher sind ein lächerlicher Hohn gegen die einst kerngesunde Evolution, die natürlich für immer aus der Strecke bleibt wie der Hasse zu den listeigen Igeln, mit den perfiden Trick zur doppelten Identität. Denn kein einziger Mensch kann auf den ersten Blick zwei Igel voneinander unterscheiden. Mit diesen perfiden listigen Trick ist die unendliche Evolution bis zum Tod wie immer hinter die Fichte geführt wurden um den Tod herbei zuführen.

Das was den Hasen im Volkmärchen widerfuhr praktizierte der braune Hitler in Auschwitz mit den ungemütlichen Gaskammern und der schwarze Hitler in seinen idyllischen schwarzen Loch. Im Grunde verdichtete man in den Gaskammern enorme historische Zeit der unendlichen Evolution auf einen einzigen

Punkt, wie der schwarze toxische Kern in einen künstlich geschaffenen Hohlspiegel. Im Grunde hat der einst kerngesunde Spiegel mit seinen geeichten Spiegelbild Licht gezogen um einen Laser zu bilden der die Evolution im Kern bei lebendigen Leib verbrennt. Und am Licht hängt nun mal der Sauerstoff wie der Dieb am Galgen. Beide Teile des physikalischen Dreiklangs ergeben nun mal im Dreierverbund die **Ö**K**O**N**O**MIE. Würgt man einen Teil ab ist die Physik gezwungen dieses Mango auszugleichen. Menschenleben spielen da keine Rolle. Wer nicht ins Raster passt fällt durch, was meist den Tod zur unausweichlichen Dauerfolge unweigerlich nach sich zieht, wie die zwei Weltkriege zum Glück beweisen.

So wie kein einziger Mensch hinter die kunterbunten Maske der Religion wie Judentum und Katholizismus sehen kann, ist es nur möglich, diese hohle Irrlehre an ihren Reflexen zu beurteilen. Selbst ein Geigerzähler ist in der verseuchten religiösen radioaktiven Irrlehre außen vor. Also ein unsichtbarer Gegner der Evolution, die aber gegen diese Art Gift nichts verrichten kann. Selbst wenn man die Hexe retten könnte, was unmöglich ist, hat der Verstand schon längst den Körper für immer verlassen. Und ohne Verstand ist der Mensch ein elender Narr. Im Grunde ist die Hexe dreimal verstorben und dieser dreifache Tod entspricht den Spiegelbild des physikalischen Dreiklangs. Jeder Organismus benötigt Licht - Sauerstoff und die unsichtbare Ökonomie um zu überleben. Ein höheres Leben ohne die Gesetze der Ökonomie ist für längere Zeit unmöglich. Nur ist die historische Zeit in der Tat im Augenmaß der Sonne ein relevante Größe? Was sind denn schon Tausend Jahre Evolution zu rund Zehn Milliarden Jahren Lebensdauer unserer Tante Klara? Selbst der rote Osten ist schon nach rund Vierzig Jahren in sich wie eine Ruine zusammen gebrochen. Der geringste Fehle als Kulturgut kann den Tod der infizieren Materie zur Folge nach sich ziehen. Bei 40 Jahren zu 100% sind bei 10 Milliarden Jahren beträgt 0,000.000.4 %. Also ein Fakt im unsichtbaren Bereich und dennoch brach dieser Unrechstaat zum Glück zusammen.

Auch die historische Zeit aller Jahrhunderte ist im Grunde nicht viel mehr, da es ja früher keine ökonomischen Gesetze wie Heute gab. Und dennoch wirken diese Gesetze wie keine Kraft im Verbund mit den Sonnenlicht plus Sauerstoff. Wird das Licht sinnlos gebrochen und dieser irre Zustand inhaliert, beginnt sich der Tod Zelle für Zelle zu holen um sie abzutöten. Mit der vierten bis sechsten Stelle nach den ersten Komma ist ein Bereich in Sechzehntel bis vierundsechzigstel Teil, wo jeder Strahl der Sonne Leben oder Tod bedeuten kann. Und im künstlichen V - Trichter wo der Schnittpunkt des V das zweite Komma bedeutet, ist ein schräger Spiegel als Hohlspiegel entstanden, wo das Licht wie in einen schwarzen Loch bis ins absolute **NICHTS** gebrochen wird und ein **NICHTS** oder **NULL** mal mit sich selbst als **Null** ist immer und zu jeden Augenblick eine **Null** oder ein absolutes **NICHTS**. Und jede Religion als künstliche Intelligenz ist ohne einen festen irdischen Kern eine materielle Todgeburt zum Nachteil der Evolution. Denn sie beruht aus handfesten Fakten aus der **PHYSIK**. Jeder Versuch die **PHYSIK** hinter die Fichte zu führen ist ein unsichtbares multiplizieren mit den Faktor **NULL**. Zumal mit der religiösen Radioaktivität ein reinrechnen ins Minus der Fall ist, weil sie eben nicht rational auch nur zu einen einzigen Millionstel Prozent feststellbar ist.

Mit der vierten bis sechstel Stelle nach den ersten Komma ist das Licht dermaßen schwach, das es nur für jede Körperzelle reicht. Und darum ist es ein Licht, was die Evolution zum Überleben benötigt. Denn in diesen dreiteiligen Dasein im Verbund mit den physikalischen Dreiklang ist die Achillesferse der Evolution. In diesen Dasein lebt der Ripper, Autist und schwule - lesbische Mensch, ohne sich dessen bewusst zu sein. Ein gebrochener Lichtstrahl kann mitunter eine Katastrophe auslösen, die weiters Ungemach nach sich zieht. Dann kann auch eine paranoide Schizophrenie entstehen, die ein Leben lang anhält. Und so eine gestörte Persönlichkeit mit dem Verlust der Realität ist ein Krieg, wo jeder Mensch mehr oder weniger zum Verbrecher wird. Denn zufuhr wurde eine Fehlinformation über die unzähligen Schnittstellen der Winkelfunktionen in die Evolution injiziert und dieses unsichtbare Verbrechen wurde kultiviert. Und dieses irrationale Spiegelbild reflektierte zurück in zwei Weltkriege mit Achtzig Millionen Toden. Denn ein solcher Krieg ist immer ein totaler Verlust der Realität mit oft tödlichen Ausgang. Denn Leichen und umher fliegende Körperteile sind nicht im Sinn unserer aller Evolution. Ebenen so wenig wie die schrumpfenden Insekten weltweit und anderer Schwund an organischen Leben.

Nur woher rührt der Realitätsverlust mit einer anschließenden gestörten Natur oder Individualität vom Scheitel bis zur Sohle? Ist es der gebrochene und kultivierte Strahl der Sonne im dreigeteilten Dasein in der vierten bis sechsten Stelle nach den Komma? Denn der ganze Ton sind die Stellen vor den ersten Komma. Dann die drei Stellen als halber, viertel und achtel Ton. Und nach den zweiten Komma die unsichtbaren Stellen als Sechszehntel, Zweiunddreißigstel und Vierundsechzigstel Ton - Stelle mit der hochsensiblen Evolution, wo kein einziges toxisches Molekül etwas verloren hat. Wird es noch weiter unterteilt injiziert, wo sich erst später ein Vierundsechzigstel Ton und größer ergeben, ist es oft schon zu spät. Da beginnt der unsichtbare Tod außerhalb der religiösen Radioaktivität sein Dasein um die Materie zu infizieren. Teilen Sie mal die drei Teile des braunen Hakenkreuzes durch die damals bekannte Materie. Also dreimal alles teilen - erneut immer wieder halbieren. Und schon steht der Kaiser nackt vor seinen Volk oder das Volk ist verschwunden. Es hat sich förmlich wie ein Leiche in Baukalk ausgelöst. Nun ist dieser Krieg das logische Spiegelbild auf den Ruin der Börse - Inflation mit den dürren Opfern des schäbigen Dauerbetruges als Religion. Und das waren nur drei Striche eines gleichschenkeligen Dreiecks. Was erwartet die Völker wenn es Sechs Striche eines doppelten Dreiecks sind und das pechschwarze katholische Harkenkreuz sich als Energiebombe auf der Erde abreagiert? Denn mit den erneuet gebrochenen Tönen mit den weiteren drei Stellen nach den zweiten Komma ist der personifizierte Tod als katholischer Holocaust - III Weltkrieg oder ein aufkeimenden schwarzen Loches, wo sich die Materie mit den doppelten Dreiecks als sechsfacher Strich restlos auflöst.

Eine braune Inflation war gerade noch so zu überwinden. Da folgte als logisches Spiegelbild der braune Hitlerkrieg mit Sechzig Millionen Toden. Dieser Fakt mit den Faktor Zehn vom Primzahlenabstand multipliziert ist der direkte totale Krieg gegen die unendliche Evolution als schwarzes Loch. Denn an diesen Punkt bestätigt sich die Hexe im direkten Vergleich zu Leipzig, die auf Grund des irren Schmerzes im Prinzip fast doppelte ausgerottet wurde. Der dreifache Tod im doppelten Atemzug des ewigen Todes oder das logische Spiegelbild als schwarzes Loch zu unserer aller religiöser Unzucht. Denn mit den braunen Hitler waren noch so vielen Menschen übrig, das ein neue stabile Banknote noch einmal erwirtschaftete werden konnte. Aber ein Volk was die Abszisse für immer verlassen hat, kann unmöglich Geldschein drucken - decken und im ehrlichen Wert vermehren. Ausgestorben ist ausgestorben und **Null** mal **Null** ist immer nur **Null**, weil es eben ein absolutes **NICHTS** auf sich vereint. Zumal diese Art von künstliche Intelligenz auch noch unsichtbare radioaktiv restlos verseucht ist und keinen normalen - ehrliche Reflex auch nur zu einen einzigen Prozent garantiert.

Jedes Dreiecks hat drei Ecken - gleich wie es charakterisiert ist. Legt man aber zwei dieser Gebilde zu einen Judenstern übereinander ergeben sich sechs Ecken und diese laden sich mit unzähligen toxischen Molekülen radioaktiv auf um die Evolution über die unzähligen Schnittstellen der Winkelfunktionen ständig zu infizieren und somit wird die Materie radioaktiv - statisch allmählich sichtbare aufgeladen. Folglich ist der Tod auf jeden Quadratmeter sichtbar präsent. Der Tod war beim braunen Hitler immer für jedermann sichtbar und nun vor den schwarzen Hitler schon lange zuvor auch für jeden Spießer im logischen Spiegelbild der unbestechlichen Physik evident. Denn schon im Vorfeld des kommenden III Weltkrieg liegen mehr Leichen auf den Straßen aller Kontinente wie Tode im I Weltkrieg. Auch der Börsenruin von 2008 war nur der seichte Vorgeschmack auf den totalen Verlust an allen Werte auf der Erde. So wie im Fegefeuer der katholischen Kirche - Gaskammern von Auschwitz ist sich in einen schwarzen Loch jeder selbst der nächste. Ein zurück ist für jedermann unmöglich.

Im Grunde ist mit jeder Ecke des gleichschenkeligen Dreiecks eine Todesart unweigerlich bei diesen entarteten religiösen Missbrauch verbunden. Denn ohne Licht der Sonne plus Sauerstoff ist auch die Ökonomie ein Todeskandidat. Weil weder das Licht noch der Sauerstoff einen Schatten bilden können und sammeln - verdichten sich in der Ökonomie ohne einen Schatten.

So ein verdichteter - versammelter Ort war Auschwitz mit seinen Gaskammer, wo 1,1 Millionen Juden vergast wurden. Nur was sagt und das?

Beispiel:
1,1 Millionen Juden die den Tod im Gas fanden
Ein durchschnittliches Alter von 75 Jahren
1,1 mal 75 Jahre ist gleich 82,5 Menschen nur pro einer Person

In den Gaskammern von Auschwitz fehlten alle drei Arten des Sauerstoffes und somit hat sich ein dreifacher Schatten gebildet. Und die Zahl von 82,5 Millionen pro Mensch entspricht haargenau den Anzahl aller Bundesbürger, über die das berühmte Damoklesschwert schwebt um den Kopf zu verwirren und der Tod blüht. Folglich hat ein unsichtbarere Geist im Form der dreifachen Dauerschattens alle Kontinente infiziert und der Tod ist ein täglicher Dauergast nun schon seit unzähligen Zeiten. Nur hat diesen unersättlichen gefräßigen Geist noch keiner gesehen wie den lieben **GOTT** in seine unendlichen überglücklichen Dasein. Nur ist es so, das immer noch jedes **GLÜCK** irgendwie als logischer Reflex in der **PHYSIK** verankert sein muss. Sonst zieht die Materie Luft und es droht ein Vakuum. Und ein luftleerer Raum - künstlicher Zustand wird nicht zu einen Millionstel Prozent und kleiner von der **PHYSIK** auch nur im kühnsten Heldentraum ansatzweise geduldet.

Denn das wäre ihr glattes Todesurteil und die Daten sprechen wohl ihre eigene unverkennbare Sprache. Nur die Aussage über Auschwitz mit den Gaskammern von 82,5 Millionen Toden im direkten Vergleich mit den drei unterschiedlichen Arten Sauerstoff vom physikalischen Dreiklang ist ein Fakt der einen den Atem im Hals stecken lässt. Da stockt auch noch das Blut in den Adern und der Wille bricht sich im eigenen Spiegelbild. Und Licht kann sich nur in einen künstlich geschaffenen Hohlspiegel gegen die Evolution brechen. Wenn bei einen Dreieck ein Winkel ein rechter ist und die beiden anderen sich teilen in ein und Neunundachtzig Grad, muss der kleine Winkel immer noch als solcher sichtbar sein. Zieht man den dünnen Winkel von einen einzigen Grad extrem in die Länge, dünnt man diese Information aus und es entsteht ein Schlitzohr mit unkonkreten Dasein. Und schon ist der Keim zu Betrug gelegt wurden und die Infektion bekommt Futter in Form von Menschen plus deren Habe. Mit diesen Knick in der Optik als Keim zur Inzucht ist der Weg in das tödliche Vakuum begradigt wurden. Und in so einen luftleeren Raum kann kein einziger Lichtstrahl harmonisch seine rationale Funktion erfüllen. Denn er ist mehrmals gebrochen - gespaltet wurden, wie Europa, Deutschland, Berlin nach Ende der II Weltkrieges. Im kommenden sich schon längst am beschränkten Horizont ankündigten III Weltkrieg gehen die Lichter für immer und ewig aus.

Was bedeutet diese Aussage über die jüdischen Insassen in den Gaskammern von Auschwitz, wo mit anderen Worten 82,5 Millionen Deutsche den Tod fanden? Ist es der unsichtbare Dschin aus Aladins Wunderlampe, der unentwegt nur Chaos und Tod jeder Nation beschert? Folglich ist jeder Bundesbürger mit den toxischen Molekülen infiziert und steckt seine lieben Mitmenschen an ohne sie dessen bewusst zu sein. Da die Winkelfunktionen auf der Abszisse in einer harmonischen Ebene funktionieren, kann der Sinus nur aus den Schnittstellen beider Achsen als Fadenkreuz impulsiveren. Und damit hängt an der Schnittstelle der physikalische Dreiklang mit den drei Arten von Sauerstoff mit ihren schattenlosen Dasein. Da aber nun mal diese Sauerstoffarten keinen Schatten bilden können, ist auch kein Spiegelbild möglich und der Tod hat ein leichtes Spiel, sich die Evolution Untertan zu machen, was ihr Todesurteil bedeutet. Denn sie stirbt wie die Umweltverbrechen zum Glück eindruckvoll immer wieder aufs neue beweisen allmählich aus. Und genau so unsichtbar wie die schattenlosen Arten von Sauerstoff, ist auch die Religion mit ihrer radioaktiven Dasein plus der Liebe Gott im Himmel. Denn dort werden alle pechschwarzen katholischen Dummschätzer plus Mitläufer landen, wenn unsere bis aufs atomare Blut gereizte Physik die Lichtwurzel aus der infizierten Materie zieht. Die ersten tödlichen Reflexe haben alle Völker dieser Erde schon in den zwei europäischen Weltkriege mit Achtzig Millionen Toden erlebt. Zudem die Fronten mit anderen Worten die Ränder zu schwarzen Löcher waren, was so noch kein einziger Mensch leider erkannt hatte. Haben Sie die geistige Parallele zu den geistigen Tod zu den 82,5 Millionen Toden erkannt? Im Grunde sind die Daten von rund 80 Millionen Toden beider Weltkrieg und den multiplizierten Berg Leichen von 82,5 Millionen Toden mit den vergasten Juden identisch.

Auf Grund der gewaltigen infizierten Materie, ist das im Grunde ein logisches für die Zukunft prägendes Spiegelbild ohne Inhalt. Denn ein Hohlspiegel kann unmöglich etwas gescheites reflektieren. Von einen ehrlichen Abbild - Ebenbild kann nicht zu einen einzigen Prozent eine Rede sein. Nun rechnen wir mal minus der 80 Millionen die auch 82,5 Millionen sein können minus der tatsächlichen 82,5 Millionen und schon ist der Beweis des Hohlspiegels erbracht. In der Tat ist Deutschland zweimal ausgestorben wie das Beispiel mit der lebend verbrannten Hexe im direkten Vergleich zu Leipzig. Denn mit der unmenschlichen Folter erhöht sich der Schmerzpegel und natürlich auch der Leichenberg. Und schon ist Leipzig etwa dreimal ausgestorben und die drei unterschiedlichen Sauerstoffarten der Evolution haben sich bestätigt, wie in den Gaskammern von Auschwitz. Auch die Ökonomie ist auf Grund der Dichte an Juden im Angesicht des Todes restlos zum Zug gekommen. Denn mehr - intensiver ging nicht. Zudem die toten Insassen im stehen ihren letzten Atemzug tätigten. Im Grunde sind sie mit der toxischen Lüge auf der noch feuchten Zungenspitze mit ihren religiösen Spiegelbild zu vollen Hundert Prozent konfrontiert wurden. So wie die zwei Dreiecke des Judenstern übereinander lagen, verhält es sich auch mit den Spiegelbild der Physik in direkten Vergleich zu den jüdischen Gaskunden und 82,5 Millionen Deutschen im Angesicht des Todes.

Man kann ohne weiteres sagen und das ohne schlechtes Gewissen, das Plus 82,2 Millionen Deutschen minus der aufgerechneten vergasten Juden in Jahren von 82,5 Millionen Menschen gleich Null ist. Denn Null mal Null ist immer nur Null, weil eben ein Hohlspiegel keinen einzigen Sonnen - Lichtstrahl natürlich reflektieren kann und dem zur Folge sich ein völlig falscher der Realität fremder Reflex ergibt, der ins Negative tendiert und somit ein ins Minus reinreichende Tatsch entsteht, der immer mehr Ungemach unweigerlich ohne das man es weis - erkennt - begreift unabwendbar nach sich zieht und keiner kann sich das Unglück in **EINZAHL** - **MERHZAHL** bis **KULTUGUT** auch nur zu einen einzigen Prozent erklären. Denn jeder Krieg ist bis zu den zwei Weltkriegen immer eine Art negatives **KULTURGUT**. Immer! Selbst wenn es zu einen Bürgerkrieg kommt, sind immer unzähligen Materieformen in freier Wahl gebunden, die zu einen Volk gehören. Denn alle Materie ist zu 99 Prozent von der Sonne gebunden und bei einer Seuche - Epidemie mit den Tod bedroht. Weil der physikalische Dreiklang immer von der Sonne abhängig ist. Und ohne das Licht der Tante Klara ist die Erde eine elende Todgeburt. Und alle Religionsträger auf der Erde sind dem zur Folge abscheuliche Totengräber ihrer eigenen verkommenen Existenz.

Und am Sinus, der nun mal an der Schnittstelle beider Achsen entsteht hängt nun mal unsere aller Evolution und nicht am Willen einer Übermenschen - Übermacht wie **GOTT**, die es in der Realität - Physik nicht zu einen einzigen Prozent gibt. Denn jeder Reflex ergibt einen logischen Gegenreflex und das bis zum Ende der Lebensdauer des Stern Sonne. Was natürlich auch für den Minusbereich gilt, wo ein irrationaler Hohlspiegel alle Energie der Sonne bündelt und allesamt Materie sinnlos verbrennt. Und ein solcher Ort mit sinnlos verbrannter Energie war Auschwitz mit seinen Gaskammern, wo alle Zeit die sinnlos mit den religiösen toxischen Molekülen sich in Luft auflöste. Denn Null mal Null ist nun mal immer bloß Null und nie und nimmer einen Wert mehr. Zudem die Religionen wie das Judentum plus schwarze Katholizismus immer und prinzipiell zu jeden Atemzug ins Negative - Minus reinrechnet und kein Grashalm im Sinne der Evolution naturgemäß genährt wird. Von einen höheren Kulturgut kann keine Rede sein, weil prinzipiell jeder Organismus vom physikalischen Dreiklang abhängt. Selbst der härteste Mann ist im Dunkeln ein Kümmerling. **JEDER!**

Denn er hängt am Licht wie der Dieb am Galgen der um jeden Preis nach Luft schnappt und in Folge der reflexartigen Funktionen sich immer weiter vom Sinus als Lichtquelle entfernt. Folglich ist er für immer von den Winkelfunktionen getrennt und der Tod ist die logische Folge. Im Grunde ein Funke wie beim Schweißen - Schleifen, wo immer tausende bis Millionen von glühenden Funken für immer erlöschen.

Und genau das ist im Krieg der Fall, wo ein Menschenleben keinen Pfifferling Wert ist, da es sie in Unmengen gab. Und genau so viele toxische Moleküle gibt es in unserer Evolution, die pausenlos ihr verheerendes mordendes Unwesen treiben und keiner kann sie stoppen, denn sie sind ja unsichtbar. Und dennoch wirken sie so unsichtbar wie der schattenlosen physikalische Dreiklang aller drei Arten von Sauerstoff, der bei Missbrauch über den künstliche geschaffenen Hohlspiegels immer schwarze Löcher bildet und die in kultivierter Form Völker in ihren unersättlichen Bann ziehen. Denn die Fronten beider europäischen Weltkriege sind immer noch Ränder zu schwarzen Löchern. Die Summe der Leichen beider Weltkriege ergeben immer Völker und das schon als Kulturgut. Denn ein Krieg ist immer ein Kulturgut zum Nachteil unserer aller Evolution und das bis zum völkischen Exzess als schwarzes Loch.

Was umhüllt den Menschen ein Leben lang? Die drei unterschiedlichen Teile des physikalischen Dreiklang als Sauerstoff, Sonnelicht und Ökonomie. Wird aber gegen die Gesetze der verstoßen und ein Teil begünstigt, müssen die anderen das Defizit ausgleichen, was nicht immer möglich ist. Und schon entsteht ein unsichtbarere kaum zu beziffernder Brennpunkt, der immer mehr Materie gegen deren Willen bindet. Und schon ist man von eine unsichtbaren Macht - Materie eingehüllt ohne sich dagegen wehren zu können. In Folge wird immer mehr eine einst kerngesunde natürliche Materie von eine unbekannten Macht eingenommen - umhüllt und der Irrsinn ist ein ungebetener Dauergast, ohne das man sich irgendwie dagegen wehren kann. Denn dieser teuflische Dauergast ist in seinen toxischen Wesen rational nicht sichtbar. Eben so wenig wie die drei Teile des physikalischen Dreiklang. Denn ein schattenloses Dasein ist auch der Graf Dracula - Herr der Nacht, der in seinen eigenen Schatten in lustiger Manier immer mehr Menschen mit den Tod infiziert, in dem er ihnen das Blut abzapft und mit seinen toxischen Speichel den Tod verabreicht. Und genau nach diesen Prinzip verseucht - infiziert jede Religion über die unzähligen Schnittstellen der Winkelfunktionen auf der geeichten waagerechten Abszisse die Evolution. So das der Tod in laufe der Zeit nur die passende Antwort auf dieses schreckliche Verbrechen sein kann.

Von welchen drei Teilen ist die unschuldige Hexe auf den Scheiterhaufen eingehüllt um den reinigenden Tod zu empfangen? Vom Licht als Feuer vom verbrauchten Sauerstoff um zu ersticken, der noch in beißenden Rauch gebunden ist und von der Ökonomie, weil Tausende dumme Gaffer zu Tode geschockt werden, was ein gewünschter Nebeneffekt ist. Je mehr bei Leib & Seele geschockt sind, um so weniger stellen unerwünschte Fragen. Und genau so funktionierte das systematische Vergasen der Juden in den Gaskammern von Auschwitz. Das Licht wurde genommen, der Sauerstoff mit den Gas Blausäure gebunden und da die Juden im eigenen toxischen Angesicht stehenden Fußes starben, weil kein Platz zum freien Fall da war, kam die Ökonomie zu Zuge. Haben Sie erkannt, das mit den Recht der vermeintlichen Hexe das Licht mit den Feuer kam und beim Unrecht der Juden das Licht im Gas ging. Zufall oder Absicht der Physik? Ist diese unumstößliche Tatsache der logische Reflex auf den künstlichen Hohlspiegel? Gibt es in so einen hohlen Spiegel auch nur eine einzige Konstante - außer den Tod?

Ich meine eindeutig nein!

Von welcher unbändiger Materie wird jeder Erdenbürger auf der noch bewohnten eingehüllt? Genau, von unzähligen Naturkatastrophen weltweit und ein

Ende ist zu vollen Hundert Prozent nicht in Sicht. Im Hochwasser ist das Licht und der Sauerstoff zu vollen Hundert Prozent gebunden. Und ökonomisch sammelt sich Wasser immer an der tiefsten Stelle. Das gilt auch für Schnee plus Lawinen. Schnee taut und ist erst festes Wasser und auch Lawinen sind nur festes bewegendes Wasser. Feuer ist klar und Frost im Grunde auch, da jeder Impuls der Evolution im Keim erlöscht und auch die Ökonomie ist außen vor, da sie sich auflöst. Die Staubstürme binden das Licht plus den Sauerstoff und ökonomisch wirbelt die Kraft auf einen engen Radius. Haben Sie erkannt, das immer der dreigeteilte physikalische Dreiklang mit den Tod verabreicht und auch der Dreisatz sich beginnt allmählich aufzulösen. Und ohne eine konstante physikalische Größe ist kein Leben im Sinne der stabilen Physik mit der Evolution möglich. Denn der leibhaftige Tod lauert mittlerweile auf jeden Quadratmeter der Erde und dort laufen auch die toxischen Religionsträger um ihren tödlichen Dreck in die Evolution zu injizieren. Das dieses Gift seine Reflexe auf Kosten der Evolution auslebt dürfte noch klarer sein als jenes blöde Amen nach den saudummen Gebeten in den Tempeln des religiösen Irrsinns als negative Irrlehre.

Wenn man ohne es zu ahnen ständig mit den toxischen Molekülen in Minus oder Negative reinrechnet - agiert - funktioniert, entsteht in laufe einer langen Zeitschiene mit den umgekehrten Winkelfunktionen plus in sich verdrehten Sinus ein Drall nach innen der im Grunde als leibliche Inzucht immer die Sinne verwirrt und mehr schadet als nützt. Da entstehen dermaßen harte Konflikte die meist mit Gewalt - Krieg gelöst werden und aus der systematischen Delle auf der für alle Zeiten geeichten Abszisse entstehen die Schützengräben beider Weltkriege die im Grunde schon Ränder zu schwarzen Löchern sind, die in der Tat ohne das man sich dessen je nur zu einen einzigen Prozent bewusst war, Völker fraßen. Denn schon mit Verdun verschwanden Siebzehn Millionen Menschen, wo fast ganz Skandinavien entmenscht wurde. Und das Fundament ist die restlos entmenschte Evolution durch die toxischen Moleküle, die pausenlos alle Atome aus ihren Stammgittern - Gefügen reizen um nur Chaos zu verursachen, so das keiner merkt, das es im Grunde keine reelle - ehrliche Materie ist. Sondern immer nur ein negativer Eingriff ist die sterile Physik.

Denn die Religion ist entweder ein verdichtete Materie wie dem toxischen Judentum oder pechschwarze katholischen Irrlehre mit aufgeblasenen Charakter. Oder es trifft beides zu, denn in den Synagogen der Juden - Kirchen der Katholiken wird das Licht pausenlos in seine Bestandteile gebrochen - zerlegt, so das es für die Evolution nicht mehr brauchbar ist. Das gleichen trifft auch für die Schützengräben der Soldaten zu, wo das Licht im Pulverdampf erlischt und der schwarze Mann als schattenloser Tod zum Zuge kommt. Von einen physikalischen Dreiklang plus Dreisatz im positiven kann im Krieg keine Rede sein. Denn jeder gebrochenen Lichtstrahl der Sinne oder manipulierte bis sinnlos gebrochenen Strahl, hinterlässt in der unendlichen Evolution Spuren bis extrem tiefe Narben wie die Schürzengräben an den Fronten zweier Weltkriege mit den dazu gehörigen unendlichen Leichenbergen, wo komplette Völker für immer sich im Schein der Sonne auflösten. Denn jeder Heiligenschein und sei er noch so geschickt manipuliert, verdrängt eine kerngesunde Materie um den giftigen religiösen Dreck auf Kosten der Evolution unentwegt zu kultivieren und das ohne Rücksicht auf Verluste.

Nur hängt an jeden Sonnenstrahl im Grunde ein Atom bis dazu gehörige Gefüge der entsprechenden Materie.

Im Grund wie der Dieb am Galgen oder die Bitterstoffe an den Enden in der Gurke mit den Aromen. Züchtet man diese bitteren Stoffe raus um Materie zu sparen, erlöscht der aromatische Geschmack und der Betrug ist salonfähig geworden. Und betrogen wird heute zu Beginn des III Jahrtausend zu jeden Atemzug und Quadratmeter auf der noch belebten Erde. Denn das logische Spiegelbild auf den Betrug am Sinus der Physik sind die unbändigen - unauslöschbaren der bis aufs atomare Blut gereizten Physik mit ihren unzähligen Naturkatastrophen. Wo jeder Reflex den Charakter einer atomaren Kraft auf sich vereint. Teilweise kontaktierten schon mehre Atombomben zu einer unendlichen Wasserstoffbombe, die in ihrer Kraft sowohl theoretisch bis praktisch unendlich ist. Denn mehre dieser Wasserstoffbomben können sich in einen Hohlspiegel platzieren, denn jeder Mensch benötigt in seinen Sein das unerschöpfliche Licht der Sonne. Also ist die Kraft der ungebundenen Sonne noch wesendlich gewaltiger bis unendlicher als die Kernwaffen plus B & C Waffen.

So auch die Weltreligionen wie das Judentum plus Katholizismus nebst Christentum mit den lebend angenagelten Jesus am hölzernen Kreuz der religiösen Einfallt. Mit diesen unbeschreiblichen Dauerverbrechen ist die Evolution plus freien Fall lebend angenagelt wurden und das irre massive Fundament zu den saudummen Dogmen oder starren - unverrückbaren Lehren der religiösen Irrlehre gelegt wurden. Also ein Spleen zum eineindeutigen Nachteil der Wissenschaft, die zu tun hat, sich den leibhaftigen Tod vom Leib zu halten, was oft nicht immer gelang. Selbst im III Jahrtausend ist die religiöse Irrlehre noch immer präsent. Denn so wie die Sonne für **jedermann** scheint, bildet sich auch für **jedermann** in einen künstliche geschaffenen Hohlspiegel im Zentrum ein schwarzer Kern als lebendige Krebszelle, um alle anderen noch gesunden Zellen zu infizieren, was natürlich den Tod zur unausweichlichen Folge nach sich zieht. Ein infizierten Körper ist eine nackte Todgeburt. So wie der Kaiser nackt vor seinen Volk steht. Es kann aber auch sein, das er ohne Volk völlig nackt steht und für immer abdanken muss, da die menschliche Evolution für immer erlöscht, was im III Weltkrieg als schwarzes Loch - katholischer Holocaust der Fall sein wird.

So wie die Evolution über den Sinus an der Sonne hängt, wie der Dieb am Galgen, muss dieser logische Reflex in der Mathematik über die Physik verankert sein. Denn vor der Zahlenwissenschaft rangiert die allumfassende rational funktionierende Physik mit ihren für jedermann gültigen Gesetzen als konstante Fakten unserer unendlichen harmonischen Evolution. Und diese konstanten physikalischen Größen bildeten sich in laufe der Evolution in Milliarden von Jahren allmählich über den Luftdruck heraus. Da kann nicht einfach so ein dahergelaufener Dummschwätzer mit seinen saudummen Spleen diese konstanten Fakten nach Gutsherrenart über den Haufen werfen. Da aber die Physik erstmal diesen gesetzten - gereizten Reflex bedienen muss, ist es oft schon zu spät für eine Umkehr und weiteres Ungemach bahnt sich seinen Weg unaufhaltsam durch die Evolution. Denn mit einen Tatsch nach innen, ist meist jeder Weg in die ehrliche Evolution versperrt, ob wohl ein ehrliches Wort oft Berge versetzen kann. Nur wer gibt öffentlich zu, das er ein elender oft noch verkommender Betrüger ist? Diese Schamesröte will keiner zur Zierte. **KEINER!** Würde ein König einen Bettler seine Krone schenken?

Ich meine eindeutig nein!

Er würde lieber den Tod des Mitmenschen billigend in Kauf nehmen und das ohne die leisesten Skrupel. Und genau so agiert der Papst in seiner goldenen Gummizelle. Er schwätzt den lieben langen Tag und bespricht im Stil der Kaffeesatzleserei fast schon tote Materie ohne sich dessen je zu einen Atemzug bewusst zu sein. Denn er hat im Sinne der Physik plus Evolution keinen Funken Bewusstsein. Er glaubt so was zu besitzen und ist folglich von seinen irrationalen Dasein nicht zu einen lebendigen Hauch abzubringen. Eher nimmt er die völkischen Tod als schwarzes Loch billigend in Kauf. Denn er hat mit den künstlich geschaffenen Hohlspiegel einen toxischen pechschwarzen Krebskern geschaffen von dem er zu vollen **EINHUNDERT** Prozent überzeugt ist, das er im absoluten **RECHT** ist. Nur ist er nicht zu eine einzigen **MILLIONSTEL** Prozent im **RECHT** und das bedeutet einen Leichenberg in dieser Größe. Die weltweiten Kriege blasen alle zusammen in dieses toxische pechschwarze Horn. Mittlerweile pfeifen es schon die dummen Spatzen mit ihren Spatzenhirnen von den Kathedralen des religiösen Irrsinns. Nur kein vermag den lieblichen Gesang als Ohrenschmaus richtig deuten. Eigentlich schade! Vielleicht kann man was von der Natur lernen? Es lohnt sich mal genauer hinzuhören. Glauben Sie mir, man lernt nie und nimmer aus.

Da alles organische Leben am Licht der Sonne hängt, muss es einen Bezug zu dieser Lichtquelle geben. Selbst in den Gaskammern von Auschwitz war ein Guckloch von seriösen Zweck. Denn auch zwischen den zwei überlagerten Dreiecken des Stern der Juden, wo eines seitenverkehrt war, ist ein dünnes Schlupfloch für das Licht möglich. Nur reicht das nicht um die Evolution in vollen Zügen am Leben zu halten. Denn jeder gebrochene - blockierte - vergiftete Lichtstrahl hinterlässt Spuren - oft so tiefe Narben in der Evolution, das alle Konzentrationslager plus den Gaskammern von Auschwitz stehen für diesen perfiden Missbrauch an

Evolution über die natürlichen Gesetze der Physik. Sehen Sie, allmählich erhält jedes noch so geschickt getarnte oder maskierte Verbrechen einen Sinn und die kunterbunte Maske der Religionen fällt für immer vor den Augen der Völker. Denn Betrug dieser schweren verbrecherischen Art bedarf eines fast unsichtbaren Luftpolsters um sich selbst den Tod vom Leib zu halten, was allerdings nicht gelingt. Die Pest beherrschte den gesamten Kontinent. Und der schwarze Tod war auf jeden Quadratmeter in vollen Zügen präsent. Dabei verlor Europa etwa zwei Drittel der Bürger.

Dieses mal erwischt es die **Erde** als Festkörper der Physik, weil auf jeden Flecken unserer noch belebten **Erde** - Kontinent der freie Fall die Nummer **EINS** ist und nicht das saudumme Dogma der flachen Scheibe als **Erde**. Und diese mehr als verbrecherische **Irrlehre** ist Heute zu Beginn des III Jahrtausend immer noch mehr in den hohlen Köpfen der Erdenbürger präsent, wie die Schrecken beider europäischen Weltkriege mit rund Achtzig Millionen Toden. Wie Sie bereits wissen, ist im Grunde Deutschland wie die Stadt Leipzig zweimal abgebrannt. Einmal in jeden Weltkrieg und dann addiert noch mal als gigantischer Leichenberg auf einen Haufen. Und dieser Berg toter Menschen reicht bis hoch auf Wolke **SIEBEN** zu Pontifex Maximum oder den Stellvertreter **GOTTES** auf **Erden**. Haben Sie nun endlich erkannt, das jede Religion immer eine elende Todgeburt der Evolution ist und nur Ungemach zu jeden Atemzug den das Opfer dieser Irrelehre inhaliert, den Tod begünstigt. Damit wird die Pest als schwarzer Tod mit den Gewicht der feuchten Zungenspitze kultiviert.

Wie Sie wissen ist die Hexe im Grunde mit dem natürlichen Spiegelbild der Physik im physikalischen Dreiklang gestorben. Denn ihr nütze weder die Sonne, noch der Sauerstoff etwas, weil sie eine Gefangene der religiösen schweren verbrecherischen Irrlehre war und als ökonomische Größe alle Energie in ihren Leben auf einen Punkt als lebendiger Scheiterhaufen bindet. Dieser schreckliche Mord ist der wahre toxische Kern im Zentrum des künstlichen Hohlspiegels, der als unsichtbarer Laser jeden Tag die Erde erwärmt und folglich die Oberfläche der Erde bei lebenden Sinus wie die Hexe verbrennt. Und ohne Haut ist die Frau wie die Erde eine Todgeburt wie die irren saudummen Dogmen dieser katholischen Irrlehre, wo jedes Wort eine glatte Lüge ist oder den krummen Weg zu ihr vorgibt - ebnet - einleitet. Denn das Innere eines hohlen Spiegels ist immer eine Kurve wie bei einer Banane. Niemals kann eine Kurve ein kerzengerade Strecke sein, da sie mehr Länge für die selbe Gerade beansprucht. Also bindet sie mehr Energie als normal von der Physik vorgegeben. Berücksicht man diese unumstößliche Tatsache nicht und gibt das Wissen zum besten, ist man ein krummer Hund, was im Grund jeder Geistliche, Politiker und Erdenbürger ist.

Denn mit jeder Lüge und das gleich zu welchen Zweck, verändert jeder die inneren Werte der Physik und somit den eigenen Spiegel als Reflex zum Dasein. Mit einen solchen manipulierten Spiegelbild ist der Irrweg in den völkischen Tod förmlich zu vollen Hundert Prozent vorprogrammiert. Oder die Erde verlässt ihre vordatierte Bahn zur Sonne. Mit dieser indirekt veränderten Umlaufbahn verändert sich das Klima und der Tod beherrscht die Szenerie, was mittlerweile jeden Tag auf der noch belebten Erde leider der **Fall** ist. Im Grunde haben die Religionen mit ihren verdummenden Dogmen den freien **Fall** verändert und somit jedes konstante Maß der unbestechlichen Physik. Und mit einen veränderten freien **Fall** ist der Irrweg in den Tod für jeden Menschen zu **vollen Hundert Prozent** vorprogrammiert. Und die Symptome sind zu

Beginn des III Jahrtausend sind zu **vollen Hundert Prozent** unverkennbar. Die Merkmale zum verlassen der Umlaufbahn der Erde um die Sonne sind mit den indirekten Zeichen identisch und bedrohen jede keimende Zelle auf der noch lebendigen Erde. Sicher kann die Erde ihre vordatierte Umlaufbahn nicht verlassen. Aber die logischen bis natürlichen Reflexe der Physik aus den Hohlspiegel sind als indirekter Reflex gleich. Einen Unterschied kann man kaum feststellen und folglich ist der schwarze Tod für jedermann präsent.

Wenn Sie die Hauptwissenschaften am hölzernen Kreuz der religiösen Einfallt von Eins bis Neun als ganze Primzahlzahl Neunzehn mit einander multiplizieren, ergibt es die Dreihunderteinundsechzig. Also einen Vollkreis der von Dreihundertsechzig Grad plus einer Eins. Da aber der Vollkreis der Physik nur Dreihundertsechzig Grad beträgt, muss die zusätzliche Eins einen tieferen Sinn ergeben. Nur muss man den Code der individuellen Primzahlen knacken und analysieren. Der Vollkreis unserer Physik besteht zu vollen **EINHUNDERTR PROZENT** aus Dreihundertsechzig Grad und keinen Grad mehr. Also muss mit anderen Worten von den Hundert Prozent ein Prozent abgezogen werden und es stehen nur noch Neunundneunzig Prozent zu Buche. Das eine Prozent beinhaltet die normale Inflationsrate der Evolution. Nicht der Physik, da sie nicht zu einen Millionstel Prozent sich zersetzen kann. Sie ist für die Brenndauer der Sonne zu vollen Hundert Prozent wie der freie Fall präsent.

Zu einer Inflationsrate gehört in der unendlichen Evolution das Alter, was jeden Organismus begleitet. Das sind graue Haare, Falten, der sich allmählich abbauende Körper eines Menschen plus die sich abbauende Fitness. Aber niemals darf es ein Knochenbruch sein, fehlende Körperteile wie in einen Krieg, sich auflösende Familien plus Dörfer. Oder gar komplette Städte - Völker wie in den zwei Weltkriegen. Sicher hängen an den einen überschüssigen Grad der 36**1** ° die gesamte Evolution. Aber nur deshalb, um die Gesetze der Natur zu berücksichtigen, so das keiner einen krummen Weg auf Kosten der arglosen Menschen begehen kann. Das heißt nicht, das eine Grad einfach so von den Hundert Prozent abziehen und diesen Irrweg bis in den Tod geradewegs ohne tiefgründig nachzudenken begehen. Denn ein Irrweg folgt stets eine Unlogik und die begründet immer Ungemach, da sie auf Unrecht beruht, was nicht immer für jedermann erkennbar ist. Begonnen hatte es mit der abweichenden durchschnittlichen Temperatur in der Sahara. Nun steht eine erhöhte ganze Ziffer vor den Komma und folglich vor jeder Tür der allumfassende Klimatod auf der Erde. Die tödlichen Vorzeichen sind für jedermann sind weltweit unverkennbar.

Sicher kann man ohne eine Sommersprosse plus Körperzelle problemlos leben und keiner schert sich einen feuchten Kehricht. Doch damit geht auch der Verlust an Seele einher und ein Vakuum wie Sie wissen kann der Mensch schwer aus eigenen Antrieb lösen. Folglich ist die Physik als Opfer dieser Unzucht und der Mensch gezwungen dieses künstliche Defizit mit allen zu Macht stehenden Mittel auszugleichen. Damit hat der Ripper mit der Vierten bis Sechsten Stelle nach den ersten Komma das Licht der Welt erblickt. Was das bedeutet kann jeder in den Trillern sehen. Jack the Ripper aus London im Jahre 1888 hat Hochkonjunktur. Mittlerweile ist die Evolution über die Physik schon so weit verkommen, das die **PHYSIK** in eigener Regie zum Ripper verkommt und keiner kann sich davon erwehren. **KEINER!** Denn die sinnlos ausgelösten

Atome aus ihren atomaren Gittern - Gefügen sind im Grunde die Kugel in Uniformen beider Weltkriege als doppelte **TOD** wie die zwei Dreiecke im Judenstern, wo eines seitenverkehrt steht. Damit wird der Kosinus über den Sinus gelegt und jener Sinus in sich verdreht, so das keiner mehr in diesen Chaos durchblickt und schon hat der elende perverse Verbrecher für sich ein Zeitfenster geschaffen, was er allmählich aber systematisch ausbaut und das immer - prinzipiell zum Nachteil unser aller Evolution.

Welche Funktion ist mit den einen überschüssigen Teil des Vollwinkels von 360° plus den einen Teil unmittelbar verbunden? Der eine überschüssige Teil der eigentlich keinen Sinn gibt, ist das Zünglein an der Waage von der Dreihunderteinundsechzig aus der multiplizierten Primzahl Neunzehn. Mit dieser Primzahl ist jede Wissenschaft am Kreuz der religiösen Einfallt bei lebendigen Leib mit den dürren Jesus angenagelt wurden. Denn diese Lehren sind im Grunde alle Hauptwissenschaften, welche von der Physik über ihre Allmacht geschaffen - begründet werden. Wird ein Lichtstrahl der Sonne gebrochen muss ein Atom sein Leben geben und als logischer Gegenreflex ein Stück Evolution bis zu Körpergliedern, Menschen, Familien, Dörfern, kleinen bis größeren Städten, Staaten und nun im III Weltkrieg als schwarzes Loch Kontinente als Teile der Erde. Denn mit jeden blockierten - berochenen - manipulierten Strahl der Sonne ist ein Keim zur Infektion gelegt wurden. Und ein Krieg ist mit anderen Worten immer eine mechanische Infektion. Und die Influenza um den I Weltkrieg ist im Grunde der doppelte Tod wie die zwei Dreiecke des Judenstern, wo das Licht der Sonne blockierten - berochenen - manipulierten wurde um den Tod über die vielen Schnittstellen der Winkelfunktionen auf der geeichten waagrechten Abszisse in die Evolution zu injizieren.

Da diese schwere verbrecherische religiöse Sauerei kein einziger Mensch merkt, hat der perfektionierte - kultivierte wohl organisierte Tod anfangs ein leichtes Spiel, die Gesetze der Physik geschickt perfide von hinten aus der Identität zu manipulieren. Im Grunde wie ein Heckenschütze der sich perfekt - fast genial hinter seiner religiösen Maske versteckt und keiner kann den wahren toxischen Impuls erkennen. Selbst unter den Elektronenmikroskop ist dieses hoch giftige Molekül nicht sichtbar. Was bedeutet, das die Religion im Grunde einen restlos schattenloses Tod auf sich bezieht und damit sind alle drei mannigfachen Sauerstoffarten des physikalischen Dreiklang gebunden. Denn sowohl die Sonne als der Sauerstoff können aus eigenen Antrieb keinen Schatten bilden und die Ökonomie ohne hin nicht. Denn sie ist ein Produkt dieser gigantischen beiden Energiebomben und kann nicht mit einen dummen Trick eines perversen Gauklers ausgetrickst werden. Zum Glück ist unsere Physik eine alle Materie beherrschende **ALLMACHT** und nicht eine künstliche Figur die als **GOTT** den unwissenden Menschen injiziert wird. Im Grunde wurde die Evolution über viele Jahrhunderte pausenlos verdummt - vergiftet, was zu Beginn des III Jahrtausend den völkischen Tod zur unausweichlichen Folge unweigerlich nach sich zieht.

Wenn Sie den brennenden Menschen eine Decke überlegen, erlischt rasch das Feuer und der Tod ist abgewandt. Auch die Evolution reagiert nach diesen Rundgesetz der Physik kein Sauerstoff auch kein Feuer - Leben. Denn Feuer ist wie die Sonne ein extrem wichtiger Bestandteil des wohl organisierten organischen Lebens. Wird diese Reflex blockiert - fehlgeleitet - gebrochen droht der Tod. Dieses abscheuliche Exzess kann ewige Zeiten dauern. Denn die Evolution lässt sich nicht so einfach mit einen perversen Gauklertrick hinter die Fichte führen. Da ist die unbestechliche Physik zu jeder Sekunde - Lichtsekunde präsent um die elenden Schwerverbrecher zu richten. Und genau diese religiöse jüdische Reflex ist der Tod aller infizierten Materie. Nicht umsonst brachen in Europa zwei verheerenden Weltkriege aus mit Achtzig Millionen Toden. Gäbe es kein blockierendes religiöses jüdisches Symbol, was ohne hin nicht in der Physik verankert ist, lägen auch keine Leichenberge auf der Abszisse. Und dieser immense Berg Leichen reicht hoch bis in den religiösen katholischen Himmel zum Pontifex Maximus - Stellevertreter Gottes auf Erden. Ist diese religiöse extrem schwer toxische infizierte Kunstfigur wirklich für die Evolution wichtig?

Ich meine eindeutig nein!

Wenn ja, wo liegt sein Sinn und lässt sich dieser Sinn auf ein einziges Gesetz der Physik im positiven beziehen? Wo liegt der Sinn in einen gebrochenen Lichtstrahl? In einer weit nach oben verschobene Abszisse, die eigentlich für die Brenndauer unserer Sonne von rund Zehn Milliarden Jahren als absolute Konstante geeicht ist? Haben Sie erkannt, das die Zahl Zehn - erste Zahl nach den Zehn Ziffern ist und den Abstand der Primzahlen mit den eingerechneten Sinus beträgt. Denn die Zwanzig als maximaler Primzahlenabstand ist mit den teilenden Sinus immer nur die **ZEHN**. Da **Zehn** mal **Zwei** gleich **Zwanzig** ist. Blockiert man die Evolution über die Photosynthese, in dem man den physikalischen Dreiklang plus Dreisatz mit einen zweiten überflüssigen Dreieck blockiert, sitzt der Tod mit im Boot um auf dieses mistige tödliche Problem hinzudeuten. Und diese Unzucht löst fast immer Kriege und löscht meist Völker aus. Denn ein multiplizieren mit der Null ergibt immer nur eine glatte Null. Also sind die Pfaffen - Juden im Grunde glatte perverse toxische Null und das über den Tod hinaus.

Haben Sie begriffen, das an den Wert über der Summe des Vollkreises von 360° als Hundert Prozent als der eine Wert von **EINS - 1** die gesamte Evolution wie an einen seidene Faden hängt. Und reist dieser Faden als Lichtstrahl, ergeben sich Probleme, die keiner zuordnen kann. Denn die Summe aller Vier Quadranten von je 90° ist eben ein Vollkreis von 360° und keinen Lichtschimmer mehr oder weniger. Denn bei jeder noch so geringfügigen Irritation muss die Physik irgendwie ausgleichen und wenn es das Leben von kompletten Völkern kostet, wie die zwei Weltkriege immer noch nach unzähligen Jahrzehnten eindruckvoll beweisen. Denn ausgestorben ist ausgestorben und bleibt ausgestorben und Null mal Null ist immer nur Null. Im Grunde ist das Prinzip wie bei der grünen Schälgurke, wo an beiden spitzen Enden die notwendigen Bitterstoffe rausgezüchtet wurden. Nur hängen an diesen bitteren Stoffen die Aromen für den wohltuenden Geschmack. Werden diese Bitterstoffen rausgezüchtet, verliert das Gemüse seinwertvolles Aroma. Wird der Sonnenlichtseidenfaden blockiert, erlöscht in laufe der Zeit die gesamte Evolution. Die Pflanzen und Tiere könnten sich davon zur Not noch erholen. Aber der Mensch als Spitze der Lebenspyramide bleibt auf der Strecke.

Addiert man die Neun lebend angenagelten Hauptwissenschaften am Kreuz - Jesus der religiösen Einfallt, ergibt sich die erste Zahl Zehn. Denn Eins plus Neun ist Zehn. Es fehlt zwar die Null als erste Ziffer als Fundament, woraus alle Ziffern - Basis der Zahlen und Lettern stammen, doch ist der Vollkreis von 360 ° der Kreis als Null der Physik und somit ist die Erde als Symbol Null und Fundament aller Wissenschaften immer mit im Boot. Und die gesamte Mathematik besteht prinzipiell aus **ZEHN** Ziffern und ist der **PHYSIK** untergliedert. Folglich sind in jeder Null alle Ziffern und Druckbuchstaben verankert und damit alle anderen unterteilten Hauptwissenshaften mit den erneut unterteilten Wissenschaften, und das über alle hin, wo die Sonne hin scheint und so lange wie sie noch am Himmel brennt. Subtrahiert man etwas Materie um einen krummen Deal zu gewährleisten, wie es die irren Religionen praktizieren, ist immer mit den toxischen Judentum - Katholizismus - Christentum ein verdeckter Betrug verbunden, den keiner als solchen erkennt - begreift - sieht und schon entsteht eine Art religiöse Radioaktivität, die pausenlos Materie - Energie frisst, bis alle Materie nebst Menschen wie in einen schwarzen Loch verschwunden ist.

Nur woher stammen die schwarzen Löcher auf der Erde, wo die Fronten beider Weltkriege Ränder zu solchen Löchern sind? Sind in der Tat unsere Zwei Lippen als Werkzeug im übertragenen Sinne die symbolischen Ränder - Fronten zu diesen alle Materie fressenden Löchern? Denn jedes toxische Molekül - religiöse Symbol stammt aus den Hirnen der Menschen und wird über den Mund besprochen. Einen anderen Weg gibt es nicht. Zudem der Mensch als Allesfresser auch in der Tat mittlerweile alles frisst und somit auch sein eigenes Fleisch und Blut. Denn der verfettete Teil aller Dicken hat mindestens einen Menschen verschlungen. Da nun mal die Frau leichter ist als der Mann, ist es möglich, das der weibliche Teil der Evolution vor den männlichen ausstirbt, wie mit der Sollbruchstelle in der Evolution die Krokodiele zu der maßlos erhöhten Umwelttemperatur. Und diese unsichtbare Sollbruchstelle ist der seidene Teil als **Lichtfaden** über den Wert als Multiplikationsfaktor der Primzahl Neunzehn als 361 minus **1**. Damit steht der Vollkreis der Physik zu vollen Hundertprozent auf den

Spiel, wenn man die absolut konstanten Gesetze der Physik verändert.

Mit den Lügenmaul - Lügenmäulern der toxischen Juden - Katholiken - Christen, ist die Physik über die Evolution und umgekehrt dermaßen stark aufgeladen wurden, das diese religiöse Radioaktivität alle ABC - Waffen bei weiten übertrifft. Und an diesen Lichtha<u>r</u>ken hängt nun mal die gesamte Evolution mit Mann & Maus auf allen noch belebten Kontinenten. Mit den braunen Hakenkreuz ohne (<u>r</u>) waren nur ein Prozent der Menschen auf der Erde gestorben und folglich nach den erhobenen Zeigefinger des I Weltkrieges und weit nach oben ausgestreckten rechten Armes des Führers kommt nun das schwarze HA<u>**R**</u>KENKREUZ zum Einsatz, wo die dritte Seite des Kreuze zwar geschlossen ist aber nicht sichtbar, weil man ein Gas nicht sehen kann. Oder können Sie Sauerstoff sehen oder gar die Ökonomie plus Radioaktivität der Religionen plus Kernwaffen? Haben Sie schon mal den viel gepriesenen heiligen Geist des pechschwarzen abgrundtiefen irren Katholizismus gesehen? Davon mal abgesehen, wäre das perfide Guckloch in den Gaskammer von Auschwitz der unsichtbare Lichtha<u>r</u>ken des einen Teils über der 360 als hundertprozentiger Vollkreis der Physik zum umfassenden völkischen Tod aller Völker auf der noch belebten Erde.

Wenn wir die Null als Vollkreis der Physik ansehen, und jede Ziffer - Letter aus dieser Basis - Vollkreis mit den Fadenkreuz stammt, ist jede Funktion mit den Sinus plus Kosinus unmittelbar verbunden, ohne das sich der Bürger darüber im klaren ist. Daher rührt auch das trübe - oft mangelte Bewusstsein, wo dann der oft zitierte Teufel als innerer Schweinehund zum Zuge kommt. Doch ein Leben auf der Erde ohne ein gefestigtes - organisch strukturell gewachsenes Bewusstsein ist eine

Todgeburt. In laufe der Zeit wird sich der erst unsichtbare oft religiöse Unrat massiv ansammeln und versuchen das Licht der Welt zu erblicken, was unsere aller Evolution bis zum Tode schwächt. Da aber nun mal alle Materie zu Neunundneunzig Prozent vom Licht der Sonne abhängt, kann bei einen entsprechenden Gegenreflex, wenn die Physik die logische **LICHTWURZEL** zieht die menschliche Evolution aussterben. Daher wollte auch der braune Hitler aller Juden vertilgen. Nun sind im III Weltkrieg die schwarzen Katholiken dran. Denn auch diese Weltreligion bildet einen Hohlspiegel, wo sich das Licht auf einen Punkt sammelt - bündelt, um Löcher in die Evolution - Abszisse zu brennen. Die extrem heißen Sommer in Serie ist wie Jack the Ripper als Seriemörder an wehrlosen **Frauen**. Selbst eine Hure ist in ersten Linie eine **FRAU**.

Nun sind wird im Begriff, uns selbst auszurotten. Die zwei Weltkriege fassen schon komplette Völker mit Mann & Maus und Deutschland ist im Grunde in jeden Krieg zweimal ausgestorben. Erst einzeln und addiert noch mal. So wie Leipzig über die Hexe im Feuer fast doppelt über den Schmerzpegel ausstarb. Von der Folter mal abgesehen, ist der Tod sogar dreimal voll zum Zuge gekommen. Und jedes Dreieck hat nun mal drei Ecken und der Dreisatz drei Fakten um die Materie berechnen zu können. Auch der physikalische Dreiklang setzt sich aus drei recht unterschiedlichen Arten von Sauerstoff zusammen, das eine zusätzliche Größe wie Religion mit ihren abnormen Dasein die gesamte unendlichen Evolution dermaßen extrem stark mit den toxischen Molekülen infiziert und folglich zersetzt, das damit das jähe Ende als Tod im einzelnen, nun schon in mehrfacher Hinsicht und auch als völkisches Kulturgut. Denn die zwei nur europäischen Weltkriege fraßen ja mehrere kleinere Völker in relativ kurzer Zeit. In anbetracht der nicht zu beziffernden Materie plus Energie beider Weltkriege, war es nur eine läppische Lichtsekunde. Bei diesen Beispielen kam der noch völlig unbekannte - unsichtbare Lichtwiderharken über den Wert des Vollkreises zu Zuge. Denn 360° sind gleich 100% konstante Physik. Und der eine Wert über der 360 als 361 ist das Zünglein zur Waage, was von den 100% als allgemeine Inflationswert abgezogen werden muss und nur 99% an Dasein übrig bleibt, wie von der Sonne beglückt.

Hier bestätigt sich der Fakt, das 99% der Masse in unseren Sonnensystem von der Sonne gesteuert wird. Das gilt auch für die Augen, wo im Kern - Zentrum die Linse die schwarze Pupille das Licht bündelt. Was keines Falls heißt, das mit den künstlich geschaffenen Hohlspiegel Löcher über den unsichtbaren religiösen Dauerwahn Krater in die Evolution gebrannt werden und die Evolution zum erliegen kommt. Denn an diesen seidenen Lichtwiderharken als unsichtbare Sollbruchstelle hängt die gesamte Evolution mit allen Pflanzen, Tieren und Menschen. Die geringste Irritation treibt ihre Stilblüten und einige davon ist die Verdun, die Ostfront und alle Konzentrationslager nebst den Gaskammern von Auschwitz und einiges mehr, wo indirekt einige Völker für immer den Geist ausgaben. Im kommenden III Weltkrieg als schwarzes Loch oder katholischen Holocaust lösen sich alle Völker im radioaktiven toxischen religiösen Nebel als politische Nebelgranate auf. Ein Entkommen ist nicht möglich, denn ein Hohlspiegel bündelt alles Licht der Sonne plus die dazu gehörige Materie.

Das der Sinus als erste gerade Ziffer Zwei - Primzahl in jeder anderen Ziffer - Zahl immer massiv verankert ist, beinhalten die Primzahlen einen Code der immer mit und das um jeden Preis berücksichtigt werden muss, wenn man nicht in die Röhre blicken will. Denn diese Röhre ist im Grunde eine oft noch toxisch gefüllte Null mit Luft ohne einen natürlichen der Evolution zugewanden Reflex. Da aber alle Ziffern mit einer Hauptwissenschaft lebend ans Kreuz genagelt wurden und somit der freie Fall mit dazu und somit die gesamte Evolution als Jesus im Symbol der restlos dummen Religion. Und aus dieser idiotischen unumstößlichen Tatsache, entstand ein Dogma mit unveränderbaren oft porösen Thesen, die in ihrer Struktur eine absolut tödliche Starre beinhalten. Denn der lebend angenagelte Jesus konnte sich ja auch nicht von dieser tödlichen Lage aus eigener Kraft befreien. Er musste den zugedachten Tod am eigenen Leib ertragen wie im III Weltkrieg alle 7,5 Milliarden Menschen. Denn mit den blöden Dogma ist ein unlogischer Gegenreflex bewirkt wurden, der ohne Zukost in jeglicher Form nicht zu einen Prozent auskommt. Und diese zusätzlichen Unkosten summieren sich im Frieden in dutzenden Milliarden pro Jahr und im Kriegen in Billionen und noch weit darüber hinaus.

Im III Weltkrieg wird jede Banknote dermaßen an Wert verlieren, das eine Inflation wie vor den braunen Hitler unabwendbar ist. Denn jeder Cent benötigt eine rationale Funktion, die von der Energie unserer Sonne immer positiv beeinflusst ist. Wird aber die harmonische Winkelfunktion gestört, kommt es zu erheblichen Irritationen mit den dazu gehörigen Unkosten in astronomischen unvorstellbaren Größen, die kein Laptop mehr rational berechnen kann. Da müssen Großrechner ran und die qualmen schon im Angesicht des drohenden völkischen Todes. Denn dieses toxische religiös radioaktiv verseuchte extrem schwere Dauerverbrechen ist unberechenbar, da die Null zum einen immer nur eine Null als Spiegelbild erzeugt und im negativen Bereich sich selbst reflektiert, was im

Grunde eine Art säuischer Inzucht bedeutet mit einen Drall nach innen.

Da nun mal die Winkelfunktionen zu jeden Atemzug in der Evolution mit von der Partie sind, ist dieses eheliche Paar unzertrennlich an die Physik gebunden und keine konstante Größe die sich über den physikalischen Dreiklang definiert, darf einfach so nach Gutsherrenart oft nur zum eigenen Wohl verändert werden. Auch als Kulturgut sind die Gesetze der unbestechlichen Physik für jeden Bürger gleich. Folglich ist auch der wohl organisierte Tod als toxisches Molekül mit im Boot und der unsichtbare Tod hat in laufe der Zeit ein leichtes Spiel, bis die gesamte Evolution am Boden liegt und allmählich elende verendet. Der Tod ist dann nur noch ein oft willkommener Gast um der Pein endlich zu entkommen. Da aber nun mal kein Organismus ohne die Sonne überleben kann, ist jedes toxische Molekül ein unsichtbarere Sargnagel bis zum Tod der infizierten Materie, die nicht immer Menschen sein müssen. Auch Klima, davon abhängige Werte sind über oft unzählige Umwege an die Sonne gebunden, da sie von Menschenhand geschaffen wurden und folglich von ihr abhängig sind. Ein Strahl der in seiner Struktur gebrochen - blockiert - manipuliert wurde, ist nicht vollwertig und kann mitunter erheblich schädigen, was oft in laufe der Zeit Unsummen verschlingt und die toxischen faulen Eier - Keime - Giftpillen zu einen alle Materie fressenden schwarzen Loch sind. Die arglosen Mitmenschen sind dann gezwungen dieses elende Übel auf ihren Kosten auszubrüten und müssen dazu noch ihr Leben plus der Familie nebst Mitmenschen opfern.

Sicher haben Sie nun endliche begriffen, das mit der Energie unserer Sonne über die Winkelfunktionen die Primzahlen der physikalische Kern unseres organischen

Lebens sind. Und ein Regelbruch unweigerlich ungeahnte oft böse - tödliche Konsequenzen nach sich zieht um auf dieses mistige Ungemach hinzuweisen. Stellt man diese irre Unzucht nicht ab, folgen weitere noch größere Probleme und mitunter naht der Tod in Einzahl bis Mehrzahl und dann als Kulturgut was jeder Kampf im Sein bedeutet. Nur wird Krieg von Menschen inszeniert und daher auch das Fundament gelegt. Nur ist das Symptom zu Gewalt oft nicht immer von jedermann augenblicklich zu erkennen und daher werden mitunter unlogische - falsche Fakten herangezogen, die dann wiederum erneut weitere unlösbare Probleme verursachen und die irreale oft atomare soziale Kettenreaktion nimmt ihren Lauf. Denn die Null als Fundament aller Ziffern mit den dazu gehörigen Hauptwissenschaften plus Fadenkreuz, woraus alle Zeichen jeglicher Struktur des Lebens stammen sind untrennbar mit der Physik plus den Primzahlen miteinander verbunden. Löst man einen Teil raus, muss diese künstliche Lücke geschlossen werden, was zu Problemen führt.

Da aber nun mal mit den lebend angenagelten Jesus für die Lebensdauer der Sonne unsere aller waagrechte Abszisse weit nach oben idiotischer Weise verschoben wurde, verrückte man auch den Mittelpunkt der Erde über das Fadenkreuz und die Abszisse begann zuerst unsichtbar zu wuchten. Sicher ist die abweichende durchschnittliche Temperatur in der Sahara noch kein Problem, zumal es ohne hin keiner bemerkt. Doch ist eine ohne Zusage des Besitzers fehlende - gestohlene Sommersprosse ein Akt der körperlichen Unzucht gegen die Evolution. Zumal davon ausgegangen werden muss, darinnen zwei Teile fehlen. Zum einen eine bis mehrer Körperzellen und dann ein Stück Seele. Die logischen Folgen sind ein künstliches Vakuum was nicht zu einen unsichtbaren Teil einer Billion bis Trillion von der

Physik geduldet wird. Jeder Versuch und sei er noch so verdeckt - genial maskiert wie die sieben Weltreligionen wird von der Physik erkannt und entsprechend geahnte. Für die Juden im III Reich war es der Holocaust plus die Gaskammern von Auschwitz.

Wenn wir mit unserer Religion wie Judentum plus Katholizismus ständig die konstanten Werte der seit Milliarden von Jahren strukturell organisch gewachsenen Gesetze der Physik mit den toxischen Molekülen aus der Balance bringen, brauch sich keine zu wundern, wenn es wiederum Menschen gibt, die sich dieses Weltverbrechens annehmen und versuchen das Ruder rumzureisen. Die Mittel - Methoden sind dann nicht immer die Feinsten. Aber wo lauer der eigentliche oder vermeintliche Gegner, den keine so richtig ordnen kann? Haust dieser toxische Gegner nicht schon in jeden von uns arglosen Mitmenschen und keiner kann den nun schon inneren Tod sehen und massiv bekämpfen?

Ich meine eindeutig ja!

Mit der verschobene Abszisse ist der Schnittpunkt mit den Winkelfunktionen außerhalb der gesunden Realität geschoben und allmählich beginnt sich der normale Wahnsinn seinen Weg unaufhaltsam durch die Evolution zu bahnen - fressen und der Tod ist wie immer der lachende Dritte. Denn jeder Mensch hängt über den Vollkreis mit den lebend angenagelten Hauptwissenschaften an den seidenen Lichtfaden oder Lichtharken der Astrophysik. Folglich wird bei Missbrauch immer eine schiefe Lage herbeigeführt die erneut nach einer ausgleichen Balance schreit und sie mitunter wie über den braunen Hitler auch praktiziert. Ein Menschenleben hatte unter Braun kaum einen Wert. Im pechschwarzen katholischen religiösen Dauersumpf überhaupt keinen Wert mehr.

Mit der weit nach oben verschobenen Achse als Fadenkreuz im Vollkreis der Physik ist der Keim zu einen Hohlspiegel geschaffen wurden. Und mit den zweiten Dreieck des Judenstern und doppelten Abszisse des Katholizismus, ist der unbrauchbare hohle Spiegel kultiviert wurden und dieses künstliche Gebilde bindet pausenlos alle Materie, die von der Sonne über den Menschen und Evolution geschaffen wurde. Wir nähern uns alle somit den absoluten Nullpunkt und werden mit dieser Ziffer als logisches irres Spiegelbild multipliziert. Das Null mal Null immer nur Null ist wissen Sie. Aber was bedeutet es wenn sich 7,5 Milliarden Menschen mit ihren eigenen toxischen pausenlos zu jeden Atemzug verrechnen? Da sie über jeden Atemzug diese toxischen Moleküle im eigenen Spiegelbild inhalierten und sich somit ohne es zu wissen tödlich infizierten, wohnt nun der Tod auf jeden Quadratmeter dieser noch belebten Erde. Und dieser irre Gevatter kennt keine Gnade, da er über kein eigenes Spiegelbild verfügt und dem zur Folge keinen natürlichen der Evolution zugeordneten Reflex. Über eine künstliche oft religiöse Maske kann kein ehrlicher Reflex im Sinne der harmonischen Evolution frei entwickeln. Es ist immer ein hässliche Grimasse mit völlig verzogen Mimik. Und diese völlig verstellte Fratze zogen die Folteropfer und unschuldigen Menschen im reinigenden Feuer der heiligen Inquisition, die im Namen der pechschwarzen erzkatholischen Kirche Menschen bei lebendigen Leib öffentlich verbrannte. Die irren Schmerzen entstellen jeden noch so harmonischen lieblichen Ausdruck eines Menschen. Zumal die Seelen der verdummten Zuschauer noch im inneren verstümmelt wurden. Folglich erlöscht ein Teil der Seele oder wird vor lauter Todesangst taub - stumm - blind und dieses irre seelische Vakuum ist nur schwer zu füllen.

Da aber nun mal mit den Winkelfunktionen alle Materie gebundne ist, kann nicht so ein dummer Narr daher gelaufen kommen und diesen für die Lebenddauer der Sonne konstanten - geeichten Mittelpunkt verschieben um ein öffentliches abscheuliches Verbrechen zu decken. Also logischer Gegenreflex beginnt die Abszisse zu wuchten und der nun schon mittlerweile kultiviert Tod bahnt sich seinen Weg unaufhaltsam über die unzähligen Schnittstellen der Winkelfunktionen durch die Evolution. Und mit jeden Schnittpunkt offenbart sich dieser verdeckte toxische religiöse Tod in seinen giftigen - infektiösen erst unsichtbaren Gewand als Reihenkultur. In Folge wird aus jeder einst quicklebendigen Körperzelle mit der Lichtwurzel das Leben gezogen. Übrig bleibt eine Haufen Asche wie nach der lebend verbannet Hexe. Erst verbrannte über den Hohlspiegel - Hohllinse ein Floh, dann Körperzellen, Körperteile im Krieg, unschuldige Menschen als lebendiges Symbol für Städte - Länder - Staaten und nun verbrennt bei lebendigen Leib die gesamte Evolution. Über eine Million Tiere sind nun schon vom Aussterben - unendlichen Tod bedroht. Was natürlich auch für das Fundament als Pflanzen zutrifft und zum Schluss der närrischen religiöse Tölpel. Nur wie wird aus einer genialen Evolution ein hochprozentiges Dauerverbrechen, wo im kommenden III Weltkrieg als schwarzes Loch - katholischer Holocaust Milliarden Menschen das Zeitliche segnen? Da muss etwas an der Urwurzel der Evolution faul sein. Denn die Winkelfunktionen können sich unmöglich aus eigener Kraft umkehren und sich als Sinus in sich erneut verdrehen. Da muss gehörig betrogen wurden sein.

Dort wo die Sonne direkt - indirekt und doppelt indirekt über den physikalischen Dreiklang hin scheint, wird über den künstlich geschaffenen Hohlspiegel - Hohllinse mit den umgekehrten Winkelfunktionen die

Lichtwurzel gezogen. Denn überall dort, wo die Sonne hin scheint, existieren die unbestechlichen Winkelfunktionen in allen organischen Lebensexistenzen. Was bedeutet, das die Materie, welche von der Sonne gebunden wird, mit der Lichtwurzel - Wurzel hoch 4 gezogen wird. Da es außer der Quadratwurzel und Kubikwurzel keine Maße gibt, ist die gezogene Lichtwurzel ohne das geringste Maß. Wo soll sich auch ein reelles Maß bilden können, wenn pausenlos die Physik über den Hohlspiegel gereizt wird und die Atome sich nicht dagegen wehren können? Eines müssen Sie prinzipiell wissen und sich ständig vor Augen halten, das nun schon vor den III Weltkrieg so viele Leichen weltweit auf den Straßen liegen wie in gesamten I Weltkrieg Leichen zu beklagen wahren. Also ist dieser immense Leichenberg als Notlüge - Notlösung passe. So billig kommen wir nicht davon. Das wäre auch ein Ding aus dem Tollhaus. Da würden wir für unsere extrem schweren Dauerumweltverbrechen noch belohnt werden, was ein erneutes Ding aus dem Tollhaus wäre.

Im II Weltkrieg starben rund ein Prozent der Erdenbürger. Also der Teil welche von der Sonne nicht genährt - gesteuert wird. Im kommenden und sich schon längst am beschränkten Horizont ankündigenden III Weltkrieg kehrt sich das einst geeichte Verhältnis um. Da stehen in der Tat 99% der Materie vor den nun schon viele zitierten schwarzen Loch, worin alle Materie verschwindet. Denn 99% der Masse in unseren Sonnensystem wird von der Sonne gesteuert oder bei lebendigen Leib öffentlich wie die Hexe verbrannt. Denn mit den künstlich geschaffenen Hohlspiegel kehren sich die zum Überleben extrem wichtigen Winkelfunktionen in ihr absolutes Gegenteil um und verstümmeln den Sinus, was pausenlos unermessliches Leid - Not mit der dazu gehörigen Gewalt unweigerlich nach sich zieht. Menschenleben spielen da keine Rolle mehr. In diesen schwarzen Krieg stehen in der Tat alle Menschen vor den totalen Exitus an aller Materie die von der Sonne mit geschaffen wurde. Denn in der Tat werden 99% der Masse in unseren Sonnensystem wird von der Sonne gesteuert und steht vor den schwarzen Loch als Todesurteil für unsere aller Evolution.

Wo versteckt sich ein höherer Teil an Leben für die Evolution? Bei der Hexe die von heißen Flammen eingehüllt ist und sterben muss, oder bei den Juden in den Gaskammern von Auschwitz, welche von toxischen Gasen eingehüllt wurden um zu verrecken? Bei der Hexe war der Schatten über die Flammen verschwunden und bei den Juden im Gas auch. Nur ist es um die armen Frau hell geworden und um die Juden dunkel. Was bedeutet dieser schwer zu erklärenden Zustand? Die Evolution benötigt um leben - überleben zu können die Kraft der reellen Sonne. Nur im Licht können die Winkelfunktonen astrein takten. Im einen religiösen Hohlspiegel ist das Licht der Sonne pausenlos gebrochen und für die Evolution unbrauchbar und führt nur die Opfer dieser perversen religiösen Unzucht pausenlos hinter die Fichte, wo das Licht auch pausenlos gebrochen wird um andere aus den Hinterhalt zu überfallen. Also im Grunde wie die Buschräuber im Mittelalter, die ihren Lebensunterhalt mit einen Verbrechen bestreiten müssen um nicht verhungern zu müssen. An diesen Zustand hat sich bis zu Beginn des III Jahrtausend leider nichts verändert. Schade um die Evolution. Wenn 7,5 Milliarden Menschen ein sechzehnjährige Greta Thunberg benötigen die sich um die Erde sogt, ist es das eine Prozent was von der Sonne nicht in unseren Sonnensystem gesteuert wird. Praktisch steht die Lebenspyramide wie beim Judenstern auf den Kopf und die menschliche Evolution erlischt.

Wenn die drei unterschiedlichen Sauerstoffarten des physikalischen Dreiklang keinen eigenen Schatten bilden können, ist das eine Sache für sich. Doch das Licht lässt sich über einen Akku als Energie speichern und der Sauerstoff in einer Flasche. Natürlich ist es unhandlich - umständlich plus primitiv, sich mit diesen zusätzlichen unnötigen Ballast ständig rumärgern zu müssen. Aber wie sieht es mit der Ökonomie aus? Lässt sie sich einfach so wie die Luft und Strom in einen Behälter sperren? Sie ist in dem Sinne doppelt ohne Schatten. Und dennoch zum Überleben extrem wichtig. Wie sieht es in einen künstlich geschaffenen Hohlspiegel aus, wo das Licht in einen gesenkten Mittelpunkt gebündelt wird und dann mit verdrehten Winkelfunktionen die Umwelt infiziert? Da der Mensch immer das Produkt vor seinen Augen begutachtete, kann er unmöglich sich aus diesen künstlichen religiösen Magnetismus aus eigenen Antrieb befreien und ist letzen Endes ihr Opfer. Denn ein Leben ohne diese drei schattenlosen Sauerstoffarten ist unmöglich. Und es wird dunkel um die Opfer dieser religiösen Unzucht. Das war in den Schützengräben beider Weltkriege der Fall, in allen Konzentrationslagern mit den knochendürren Insassen und vor allem für die Juden in den Gaskammern von Auschwitz, wo sich die drei Arten von Sauerstoff auflösten und den Tod hervor brachten, so wie sie es der Evolution zugedachten. Denn in einen Hohlspiegel bricht sich das Licht dermaßen oft, das es für die Evolution völlig unbrauchbar ist, obwohl man es noch in seinen kunterbunten Spektrum sieht. Und genau dieses diffuse Lichtspiel ist in den Kirchen ein halsstarriger Dauerzustand wie bei einen Dogma, was keine Gegenrede in Kern zulässt. Saudumm bis verlogen um die Materie herum keifen ist eher das Umfeld dieser toxischen Verbrecher. Darum werden Sie über die Laute - das Licht und religiösen Sinn radioaktiv aufgeladen oder schon eher infiziert, wovor es keinen

Weg zurück gibt ohne nackte rohe Gewalt. Die zwei Weltkriege sind nicht zum Spaß ausgebrochen. Dahinter steckten handfeste Gründe.

Nur wie verhält es sich bei der unschuldigen Hexe auf den Scheiterhaufen? Sie ist von hellen Flammen eingehüllt wie die Juden in ihren toxischen Nebel um auch den Tod zu empfangen. Im Grunde ist sie der übertragenen Teil aus den Brennpunkt im Hohlspiegel, wo sich das Sonnenlicht im Kern zu einen Laser bündelt um Materie wie die Hexe bei lebendigen Leib zu verbrennen. Zuerst erhöhte sich die durchschnittliche Temperatur in der Sahara, wovon keiner eine Notiz nahm. Dann verbrannte ein Floh und später in Unzeiten die unschuldige Frau, die als Hexe auf Grund eines Dogma bei lebendigen Leib öffentlich verbrannte. Noch später, als der religiöse Hexenwahn ausgelebt war, fackelte der braune Hitler Europa ab und hinterließ einen Leichenberg von rund Sechzig Millionen Toden, die einigen großen europäischen Staaten zu vollen Hundert Prozent entsprechen. In dem Sinne ist Deutschland doppelt - zweimal restlos ausgestorben und diese unumstößliche Tatsache ist Tipp zum kommenden und sich schon längst am beschränkten Horizont ankündigten III Weltkrieg, wie ihn schon der Seher Nostradamus im Mittelalter eindeutig vorher sah.

Nur bei den Juden kehrt sich das Verhältnis in sein absolutes krasses Gegenteil um. Ihnen wurde es stockdunkel in den Gaskammern von Auschwitz und die toxischen Moleküle, welche sie pausenlos über die Schnittstellen in die Evolution ohne Rücksicht injizierten, wurden ihnen nun zum Verhängnis. Sie umschloss wie die Hexe auf den Scheiterhaufen eine toxischen tödlich Wolke. Nur das die arme Frau völlig unschuldig war und nur im Sinne der Evolution lebte, was allerdings nicht im Sinne der pechschwarzen katholischen Kirch war. Wenn die Historie nicht irrt, soll der Jesus ein Juden gewesen sein und somit liegen zwei Nullen auf der Abszisse. Zum einen die substanzlose Religionen mit den Kirchenkreuz und der knochendürre Jesus. Und genau so sahen die Häftlinge in den Lage rum den braunen Hitler aus. Nach den schwarzen Hitler gibt es diese Schauerbilder nicht. Folglich stehen zwei Nullen zu Buche, die von der **PHYSIK** berechnet werden müssen, da ihr dieser irre Reflex aufgezwungen wurde. Denn ein multiplizieren mit nur einen Faktor Null ist immer nur Null und es entstand ein Leichenberg von erst 17 und dann 60 Millionen Toden. Dessen nicht zum trotz, beglückte die spanische Grippe die Völker mit erneut 25 bis 100 Millionen Toden. Haben Sie die zwei Null der 100 Millionen Toden der Influenza als solche religiösen Nullen der Religionen mit den Jesus erkannt? Im Grunde ist jeder Weltkrieg eine Null und addiert man beide Leichenberg der Kriege ist die zweite Null im Begriff ihre pechschwarze katholische Maske fallen zulassen.

Was bedeutet dieser Realitätsverlust über den künstlichen Hohlspiegel in der Realität? Das die zweite Null sich auf die 100 % Evolution bezieht, die im nahenden III Weltkrieg auf dem Spiel steht. Erst starb der dürre Jesus als Soldat - Mensch im Einzelfall. Die Weltkriege waren dann schon die Mehrzahl als indirekte Völker und das immer noch mit nur einer Null als Jesus am hölzernen Kreuz der religiösen dümmlichen Einfallt. Und im kommenden III Weltkrieg gesellte sich die zweite Null zur Ersten nichts sagenden Ziffer Null und es stehen in der Tat 100 % menschliche Evolution als direkte Völker im katholischen Holocaust auf dem Spiel, die in einen von Menschenhand geschaffenen schwarzen Loch elende verrecken. Verdun und die Ostfront sind überall. Dazu verkommt die Abszisse zu einen Konzentrationslager und die geschändeten

Landesteile sind schon die Leichenflecke der Evolution, was früher die Lager im III Reich waren. Der nächste Schritt - -Stufe ist eine menschenleere Erde und die zweite Null als doppelte Boden der Judenstern oder der Kruzifix mit der weit nach oben verschobenen Achse als Abszisse hat sich aufs perfideste bestätigt. Und die beiden Weltkriege plus Grippe sind somit im Dasein als bedingter Reflex zu sehen.

Da aber nun mal kein einziger Mensch die richtigen Lehren aus der Historie gezogen hatte und nicht bereit ist sie zu ziehen, muss die Physik härter zuschlagen. Denn jeder Organismus hat das Recht und Pflicht sein Leben zu schützen und vor Gewalt - negativen Einflüssen zu bewahren. Und eine religiöse radioaktive Infektion brauch keiner sich ohne weiters gefallen zulassen. Zumal damit oft der eigene Tod plus Familie nebst Habe unmittelbar verbunden ist. Nur begreift diesen bedingten Reflex zu gut wie keiner und darum schlägt die Physik mit voller Härte zu, um nicht selbst für die Hunde zu gehen. Denn mit den künstlichen Hohlspiegel ist im Grunde ein künstliches Vakuum verbunden, da ständig mit den beiden Nullen in Minus reingerechnet wird, was mathematisch nicht möglich ist. Aber physikalisch und das geht nur mit massiven Betrug zum eindeutigen Nachteil der infizierten Materie. Die erste Null ist der I und II Weltkrieg und die zweite Null die addierten Leichen mit der Grippe zu einen Gesamtkunstwerk zum vereinten Deutschland, wo das Herz Europas für immer aufhört zu schlagen. Im Grunde ist das religiöse toxische Molekül ein Virus was mit Nichten zu bekämpfen ist. Es sei den man vergast die Juden oder rottet die Völker aus. Oder wir besinnen uns auf die Physik und erkoren sie zu unseren Freund. Die Ökonomie muss unsere ständiger Pate - Begleiter sein. Am besten es beginnt am Geld. Die kleinen Münzen wie Eincent, Zweicent und Fünfcent - Münzen werden über den Preis - Gewicht abgeschafft. Beim Gewicht wie Wurst - Fleischwaren kann man wie beim Sprit runden. Bei 1,95 €bis 1,99 € rundet man auf Zwei Euro. Und bei 1,91 € bis 1,94 € rundet man auf 1,90 € ab. Die Differenzen gleiche sich im Leben fast vollständig aus. Lieber einen Cent verlieren als ein Menschenleben oder ein Insekt für immer ausrotten. Die Bienen werden es uns allen Danken mit süßen Honig.